BESTSELLERWORLDBOOK 71

구 토

사르트르 지음 | 이혜정 옮김

소담출판사

이혜정

프랑스어 전문 번역가.
1965년 서울 출생. 인하대학교 불어불문학과 졸업. 프랑스 파리 소르본 대학 어학 및 문학 연수.
프랑스 르 아브르 대학 어학 연수 및 기업 연수.
『비너스의 저주』, 『따르따랭의 대모험』, 『맥베드』, 『갑옷 속의 비밀』, 『할머니 옷을 입은 늑대』, 『고독한
끌래르』 등을 번역하였다.

sodampublishingcompany

BESTSELLERWORLDBOOK 71

구토

펴낸날 | 2002년 7월 15일 초판 1쇄
지은이 | 사르트르
옮긴이 | 이혜정
펴낸이 | 이태권
펴낸곳 | 소담출판사
　　　　서울시 성북구 성북동 178-2
　　　　전화 | 745-8566~7 팩스 | 747-3238
　　　　e-mail | dreamsodam.co.kr
　　　　등록번호 | 제2-42호(1979년 11월 14일)

ISBN 89-7381-478-8 03860
● 책 가격은 뒤표지에 있습니다.

www.dreamsodam.co.kr

BESTSELLERWORLDBOOK 71

La Nausée

Sartre

변한 건 없다. 그러나 모든 것이 다른 형태로 존재한다.
나는 그것을 묘사할 수 없다.
'구토' 같은 것이지만 또 전혀 다르다.
어쨌든 나에게 모험이 일어나고 있다.
'나는 나며, 내가 여기에 있다는 사실이 존재한다' 는 것을 안다.
이 어둠을 가르며 걷는 것이 '나' 다. 나는 소설의 주인공처럼 행복하다.

La Nausée

차례

메모

그날그날 일어난 일들을 적어 놓는 게 최선이다. 정확하게 관찰하기 위해 일기를 쓸 것, 아무리 하찮아 보이는 일이라도 그 느낌이며 자잘한 사실들을 놓치지 말 것, 특히 정확히 분류해 놓을 것. 나 자신이 이 테이블과 저 거리, 저 사람들, 담배 쌈지를 어떻게 생각하는지 써야 한다. 바로 '그것'이 변했기 때문이다. 그것이 어떻게 변했는지 범위와 성격을 정확하게 판단해야 한다.

여기에 잉크병을 넣어 둔 종이 상자가 있다고 하자. 전에는 그걸 어떻게 보았으며 지금은 그것을 어떻게(말 한 마디가 비어 있다)······. 그것은 직육면체이며 테이블 위에······. 이렇게 말하는 건 어리석다. 그런 거라면 아무 할 말이 없다. 바로 그런 상황을 피해야만 한다. 아무렇지도 않은 걸 가지고 신기한 듯 말해서는 안 된다.

일기를 쓴다는 건 확실히 위험하다. 모든 일을 과장하고 지나치다 싶게 열중한 나머지 진실을 억지로 갖다 붙이고 만다.

또한 조금 전에 말한 잉크병이라든지 다른 물건에 대해서 그저께 받았던 인상을 언젠가 다시 느낄 것이다. 나는 긴장을 풀 수가 없다. 자칫하면 그 인상이 손가락 사이로 빠져나갈 것이다. 아무것도(낱말이 지워져 버렸다. 아마도 '왜곡하다' 혹은 '날조하다' 일 것이다. 다른 낱말이 지워진 글자 위에 다시 쓰여 있지만 알아볼 수가 없다) 해서는 안 된다. 목격하는 일들마다 정성스럽게, 가능한 한 자세히 적어야 한다.

물론 토요일과 그저께 이야기라면 더 이상 정확하게 쓸 내용이 없다. 나는 이미 다 잊어버렸다. 다만 우리가 사건이라고 부를 만한 일이 전혀 없었다는 사실만 기억한다. 토요일에는 물수제비를 뜨며 노는 아이들을 보니까 나도 바다에 돌을 던지고 싶었다. 하지만 곧 돌을 떨어뜨리고는 그대로 와 버렸다. 등뒤에서 들리는 웃음소리로 보아 아이들은 나를 정신 나간 사람으로 보는 게 분명했다.

겉으로 드러난 사건은 그뿐이었다. 마음속에서 일어난 일은 분명한 흔적을 남기지 않았다. 나는 어떤 걸 보았고 그 순간 불쾌감이 울컥 치밀었다. 하지만 내가 뭘 보았는지, 바다를 보았는지 바닷가에서 주운 돌을 보았는지 알 수가 없다. 돌은 반들반들했다. 한쪽은 물기가 없었지만 다른 쪽은 젖은데다 흙까지 묻어 있었다. 나는 손을 더럽히지 않으려고 손가락 두 개로 돌 양끝을 집었다.

그저께는 훨씬 더 복잡했다. 더군다나 어이없는 일들이 한꺼번에 일어나서 지금까지도 뭐가 뭔지 도무지 알 수가 없다. 그렇다고 그 많은 일들을 노트에 늘어놓으며 시간을 보낼 생각은 없다. 어쨌든 공포 비슷한 걸 느꼈던 것만은 확실하다. 내가 무엇을 두려워했는지, 그것만이라도 알았다면 이미 많은 발전을 했을 것이다.

나 자신을 미친놈이라고 생각하기는커녕 오히려 절대 아니라고 확신하는 게 신기할 뿐이었다. 이 모든 것이 물체에 대한 변화라고 생각한다. 최소한 그것만이라도 확실하게 알고 싶다.

10시 30분(오후 10시 30분이 맞을 것이다. 지금부터는 그 동안 쓴 것보다 한참 뒤에, 빨라 봤자 그 이튿날 적은 것이리라)

한 마디로 말하면 정신 착란 때문에 생긴 작은 발작이었을 것이다. 이미 흔적조차 사라져 버렸지만. 지난주엔 왜 그렇게 이상야릇했는지 참 우습다. 다시는 그런 기분에 휩싸이지 않았다. 오늘밤은 매우 편안하다. 지금은 내 방이다. 북동쪽으로 창이 나 있다. 창 밖으로 뮤틸레 거리와 공사장이 보인다. 새 정거장을 짓는 공사가 한창이다. 빅토르 느와르 거리 한구석에 있는 철도회관의 불빛도 보인다.

파리에서 출발한 전차가 막 도착했다. 사람들은 옛 정거장에서 나와 각자 제 갈 길로 흩어진다. 구두 소리와 이야기 소리가 뒤섞이면서 마지막 전차를 기다리는 사람들로 붐빈다. 그들은 내 방 창문 밑에 매달린 가스등 주위에 모여 있다. 쓸쓸하게. 아직은 5,6분쯤 더 기다려야 한다. 막차는 적어도 10시 45분이 지나야 들어올 테니까. 오늘밤만큼은 장사꾼들이 몰려들지 말았으면 좋겠다. 제발 잠 좀 잤으면 좋겠다. 밀린 잠을 자고 싶은 것이다. 하룻밤 푹 자면, 단 하룻밤만이라도 푹 잔다면 지난주의 기분 같은 건 마음속에서 말끔히 사라져 버릴 것이다.

11시 15분 전이다. 더 이상 걱정할 게 없다. 아무래도 장사꾼들은 안 올 모양이다. 루앙 씨가 오는 날이 아니라면 말이다. 그는 일주일에 한 번씩 올 때마다 비데가 갖춰진 202호실에 묵는다. 어쩌면 또 올지도 모른다. 잠들기 전에 철도회관에 가서 맥주를 한잔 마시지만 시끄럽게 굴지는 않는다. 자그마하고 단정한 사람이다. 수염을 새까맣게 길러 기름을 바르고 가발을 쓰고 다닌다.

'허어, 올라오는군.'

그가 계단을 밟고 올라오는 소리가 심장을 가볍게 자극했다. 마침내 마음을 가라앉힌 것이다. 이렇듯 규칙적인 사람을 어찌 두려워하겠는가. 나는 벌써 깨끗이 나았다는 생각이 든다.

이번에는 도살장을 지나 그랑 바생으로 가는 7호 전차다. 낡은 쇳소리를 덜그럭거리며 들어왔다가는 금방 떠난다. 여행 가방과 잠든 아이들을 가득 태우고 그랑 바생 쪽으로, 공장 지대 쪽으로, 어두운 동쪽으로 달려가는 것이다. 이건 막차 바로 앞차다. 막차는 1시간 뒤에 들어올 것이다.

나는 잘 것이다.

이제 다 나았다.

날마다 여자 애들처럼 깨끗한 새 노트를 펼쳐 놓고 내 생각을 늘어놓는 일은 그만 두겠다. 물론 일기가 도움이 되는 날도 있을 것이다. 그것은 매우…….

(메모는 여기에서 끝난다)

일기

1932년 1월 29일 월요일

　마음속에서 솟구치는 게 있었다. 더 이상 의심할 여지가 없었다. 항상 일어나는 일처럼 확신을 가지고 자명하게 생겨난 것이 아니라 마치 병에 걸리는 것처럼 닥쳐왔다. 그리고 조금씩 엉큼하게 자리를 잡아버렸다. 그래서 그런지 조금은 괴상하고 어색한 느낌이 들었다. 하지만 그뿐이었다. 한번 자리를 잡더니 꼼짝도 않은 채 잠자코 있었다. 그래서 아무렇지도 않은데 괜히 놀란 거라고 나 자신을 진정시킬 수 있었다. 그런데 지금 그것이 또 꽃잎을 열었다.

　나는 역사학자의 임무가 심리 분석이라고는 생각하지 않는다. 우리는 '야심', 혹은 '이해 관계'라고 뭉뚱그려 부르는 포괄적인 감정만을 문제 삼는 것이다. 그러나 나 자신에 대해 조금이라도 인식한다면 지금이야말로 그걸 이용해야 하는 순간이다. 이를테면 내 손에 새로운 것, 말하자면 파이프라든가 숟가락을 잡는 새로운 방법이 있다. 그게 아니라면 이제는 숟가락이 잡혀 주는 방법을 터득한 것인지도 모르겠다. 지금 막 방으로 들어가려다가 문득 멈춰 섰다. 손에 차가운 물체를 들고 있었는데, 그 물체가 자기만의 특성으로 주의를 끌었던 것이다. 나는 손바닥을 펴고 바라보았다. 방문 손잡이를 잡고 있을 뿐이었다.

오늘 아침에 도서관에서 독학자(오지에 P., 그는 일기에서 자주 등장할 것이다. 집달리의 서기였는데, 로캉탱은 1930년 부빌 도서관에서 그를 만났다)가 인사를 했지만, 그를 알아보는 데 10초나 걸리고 말았다. 나는 알아볼 수 없는 얼굴, 도무지 얼굴이라고 할 수 없는 것을 보았다. 어느새 구더기처럼 기다란 손이 내 손을 잡고 있었다. 나는 곧 그 손을 놓았다. 그의 팔이 축 늘어졌다.

거리에서도 괴상한 소리가 꼬리에 꼬리를 물고 끊임없이 들려 왔다.

지난 몇 주 사이에 분명 변화가 생긴 것이다. 그렇다면 어디에? 사실은 눈에 보이지 않는 추상적인 변화이다. 내가 변한 걸까? 내가 변한 게 아니라면 이 방이, 이 도시가, 이 자연이 변한 것이다. 어느 쪽인가를 가려내야 한다.

변한 것은 바로 나다. 이것이 가장 손쉬운 해결책이다. 물론 가장 불쾌한 해결책이기도 하다. 하지만 결국은 그 갑작스런 변화에 지배받는다는 걸 인정해야 한다. 사실 나는 생각을 안 하고 살기 때문에 자잘한 변화들이 나도 모르는 사이에 내 안에 쌓였다가 어느 날 봇물처럼 대변

혁이 일어나고 만다. 이것이 내 생활에 고르지 않게 일관성 없이 나타나는 것이다. 가령 프랑스를 떠났을 때 모두들 내가 또 변덕을 부려서 떠나 버렸다고 입을 모았다. 6년의 여행을 끝내고 갑자기 돌아왔을 때도 역시 내가 변덕을 부려서 돌아왔다고 말했으리라.

메르시에의 사무실에 있었던 일이 아직도 눈에 선하다. 그는 페트루 사건으로 작년에 해직된 관리인데, 고고학 연구차 뱅골에 가려던 참이었다. 안 그래도 평소 뱅골에 가고 싶던 참이었는데, 그는 함께 가자고 졸라댔다. 지금 생각해 보면 왜 그랬는지 모르겠다. 어쩌면 포르탈이 불안했기 때문에 내가 포르탈을 감시해 주었으면 했던 것인지도 모른다. 나는 거절할 이유가 없었다. 포르탈과 관련된 그의 자질구레한 계략을 그때 이미 예감했다면, 오히려 그의 제안을 열광적으로 받아들일 만한 또 다른 이유가 되었을 것이다.

그런데 나는 마비된 듯이 굳어진 채 단 한 마디도 할 수가 없었다. 전화기 옆, 초록색 양탄자 위에 세워 놓은 크메르의 불상을 뚫어지게 바라보았다. 온몸이 림프액이나 미지근한 유액으로 가득 차 있는 느낌이었다. 메르시에는 천사 같은 인내를 가지고 말했지만, 그 뒤에는 약간의 분노를 숨기고 있었다.

「나는 정식으로 분명히 해둬야 한단 말입니다. 결국은 승낙하리라고 생각하오. 자, 지금 당장 승낙하시는 게 좋을 것 같군요.」

그의 밤색 수염에서 향수 냄새가 몹시 진하게 풍겼다. 그가 고개를 움직일 때마다 향수 냄새가 코를 찔렀다. 그러다가 갑자기 6년을 이어오던 잠에서 깨어났다.

불상이 바보처럼 보이면서 불쾌하게 느껴졌다. 나 자신이 심각한 권태에 사로잡혀 있음을 느꼈다. 내가 왜 인도차이나에 와 있는지 알 수가 없었다. 여기서 무엇을 하고 있는지, 왜 이런 사람들과 이야기를 하고 있는지, 왜 이런 괴상한 옷차림을 하고 있는지. 나의 정열은 사라져 버렸다. 그 정열은 몇 년 동안이나 나를 휘어잡은 채 나를 속이고 있었던 것이다. 공허감을 느꼈다. 하지만 더 지독한 건 내 앞에 퇴색한 관념 하나가 무기력하게 놓여 있다는 거였다. 그게 뭔지는 잘 몰랐지만 내 마음을 괴롭혔기 때문에 나는 제대로 바라볼 수가 없었다. 내게는 그 모든 것이 메르시에의 수염에서 나는 향수 냄새와 뒤범벅이 되었다.

나는 그에게 화가 나서 몸을 흔들며 무뚝뚝하게 대답했다.

「고맙습니다. 하지만 여행이라면 이미 실컷 했습니다. 이제 그만 프랑스로 돌아가야겠습니다.」

그리고 이틀 후 마르세이유 행 기선을 탔다.

내 생각이 틀리지 않다면, 또 차곡차곡 쌓여 가는 징조들이 내 삶을 파괴하려는 예고라면 정말 두렵다. 내 삶이 풍부하다거나 만족스럽다거나 소중하다는 뜻이 아니다. 다시 생겨나려는 것, 나를 사로잡으려는 것, 그것이 두렵다. 그리고 그것은 도대체 나를 어디로 데려가려 하는가? 나는 연구와 책더미, 그 모든 것을 계획만으로 남겨 두고 또다시 가버려야 한단 말인가? 다시 수개월, 혹은 수년이 지났을 때, 지쳐 쓰러져 희망을 잃은 모습으로 새로운 폐허의 한가운데에서 깨어날 것인가? 너무 늦기 전에 내 안에서 무엇이 생겨나는지 똑똑히 알고 싶다.

1월 30일 화요일

새로운 일이라곤 없다. 오전 9시부터 오후 1시까지 도서관에서 일했다. 제12장과 표트르 1세의 죽음에 이르기까지 러시아에서의 롤르봉의 행적에 관한 자료 조사를 끝냈다. 거기까지는 끝냈다. 정리해서 옮겨 적을 때까지 다시는 문제 될 게 없을 것이다.

1시 30분이다. 카페 마블리에 있다. 샌드위치를 먹는다. 모든 것이 정상적이다. 카페는 항상 모든 것이 정상적이지만, 특히 카페 마블리는 착실하고 믿음직한 서민의 모습을 하고 있는 지배인 파스켈 씨 덕분에 더욱 정산적이다. 곧 낮잠 시간이기 때문에 두 눈이 충혈되었지만, 여전히 활발하고 확고하다. 그는 테이블 사이를 왔다갔다하다가 무슨 비밀 이야기라도 하는 것처럼 손님들에게 다가갔다.

「맛이 괜찮은가요, 손님?」

그렇게도 활발한 모습을 보고 나는 미소를 짓는다. 손님이 비는 시간이면 그의 머리도 텅 빈다. 오후 2시부터 4시까지 카페 안이 쓸쓸하다. 파스켈 씨는 넋 나간 사람처럼 몇 걸음 걷는다. 사르송(종업원)들이 전등을 끄면 그는 무의식 속에 빠져든다. 이 사나이는 혼자 남으면 잠들게 마련이다.

아직은 홀아비, 하급 기술자, 노동자 등 스무 명 남짓한 손님들이 남아 있다. 그들은 포포트(popot : '식당'이란 뜻의 속어)라는 하숙집에서 서둘러 점심을 먹고는 잠시 쉴 겸 찾아와 주사위나 포커를 하며 사치스럽게 커피를 마신다. 떠드는 편이긴 하지만 나는 그다지 거슬리지 않는다. 그들도 존재하기 위해서는 끼리끼리 서로 어울려야 한다.

　나는 혼자서, 완전히 혼자서 살고 있다. 절대로 아무에게나 말하지 않고, 아무것도 받지 않으며 아무것도 주지 않는다. 독학자는 문제도 안 된다. 철도회관의 안주인인 프랑스와즈가 있기는 하다. 하지만 그 여자와 대화한다고 말할 수 있을까? 간혹 저녁 식사 후에 그 여자가 싸구려 맥주 보크를 한 잔 가지고 오면 가만히 물어 본다.

「오늘 저녁에 시간 있소?」

　그 여자는 절대로 없다고 하지 않는다. 그래서 나는 그 여자가 시간당, 혹은 하루씩 빌려 쓰는 2층 방으로 따라 들어간다. 그 여자에게 돈을 주지는 않는다. 우리들은 공평하게 몸을 거래한다. 그 여자는 쾌락을 즐긴다(그 여자는 날마다 남자를 원한다. 따라서 나 말고도 남자들이 많다). 그리고 나는 원인이 뻔한 우울증을 씻어 버린다. 우리는 두어 마디나 주고받을까 말까 한다. 말을 한들 무슨 소용이 있단 말인가? 각자 자신을 위해 하는 짓일 뿐이다. 게다가 나는 그 여자의 눈에 자기 카페의 손님으로밖에 보이지 않는다.

　그 여자는 옷을 벗으면서 말한다.

「여보, 브리코라는 아페리티프(식사 전에 식욕을 돋우기 위해 마시는 술)를 알아요? 이번 주에 그걸 찾는 손님이 둘이나 있었어요. 계집애가 몰라서 나한테 물으러 왔지 뭐예요. 뜨내기들이니까 파리에서 먹어 봤을 거야. 하지만 어떤 건지도 모르고 사 놓기는 싫지 뭐예요? 괜찮다면 양말은 안 벗을 테야.」

안니가 나를 떠난 뒤로도 오랜 세월, 나는 안니 생각을 했다. 지금은 누구도 생각하지 않는다. 화제 거리를 찾으려고도 하지 않는다. 생각은 빠르다 싶게 흘러가고 있다. 나는 아무것도 붙잡지 않고 가만히 놓아둔다. 대부분의 경우 내 생각은 말로 쏟아내지 않기 때문에 안개처럼 머물러 있다. 재미있는 형상을 어렴풋이 그려졌다가는 그냥 꺼져 버린다. 나는 이내 그런 것을 잊는다.

저 청년들이 놀랍다. 그들은 커피를 마시면서 명확하고 그럴듯한 이야기를 늘어놓는다. 어저께 한 일이 뭐냐는 질문을 받는다 해도 당황하지 않고 간단하게 대답할 것이다. 나라면 우물쭈물했을 것이다. 이미 오래 전부터 내가 무엇을 하는지 아무도 신경 쓰지 않는다. 사람이 혼자 살다 보면 이야기를 한다는 게 뭔지도 모른다. 진실은 친구들이 없어지는 순간 함께 사라져 버린다. 고독한 사람은 옆에서 무슨 일이 일어나든 관심이 없다. 사람들이 불현듯 나타나서는 서로 지껄이다 가 버리는 것이 보인다. 고독한 사람은 밑도 끝도 없는 이야기 속으로 빠져 들어간다. 그런 사람이 사건의 증인이 된다면 한심할 것이다.

그 대신 사실이라고는 상상할 수도 없는 일, 카페에서는 아무도 믿을 것 같지 않은 일을 혼자 사는 사람은 반드시 목격한다. 한 번은 토요일 오후 4시경에 정거장 공사 때문에 널빤지를 깔아 놓은 보도 끝에서 자그마한 부인이 뒷걸음치고 있었다. 부인은 하늘색 옷자락을 펄럭이며 미소를 지은 채 손수건을 흔들었다. 바로 그 순간 크림색 레인코트에 노란 구두와 초록색 모자로 멋을 낸 흑인이 길 모퉁이를 돌아가며 휘파람을 불고 있었다. 줄곧 뒷걸음을 치던 부인이 밤마다 켜놓는 가로등

밑에서 그 흑인과 부딪쳤다. 그래서 축축한 나무 냄새를 풍기는 울타리와 가로등과 흑인의 품안에 안긴 자그마한 금발 여인이 노을 밑에서 동시에 존재하고 있었다. 네댓 명이 함께 그 충돌 사건을, 그 부드러운 색채들이며, 솜털처럼 보이는 파란색 외투며 밝은 레인코트며 빨간 가로등을 보았다고 가정한다면, 우리는 두 사람이 어린애처럼 놀란 모습을 보고 웃었을 것이다.

고독한 사나이는 웃고 싶은 일이 별로 없다. 그 장면이 매우 강렬하게 느껴지면서 동시에 신기하기도 하고 순수한 의미로 다가오기도 하며 활기를 띠었다. 그러자 장면이 분해되기 시작했다. 가로등과 울타리, 하늘밖에 없었다. 그대로도 무척 아름다웠다. 1시간 후에는 가로등이 켜지고 바람이 일고 하늘이 캄캄해졌다. 이미 거기에는 아무것도 없었다.

이 모든 것이 아주 새롭게 다가오지는 않는다. 나는 이렇듯 무해한 감동을 한 번도 거부한 적이 없다. 오히려 그 반대다. 그런 감동을 느끼기 위해서는 적당한 순간에 진짜처럼 보이는 것을 떨쳐 버릴 수 있을 만큼 그저 잠시 동안 혼자 있으면 된다. 하지만 나는 사람들과 아주 가까이, 즉 고독의 표면에 있다가 다급해지면 사람들 속으로 숨어 버리려고 했다. 사실 지금까지 나는 아마추어에 불과했던 것이다.

이제는 어딜 가나 저 테이블에 놓인 맥주컵 같은 것들이 있다. 나는 그걸 볼 때마다 이렇게 말하고 싶어진다. 이제 그런 놀음은 그만둘 테야라고. 다시 돌아갈 수 없을 만큼 고독의 길을 너무 멀리까지 와 버렸다는 걸 너무나 잘 안다. '고독의 한계'를 그어 놓을 수는 없다고 생각한다. 그렇다고 잠들기 전에 침대 밑을 살펴보거나 한밤중에 갑자기 방문이 열리는 것을 상상하고 두려워하는 건 아니다. 그래도 나는 불안하다. 이 맥주컵 '바라보기'를 그만둬야겠다고 결심한 지 벌써 30분이 지났다. '그것을' 보고 싶지 않다. 주변에 있는 홀아비들이 나한테 아무 도움이 되지 않는다는 것도 잘 안다. 이미 늦었다. 이제 그들 속으로 숨을 수가 없다. 그들은 내게 다가와서 어깨를 두들기고는 물을 것이다.

「아니, 이 맥주컵이 어떻단 말이오? 보통 맥주컵들하고 한 가집니다. 손잡이도 있고 비스듬히 깎은 것처럼 보이지요. 한가운데에 삽을 그려 넣은 조그마한 방패 무늬가 있고, 그 위에 '슈파텐브라우'라고 쓰여 있지요.」

나도 다 아는 사실들이다. 그러나 무언가 다른 게 있다는 걸 나는 안다. 그냥 보면 아무것도 아니다. 나도 내가 보는 것을 설명할 수가 없다. 누구에게도 설명할 수가 없다. 그렇다. 나는 슬며시 물밑으로, 공포의 밑바닥으로 미끄러져 들어간다.

나는 즐겁기도 하고 제법 이치에 맞는 자연스런 목소리들의 한가운데에서 외로움을 느낀다. 그들은 제 생각을 말하고, 자기들의 뜻이 같다는 것을 기쁘게 확인하며 시간을 보낸다. 모두 같은 일들을 생각하고 있다는 것을. 제기랄, 그들은 얼마나 중요하게 생각하는 것일까. 분명히 자기들의 내면을 노려보는 듯이 보이는, 그리고 그들과는 절대로 의견이 같을 수 없는 물고기의 눈을 가진 인간이 들어올 때, 그들이 짓는 표정만으로도 충분히 알 수 있다.

여덟 살 때였다. 뤽상부르 공원에서 놀고 있는데, 어떤 사나이가 오 귀스트 콩트 거리에 길게 쳐 놓은 울타리에 맞붙여 지은 초소에 주저앉 았다. 그는 아무 말 없이 앉아 있다가 때때로 다리를 뻗고는 공포에 사 로잡힌 눈으로 자기의 발을 바라보곤 했다. 한쪽엔 목이 긴 부츠를, 다 른 한쪽엔 슬리퍼를 신고 있었다. 우리 아저씨 얘기를 들어보면, 그는 중학교의 생활 지도 주임이었다고 공원 관리인이 직접 말했다는 것이 다. 아카데미 회원 복장을 하고 교실에 들어가서 학기말 시험 점수를 불렀기 때문에 면직을 당했다는 것이다. 우리는 그가 몹시 무서웠다. 그의 고독을 보았기 때문이다. 어느 날 그가 멀리서 팔을 내밀고는 로 베르에게 미소를 지어 보였다. 로베르는 기절해 넘어질 지경이었다. 우리가 두려웠던 것은 그 사람의 비참한 모습도 아니었고, 셔츠 칼라에 닿아 더 커지는 부스럼 때문도 아니었다. 그가 게나 새우가 할 만한 생 각을 머릿속에 품고 있다는 것을 느꼈기 때문이다. 공원 관리인의 초 소나 우리의 굴렁쇠나 근처의 숲에 대해서 새우처럼 생각할 수 있다는 사실이 공포스러웠던 것이다.

그럼 나를 기다리는 게 그것이란 말인가? 처음으로 고독하다는 사실 이 괴롭다. 너무 늦어 버리기 전에, 내가 아이들에게 공포를 주기 전에 마음속에서 일어난 일을 털어놓고 싶다. 안니가 있었으면 좋겠다.

이상하다. 10페이지를 썼는데도 진실을 말하지 못했다. 적어도 진실 을 다 말하지는 못했다. 날짜 밑에 '새로운 일은 아무것도 없다'고 쓴 것은 솔직하지 않은 탓이었다. 사실은 수치스럽지도 않고 비정상적이지도 않은 짧은 이야기를 털어놓고 싶지 않았던 것이다. '새로운 일은 아무것도 없다.' 사람이란 진실을 말하는 듯하면서도 얼마나 거짓을 늘어놓는 존재인가. 참으로 놀라운 일이다. 분명히 새로운 일은 아무것도 없다고 했다. 오늘 아침 8시 15분에 도서관에 가려고 프랭타니아 호텔에서 나왔을 때, 바닥에 떨어진 종잇장을 주우려다가 실패하고 말았다. 일이라곤 그것뿐이다. 사건이라고 할 수도 없다. 그렇다. 하지만 진실을 말하자면 나는 그 작은 일에서 깊은 인상을 받았다. 나는 이미 더 이상 자유롭지 않다고 생각했다. 도서관에서 그 생각을 떨쳐 버리려고 했으나 허사였다. 결국 카페 마블리까지 갔다. 밝은 곳에 있으면 떨쳐 버릴 거라고 믿었다. 하지만 아직도 마음속에 무겁고 고달프게 남아 있다. 장장 10페이지나 쓴 것도 바로 그 생각이다.

나는 왜 그 이야기를 안 했을까? 자존심 때문이었으리라. 내가 서툴렀던 이유도 있었을 것이다. 나는 마음속에서 일어나는 일을 생각하는 데 익숙하지 못하다. 그래서 사건의 연속성도 찾아내지 못하고, 무엇이 중요한지 잘 구별하지도 못한다. 이제는 다 끝났지만. 카페 마블리에서 쓴 것을 다시 읽어보니 부끄러워졌다. 마음속에 숨긴 것이라든지, 내면의 상태라든지, 뭐라고 표현할 수 없는 것들은 그만둬야겠다. 나는 내면 생활에 충실할 정도로 금욕주의자도 아니고 성직자도 아니다. 대단한 일도 없다. 내가 종잇장을 줍지 못했다는 것뿐이다.

나는 낡은 헝겊이나 종이 조각 따위를 줍는 게 좋다. 주워서 손에 쥐는 게 즐겁다. 아이들처럼 입에 갖다댈 수도 있을 지경이다. 묵직하고 고급스러운, 그러나 오물이 묻었을지도 모르는 종잇장들을 주우면 안니는 화가 나서 얼굴이 창백해지곤 한다. 여름이나 초가을에 공원을 돌아다니다 보면 햇살을 받아 낙엽처럼 마르고 푸석푸석한, 피크린산을 부은 것처럼 누렇게 변한 신문지 조각이 굴러다닌다. 겨울에는 짓밟혀서 더럽게 구겨진 종잇장들이 보인다. 흙으로 변하고 있는 것이다. 때로는 반질반질 윤이 날 만큼 희고 빳빳한 종잇장들이 백조처럼 굴러다니지만 땅은 이미 집어삼킬 준비를 끝내고 있다. 서로 엉켜서 진흙을 벗어나려고 몸부림치지만 얼마 못 가서 땅에 철썩 붙어 버린다. 그 종잇장들을 전부 손에 쥐는 게 즐겁다. 가끔은 아주 가까이 다가가 쓰다듬어 보기도 하고, 또 빠지직 하는 소리를 듣기 위해 찢어 보거나 종이가 축축할 때는 불을 붙여 보기도 하는데, 쉬운 일은 아니다. 그러다가 흙투성이가 된 손바닥을 벽이나 나무 둥치에 문지른다.

오늘은 휴가를 나온 기병 장교의 연한 황갈색 장화를 바라보다가 물구덩이에서 나뒹구는 종잇장을 발견했다. 장교가 발뒤꿈치로 짓밟고 가리라고 생각했는데 아니었다. 종잇장과 물구덩이를 한 걸음에 건너 버린 것이다. 가까이 가 보았다. 줄이 쳐진 걸로 보아 학생용 노트에서 뜯긴 종이였다. 비에 젖어서 화상을 입은 손처럼 퉁퉁 부어오르고 물집투성이였다. 여백의 붉은 선이 분홍빛 안개처럼 흐려지고 사방에 잉크가 번져 있었다. 그나마 아래쪽은 진흙으로 뒤덮여 있었다. 허리를 굽혔다. 그 부드럽고 산뜻한 종이 반죽에 손을 대는 것이 즐거웠다. 그런데 손을 댈 수가 없었다. 잠시 몸을 굽히고 있었다. '받아쓰기—흰 부엉이' 라고 적혀 있었다. 결국 빈손으로 일어섰다. 나는 이미 자유롭지 못하다. 내가 하고 싶은 짓을 할 수가 없다.

물체들, 그것들이 사람을 '만지면' 안 된다. 살아 움직이지 않기 때문이다. 우리는 그것들을 사용하고 정리하고 그 속에서 살아간다. 그것들은 쓸모 있는 물건일 뿐 그 이상 아무것도 아니다. 그런데 그것들이 나를 만진다. 그 사실을 참을 수가 없다. 마치 살아 있는 존재처럼 접촉하는 게 두렵다.

이제 생각난다. 언젠가 바닷가에서 그 조약돌을 손에 쥐었던 느낌이 뚜렷하게 떠오른다. 시큼한 구토 증세였다. 말할 수 없이 불쾌했다. 그 조약돌 탓이었다. 확실하다. 조약돌에서 손아귀로 옮겨진 거였다. 그렇다. 그거다. 바로 그거다. 손아귀에 담긴 일종의 구토 증세.

목요일 아침, 도서관에서

방금 호텔 계단을 내려오다가 뤼시가 계단을 닦으면서 주인 여자에게 하소연하는 소리를 들었다. 주인 여자는 틀니를 끼우지 않은 탓에 가까스로 더듬거렸다. 분홍색 잠옷에 슬리퍼를 신었지만 벌거벗은 거나 다름없었다. 뤼시는 여전히 더러웠다. 걸레질을 하다가 무릎을 짚고 일어나서는 주인 여자를 쳐다보며 계속해서 말을 걸었다. 「바람이라도 피우는 편이 낫겠어요. 몸에 해롭지만 않다면 아무려면 어때요.」

남편 이야기였다. 검은 머리카락에 키도 작고 마흔 살이나 먹은 이 여자는 르쿠앵트 공장의 조립공과 푼푼이 모은 돈으로 결혼했다. 남편은 잘 생긴 청년이었지만 결혼 생활은 불행했다. 그는 때리지도 않고 바람을 피우지도 않았다. 대신 술을 퍼마셨다. 밤마다 만취해서 돌아오곤 했다. 당연히 건강이 나빠졌다. 석 달 만에 피부가 누렇게 뜨고 몸이 바짝 야위어 버렸다. 뤼시는 술 탓이라고 생각한다. 그러나 나는 폐결핵이란 생각이 든다.

「정신을 바짝 차려야 해요.」 뤼시가 강조했다.

그 여자는 속이 까맣게 타들어 가고 있다. 분명히 그렇다. 천천히, 집요하게 그 여자는 정신을 차리고 있다. 자위할 수도 없고 불행에 빠져 버릴 수도 없다. 자기의 불행을 조금씩 들춰볼 뿐이다. 그러면서 덕을 보기도 한다. 특히 사람들과 있을 때는. 다들 그 여자를 위로하고, 또한 충고하는 듯한 침착한 말투로 불행을 이야기하다 보면 마음이 후련해지는 것이다. 혼자서 방안에 있을 때는 생각을 없애려고 콧노래를 부르는 소리가 들린다. 하지만 그 여자는 온종일 우울하고 쉽게 지쳐서 시무룩해진다.

「여기예요. 답답해요.」 그 여자는 목에다 손을 대면서 말한다.

맘껏 괴로워하지도 않는다. 쾌락에도 인색할 것이다. 나는 그 여자가 때로는 그 단조로운 고통, 노래를 그치는 순간 다시 되살아나는 그 근심에서 벗어나기를, 혹은 차라리 호된 고통에 시달리다가 절망 속에 빠져 버리기를 원하는 게 아닐까 생각해 본다. 물론 불가능할 것이다. 그 여자는 옹졸해지고 말았다.

목요일 오후

「드 롤르봉 씨는 지독한 추남이었다. 마리 앙트와네트 왕비가 '친애하는 원숭이'라고 부를 정도였다. 그럼에도 왕궁의 부인들을 전부 소유했다. 못생긴 브와즈농처럼 어릿광대 짓으로 추파를 던진 게 아니라 일종의 자력(磁力)으로 말이다. 자력은 그의 아름다운 피정복자들을 욕망으로 이끄는 힘이었다. 때로는 모략도 하고, 콜리에 사건에서는 조금 수상쩍은 짓도 했다. 그리고는 '술통'이란 별명이 붙은 미라보와 네르시아하고 사귀다가 1790년에 행방불명되었다. 그 후 러시아에 나타나 표트르 1세의 암살 사건에 연루되기도 했다. 다음에는 러시아에서 가장 멀리 떨어진 인도, 중국, 투르케스탄 등지를 돌아다녔다. 무역도 하고 음모도 꾸미고 간첩 노릇도 했을 것이다.

1813년에 다시 파리에 돌아와서 3년 만에 권력을 쥐었다. 앙굴렘 공작부인(루이 16세와 마리 앙트와네트 왕비의 딸)의 유일한 심복이 되었던 것이다. 원래 변덕스러운데다 어린 시절의 무시무시한 기억에 시달리는 늙은 공작부인도 롤르봉 씨를 보면 마음이 가라앉는 듯 미소를 짓곤 했다. 왕궁의 분위기가 공작부인의 기분에 따라 움직였던 것이다.

1820년 3월에는 빼어나게 아름다운 드 로클로드 양과 결혼했다. 신부는 열여덟이고 드 롤르봉 씨는 일흔이었다. 하지만 권력의 절정에서 생애 최고의 행복을 누리고 있었다. 하지만 7개월 후에 반역죄로 붙잡혀 재판도 받지 못하고 5년 동안이나 지하 감옥에 갇혀 있다가 마침내 사망했다.」

나는 우울한 마음으로 제르맹 베르제('술통—미라보와 그의 친구들' 406페이지)의 주석을 다시 읽었다. 롤르봉 씨를 알게 된 것도 주석 몇 줄을 읽고서였다. 그가 얼마나 매혹적인 인물로 보였던가, 이 몇 줄로 그가 얼마나 좋아졌던가! 내가 지금 여기에 있는 것도 바로 그 영감 때문이다. 여행에서 돌아왔을 때 파리나 마르세이유에 자리 잡을 수도 있었다. 그러나 그 후작이 프랑스에서 생활한 기록은 대부분 부빌 시립 도서관에 있다. 롤르봉은 마롬므의 성주였다. 1912년에 그의 후손인 롤르봉 캉푸이레라는 건축기사가 죽으면서 부빌 도서관에 아주 소중한 유물을 기증했다. 후작의 편지와 일기, 서류 등이었다. 나는 아직 다 뒤져보지는 못했다.

하지만 주석을 찾아낸 것이 기쁘다. 다시 읽어보지는 못했지만. 내 필체가 변한 모양이다. 지금보다 훨씬 촘촘하게 썼는데. 그 당시엔 롤르봉 씨를 정말 좋아했다. 어느 화요일 밤이었다. 마자린 도서관에서 온종일 일하다가 1789년에서 90년까지의 편지 중에서 그가 네르시아를 농락한 굉장한 수법을 발견하게 되었다. 밤이었다. 나는 멘 거리를 내려가 라 게테 거리의 모퉁이에서 군밤을 샀다. 행복했다. 네르시아가 독일에서 돌아왔을 때 어떤 표정이었을지 상상하며 혼자 웃었다. 후작의 모습은 이 주석을 베낀 잉크빛 같다. 내가 이 일에 착수한 후로 그의 얼굴은 빛을 잃었다.

우선 1801년 이후의 행적을 알 수가 없었다. 기록이 부족해서가 아니다. 편지, 비망록, 경찰 문서 등 기록이라면 넘쳐난다. 사실은 확실성과 정확성이 부족하다. 증거물들이 각각 모순되는 것은 아니지만 서로 일치하지도 않는다. 도대체 동일 인물의 기록이라고 볼 수도 없다. 원래

사학자들은 참고 자료에 의지해서 연구를 시작한다. 그들은 도대체 어떻게 하는 것일까? 내가 그들보다 덜 신중한 것일까? 아니면 덜 영리한 것일까? 게다가 그런 문제는 도통 흥미가 없다. 나는 과연 무엇을 찾는 걸까? 나도 모르겠다. 오랜 세월 인간 롤르봉은 책을 쓰는 일보다 재미있었다. 그러나 이제는 그 인간…… 그 인간이 흥미가 없어졌다. 지금은 책에 매달려 산다. 하루하루 책을 써야 하는 이유를 절실하게 느낀다. 나이를 먹을수록 그렇다고 말해야 할지도 모른다.

롤르봉이 표트르 1세 암살 사건에 적극적으로 개입했다는 사실, 러시아 황제를 위해서 고등 간첩의 사명을 띠고 동양의 제국으로 들어갔다는 사실, 그리고 나폴레옹을 위하여 줄곧 알렉산더를 배반했다는 사실은 물론 인정할 수 있다. 그와 동시에 아르트와 백작이 자신의 충성을 믿도록 하기 위해 무용지물의 정보를 제공한 것도 그럴듯한 일이다. 이 모든 사실은 불가능한 일이 아니다. 그 당시에 푸셰는 훨씬 더 복잡하고 위험한 연극을 하고 있었다. 아마도 후작은 자기 잇속을 채울 욕심에 아시아 왕국들과 총 거래를 하고 있었을 것이다.

당연히 그럴 것이다. 충분히 그럴 수 있는 인물이니까. 하지만 증명할 수는 없는 일이다. 우리는 아무것도 증명할 수 없다는 생각이 들기 시작한다. 롤르봉의 이야기도 가설일 따름이다. 이 가설은 내가 세운 것이며, 그 동안 얻은 지식을 종합하는 방법에 불과하다. 롤르봉 쪽에서는 아무것도 보여 주지 않는다. 겉으로 드러난 사실들은 느리고 게으르고 음침해서 내가 원하는 엄격한 체계에 들어맞는 편이다. 하지만 롤르봉은 그 사실들과 외면적인 관계를 가지고 있을 뿐이다. 나는 상상 속에서 일하는 것 같다. 차라리 소설 속의 인물들이 더 진실하고 재미있을 거라고 굳게 믿는다.

금요일

3시다.

3시, 무엇을 하려고 해도 이미 늦었거나 너무 이르다. 어중간한 오후. 오늘은 참을 수가 없다. 썰렁한 햇살이 유리창에 앉은 먼지를 뽀얗게 비추고 있다. 뿌옇게 흐린 창백한 하늘, 오늘 아침엔 시냇물이 얼었다.

난로 곁에서 울적한 오후를 보내며 오늘 하루가 부질없이 가 버릴 거라는 사실을 미리 알고 있다. 날이 저물기 전에는 흡족한 일을 못할 것이다. 햇살 때문이다. 공사장을 떠도는 뿌옇고 더러운 안개를 햇살이 금빛으로 물들이고 있다. 그리고 아주 창백하고 노르스름한 햇살이 내 방으로 흘러 들어온다. 테이블 위에 희미하고 애매한 반사광을 네 개쯤 늘어놓는다.

내 파이프는 금빛으로 칠했기 때문에 사람들의 눈길을 끈다. 파이프를 바라보노라면 금빛은 사라지고 나무 조각 위에 푸르죽죽한 긴 선만 남는다. 모든 게 그렇다. 모든 것, 내 손까지도 그렇다. 오늘 같은 햇살이 비칠 때는 가서 눕는 게 최고다. 하지만 간밤에 세상 모르고 자 버려서 졸리지도 않는다.

나는 어제의 하늘이 그렇게도 좋을 수가 없다. 비 때문에 어둡게 좁

30

혀지고, 조금은 우스꽝스럽고 애처로운 얼굴처럼 유리창에 밀려온 하늘이 말이다. 오늘은 우스꽝스럽지도 않을 뿐더러 오히려 그 반대다. 내가 아끼는 모든 것들 위에, 공사장의 녹슨 쇳조각 위에, 썩은 울타리 판자 위에 인색하고 얌전한 빛이 쏟아지고 있다. 밤새 잠을 설치고 일어난 아침에, 지난밤에 열정적으로 결심한 일이나 지우지도 않고 단숨에 갈겨쓴 글 위에 던지는 눈길과도 같은 빛이다. 빅토르 느와르 거리에 있는 카페 네 곳이 밤마다 나란히 빛난다. 그러면 수족관, 배, 별무리, 혹은 커다란 눈망울들처럼 카페 이상의 것으로 보이는데, 지금은 그 애매한 우아함을 잃어버렸다.

자기 반성을 하기에 맞춤인 날. 태양이 인류에게 던지는 용서 없는 심판 같은 냉랭한 빛, 그것이 눈을 지나 내 마음속에 스며든다. 사람의 마음을 초라하게 만들어 버리는 빛이 내 내면을 비춘다. 내가 자기 혐오에 빠지는 건 15분이면 충분하리라. 그건 싫다. 나는 롤르봉이 성 페테르스부르크에 머물렀던 일에 관해서 어저께 쓴 글을 다시 읽지 않겠다. 나는 두 팔을 늘어뜨리고 의자 위에 앉아 있다. 아니면 힘없이 몇 마디 쓰고 하품을 하다가 밤이 되기를 기다린다. 어둠이 찾아오면 물체들과 나는 지옥에서 벗어날 것이다.

롤르봉이 표트르 1세의 암살에 가담했는가 안 했는가? 그것은 오늘의 문제다. 그것을 결정하지 않고는 더 이상 계속할 수가 없다.

체르코프는 그가 팔렌 백작에게 매수 당했다고 주장한다. 음모에 가담한 자들은 표트르 1세를 러시아 황제의 지위에서 끌어내 가두는 것으로 만족했다(사실 알렉산더는 그 결론에 찬성했을 것이다). 그러나 팔렌은 표트르 1세를 아예 없애 버리고 싶었던 모양이다. 드 롤르봉 씨가 음모에 가담한 자들을 일일이 찾아다니며 암살 쪽으로 몰아가는 역할을 맡았으리라는 것이다.

「그는 그들을 한 사람씩 방문하여 앞으로 일어날 장면을 아주 사실적인 몸짓으로 그려냈다. 이리하여 살인이라는 광기를 싹 틔우고 발전시켰던 것이다.」

그러나 나는 체르코프를 믿지 않는다. 그는 정직한 증인이 아닌 가학적인 요술쟁이며 반미치광이다. 그는 모든 것을 악마의 관점으로 해석한다. 나는 롤르봉 씨가 그처럼 드라마틱한 역할을 했을 거라고 생각할 수가 없다. 그가 과연 암살 장면을 몸짓으로 그려 보였을까? 천만에! 그는 냉정한 사나이다. 그는 평범하게 유혹하지 않는다. 뚜렷하게 보여 주지 않고 암시만 하는 것이다. 그의 눈에 띄지 않는 은밀한 수법은 같은 축에 드는 사람들, 이성에 따라 판단할 줄 아는 모사꾼이나 정치가가 아니면 성공할 수 없는 것이다.

「아데마르 드 롤르봉은…」

샬리에르 부인은 이렇게 쓰고 있다.

「말을 할 때 꾸미는 법도 없고 몸놀림도 없고 억양을 바꾸지도 않는다.

32

두 눈을 반쯤 감아 속눈썹 사이로 잿빛 눈동자 끝이 보일락말락했다.
솔직히 말하자면 최근까지도 그와 이야기하는 게 아주 갑갑했다. 그는
마블리 신부가 글을 쓰듯이 말했던 것이다.」

이런 사나이가 몸짓과 손짓으로……. 그렇다면 과연 어떻게 여자들
을 유혹했단 말인가? 그런데 세귀르가 전하는 진실하고도 신기한 이야
기가 있다.

「1787년에 물랭 근처의 선술집에서 철학자들의 제자였던 디드로의 친
구가 죽어 가고 있었다. 신부들은 모두 지쳐 버렸다. 최선을 다했지만
노인은 끝내 종부성사를 거부했던 것이다. 범신론자였던 것이다. 마침
드 롤르봉 씨가 지나가다가 끼여들게 되었다. 그는 무신론자였으나 두
시간 안에 병자를 전도하겠다고 내기를 걸었다. 당연히 신부가 졌다.
병자는 새벽 3시에 시작해서 5시에 고해를 하고 7시에 숨을 거두었다.
'당신은 언변이 뛰어나십니다. 우리는 어림도 없습니다' 라고 신부가
말했다. 드 롤르봉 씨는 간단히 대답했다. '언변이 좋다니요, 당치도
않습니다. 지옥이 무섭다는 것을 말해 주었을 뿐입니다.'」

지금 문제는 그가 암살 사건에서 결정적인 역할을 했느냐는 점이다.
그날 밤 8시경에 장교 친구가 집 앞까지 바래다주었다. 그가 다시 외출
을 했다면 성 페테르스부르크 거리를 어떻게 유유히 통과할 수 있었단
말인가? 표트르는 반쯤 정신이 나가서 밤 9시 이후에는 산파와 의사 말

고는 통행인을 전부 체포하라는 명령을 내렸던 것이다. 롤르봉이 왕궁에 들어가려고 산파로 변장했다는 어이없는 전설을 믿어야 한단 말인가? 어쨌든 가능한 일이었다. 암살 음모가 있던 날 밤 그가 집에 없었다는 것만은 사실이었다. 알렉산더는 그를 몹시 의심했음에 틀림없다. 그가 왕위에 오르자마자 후작을 멀리 동쪽 끝으로 보내 버렸으니 말이다.

드 롤르봉 씨라면 진저리가 난다. 나는 창백한 광선 속에서 움직인다. 광선이 손이나 옷소매에서 달라지는 것을 본다. 그 광선이 얼마나 불쾌한지 속이 후련하도록 표현할 수가 없다. 하품을 한다. 그리고 테이블 위의 전등을 켠다. 전등빛이 햇빛을 이겨낼지도 모른다. 천만에, 전등은 제 둘레에서 초라한 띠를 두르고 있을 뿐이다. 불을 끄려고 일어선다. 벽에 흰 구멍이 있다. 거울이다. 함정이다. 내가 이 함정에 걸려들고 말 거라는 사실을 안다. 틀림없이 걸려들었다. 거울 속에 잿빛 물체가 나타난다. 가까이 가서 본다. 이제는 거기서 떠날 수가 없다.

내 얼굴이 반사된 것이다. 별로 할 일이 없는 날이면 내 얼굴을 들여다보면서 시간을 보낸다. 그 얼굴에서 뭔가를 알아내는 건 아니다. 남의 얼굴에는 의미가 담긴 것 같은데 내 얼굴은 아니다. 잘생겼는지 못생겼는지조차 판단할 수가 없다. 흉하다는 말을 들은 적이 있으니까 못생긴 쪽일 것이다. 그런 말을 들어도 아무렇지 않지만. 흙덩어리를 보고 아름답다거나 흉하다고 말하는 것처럼 내 얼굴을 가지고 그렇게 말하는 게 놀라울 뿐이다.

그런데 꽤 봐줄 만한 부분도 있다. 뺨과 이마 위에 두개골을 황금빛으로 물들이는 아름다운 불꽃, 바로 머리카락이다. 정말 아름답다. 적어도 빛깔은 깨끗하다. 붉은 빛이라는 게 기쁘다. 지금 거울 안에서 빛나고 있다. 그것만 해도 나는 운이 좋은 편이다. 밤색과 금색을 섞은 흐릿한 색깔이 이마에 드리워졌다면 얼굴이 애매해졌을 것이고, 결국 나는 현기증을 일으켰을 터였다.

이마와 뺨을 권태롭게 쳐다본다. 확고한 건 없다. 아니 쳐다보고 싶은 부분이 없다. 분명 코가 있고 눈이 있고 입이 있다. 하지만 어느 것 하나 의미도 없고 인간적인 표정도 없다. 그런데도 안니 벨린은 내가 생기 있게 생겼다고 했다. 내 얼굴에 워낙 익숙해졌기 때문일지도 모른다. 어린 시절 비즈와 아주머니는 이렇게 말하곤 했다.「오랫동안 거울을 들여다보면 원숭이처럼 보인단다.」

내가 너무 오랫동안 들여다본 모양이다. 내 눈에는 원숭이 이하의 단계, 곧 식물계 끝을 지나 문어로 보인다. 물론 생기는 있다. 그걸 부정하지는 않는다. 그러나 안니는 그러한 생기를 말한 게 아니었다. 근육이 가볍게 떨린다. 창백해진 고깃덩어리가 아무렇게나 팔딱거린다. 특히 눈이 더 징그럽다. 희끄무레하고 물렁물렁한 것이 장님의 눈처럼 언저리가 붉고 생선 비늘 같다.

나는 세면기에 바짝 붙어 얼굴을 거울 가까이 갖다댄다. 두 눈, 코, 입이 뭉개져 버린다. 인간적인 것이라곤 아무것도 안 남았다. 입술에 생긴 갈색 주름들은 제멋대로 갈라진 두더지 집 같다. 비단 같은 하얀 솜털이 거대한 뺨 비탈을 달리고 있다. 콧구멍에서는 털 두 가닥이 나와 있다. 부조(浮彫)된 지도 같다. 나는 달빛을 받은 듯이 희끄무레한

이 세계가 낯익다. 그 세세한 부분을 다 알아볼 수는 없지만 전체적인 생김새는 낯이 익다. 덕분에 나는 살그머니 잠이 든다.

정신을 차리고 싶다. 생생하고 따끔한 자극을 받으면 깨어날 것이다. 왼손으로 뺨을 두들기고 꼬집고 얼굴을 찡그린다. 왼쪽 입술이 뒤틀린 채 부풀어올라 이가 보이고, 눈동자는 빨개진 살갗을 헤집고 벌어진다. 그걸 찾으려는 게 아니었다. 힘차고 싱싱한 것을 찾고 싶었는데, 익히 보았던 무르고 흐리멍덩한 것들뿐이다! 눈을 뜬 채로 잠들어 버린다. 얼굴이 커진다. 거울 속에서 점점 커진다. 커질 대로 커지다가 창백해져서 빛 속으로 미끄러져 들어간다.

갑자기 깨어난 것은 내 몸의 균형을 잃었기 때문이다. 아직도 어리둥절해하며 의자에 걸터앉은 나를 본다. 다른 사람들도 자기 얼굴을 알아보느라 나처럼 고생할까? 둔한 생리적 감각에 의지해서 내 몸을 느끼는 것처럼 내 얼굴을 보는 모양이다. 그러면 다른 사람들은? 예를 들어 롤르봉은? 드 장리 부인은 이렇게 평가한다.

「깨끗하고 뚜렷하지만 주름살투성이에 온통 얽은 얼굴, 야릇한 악의가 느껴졌다. 감춰 보려고 아무리 애써 봤자 눈에 띄었다.」

과연 그도 거울을 보면 졸음이 왔을까? 드 장리 부인은 또 이렇게 덧붙였다.

「그는 머리를 빗는 데 온갖 정성을 들였다. 가발 벗은 모습을 한 번도 본 적이 없었다. 뺨이 항상 검푸른 빛을 띤 것도 짙은 수염을 손수 면도하고 싶은 마음에 아주 서툴게 깎았기 때문이다. 그림 형제처럼 분을 짙게 바르는 습관도 있었다. 그 희끄무레한 분과 검푸른 뺨을 보고 드 당주빌 씨는 로크포르의 치즈 같다고 말할 정도였다.」

하여간 아주 우습게 생겼던 모양이다. 드 샬리에르 부인만 그렇게 본 것은 아니다. 어쩌면 부인은 아예 똑바로 쳐다보지도 않았을 것이다. 사람이 자기 얼굴을 이해하는 것 자체가 불가능한 게 아닐까? 아니면 내 얼굴을 알 수 없는 건 고독한 사람이기 때문일까? 남들하고 잘 어울리는 사람들은 거울 속에서 자기만의 장점을 찾아내려고 애쓴다. 나는 친구가 없다. 내 몸이 황량하게 느껴지는 것도 그 때문일까? 그런 것 같다. 그렇다, 인간을 떠난 자연이라고나 할까?

이제 일하기도 싫다. 밤을 기다리는 것밖에 아무 할 일이 없다.

5시 반

시원치 않다! 전혀 시원치 않다. 나는 느낀다. 고약한 그 '구토증'을. 이번에는 새롭다. 카페에서 느꼈다. 카페는 사람들도 많고 환해서 지금까지는 유일한 피난처였다.

이제는 그것조차도 사라지고 말았다. 방안에서 궁지에 몰려 버리면 어디로 갈지 알 수 없을 것이다.

나는 욕망을 채우려고 온 것이다. 그런데 문을 열자마자 마들렌이 소리쳤다.

「주인 아주머니 안 계세요. 장보러 갔어요.」

나는 심한 성적 좌절감을 느꼈다. 한참 동안 몸이 불쾌하게 근질근질했다. 젖꼭지에 속옷이 스치는 걸 함께 느꼈다. 가게 안쪽에서 반짝이고 있던 의자와 함께 빛을 머금은 느린 소용돌이, 안개 같기도 하고 연기나 거울 속의 광선 같은 소용돌이에 사로잡혀 버리고 말았다. 그런 것이 왜 거기에 있는지, 모양은 왜 그런지 알 수가 없었다. 문지방에서 머뭇거리려니까 소용돌이가 생겼다. 그림자가 천장을 스치자 나는 앞으로 떠밀려진 듯했다. 나는 둥둥 뜨고 있었다. 사방에서 내면으로 들어오는 빛안개 때문에 어리벙벙했다. 마들렌이 둥실둥실 걸어와서 나의 외투를 벗겼다. 그녀는 뒤에서 하나로 땋은 머리에 귀걸이를 달고 있었다. 그러나 나는 그녀를 알아보지 못했다. 귀 쪽으로 한없이 흘러내려간 커다란 볼을 바라보았다. 광대뼈 밑 우묵한 곳에, 그 초라한 살갗에 싫증이 난 듯이 보이는 두 개의 빨간 점이 간격을 두고 찍혀 있었다. 볼이 귀 쪽으로 흐르고 있었다. 마들렌은 웃고 있었다.

「무엇을 드시겠어요, 앙트완 선생님?」

그때 '구토'가 치밀었다. 의자에 주저앉고 말았다. 내가 어디에 있는지도 알 수 없었다. 온갖 색채들이 내 주위를 천천히 도는 게 보였다. 토하고 싶었다. 그렇다, 그때부터 '구토'가 나를 떠나지 않는다. 나를 붙들고 있다.

돈을 냈다. 마들렌이 내 접시받침을 가져갔다. 내 컵이 거품이 떠 있는 노란 맥주를 대리석 위에 짓누르고 있다. 내가 앉았던 곳이 움푹 들

어가 있다. 미끄러지지 않으려면 구두창을 바닥에 꾹 누르고 있어야
한다. 춥다. 오른쪽에서는 담요를 깔아놓고 트럼프 놀이를 하고 있었
다. 처음에는 그들을 보지 못했다. 단지 반은 의자 위에, 반은 안쪽 테
이블 위에 놓여 있는 미지근한 짐짝들이 팔을 휘젓고 있다는 걸 느꼈을
뿐이다. 그러다가 마들렌이 트럼프와 담요, 주사위 종지를 갖다 주었
다. 세 명인지 다섯 명인지 확실치 않았다. 나는 그들을 바라볼 용기가
없었다. 내 용수철 하나가 망가진 모양이다. 눈은 움직일 수 있지만 고
개는 꼼짝 못한다. 머리가 고무처럼 물렁물렁해져서 목 위에 달려 있
을 뿐이다. 자칫 고개를 돌렸다간 그대로 떨어뜨릴 것만 같다. 어쨌든
짧은 숨소리를 듣다가 이따금 흰털로 뒤덮인 불그스레한 빛을 곁눈질
한다. 손이다.

　주인 아주머니가 장보러 갈 때면 으레 사촌이 카운터를 본다. 사촌의
이름은 아돌프다. 나는 의자에 앉으면서부터 아돌프를 바라본다. 고개
를 돌릴 수가 없었기 때문에 줄곧 바라볼 수밖에 없다. 재킷을 벗어서
자줏빛 멜빵이 눈에 띈다. 팔꿈치까지 소매를 걷어올렸다. 멜빵은 파
란 셔츠에 묻혀 보일까 말까 한다. 가장된 겸손처럼 보인다. 사실 그 멜
빵은 슬며시 자기의 존재를 드러내고 있다. 자줏빛이 되려고 하다가
도중에 그냥 멈추었지만, 그 허세를 포기하지 않은 듯이 보인다. 그 염
소 같은 고집이 비위에 거슬린다. 이렇게 말하고 싶을 정도다. 「자, 자
줏빛이 '돼라.' 그럼 아무 말도 하지 않을 테니까.」 그러나 천만의 말
씀이다. 멜빵은 허공에 걸린 채 미완성의 노력을 계속하고 있다. 이따
금 셔츠에 묻혀 푸른 빛깔이 아주 덮어 버리기도 한다. 그럴 땐 잠시 모

습을 감춘다. 하나의 물결이 되어서. 이윽고 푸른색이 군데군데 숨어들면 자그마한 자줏빛 섬들이 수줍은 듯 그 모습을 드러낸다. 그리고 천천히 확대되어 다시 멜빵이 된다. 아돌프는 눈동자가 없다. 부풀어서 솟구쳐 올라간 속눈썹이 흰자위 위에 걸쳐 있을 뿐이다. 그는 게슴츠레한 미소를 짓는다. 가끔은 꿈꾸는 개처럼 재채기를 하고 소리를 지르며 꿈틀거린다.

푸른색 면셔츠가 초콜릿색 벽하고 즐겁게 조화를 이룬다. 그것 때문에 또 '구토'를 느낀다. 아니, '그것'이 바로 '구토'다. '구토'는 내 안에 있는 것이 아니다. 벽이나 멜빵에서, 그리고 내 주위의 모든 것에서 '구토'를 느낀다. 그것은 카페와 한몸을 이룬다. 그 속에 내가 있는 것이다.

오른쪽에서 미지근한 짐짝들이 웅성대기 시작한다. 그리고 팔들이 흔들린다.

「자, 여기 자네 으뜸 팰세.」

「뭐, 으뜸 패라니 뭐야?」

커다란 몸뚱이가 판 위에 허리를 구부린다. 「하 하 하.」

「뭐라고? 으뜸 패 여기 있어. 지금 내놨잖아?」

「모르겠어. 보지 않았으니⋯⋯.」

「내놨어, 내가 지금 내놨다니깐.」

「아, 그래. 그럼 으뜸 패에다 하트.」 그는 콧노래를 부른다. 「으뜸 패에다 하트, 으뜸 패에다 하트로구나.」 말투도 변한다. 「자네, 이게 뭐야? 이게 뭐냐 말이야? 내가 먹지.」

다시 조용해졌다. 입 속에서 들척지근한 공기가 느껴진다. 냄새들, 멜빵들.

사촌 녀석이 일어섰다. 몇 걸음 걷더니 뒷짐을 지고 미소를 짓는다. 그리고는 고개를 쳐든 채 발꿈치로 서서 기지개를 켠다. 그런 자세로 잠을 자는 것이다. 그는 몸을 흔들면서 그렇게 서 있다. 여전히 미소를 짓는 바람에 두 볼이 떨린다. 쓰러질 것 같다. 뒤로 기울어진다. 완전히 기울어져서 얼굴이 천장을 향한다. 쓰러지려는 순간 날쌔게 카운터 끝을 잡고 몸을 일으킨다. 그리고는 또다시 시작한다. 지긋지긋하다. 나는 웨이트리스를 부른다.

「마들렌, 노래를 좀 들려 줘. 부탁해. 내가 좋아하는 거 알지? '머지 않아서(Some of these days)' 말이야.」

「네, 하지만 저 손님들한테 방해가 되지 않을까요? 트럼프할 때 음악 트는 걸 좋아하지 않거든요. 참, 내가 다시 물어봐야겠죠.」

나는 힘겹게 고개를 돌린다. 그들은 네 명이다. 마들렌은 검은 테 코안경을 걸친 불그스레한 노인에게 가서 허리를 구부린다. 그는 트럼프를 가슴에 대어 자기 패를 숨기고 있다. 마들렌 너머로 나에게 시선을 던지며 말한다. 「하시죠, 손님.」

미소. 이가 다 썩었다. 불그스레한 손은 그 노인이 아니라 옆에 앉은 검은 수염 사내의 손이었다. 콧구멍이 어지간히도 크다. 식구들이 마실 공기를 혼자서 다 들이마실 수 있을 것 같다. 콧구멍이 얼굴의 반을 차지할 정도니까. 그런데도 헐떡거리면서 입으로 숨을 쉬고 있다. 개처럼 생긴 청년도 있다. 네 번째 사내는 잘 보이지 않는다.

카드가 뱅뱅 돌면서 담요 위에 떨어진다. 그러면 반지 낀 손이 손톱으로 담요를 긁으면서 집어든다. 손이 담요 위에 하얀 자국을 낸다. 꾀죄죄한 손이다. 줄곧 다른 카드가 던져진다. 그러면 손이 왔다갔다한다. 이 무슨 해괴한 노동이란 말인가. 노름 같지도 않고, 종교 의식 같지도 않고, 습관 같지도 않다. 오직 시간을 때우기 위해서 하는 짓으로 보인다. 그러나 시간은 너무 커서 때울 수가 없다. 사람이 시간 속에 던져 넣는 것은 모두 물컹물컹해져서 뻗어 버린다. 예컨대 휘청휘청 카드를 집는 그 불그스레한 손의 움직임이 무기력하다. 그 동작을 분해해서 속을 다시 채워야 할 것 같다.

마들렌이 축음기의 태엽을 감고 있다. 오늘은 실수하지 않았으면, 요전처럼 '카발레리아 루스티카나'의 지루한 노래를 걸지 않았으면 좋으련만. 아니다, 바로 이거다. 첫 박자만 듣고도 안다. 후렴이 붙은 흘러간 랙 타임 곡조다. 1917년에 라 로셸 거리에서 미군 병사가 휘파람으로 부는 걸 들은 적이 있다. 전쟁 전에 만든 곡일 게다. 그러나 레코드로 만든 것은 아주 최근이다. 그래도 이 집에서는 가장 오래된 거여서 사파이어 바늘을 올리는 '파테' 회사 음반이다.

곧 후렴이 나올 것이다. 나는 특히 그 후렴을 좋아한다. 마치 바다로 줄달음치는 낭떠러지처럼 앞으로 내닫는 거친 박자가 좋다. 지금은 재즈가 흐른다. 멜로디 대신 음과 짧은 진동이 연속될 뿐이다. 진동은 쉬지 않고 이어진다. 나타났다 없어졌다 하는 확고한 질서가 있어 진동들이 잠시 숨을 돌리고 스스로를 위해 존재할 여지를 주지 않는다. 진동은 점점 가빠져서 나를 한 대 후려갈기고 사라진다. 진동이 그만 멈쳤으면 좋겠다. 하지만 나는 알고 있다. 설령 그 진동을 잡는다 해도 내 손아귀에는 이내 미끄러져 나가는 평범하고 힘없는 소리밖에 남지 않을 것이다. 그것들이 사라져 버리는 것을 용납해야 하며, 그 소멸을 '바라는' 게 옳을 것이다. 나는 그렇게도 혹독하고 힘찬 인상을 잘 모른다.

훈훈한 느낌을 갖기 시작한다. 행복을 느끼는 정도다. 아직은 이상할 게 조금도 없는 일이다. '구토' 속의 조그만 행복일 뿐이니까. 이 행복은 끈적끈적한 물구덩이 밑에, '우리'의 시간, 즉 자줏빛 멜빵과 옴폭 파인 의자의 시간의 밑바닥에 펼쳐져 있다. 폭이 넓고 말랑말랑한 순간으로 이루어져 가장자리에서 기름 얼룩처럼 번지고 있다. 그 행복은 생겨나자마자 이내 늙어 버린다. 나는 20년 전부터 이미 그 사실을 아는 것 같다.

또 다른 행복도 있다. 나의 외부에는 그 강철 띠 같은 음악의 가느다란 연속이 있는데, 우리의 시간을 한쪽에서 또 다른 쪽으로 가로질러 놓고 날카로운 송곳으로 갈기갈기 찢는다. 그러면 우리의 시간과는 다른 시간이 생긴다.

「랑뒤 씨는 하트를 내고 자네는 에이스를 내.」

목소리가 미끄러져 나왔다가 사라진다. 열리는 문도, 내 무릎을 스치는 바람도, 손녀를 데리고 들어온 수의사도…… 그 무엇도 강철 띠를 건드리지 못한다. 음악이 애매하게 강철 띠를 넘어간다. 소녀는 자리에 앉자마자 음악에 사로잡힌다. 눈을 크게 뜬 채 온몸을 긴장하고 있다. 그리고 주먹으로 테이블을 문지르며 듣는다.

몇 초만 더 있으면 흑인 여자의 노래가 나올 것이다. 불가피한 일이다. 그만큼 이 음악은 필연적이다. 이 세상이 털썩 주저앉아 버린 그 시간, 그 시간에서 오는 무엇도 이 필연성을 방해하지 못한다. 그 필연성은 질서에 따라 스스로 멈출 것이다. 내가 그 아름다운 목소리를 좋아한다면 바로 그 이유 때문이다. 성량이라든가 슬픈 곡조 때문이 아니다. 그 소리는 오래 전부터 수많은 음이 만들어낸 결과이며, 그 결과를 만들어내려고 또 수많은 소리가 죽어 버린 것이다. 그런데도 불안하다. 음반이 멈추려면 뭐 대단한 일이 있어야 하는 것도 아니다. 용수철이 망가진다든지 아돌프가 기분을 바꾸면 그만이다. 그렇듯 확고해 보이는 강인함이 사실은 그렇게도 약하다는 게 얼마나 야릇하고 감동적인가. 음악을 중단시킬 건 아무것도 없다. 하지만 모든 것이 음악을 파괴해 버릴 수도 있다. 마지막 소리가 꺼졌다. 다음에 오는 짧은 침묵 동안 나는 됐음을, '무슨 일인가' 일어났음을 절실히 느꼈다.

정적(靜寂)
머지않아서
그대는
내가 없어 외로우리!
Some of these days
You'll miss me, honey!

일이 일어났다는 건 '구토'가 사라졌다는 사실이다. 침묵 속에서 소리가 튀어나왔을 때, 몸이 굳고 '구토'가 사라진 것을 느꼈다. 이처럼 대번에 아주 딱딱해지고 번쩍거리는 건 아주 고통스럽다. 동시에 음의 연속이 팽창하고 회오리바람처럼 부풀어올랐다. 음악은 우리들의 비참한 시간을 벽에다 짓누르고 투명한 금속 빛으로 방안을 채웠다. 나는 음악 '속'에 있다. 거울 속에서 불덩어리가 돌고 있다. 연기가 그 둘레를 둥글게 싸고 빛이 그 딱딱한 미소를 보였다 감추었다 하면서 돌고 있다. 내 맥주컵은 다시 작아져서 테이블 위에 놓여 있다. 엄중해 보이는 게 없어서는 안 될 물건 같다. 그 무게를 재어 보고 싶어서 손을 내밀었다……. 저런! 바로 그게 변한 것이다. 내 동작 말이다. 팔이 장조의 테마처럼 뻗어 나갔다. 흑인 여자의 노래를 타고 미끄러진다. 내가 춤을 추는 모양이다.

아돌프는 초콜릿색 벽에 기대고 있다. 아주 가까운 사람처럼 보인다. 나는 손을 다시 오므리고 그의 얼굴을 바라보았다. 그의 얼굴은 필연성을 보여 주었다. 나는 손가락으로 컵을 누른다. 아돌프는 나를 보고 있다. 나는 행복하다.

「자, 바로 이거다!」

소음을 가르고 목소리가 튀어나왔다. 불에 익은 것처럼 붉게 보이는 내 옆자리의 노인이다. 그의 뺨은 의자의 갈색 가죽에 보랏빛 자국을 이루고 있다. 그가 카드 한 장을 꺼내 테이블 위에 내리친다. 다이아몬드의 광채.

그러나 개처럼 생긴 청년은 웃고 있다. 불그스레한 노인이 테이블에 몸을 숙인 채 튀어 오를 듯한 자세로 그 청년을 노리고 있다.

「자, 나간다!」

힘에 부친 듯 창백한 젊은이의 손이 그늘에서 나와 잠시 떠돌다가 갑자기 독수리처럼 움직여서 테이블 위에 카드 한 장을 내민다. 얼굴이 붉고 뚱뚱한 사나이가 펄쩍 뛴다.

「젠장! 잘려 버렸군.」

하트 킹이 떨리는 손가락 틈에서 나타났다. 사나이는 코끝에서 한 번 돌려 보여 주고 노름을 계속한다. 그토록 멀리서 온, 그리고 여러 가지를 배합하고 지금은 사라진 수많은 동작으로 준비한 의젓한 왕이었다. 이번에는 그가 사라질 차례다. 그래서 다른 배합, 다른 동작, 공격이나 반격, 운명의 역전이나 그 밖의 자질구레한 사건들이 태어날 판이다.

감격스러웠다. 내 몸이 쉬고 있는 정밀 기계처럼 느껴진다. 나야말로 진정한 모험을 경험했다. 자세한 건 하나도 떠오르지 않지만, 그때그때 일어났던 사실들은 다 기억한다. 나는 바다를 건넜다. 수많은 도시를 지났다. 강을 거슬러 올라가거나 숲 속 깊숙이 들어가기도 했다. 그리곤 또 다른 도시로 향했다. 내 주변엔 항상 여자가 있었다. 사내들하고 꽤 싸우기도 했다. 그러나 되돌아갈 수는 없었다. 레코드판이 거꾸로 돌 수 없는 것처럼. 그런데 그 모든 것들이 나를 '어디로' 이끌어 갔던가? 지금 이 순간, 이 의자 위, 음악이 울리는 이 빛줄기 속이다.

그리고 당신이

나를 두고 떠날 때

And when you leave me

그렇다. 로마에 가면 티베르 강가에 앉아 있는 걸 좋아했고, 바르셀로나에서는 저녁마다 람블라스 거리를 수백 번씩이나 오르내렸다. 앙코르 근처에서는 프라 칸의 바레이 섬에서 바니앙 신자들이 나가스의 사원 둘레에 뿌리를 박은 듯 웅크리고 있는 것을 보았다. 그런 내가 지금 여기에서 트럼프 놀이를 하는 사람들하고 같은 시간에 살며 흑인 여자의 노래를 듣고 있다. 한편 밖에서는 땅거미가 내려앉고 있다.

축음기가 멈췄다.

달콤한 밤이 머뭇머뭇 찾아왔다. 보이지 않지만 밤이 전등불을 덮는다. 공기 속에 무언가 짙은 것이 감돌고 있다. 밤이다. 춥다. 한 노름꾼이 카드를 내밀면 다른 노름꾼이 주워 모은다. 한 장이 뒤에 처져 있다. 그들에겐 안 보이는 걸까? 바로 하트의 9다. 한 친구가 잡아서 개처럼 생긴 젊은이에게 준다.

「아! 이게 바로 하트 9로군!」

됐다. 나는 이제 나갈 것이다. 자줏빛 머리카락 노인이 연필 끝을 씹으면서 종이 조각을 들여다보고 있다. 마들렌은 공허한 시선으로 노인을 쳐다본다. 젊은이는 하트 9를 주무르고 있다. 젠장…….

나는 힘겹게 일어선다. 거울에 비친 수의사의 머리 위에 사람의 모습 같지 않은 얼굴 하나가 움직인다.

이제 영화나 보러 가야겠다.

바깥 바람이 한결 시원하다. 기분이 상쾌하다. 달콤한 맛도 베르무트주의 시큼한 냄새도 없다. 그러나 몹시 춥다.

7시 반이다. 배는 안 고프지만 영화는 9시에 시작한다. 무엇을 할까? 추위를 이기려면 빨리 걸어야 한다. 잠시 망설인다. 등뒤에는 중심지로, 번화가의 네온사인 쪽으로, 파라마운트 극장이나 앵페리알 카페, 그리고 쟝 백화점으로 가는 큰길이 있다. 하지만 별 흥미가 없다. 아페리티프를 마실 시간이다. 살아 움직이는 것들, 개들, 인간들, 제 스스로 움직이는 흐물흐물한 덩어리들, 그것들을 본다는 게 지긋지긋하다.

왼쪽으로 접어든다. 가스등이 나란히 서 있는 저쪽 구멍으로 들어가 버릴 생각이다. 느와르 거리를 따라 갈바니까지 가야겠다. 그 구멍에서 찬바람이 불어온다. 흙과 돌밖에 없는 곳인데. 돌들은 단단해서 통 움직이지 않는다.

처음 얼마간은 길이 좀 지루하다. 오른쪽 보도 위에 몇 줄기 광선이 섞인 가스 같은 덩어리가 조가비 소리를 내고 있다. 바로 구 정거장이다. 그 정거장을 시작으로 느와르 거리의 처음 100미터 안에, 즉 라 르두트 쪽에서부터 파라디 거리에 여남은 개의 가로등과 나란히 잇닿은 카페들이, 그러니까 '철도회관'과 카페 세 곳이 생겨났다. 낮에는 조용하다가 밤이 되면 거리에 기다란 네모 모양의 불빛을 쏟아낸다. 나는 다시 샛노란 불빛 세례를 받는다. 목도리를 머리까지 뒤집어 쓴 노파가 잡화와 식료품을 파는 라바슈네 가게에서 나와 뛰어간다. 이제 끝났다. 나는 파라디 거리의 마지막 가로등 옆에 서 있다. 아스팔트 도로는 여기서 끊어졌다. 길 저편은 암흑과 진창길이다. 파라디 거리를 가로지른다. 오른발을 진창 속에 넣는다. 양말이 젖는다. 그리고 산책이 시작된다.

느와르 방면의 그 구역에는 아무도 '살지 않는다.' 사람이 자리잡고 살기에는 날씨도 안 좋고 땅이 너무 메마르다. 성 세실 드 라 메르 성당에 10만 프랑이나 나가는 판자 천장을 기부한 솔레이유 형제의 목공소는, 출입문과 창문을 살기 좋은 잔 베르트 쾨르와 거리를 향하도록 서쪽으로 냈다. 거리가 온통 공장의 기계 소음이다. 빅토르 느와르 쪽에는 벽으로 이어져 있는 담들이 보인다. 그 건물들은 4백 미터에 걸쳐서 왼쪽 보도에 줄지어 서 있는데, 그쪽으로는 창문도 들창도 나 있지 않다.

이번에는 도랑에 두 발을 다 빠뜨렸다. 차도를 가로지른다. 저쪽 보도에는 가스등 하나가 육지 끝에 있는 등대처럼 군데군데 쓰러지고 부서진 울타리를 비추고 있다.

포스터 조각이 널빤지에 붙어 있다. 증오로 가득 찬 아름다운 얼굴이 별 모양으로 찢어진 초록색 바탕에서 찡그리고 있다. 누군가가 코밑에 카이저 수염을 연필로 그려 놓았다. 다른 조각에는 흰 글씨로 'purâtre(순결한 척)' 이라고 써놓았는데, 거기에서 붉은 방울이 떨어지고 있다. 핏방울인 모양이다. 얼굴과 글자가 같은 포스터 안에 있었는지도 모른다. 지금은 포스터가 찢어져서 글씨와 얼굴을 연결시키던 단순하고 계획된 관계는 사라졌으나, 찡그린 입 언저리와 핏방울, 흰 글씨와 'âtre(척)' 이라는 어미와의 사이에서 스스로 다른 관계를 맺고 있다. 어떤 범죄적인 정열이 쉬지 않고, 그 불가사의한 기호로 표현하려 애쓰는 것처럼 보인다.

판자 사이에서 철로를 따라 전등이 반짝인다. 기다란 벽이 울타리를 따라서 뻗어 있다. 구멍도 없고 문도 없고 창도 없는 벽은 2백 미터 지점에서 집을 마주친 채 끝난다. 나는 이미 가로등의 범위에서 벗어났다. 이제 검은 구멍 속으로 들어간다. 발 밑에 있는 내 그림자가 암흑 속으로 녹아 사라지는 걸 보는 순간 싸늘한 물 속으로 들어가는 느낌이었다. 내 앞에, 저 안쪽에, 짙은 암흑 속에서 희미한 장미색 빛을 볼 수 있었다. 바로 갈바니 거리다. 뒤를 돌아다본다. 가스등 뒤쪽 저 멀리 희미한 불빛이 있다. 정거장과 카페들이다. 내 뒤에서도, 그리고 앞에서도 사람들은 카페에서 술을 마시고 트럼프를 한다. 여기는 온통 어둠뿐이다. 바람이 저 멀리에서 가냘프고 고적한 종소리를 실어 온다. 집 안에서 들려 오는 소리, 자동차 엔진 소리, 사람들의 아우성 소리, 개 짖는 소리……. 그런 것들은 밝은 거리를 떠나지 않는다. 항상 따뜻한 곳에 머문다. 하지만 그 종소리는 어둠을 뚫고 여기까지 들려 온다. 세상 그 어떤 소음보다 딱딱하고 매정하게.

그 소리를 들으려고 멈춰 섰다. 춥고 귀가 아리다. 귀가 새빨개졌을 것이다. 하지만 나는 감각이 없다. 나를 둘러싼 순수성에 사로잡히고만 것이다. 아무것도 생존하지 않고 바람만 부는 가운데 굳은 선이 어둠 속에서 도망친다. 느와르 거리에는 통행인에게 아부하는 상인 같은 치사한 모습이 없다. 아무도 이 거리를 장식하려고 한 적이 없다. 완전히 정반대다. 잔 베르트 쾨르와나 갈바니 거리하고는 정반대다. 역 근처는 그래도 부빌 사람들이 조금씩 돌보는 편이다. 여행객들 때문에 가끔은 청소도 한다. 하지만 느와르 거리는 역에서 조금만 떨어지면 그대로 버림받은 채 곧장 줄달음쳐서 갈바니 거리와 부딪친다. 시민들은 느와르 거리를 잊고 있다. 간혹 흙 빛깔의 화물차가 천둥 같은 소리를 내며 전속력으로 지나간다. 살인 사건조차도 없다. 가해자도 희생자도 없기 때문이다. 느와르 거리는 비인간적이다. 광물처럼, 그리고 삼각형처럼. 부빌에 이러한 거리가 있다는 게 다행이다. 보통은 그 나라의 수도에만 있는 편이다. 베를린으로 말하면 노이쾰른 쪽이나 프리드리히쉬타인 근처이고, 런던으로 말하면 그리니치 근처에 그런 거리가 있다. 가로수 하나 없는 넓은 보도가 덧붙은 곧고 더러운 한길에 바람이 휘몰아치고 있다. 대개는 도시의 성벽 밖에 있다. 말하자면 화물역이나 전차 기지, 도살장이나 가스 탱크 곁에 시가지를 만드는 야릇한 동네 안에 있다. 이틀 연속 소낙비가 쏟아진 뒤 온 도시가 태양 아래서 습한 열기를 발산하고 있을 때도 이 거리에는 진창이나 물구덩이가 남아 있다.

'구토'가 저기 노란 불빛 속에 남아 있다. 나는 행복하다. 이 추위는 순수하다. 이 어둠 또한 그렇게 순수할 수가 없다. 나 자신이 이 얼어붙은 공기의 한 줄기 흐름이 아닐까? 피도 림프샘도 유체도 없이 이 기다란 운하 속에서 저 희미한 빛을 향해 흐른다. 추위, 그저 추울 따름이다.

사람들이다. 그림자 둘이 왜 여길 왔을까?

남자의 소매를 붙들고 있는 건 자그마한 여자다. 그 여자는 목소리를 낮추어서 빠르게 말한다. 바람 때문에 알아들을 수가 없다.

「입 좀 닥쳐요, 응?」 남자가 말한다.

하지만 여자는 쉬지 않고 입을 놀린다. 갑자기 남자가 여자를 떠민다. 그들은 머뭇거리며 마주 보고 서 있다. 남자는 다시 두 손을 호주머니에 넣고 앞만 보며 걷는다.

남자가 없어졌다. 지금 여자는 나하고 3미터밖에 떨어지지 않았다. 문득 목쉰 소리가 비통하게 여자의 온몸을 갈가리 찢고 튀어나와 강렬하게 거리를 울렸다.

「샤를, 부탁이에요. 내 말 알죠? 샤를, 돌아와요. 이젠 지긋지긋해요. 난 너무나 불행해요.」

나는 여자의 몸에 닿을 만큼 아슬아슬하게 그 곁을 지났다. 그것은…… 하지만 불타는 몸과 고통을 내뿜는 얼굴을 어떻게 믿을 수 있을까? 그런데 목도리와 외투, 오른손의 커다란 포도주빛 반점이 낯익다. 그 여자다. 뤼시다. 하녀다. 그 여자에게 도와주겠다고 말할 용기는 없다. 필요하면 먼저 부탁할 것이다. 여자를 보면서 천천히 그 앞을 지나갔다. 그 여자는 나를 응시한다. 나를 보는 것 같지는 않다. 고통스러워서 정신을 못 차리는 모양이다. 나는 몇 걸음 걷는다. 그리고 돌아선다.

맞다, 그 여자다. 뤼시다. 차마 눈뜨고 봐줄 수 없을 정도로 넋을 잃은 채 고통에 몸부림치고 있다. 그 여자가 부럽다. 그 여자는 몸을 꼿꼿하게 세우고 마치 성흔(聖痕)을 기다리는 것처럼 두 팔을 벌리고 있다. 숨을 헐떡거리면서. 길 양쪽의 벽들이 높아져서 다가오고, 그 여자는 우물 밑바닥에 있는 것 같다. 나는 잠시 기다린다. 그 여자가 덜컥 쓰러질까 봐 두렵다. 이 엄청난 고통을 참기에는 너무나 허약해 보인다. 그러나 여자는 주위에 있는 모든 것들처럼 광물화되어 있다. 그 여자를 오해한 것이나 아닌지, 불현듯이 드러내 보인 것이 그 여자의 원래 성격이 아닌지 잠시 생각해 본다.

뤼시가 희미한 신음 소리를 낸다. 놀란 눈을 크게 뜨고 목을 조르듯 잡는다. 아니다, 고통을 감당해낼 힘이 여자 안에 있는 것은 아니다. 그 힘은 외부에서 온다. 바로 이 길에서 오는 것이다. 여자의 어깨를 잡고 밝은 곳으로, 사람들 틈으로, 부드러운 장밋빛 거리로 데려가야 할 것이다. 거기서는 그렇듯 맹렬하게 괴로워할 수가 없다. 여자는 정상적인 모습을 되찾을 것이다.

나는 등을 돌린다. 어쨌든 그 여자는 운이 좋았다.

나는 3년 전부터 너무나 평온하다. 이 비극적인 고독에서 공허한 순수성밖에는 얻을 것이 없다. 나는 가야겠다.

목요일 11시 반

도서관에서 두 시간을 꼬박 일했다. 담배를 피우려고 등기소 광장으로 내려갔다. 붉은 벽돌이 깔려 있다. 18세기에 세워진 것이라서 부빌 사람들이 자랑스러워한다. 샤마드 거리와 슈스페다르 거리 입구에 낡은 쇠줄을 쳐놓고 차량 통행을 막고 있다. 개를 끌고 산책 나온 부인들이 벽을 따라 아케이드 밑으로 간다. 검게 차려입은 그 부인들은 양지까지 가는 일이 거의 없지만 소녀 같은 시선으로 귀스타브 앵페트라즈의 동상을 만족스럽게 힐끔 쳐다본다. 그 청동 거인의 이름도 모를 것이다. 단지 거인의 프록코트와 실크 모자만 보고 상류 계급의 신사로 여길 것이다.

동상은 왼손에 모자를 들고 오른손은 책더미에 올려놓고 있다. 마치 그 부인들의 할아버지 같다. 그 동상이 모든 문제를 자기네들처럼, 꼭 자기네들처럼 생각한다는 것을 속속들이 이해하기 위해서 오랫동안 동상을 쳐다볼 필요는 없다.

동상은 소견도 좁고 융통성 없는 그 부인들을 도와주려고 자기의 권위와 그 무거운 손이 누르고 있는 책더미 속에서 얻은 해박한 지식을 내세운 것이다.

검은 옷의 부인들은 마음이 가벼워진다. 그리하여 고요한 마음으로 집안일을 돌보고 개를 산책시킬 수 있는 것이다. 그 부인들은 아버지한테 물려받은 성스러운 마음이나 선량한 생각들을 옹호할 책임이 없다. 그런 문제라면 동상이 수호자 노릇을 하기 때문이다.

그 인물이라면 『대백과사전』에 몇 줄 나와 있다. 나는 작년에 읽었다. 나는 그 책을 창틀 위에 놓았다. 그래서 창문 너머로 앵페트라즈의 초록색 두개골을 볼 수 있었다. 그의 전성기는 1890년경이었다. 아카데미의 장학관을 지냈는데, 시답잖은 이야기들을 써서 세 권이나 출간했다. 『고대 그리스인의 명성에 관하여』(1887)와 『롤랑의 교육학』(1891), 1899년에 발간된 『유언시』이다. 1902년에 그의 부하 직원들과 좋은 취미를 가진 사람들이 애도하는 가운데 세상을 떠났다.

나는 도서관 정문에 기대어 있다. 곧 꺼질 듯한 파이프 담배를 빤다. 노파가 쭈뼛거리며 복도를 나와 섬세하고도 집요한 태도로 앵페트라즈를 본다. 돌연 대담해지더니 종종걸음으로 마당을 건너 동상 앞에 서서는 턱을 움직인다. 그리고는 붉은 벽돌 바닥을 검게 물들이며 벽

틈으로 사라져 버린다.

1800년경에는 붉은 벽돌과 집들이 있어서 이 광장도 활기찼을 것이다. 지금은 메마르고 불쾌하고 미묘한 공포가 느껴진다. 아무래도 저 받침돌 위에 서 있는 사내 때문인 것 같다. 사람들은 동상을 세워 저 학자를 요술쟁이로 만들었던 것이다.

나는 앵페트라즈를 똑바로 본다. 눈도 없고, 코는 보일락말락하고, 수염은 문둥병에 걸려 있다. 그가 인사를 한다. 조끼의 심장 부분에 초록색 자국이 뚜렷하다. 몹시 괴롭고 불쾌해 보인다. 그는 살아 있지 않다. 정말이다. 그렇다고 죽은 것도 아니다. 그에게서 눈에 보이지 않는 힘이 솟구친다. 그 힘은 나를 떠미는 바람 같다. 앵페트라즈는 나를 등기소 광장에서 쫓아내고 싶은 모양이다. 하지만 이 파이프 담배를 다 피우기 전에는 가지 않을 작정이다.

기다랗고 깡마른 그림자가 등뒤에서 불쑥 나타났다. 나는 그만 펄쩍 뛰었다.

「실례했습니다. 방해하고 싶지는 않았는데, 선생님의 입술이 움직이는 걸 봤어요. 선생님이 쓰고 계신 책의 한 구절을 외우고 계셨지요?」 그리곤 웃어 보인다. 「선생님은 알렉상드랭[十二綴音詩]을 외우고 계셨습니다.」

나는 깜짝 놀라 그 독학자를 보았다. 그는 내가 놀란 것이 더 놀라운 모양이다. 「산문에서는 알렉상드랭을 피해야 하지 않을까요?」

나를 존경하는 마음이 약간 떨어진 모양이다. 나는 이런 시각에 무얼 하러 여기에 오느냐고 물어본다. 그는 주인한테 휴가를 받자마자 도서관으로 왔으며, 점심도 거른 채 도서관이 문을 닫을 때까지 책을 읽을 작정이라고 설명한다. 나는 이미 그의 말에 귀를 기울이지 않는다. 그는 화제를 돌려 버렸다. 갑자기 이렇게 말했던 것이다.

「선생님처럼 책을 쓰는 행복을 갖는다는 것은⋯⋯.」

나는 무슨 말을 해야만 한다. 「행복⋯⋯.」 회의적인 태도로 간신히 말을 꺼냈을 뿐이다.

그는 내 대답을 오해하고는 재빨리 고쳐 주었다. 「아니, 재능이라고 해야 할 겁니다.」

우리는 계단을 올라갔다. 나는 일할 마음이 없다. 누군가가 『외제니 그랑데』를 책상 위에 두고 갔다. 27페이지가 펼쳐져 있었다. 나는 기계적으로 집어들고 27페이지를, 그리고 28페이지를 읽었다. 처음부터 읽을 용기가 안 났기 때문이다. 독학자는 책장 쪽으로 씩씩하게 걸어갔다. 뼈다귀를 주운 개처럼 책 두 권을 가지고 와서 책상 위에 내려놓았다.

「무엇을 읽으십니까?」

대답하기를 꺼리는 눈치다. 잠깐 머뭇거리더니 당황한 듯 큰 눈을 굴리며 난처한 태도로 책을 내밀었다. 라발레트리에의 『분탄(粉炭)과 분탄광(粉炭鑛)』, 라스텍스의 『이토파데사(Hitopadésa) 또는 실업교육(實業教育)』이었다. 그가 거북해하는 이유를 모르겠다. 아주 건전한 책들인데 말이다.

나는 『이토파데사』를 뒤적거린다. 점잖은 이야기뿐이다.

3시

나는 『외제니 그랑데』를 내던졌다. 일을 시작했으나 용기가 나지 않았다. 독학자는 존경 어린 눈빛으로 나를 바라본다. 나는 가끔씩 고개를 쳐들고 닭 모가지처럼 커다랗게 세워 올린 그의 칼라를 본다. 재킷은 낡았지만 속옷은 눈이 부실 만큼 희다. 서가에서 책을 한 권 더 가지고 왔다. 나는 제목을 거꾸로 읽는다. 『코드베크의 화살』, 줄리 라베르뉴 양의 노르망디 연대기다. 나는 독학자가 읽는 책을 보면 언제나 당황한다.

문득 그가 최근에 읽은 책의 저자들이 떠오른다. 랑베르, 랑글르와, 라발레트리에, 라스텍스, 라베르뉴다. 분명하다. 독학자의 취향을 알 것 같다. 그는 알파벳순으로 읽는다.

감탄의 눈으로 그를 쳐다본다. 그토록 방대한 규모의 계획을 천천히 끈기 있게 실현하려면 어떤 의지가 필요한 걸까? 그는 7년째 책을 읽는다고 말한 적이 있다. 그렇다면 7년 전 어느 날 의기양양하게 이 방에 들어왔던 것이다. 벽면에 가득 찬 책들을 보는 순간 라스티냐크처럼 외쳤을 것이다. 「인류의 지식이여, 자, 이제 그대와 나의 대결이다.」그리고는 맨 오른쪽 서가에 꽂힌 첫 번째 책을 뽑아 왔고, 존경과 두려움이 섞인 확고부동한 결심 끝에 첫 장을 열었을 것이다. 그 후로 지금은 L까지 와 있다. J 다음이 K고, K 다음이 L이다. 그는 느닷없이 갑충류 연구에서 양자론까지, 타메를랑(Tamerlan)에 관한 저서에서 다윈론에 맞서는 가톨릭 계통의 팸플릿까지 읽는다. 잠시도 머뭇거리지 않고 모두 읽었다. 머릿속에 단성 생식(單性生殖)에 관한 이론의 절반과 인체 해부를 반대하는 논의의 절반을 저장한 것이다. 그의 뒤에도 앞에도 우주가 있다. 이제 맨 왼쪽 서가의 마지막 책을 덮으면서 「자, 이제는 무엇을 한다?」라고 말할 날이 가까워지고 있다.

그의 간식 시간이다.

그는 천진하게 빵과 갈라페테르 한 조각을 먹는다. 눈꺼풀이 아래로 처져서 여자처럼 아름다운 눈썹을 마음대로 바라볼 수가 있다. 그가 숨을 쉴 때면 담배 냄새에 달콤한 초콜릿 냄새가 섞인다.

금요일 3시

하마터면 거울의 함정에 빠질 뻔했다. 거울을 피한다. 그러나 유리창의 함정에 빠지고 말았다. 일이 손에 잡히지 않아서 두 팔을 축 늘어뜨리고 창가로 간다. '일터' '울타리' '구 정거장', 말하자면 '구토' '울타리' '일터'. 하품을 너무 크게 해서 눈물이 괸다. 오른손에는 파이프를, 왼손에는 담배 쌈지를 쥐고 있다. 파이프에 담배를 다져 넣어야 한다. 하지만 그럴 용기가 없다. 팔을 늘어뜨린 채 유리창에 이마를 대고 서 있다. 저 노파가 신경에 거슬린다. 노파는 눈에 초점을 잃고서도 고집스럽게 또박또박 걷는다. 간혹 눈에 보이지 않는 위험이 스쳐가기라도 한 것처럼 두려운 듯 멈춰 선다. 이제 내 방의 창 밑까지 왔다. 바람이 노파의 치마를 무릎에 찰싹 붙인다. 노파는 멈춰 서서 목도리를 고쳐 맨다. 손이 떨린다. 노파는 다시 걷는다. 나는 노파의 등을 처다본다. 늙은 쥐며느리 같으니! 노파는 오른쪽으로 꺾어져서 느와르 쪽으로 갈 것이다. 백 미터는 더 가야 한다. 저 걸음걸이로는 10분은 걸릴 것이다. 나는 10분 동안 여기에서 노파를 보며 유리창에 이마를 대고 서 있을 것이다. 노파는 스무 번은 멈춰 설 것이다. 그러다가는 걷고 또 서고……

나는 미래를 '본다.' 미래는 길 위에 놓여 있어 현재보다 약간 희미할 뿐이다. 미래가 실현되어야 할 필요가 있을까? 실현되어 봤자 뭐가 더해진단 말인가? 노파는 절름거리면서도 또박또박 걸어서 멀어진다. 노파가 멈춰 선다. 목도리 사이로 비어져 나오는 흰머리를 잡아당긴다. 노파는 걷는다. 아까는 저기에 있었는데 지금은 여기에 있다……. 내가 현재에 있는지 미래에 있는지 알 수가 없어진다. 나는 노파의 동작을 보고 있는 것일까? 노파의 동작을 '예견' 하고 있는 것일까? 이제 나는 미래와 현재를 구별할 수가 없다.

그러나 시간은 멈추지 않는다. 조금씩 실현되고 있다. 노파는 쓸쓸한 거리를 걸어간다. 커다란 남자 신발을 옮기고 있다. 이것이 바로 시간이다. 순수한 시간이다. 시간은 서서히 인간에게 다가온다. 시간을 기다리지만 막상 닥쳐오면 사람들은 구토를 느낀다. 시간이 오래 전부터 거기에 있었다는 걸 알기 때문이다. 노파는 길모퉁이 가까이 간다. 노파는 이미 작은 검은색 헝겊 뭉치에 불과하다. 그렇다, 분명 새로운 일이다. 조금 전에는 노파가 없었다. 하지만 퇴색하고 케케묵은 새로움이어서 절대로 뜻밖의 일일 수는 없다. 노파는 길모퉁이를 돌려고 한다. 돈다. 영원한 시간 속에서.

나는 창가를 떠나 휘청거리면서 방안을 걷는다. 거울에 바싹 다가가 나를 본다. 내가 지긋지긋하다. 여기에도 영원이 또 하나 있다. 마침내 내 영상이 비치는 거울을 벗어난다. 침대까지 와서 쓰러진다. 천장을 바라본다. 잠들고 싶다.

정적. 정적. 이제 나는 시간의 흐름이나 시간이 지나가는 희미한 소리가 안 들린다. 천장에 영상들이 보인다. 처음에는 둥근 빛이, 다음에는 십자가 모양이 보인다. 영상이 나비처럼 날개를 친다. 그리고는 다른 영상이 이루어진다. 이번엔 내 눈 속에서 이루어진 영상이다. 무릎을 꿇은 커다란 동물이다. 앞다리와 안장이 보인다. 나머지는 희미하다. 그렇지만 나는 잘 안다. 마라케시에서 보았던 돌에 메어 놓은 낙타다. 그 낙타는 앉았다가 일어서는 걸 반복했다. 장난꾸러기들이 소리를 질러서 낙타를 집적거리는 거였다.

2년 전에는 참 좋았다. 눈만 감으면 머릿속이 벌집처럼 윙윙거렸다. 수많은 얼굴들, 수많은 나무들, 수많은 집들, 대나무통에서 벌거벗고 목욕하던 가마이시(釜石)의 일본 여자, 큰 상처를 입어 옆에다 흥건하게 피를 토해 놓고 죽은 러시아 사람…… 이런 것들이 보였던 것이다. 또한 쿠스쿠스의 맛, 부르고스 시가에 넘쳐흐르는 기름 냄새, 테튜안 거리에 감도는 미나리 냄새, 그리스 목동의 휘파람 소리 같은 것을 눈을 감고 기억에서 찾아냈던 것이다. 감격스러웠다. 하지만 그 기쁨은 아주 오래 전에 없어져 버렸다. 오늘 그 기쁨이 되살아날 모양인가?

이글거리는 태양이 환등기처럼 갑자기 머릿속으로 미끄러져 들어왔다. 푸른 하늘이 그 뒤를 따랐다. 서너 번 흔들리다가 태양이 멈췄다.

내 안이 황금빛으로 변했다. 어쩌면 알제리나 시리아인지도 모르지만, 모로코에서 이 빛이 돌연 떨어져 나온 것일까? 나는 과거 속에 묻힌다.

메크네스다. 베르뎅느의 회교 사원과 뽕나무 한 그루가 그늘을 드리운 그 예쁘장한 광장에서 우리를 공포에 떨게 했던 시골 사람. 생긴 건 기억나지 않지만, 그는 우리 쪽으로 왔다. 안니는 내 오른쪽에 있었다. 왼쪽이었던가?

이 태양, 이 하늘은 거짓에 불과했다. 그것에 속은 것도 벌써 백 번째는 된다. 내 추억은 악마의 지갑에 든 금화 같다. 지갑을 열면 낙엽밖에 없으니 말이다.

그 시골 사람의 움푹 파인 눈밖에 생각나지 않는다. 그 눈도 정말 그의 눈일까? 바쿠에서 국가의 낙태 시설에 관한 원칙을 설명해 준 의사도 애꾸였으며, 그 의사를 떠올릴 때마다 그려지는 것은 역시 뿌연 눈망울이다. 두 사나이는 노르넨들(스칸디나비아 신화에 나오는 여신 세 자매. 각각 과거·현재·미래를 바라보지만 눈은 하나밖에 없다고 한다)처럼 눈이 하나밖에 없어서 그것을 번갈아 가며 차지했던 것이다.

날마다 가다시피 했지만 메크네스 광장에 대한 기억은 훨씬 단순하게 남아 있다. 사실 전혀 생각나지 않는다. 광장이 아름다웠다는 막연한 느낌과, '메크네스의 아름다운 광장'이라는 서로 떼어놓을 수 있는 세 마디가 기억에 남아 있을 뿐이다. 눈을 감든지 뚫어지게 천장을 쳐다보든지 하면 그 장면을 다시 떠올릴 수 있으리라. 저 멀리 나무 한 그루가 서 있고, 시커먼 그림자가 나에게 달려온다. 그러나 이 모든 것은 장면을 만들기 위해서 내가 상상해낸 것이다. 그 모로코 사람은 깡마른 키다리였다. 게다가 그가 나를 만졌기 때문에 겨우 그를 보았을 뿐이다. 그래서 나는 아직도 깡마른 키다리로 '알고 있다.' 요약된 지식이 기억에 남아 있을 뿐이다. 아무것도 생각해낼 수가 없다. 아무리 과거를 뒤져보아도 이미지의 파편뿐이다. 그 파편이 나타내는 게 뭔지도 잘 모른다. 기억인지 상상인지조차도 모른다.

그 파편들 자체가 사라져 버린 경우도 많다. 결국 말밖에 남는 것이 없다. 그래도 나는 이야기를 할 수 있다. 너무나 잘할 수 있다. 하지만 그런 이야기는 해골에 불과하다. 이야기 속에는 여러 가지 일을 하는 녀석이 있는데, 물론 나는 아니다. 나는 그자와 아무런 관계가 없다. 그자는 여러 나라를 돌아다닌다. 나는 그 여러 나라를 한 번도 가본 적이 없어서 아무것도 모른다. 가끔 이야기를 하다가 지도에서 볼 수 있는 아랑쥬에라든가 캔터베리라든가 하는 아름다운 이름을 꺼내는 일이 있다. 그 지명들은 아주 새로운 이미지를 떠올린다. 여행이라곤 한 번도 해보지 않은 사람이 독서를 통해서 상상하는 것하고 비슷하다.

나는 말에 의지해서 몽상을 하는 것이다. 그뿐이다.

이미 사라져 버린 수백 가지 사건 중에서 그래도 기억하는 사건이 한두 가지 있다. 낡아 버릴까 봐 아주 가끔씩 그러한 사건들을 조심스레 생각해낸다. 그 중의 하나를 건져낸다. 배경, 인물, 동작 등이 되살아난다. 문득 멈춘다. 모든 것이 낡아 버린 것을 느끼고 감각의 흐름 속에서 하나의 말이 솟아나는 것을 본다. 그 말이 내가 좋아하는 여러 가지 영상을 제쳐놓고 자리잡으리라는 것을 예측한 뒤 이내 멈추고는 재빨리 다른 생각을 한다. 내 추억을 지치게 하고 싶지 않기 때문이다. 헛수고

다. 다음에 그걸 생각해낸다 해도 이미 굳어져 버렸을 것이다.

나는 일어서기 위해서, 책상 밑에 넣어 둔 상자에서 메크네스에서 찍었던 사진을 가져오기 위해서 막연한 몸짓을 한다. 그래 봐야 무슨 소용이 있는가? 기억을 되살리는 데는 그 최음제도 아무 효과가 없을 것이다.

며칠 전 책상에서 빛 바랜 사진 한 장을 발견했다. 연못 옆에서 웃는 여자의 사진이었다. 누군지 생각나지 않아서 잠시 들여다보고 있었다. 그러다가 뒷장에 '안니, 포츠머드에서 1927년 4월 7일'이라고 쓰여진 것을 읽었다.

나는 오늘처럼 강렬하게, 적나라할 만큼 육체와 거기서 거품처럼 떠오르는 경박한 사고에 한정되어 있다는 걸 느낀 적이 없다. 나는 나의 현재를 가지고 갖가지 추억을 만들어낸다. 현재에서 벗어나려고 하다가 현재 속으로 들어가 버린다. 과거로 돌아가려 하지만 허사다. 나는 현재에서 도망갈 수가 없다.

누가 문을 두드린다. 독학자였다. 그를 잊고 있었다. 여행 중에 찍은 사진을 보여 준다고 약속해 놓고는.

그가 의자에 앉았다. 그의 팽팽한 엉덩이가 의자에 닿자 긴장한 상반신이 앞으로 기울어졌다. 나는 침대 아래로 내려가 전등을 켰다.

「선생님, 왜 그러세요? 아주 좋은데요.」

「사진을 보기에는 좋지 않아서…….」

그는 어떻게 해야 좋을지 몰라 잠시 우물거린다. 나는 그의 모자를 받아든다.

「선생님, 정말 사진을 보여 주실 겁니까?」

「물론이죠.」

이미 계산된 일이다. 그가 사진을 보는 동안은 입을 열지 않을 것이다. 나는 테이블 밑에 기어 들어가서 상자를 그의 에나멜 구두 쪽으로 민다. 그의 무릎 위에다 엽서와 사진을 한아름 놓는다. 스페인과 스페인령 모로코에서 찍은 것들이다.

그가 미소를 짓는다. 그의 입을 막을 수 있을 거라던 생각이 크게 잘못되었다는 걸 깨달았다. 그는 이겔도산에서 찍은 성 세바스찬의 사진을 들여다보고 나서 가만히 테이블 위에 놓고는 잠시 가만히 있었다. 그리곤 한숨을 내쉰다. 「참, 선생님은 운이 좋으세요. 사람들 말이 맞다면 여행은 가장 좋은 공부입니다. 선생님도 그렇게 생각하시지요?」

나는 애매한 몸짓을 보였다.

다행히도 그는 말을 계속했다. 「참 놀라운 일입니다. 언제고 여행을 한다면, 출발 전에 내 성격을 가장 사소한 점들까지도 기록해 두고 싶어질 겁니다. 돌아와서 내가 어떻게 변했는지 비교할 수 있을 테니까요. 책에서 읽은 이야기지만, 돌아왔을 때 정신은 물론 육체도 완전히 변해서 가장 가까운 친지들조차 알아보지 못한 여행자도 있더군요.」

그는 방심한 채 커다란 사진다발을 만지작거리다가 한 장을 뽑아들더니 보지도 않고 테이블 위에 놓는다. 다음에는 부르고스 성당의 제단에 조각된 성 제롬의 모습이 담긴 사진을 뚫어져라 들여다보았다. 「선생님은 부르고스에 있는 그리스도를 보셨나요? 짐승 가죽으로 만들었다던데요. 짐승 가죽뿐 아니라 심지어는 사람 가죽으로 만든 조각상들도 있는데, 그에 관한 진귀한 책이 있죠. 혹시 검은 '성모'도 보셨나요? 부르고스엔 없는 거지요. 사라고사에 있던가요? 부르고스에도 하나가 있죠? 순례자들이 거기에 키스하지 않습니까? 사라고사의 성모 말입니다. 받침돌 위에 그 발자국이 있다죠? 그것이 동굴 속에 있다고요? 어머니들은 자기 아이들을 그 안으로 밀어 넣는다지요?」독학자는 몸에 힘을 주어 두 손으로 어린애를 밀어 넣는 시늉을 한다. 아르타크세르크세스의 선물을 거절하는 것 같은 모습이다. 「풍속이란 게 참 이상한 겁니다.」

숨이 좀 막히는지 나에게 당나귀같이 큰 턱을 내민다. 담배와 시궁창 냄새가 난다. 넋을 잃은 듯한 두 눈이 불덩이처럼 빛나며, 숱이 적은 머리카락이 수증기처럼 두개골 주위에서 후광을 이루고 있다. 그 두개골 아래에서 사모예드인들, 냐냥족들, 말라가시의 토인들, 푸에지앙들이 야릇하고 장엄한 행사를 거행하며 늙은 아비들, 어린 자식들을 잡아먹고 꽹과리 소리에 맞추어 기절할 때까지 뱅뱅 돌고, 아모크(말레이시아인들의 살인적 광란)에 도취하고, 시체들을 태워 지붕에 늘어놓았다가 관솔불을 밝힌 조각배에 실어 시냇물에 띄워 보내고, 어미와 아들, 아비와 딸, 남매들이 닥치는 대로 교합하고, 서로 살상을 하거나 번식, 거세하고, 판자로 입술을 잡아당기거나 허리에다 괴상한 동물 문신을 새기고 있는 것이다.

「파스칼이 습관은 제2의 천성이라고 말했는데, 맞는 말일까요?」

그는 검은 눈으로 내 눈망울을 똑바로 보며 대답을 종용한다.

「경우에 따라서겠죠.」

그는 한숨을 내쉰다. 「저도 그렇게 생각했습니다, 선생님. 그러나 제 생각은 믿을 수가 없습니다. 전부 읽어 둬야겠습니다.」

하지만 그는 다음 사진을 보고 열광했다. 큰소리로 함성을 질러댔다. 「세고비! 세고비! 나는 세고비에 대한 책을 읽었거든요.」 그리곤 점잖게 덧붙였다. 「그러나 저자 이름을 벌써 잊었습니다. 가끔 정신이 없어요. 느(N…), 노(No…), 노드(Nod…).」

「안 될 말씀.」 나는 호기 있게 말했다.

「당신은 라베르뉴까지밖에 안 갔으니까요…….」

내가 한 말을 곧 후회했다. 어쨌든 그는 자기의 독서법을 한 번도 말한 적이 없었고, 그것은 자기 혼자만 간직하고 싶은 열광이었음에 틀림없을 테니까 말이다. 아니나다를까, 그는 어쩔 줄 몰라하면서 두꺼운 입술을 울보처럼 앞으로 내밀었다. 그리고는 고개를 숙인 채 말없이 그림 엽서를 보았다.

그러나 30초가 채 지나지 않아서 강렬한 감동이 부풀어올라 말을 하지 않으면 가슴이 터질 듯한 표정을 짓는다.

「남은 공부를 끝마치면, 그러자면 아직 6년이 더 걸리겠지만, 해마다 근동 지방을 순회하는 학생과 교수들 틈에 끼고 싶습니다. 지식들을 증명하고 싶습니다.」 그는 경건한 어조로 말했다. 「그리고 기대하지 않았던 일, 새로운 일, 한 마디로 말해서 모험을 하고 싶어요.」

그는 목소리를 낮추고 장난꾸러기 같은 표정을 지어 보였다.

「어떤 모험 말이오?」 나는 놀라서 물었다.

「모든 종류의 모험이죠. 기차를 잘못 탄다든지, 낯선 도시에 내린다든지, 지갑을 잃는다든지, 잘못 붙들려서 유치장에서 하룻밤을 지샌다든지 하는 일들이죠. 나는 모험을 정의할 수 있다고 생각했습니다. 모험이란 정상적인 궤도를 벗어나는 사건이죠. 엄청난 일은 아니더라도 말입니다. 사람들이 모험의 마력이라고들 하잖아요? 그런 표현이 옳다고 생각하세요? 그런데 선생님, 질문을 드려도 될까요?」

「뭡니까?」

그는 얼굴을 붉히며 웃었다. 「어쩌면 실례가 될지도…….」

「말해 보시오.」

그는 나에게로 몸을 기울이고 눈을 반쯤 감는다. 「모험을 많이 하셨죠, 선생님?」

나는 기계적으로 대답한다. 「조금 했죠.」

나는 퀴퀴한 냄새가 나는 그의 숨결을 피하려고 몸을 뒤로 젖히면서 말했다. 그렇다, 생각해 보지도 않고 기계적으로 대답했던 것이다. 사실 모험을 많이 했다는 걸 자랑으로 여겼다. 그러나 오늘은 그 말을 뱉는 순간 나 자신에게 벌컥 화가 났다. 거짓말을 한 것 같다. 지금까지 사는 동안 모험이라곤 전혀 안 한 것 같다. 아니, 그 말뜻조차 모르는 것 같다. 동시에 4년 전쯤 하노이에서 메르시에가 동행하자고 했을 때, 말없이 크메르의 작은 불상을 노려보던 때와 똑같은 낙심이 어깨 위를 짓누르고 있었다. 그놈의 '관념' 이 눈앞에 있다. 그때 그토록 불쾌하게 만든 그 커다란 흰 덩어리다. 그때부터 4년 동안 한 번도 다시 느낀 적이 없었다.

「한 가지 여쭤봐도 괜찮을까요?」

제기랄! 멋있는 모험담을 들려 달란 말일 것이다. 어쨌든 나는 그 문제에 대해 한 마디도 하고 싶지 않다.

「여깁니다.」나는 그의 좁은 어깨 위로 몸을 굽히고 손가락으로 사진을 가리키면서 말했다. 「여기가 스페인에서 가장 아름다운 마을인 산틸라나입니다.」

「질 블라스의 산틸라난가요? 저는 실제로 존재하는 마을인 줄 몰랐어요. 아! 선생님 말씀은 참 유익합니다. 세계 여러 곳을 여행하신 걸 알겠습니다.」

나는 독학자의 주머니에 그림 엽서와 판화, 사진을 가득 채워서 밖으로 내보냈다. 그는 기뻐했다. 나는 전등을 껐다. 이제 혼자다. 아주 혼자가 된 것은 아니다. 아직도 그 관념이 기다리고 있다. 그것은 둥근 공 같은 모양을 하고 큰 고양이처럼 거기에 가만히 있다. 그것은 아무것도 설명해 주지 않는다. 움직이지도 않고 그저 아니라고만 말한다. 그렇다, 나는 모험을 한 적이 없다.

파이프에 담배를 다져 넣고 불을 붙인다. 외투로 다리를 덮고 침대에 누웠다. 그토록 슬프고 그토록 피곤한 게 놀랍다. 비록 내가 모험한 적이 없다는 게 사실이라 해도 그게 무슨 상관이란 말인가? 그것은 말에 불과한 것 같다. 이를테면 내가 조금 전에 생각하던 메크네스의 사건 말이다. 모로코인이 나에게 덤벼들어 칼부림을 하려고 했다. 그러나 나는 주먹을 휘둘러 관자놀이를 정통으로 맞췄다. 모로코인이 아라비아말로 소리를 지르자 거지떼가 나타나서 우리를 아타랭 시장까지 쫓아왔다. 사실 이 경험을 어떠한 이름으로 부르든 상관없다. 그것이 '나에게 생겨났던' 사건이다.

몹시 어두워졌다. 담뱃불이 꺼졌는지 안 꺼졌는지도 모를 정도다. 전차가 지나간다. 붉은 번개가 천장을 비추자 집을 울리며 지나간다. 6시쯤 됐으리라.

나는 모험을 해본 적이 없다. 그 동안 여러 가지 이야깃거리며 사건들, 우발적인 일 등 별의별 일이 다 있었다. 그러나 모험은 경험하지 못했다. 말의 문제가 아니다. 이제야 그것을 깨달았다. 내가 다른 무엇보다 소중하게 여기는 게 있다. 그게 뭔지는 잘 모르지만. 사랑은 아니었다. 절대로 아니다. 명예도 아니고 부귀도 아니었다.

어느 순간엔 나의 삶이 희귀하고 소중할 수 있다고 생각했다. 특별한 환경이 필요한 건 아니었다. 단지 약간의 엄밀성이 요구되었다. 지금 내 일상을 돌아보면 신통한 거라곤 아무것도 없다. 그러나 때때로, 이를테면 카페에서 음악이 연주되고 있을 때, 과거로 돌아가서 중얼거리는 것이었다. 옛날에는 런던에서, 메크네스에서, 도쿄에서 멋있는 순간들을 경험했다고, 즉 모험을 했다고. 지금 내가 빼앗기는 것이 바로 그거다. 갑자기 뚜렷한 이유도 없이 10년 동안 나 자신을 속여 왔다는 걸 깨달은 것이다. 모험은 책 속에 있다. 물론 책 속에 있는 것은 실제로도 일어날 수 있다. 책하고 똑같은 방법은 아니지만. 내가 소중하게 생각하는 것이 바로 그 방법이다.

우선 그 시작이 진짜여야 했다. 아! 내가 뭘 원했는지 지금이야말로 분명히 알 수 있다. 진짜 시작은 나팔 소리같이, 재즈의 첫 울림같이,

문득 권태를 단절시키며 지속성을 갖는 것이어야 했다. 저녁 중에서도 이렇게 말할 수 있는 저녁이어야 했다. 「나는 거닐었다. 5월의 어느 날 저녁이었다.」 산책을 한다. 이제 막 달이 떴다. 할 일도 없고 약간은 허망하다. 그러다가 문득 생각한다. '무슨 일이 생겼다'고. 무슨 일이라도 좋다. 어둠 속에서 어렴풋이 삐걱거리는 소리도 좋고, 길을 건너가는 희미한 그림자라도 좋다. 그러나 이 조그마한 사건은 다른 사건과는 다르다. 그 뒤에는 어떤 커다란 형체, 윤곽이 안개 속에 가려져 보이지 않는 커다란 형체가 달려 있음을 알고 '그 무엇이 시작된다'고 혼잣말도 하는 것이다.

그 무엇은 시작되지만 끝나게 마련이다. 모험은 계속 되지 않는다. 모험은 그 자체가 사멸됨으로써 의미가 있는 것이다. 그 사멸을 향해서 나는 되돌아오지 않고 끌려간다. 순간순간은 그것을 이어오는 순간을 이끌기 위해서 생겨난다. 나는 매 순간마다 전심전력으로 매달린다. 매 순간은 대치될 수 없는 유일한 것임을 나는 안다. 하지만 나는 소멸을 막기 위하여 아무 짓도 하지 않을 것이다. 그저께 베를린이나 런던에서 만난 여자의 품에서 그 순간이 끝나려는 것을 알고 있다. 나는 곧 다른 나라로 떠날 것이다. 그 여자나 그 밤을 다시 찾을 수는 없을 것이다. 나는 한순간도 놓치지 않고 몸을 굽혀 그 온갖 기쁨을 맛보려고 애쓴다. 지나가는 것들을 붙들고 마음속에 영원히 아로새기려고 한다. 그 아름다운 눈에 나타나는 한순간의 애정을, 거리의 소음을, 새벽의 어스름 빛을 말이다.

결국 그 순간은 흐르고 나는 붙잡지 않는다. 그냥 지나가 버리는 것을 기쁘게 생각한다.

　그러다가 갑자기 중단되는 것이 있다. 모험은 끝나고 우울한 일상이 되살아난다. 나는 돌아다본다. 뒤에서 선율과 아름다운 형태를 가진 것이 과거 속으로 완전히 들어가 버린다. 점점 작아지며 기울다가 오그라들어 버린다. 이제는 종말이 시작과 같아졌다. 그 황금같이 귀중한 점을 눈으로 쫓아가면서 생각한다. 비록 내가 죽을 뻔했든, 재산을 잃었든, 친구를 잃었든 간에 처음부터 마지막까지 같은 환경에서 다시 살아봐도 좋다고. 그러나 모험은 다시 시작되지도 않고 계속되지도 않는다. 그렇다, 사실은 내가 원하던 것이며, 아직도 원하고 있는 것이다. 흑인 여자가 노래를 부를 때면 참으로 행복하다. 만약 '자신의 삶'이 멜로디의 소재가 되었다면 어떠한 절정엔들 도달하지 못하겠는가.

　'관념.' 뭐라고 이름 붙일 수 없는 그 관념이 여전히 눈앞에 있다. 관념은 가만히 기다리고 있다. 지금은 이렇게 말하는 것 같다. 「그래? '그것이' 바로 네가 원하던 것이냐? 하지만 그것이야말로 네가 한 번도 갖지 못한 것이다. 생각해 봐, 너는 말에 속아 온 거야. 너는 여자와의 사랑이라든가 싸움, 유리 세공품 같은 여행의 값싼 추억을 모험이라고 불렀지. 넌 앞으로도 '그것'을 갖지 못할 거야. 너 아닌 다른 누구라도 말이야.」

　왜? '왜' 그럴까?

토요일 정오

독학자는 내가 열람실로 들어가는 걸 보지 못했다. 그는 안쪽 테이블 맨 끝에 앉아 있었다. 책을 펴놓고 있었지만 읽지는 않는 듯했다. 도서관에 자주 오는 지저분한 중학생을 흐뭇하게 바라보고 있었다. 오른쪽에 앉은 중학생은 얼마 동안 그대로 있다가 갑자기 무서운 얼굴을 하고는 그에게 혀를 내밀어 보였다. 독학자는 얼굴이 붉어져서 얼른 책에다 코를 박고 독서에 열중했다.

나는 어저께 하던 생각으로 돌아왔다. 나는 아주 덤덤했기 때문에 설령 모험을 경험하지 못했다고 해도 상관없었다. 하지만 과연 '있을 수 없는 일'인지 알고 싶었다.

내 생각은 이렇다. 가장 평범한 사건을 모험으로 만들려면 그냥 남에게 '이야기'만 하면 된다. 그것이 바로 사람이 속는 부분이다. 인간은 늘 이야기를 한다. 자기의 이야기와 타인의 이야기에 둘러싸여 살고 있는 것이다. 이야기를 통해서 자신에게 일어나는 일을 본다. 그리고 남에게 이야기하는 것처럼 살아보려고 애쓴다.

사느냐, 이야기하느냐 둘 중의 하나를 택해야만 한다. 말하자면 함부르크에서 예르나하고 동거할 때, 나는 그녀를 믿지 않았고 그녀는 나를 두려워하는 바람에 아주 괴상한 생활을 했다. 하지만 나는 그런 생활을 심각하게 생각해 보지 않았다. 그러던 어느 날 밤 생 폴리의 조그마한 카페에서 그녀는 나를 두고 화장실에 갔다. 나는 혼자 남아 있었다. 축음기에서는 '블루 스카이'가 흘러나왔다. 그 순간 배에서 내리는 걸

72

시작으로 지나간 일들을 돌이켜보기 시작했다. 문득 혼잣말을 했다. 「사흘째 되던 날 밤 '푸른 동굴'이라는 댄스홀에 들어갔을 때, 거나하게 취한 여자를 보았다. 나는 '블루 스카이'를 들으면서 그 훤칠한 여자를 기다리고, 그 여자는 오른쪽으로 돌아와 앉으면서 두 팔로 내 목을 껴안을 것이다.」

그때 내가 모험 속으로 뛰어들었다는 걸 절실하게 느꼈다. 에르나가 돌아와서 두 팔로 내 목을 껴안았을 때, 왠지 그 여자가 싫었다.

이제야 알 것 같다. 다시 삶을 시작해야 했고, 모험에 대한 인상이 사라져 버렸기 때문이다.

살아가는 동안엔 아무 일도 생기지 않는다. 환경이 바뀌고 인물이 등장했다가 사라질 뿐이다. 결코 시작이라는 게 없다. 아무런 리듬도 이유도 없는 하루하루가 계속 된다. 끊임없고 단조로운 덧셈처럼. 간혹 부분적인 결산을 한다. 이를테면 나는 3년 동안 여행했다. 부빌에 온지 3년이 되었다고 말하는 것이다. 역시 결말도 없다. 아내와 자식, 도시를 한꺼번에 떠나는 일은 결코 있을 수 없다. 사실은 모든 것이 비슷하다. 상하이, 모스크바, 알제리도 2주일만 지나면 모두 같다. 드문 일이지만 때로는 결말을 짓기도 한다. 어떤 여자랑 살다가 더러운 생활이라는 것을 깨닫는다. 번갯불처럼. 다시 행렬이 시작된다. 다시 시간과 날짜의 덧셈을 시작하는 것이다. 월, 화, 수. 4월, 5월, 6월. 1924년, 1925년, 1926년.

산다는 게 그렇다. 그러나 삶을 이야기할 때는 모든 것이 달라진다. 달라진 걸 아무도 모를 뿐이다. 사람은 진실을 이야기하기 때문이다.

마치 사실 같은 이야기가 있기나 한 것처럼 말이다. 사건은 한 방향에서 생기고, 우리는 그 반대 방향으로 얘기한다. 「1922년 가을, 어느 아름다운 해질녘이었다. 나는 그 당시 마롬에서 공중인 서기로 있었다.」 이런 식으로 처음부터 이야기를 시작하는 것처럼 보인다. 실제로는 결말부터 시작한다. 결말이 보이진 않지만 분명 시작으로서의 장엄함과 가치를 부여하고 있다. 「산책 중이었다. 나도 모르게 마을 밖으로 나갔다. 나는 돈걱정을 하고 있었다.」 이 말을 그대로 받아들이면, 걱정에 잠겨 있을 뿐 모험과는 상관이 없다. 사건 같은 건 보지도 않고 그 흐름에 몸을 맡긴 것 같다.

그러나 결말이라는 게 있어서 모든 것을 변형시킨다. 그 친구는 이미 화제의 주인공이다. 그의 우울함이나 돈걱정은 우리들의 근심 걱정보다 더 귀중한 것이며, 미래의 정열로 인해 찬연한 색채를 띠고 있다. 결국 이야기는 사실의 반대 방향으로 나간다. 순간순간은 되는대로 쌓이는 것이 아니라, 매 순간들을 끌어당기는 이야기의 결말에 의해 덥석 붙잡히고, 매 순간은 그보다 앞서는 순간을 잡아당기는 것이다.

「밤이었다. 거리는 쓸쓸했다.」

이 문장은 별다른 뜻 없이 써넣은 것이며, 필요도 없어 보인다. 하지만 우리는 그대로 속아넘어가지 않고 주목해 둔다. 그 문장은 새로운 사실이어서 우리는 그 다음의 이야기를 듣고 그 가치를 깨닫는 것이다.

이야기의 주인공은 그날 밤의 모든 사소한 일들을 예고나 약속처럼 체험했다는 느낌이 든다. 혹은 모험을 예고하지 않는 모든 것에 대해서는 눈도 귀도 가리고 약속하는 일만을 경험했다는 느낌도 든다. 우리는 미래가 아직 거기에 있지 않았다는 사실을 잊은 것이다. 그 친구는 아무런 예감도 없이 단조로운 풍성함을 무질서하게 제공하던 밤에 산책했던 것이다. 선택을 한 게 아니었다.

나는 삶의 순간순간이 추억 속의 순간들처럼 지나가고 질서 있는 것이기를 바랐다.

시간의 꼬리를 잡으려는 것이었다.

일요일

아침에 오늘이 일요일이라는 걸 잊었다. 집을 나와서 여느 때처럼 거리를 돌아다녔다. 『외제니 그랑데』를 들고. 그러다가 공원의 쇠 울타리를 미는 순간 갑자기 무언가가 나에게 신호하는 걸 느꼈다.

공원은 인기척 하나 없이 텅 비어 있었다. 그러나…… 무어라고 말하면 좋을까? 공원은 여느 때와 달리 나에게 미소를 짓는 듯했다. 나는 잠시 동안 울타리에 기대어 있다가 문득 오늘이 일요일이라는 걸 깨달았다. 일요일은 경쾌한 미소처럼 나무들 위에, 잔디밭 위에 있었다. 쉽게 표현할 수가 없었다. 「여기는 공원이다. 겨울날 일요일 아침.」 이렇게 빨리 말할 수밖에 없었다.

시민들이 북적이는 거리로 돌아와서 낮은 목소리로 말했다. 「일요일이다.」

일요일이다. 도크 뒤에도, 해변에도, 화물역 근처에도 텅 빈 창고들이 있고, 침침한 곳에서 움직이지 않는 기계들이 있다. 어느 집이든지 남자들은 창문 뒤에서 수염을 깎고 있다. 머리를 뒤로 젖히고 거울을 들여다보거나 이따금 날씨가 좋은가 보려고 차가운 하늘을 올려다본다. 사창가에서는 첫 손님들, 즉 시골 사람들이나 군인들을 위해서 문을 연다. 예배당에서는 한 사내가 촛불빛을 받으며 꿇어앉은 부인들 앞에서 포도주를 마신다. 교외에서는 끝없이 이어진 공장 벽을 따라 시커먼 행렬이 길게 늘어서기 시작한다. 행렬은 시내 중심가를 천천히 전진한다. 그들을 맞는 거리마다 소요 사건이 일어난 듯하다. 투르느 브리드 거리를 제외하고는 모든 상점들이 셔터를 내렸다. 그 시커먼 대열들은 머지않아 죽은 듯이 고요한 거리거리에 침입할 것이다. 먼저 투르빌의 철도원들과 생 생포랭의 비누 공장에서 일하는 그들의 아내들이 올 것이고, 다음에 죽스트부빌의 소상인들과 피노 제사 공장의 직공들, 생 막상스 근교의 잡화상들이 올 것이다. 티에라슈 사람들은 11시 전차로 맨 나중에 도착할 것이다. 머지않아 일요일의 군중이 문 닫은 상점들과 집들 사이에 나타날 것이다.

시계탑이 10시 반을 가리키고 있다. 나는 걷기 시작했다. 대미사가 끝난 일요일 이맘때쯤, 너무 늦지만 않으면 여기서 훌륭한 구경을 할 수 있다.

조제핀 술라리 거리는 죽은 듯이 조용하다. 지하실 냄새가 난다. 그러나 여느 일요일처럼 장엄한 소리가 울려 퍼진다. 조수가 밀려오는 소리다. 나는 프레지당 샤마르 거리로 접어든다. 이 거리의 집들은 대개 4층인데 길고 하얀 덧문들이 달려 있다. 이 공중인들의 거리는 일요일의 소동에 완전히 압도되어 있다. 질레 골목에서는 소리가 더 커진다. 나는 사람들이 내는 소리라는 걸 안다. 갑자기 왼쪽에서 빛과 소리의 폭발 같은 것이 생긴다. 이젠 다 왔다. 투르느브리드 거리다. 나는 한몫 끼기만 하면 된다. 모자를 벗고 인사를 나누는 사람들이 보일 것이다.

60년 전만 하더라도 부빌 주민들이 소 프라도(le petit Prado)라고 부르는 지금의 투르느브리드 거리의 기적 같은 운명을 아무도 예측할 수 없었으리라. 1847년에 발행된 지도를 보면 그 거리가 나와 있지 않다. 그 당시엔 컴컴하고 퀴퀴한 샛길이 있고, 포도 사이에 생선 대가리나 창자가 쓸려 내려가는 도랑이 흐르는 거리였다. 1873년 말 국민의회는 시민들을 위해 몽마르트르 언덕에 교회당을 짓겠다고 선언했다. 그리고 한두 달 후에 부빌 시장의 부인에게 성녀가 나타났다. 시장 부인의 수호신인 성녀 세실이 충고를 하러 왔던 것이다. 선량한 사람들이 일요일마다 성 르네 성당이나 성 클로디앙 성당에 가느라고 흙투성이가 되는 걸 참을 수 있었던가? 국민의회가 나서지 않았던가? 하느님의 가호로 부빌 시는 현재 최고의 경제적 부를 누리고 있다. 신을 찬양하기 위해서 성당을 지어야 하지 않을까?

시장 부인에게 성녀가 나타났다는 걸 인정했다. 시의회는 역사적인 회의를 열었고, 주교도 기부금 모금을 승낙했다. 장소 선정만이 남아 있었다. 부유한 상인들이나 선주들은 '예수의 사크레 쾨외르(Sacre

Coeur Juses : 예수의 성심, 또는 몽마르트르의 대성당을 말한다)가 파리를 수호하듯 성 세실이 부빌을 보살피도록 하기 위하여' 그들이 살고 있는 코토 베르(Coteau Vert : 푸른 언덕)에 세우자는 의견을 내놓았다. 하지만 마리팀에 사는 신흥 부자들이, 수는 얼마 안 되지만 대부호인 그들이 거부했다. 필요한 비용은 넬 테니 교회만은 마리냥 광장에 세우자는 거였다. 돈을 낸 만큼 그 성당을 편리하게 이용하자는 심산이었다. 벼락부자라고 비아냥거리는 거만한 시민들에게 자기들의 힘을 과시하는 것도 괜찮은 일이었다. 주교가 타협안을 제시했다. 성당은 코토 베르와 마리팀 중간인 알르 오 모뤼 광장에 세웠고, 광장은 성 세실 드라메르 광장이라고 이름지었던 것이다. 이 엄청난 건물은 1887년에 완성되었는데 1,400만 프랑이 넘게 들었다.

넓기만 할 뿐 지저분하고 평판도 안 좋았던 투르느브리드 거리는 완전히 재건해야 했다. 결국 주민들은 성 세실 광장 뒤로 밀려날 수밖에 없었다. 이 소프라도는 특히 일요일 아침에는 상류층 인사들이나 저명 인사들의 집회장이 되었다. 최고급 상점들이 그들의 왕래를 노려 문을 열었다. 상점들은 부활제 월요일은 물론 크리스마스 이브에는 밤새도록 문을 열었다. 일요일도 정오까지 열었다. 따뜻한 파이로 유명한 쥘리앵 하우스 곁에는 풀롱이 특제 과자를 진열하고 있다. 풀롱의 과자는 자줏빛 버터로 만든 원뿔 모양의 빵과자 위에 오랑캐꽃 모양의 사탕을 올려놓은 것이다.

듀파티 서점의 진열장에는 플롱사의 신간 서적과 『선박원리(船舶原理)』라든지 『범선요강(帆船要綱)』 같은 과학 서적, 부빌의 삽화가 든

『대연혁사(大沿革史)』라든지 푸른 가죽으로 장정한 『독일화폐론』, 붉은 꽃무늬가 그려진 가죽 장정을 한 폴 두메르의 『내 아들에게 주는 책』 같은 호화본이 진열되어 있다. 꽃집과 골동품 가게 사이에는 '파리스타일의 고급 재단사'인 지슬렌의 가게가 있다. 손톱을 곱게 다듬어 주는 미용사를 넷이나 둔 이발사 귀스타프는 노랗게 칠한 새 아파트의 2층에 세들어 산다.

물랭 제모 골목과 투르느브리드 거리 한구석에는 아직도 '튜 퓌 네'란 살충제 광고를 내건 조그만 가게가 있다. 세실 광장에서 대구 장수가 「대구 사려!」하고 소리지를 때 전성기를 누리던 가게인데, 개업한 지 백 년은 되었을 것이다. 진열장 유리에 먼지와 때가 하도 껴서 붉은 조끼를 입은 생쥐 인형들이 잘 보이지 않는다. 이 짐승들은 지팡이를 짚고, 뱃전이 높다란 큰 배에서 육지로 내려오고 있다. 그들이 육지에 내딛자마자 맵시 있는 옷을 입었으나 검푸르고 때가 시커먼 시골 아낙이 '튜 퓌 네'를 뿌려서 쫓아 버리고 말았다.

나는 그 가게가 참 좋았다. 프랑스에서 가장 비싸게 지은 성당 바로 옆에서 기생충과 구정물로서의 권리를 거만하게 부르짖기 때문이다.

작년에 약초를 파는 할머니가 죽었다. 그래서 할머니의 조카가 집을 팔았다. 벽만 몇 군데 털어서 지금은 '라 봉보니에르'라는 작은 공회당이 되었다. 작년에 앙리 보르도가 등산에 관해 강연하기도 했다.

투르느브리드 거리에서 서두르는 건 금물이다. 가족끼리 나와 천천히 걸어다니기 때문이다. 가끔 앞길이 트이기도 하는데, 한 가족이 과자 가게나 꽃집으로 들어가는 경우다. 대개는 멈춰 서서 제자리걸음을 해야 한다. 한 줄로 나란히 서서 길을 오르는 가족과 내려가는 가족이 서로 만나 손을 움켜잡기 때문이다.

나는 종종걸음으로 걷는다. 오르내리는 두 줄 위로 머리만 솟아올라서 모자의 바다를 이룬다. 단단한 검은색 모자들이다. 가끔 모자를 벗어 올리면 대머리가 나타나서 부드럽게 번들거린다. 모자는 다시 제자리에 놓는다. 투르느브리드 거리 16번지에 프랑스 장교용 케피 모자를 파는 위르뱅 모자 가게가 있다. 2미터 높이에서 금술을 늘어뜨린 대주교의 모자를 간판으로 매달아 놓았다.

발길을 멈추었다. 마침 금술 밑에 사람들이 몰려들었다. 내 옆에 있는 사나이는 팔을 맥없이 늘어뜨리고 천하태평으로 기다린다. 얼굴이 창백하고 질그릇처럼 약해 보이는 이 늙은이는 상공회의소 소장인 코피에 같다. 그는 좀처럼 말하는 법이 없어서 아주 무서운 사람으로 통한다. 코토 베르 꼭대기의 큰 벽돌집에 사는데, 창문이 항상 열려 있다. 이제 됐다. 사람들이 흩어져서 다시 출발한다. 다른 사람들이 또 몰려들었지만 자리를 덜 차지한다. 그들은 곧 지슬렌의 가게 앞으로 밀려갔다. 늘어선 줄이 끊어지지 않는다. 사이가 약간 벌어졌을 뿐이다. 우리는 여섯 명이 서로 악수하는 걸 보며 걸어간다.

「안녕하십니까?」

「안녕하세요? 어떻게 지내십니까?」

「모자를 도로 쓰세요. 감기 들면 어떻게 하시려고.」

「고맙습니다, 부인. 참 쌀쌀하군요.」

「여보, 이분이 르프랑스와 선생님이오.」

「의사 선생님, 처음 뵙겠습니다. 남편이 늘 잘 봐주신다면서 르프랑스와 선생님 이야기를 해요. 아니, 모자를 쓰시잖고요. 선생님, 날씨가 추워서 감기 들겠어요. 하긴 의사 선생님이니까 곧 나을 테지만요.」

「천만에요. 부인, 의사가 감기 들면 가장 힘들답니다.」

「선생님은 유명한 음악가세요.」

「저런, 선생님, 전혀 몰랐어요. 바이올린을 하시나요? 선생님은 재주도 많으시지.」

내 곁에 있는 키 작은 노인은 분명히 코피에다. 줄을 선 부인들 중에 갈색 머리 여자가 의사를 보고 미소를 지으면서 코피에를 쳐다본다. 이렇게 생각하는 것 같다. '이분이 상공회의소 소장 코피에 씨다. 정말 무서워 보이는군. 무던히도 냉정한 모양이야.'

그러나 코피에 씨는 거들떠보려고도 하지 않았다. 그들은 마리팀의 상류층이 아니기 때문이다.

나는 일요일마다 모자 행렬을 보러 이 거리를 찾은 후로 큰길의 상가 사람들과 언덕 주택가 사람들을 구별할 수 있다. 새 외투에 부드러운 펠트 모자, 눈부신 와이셔츠 차림으로 바람 소리를 내고 다니면 틀림없이 큰길의 상가 사람이다. 마리팀 거리에 사는 것이다. 반면에 코토 베르 사람들은 어딘지 모르게 초라하고 피곤해 보인다. 좁은 어깨와 야윈 얼굴에 거만한 표정이 들어 있다. 어린애 손을 잡고 오는 저 뚱뚱한 신사는 언덕 주택가 사람이 틀림없다. 얼굴이 잿빛인데다 넥타이는 노끈처럼 비비 꼬여 있다.

뚱뚱한 신사가 가까이 다가왔다. 그는 코피에 씨를 뚫어지게 본다.

하지만 곧 고개를 돌리고 자기 애한테 아버지다운 애정을 보이며 농담하기 시작했다. 아들의 눈을 보며 그저 아버지 구실만 하는 듯한 태도로 몇 걸음 더 걸었다. 그러다가 갑자기 우리 쪽으로 몸을 돌려 키 작은 노인을 흘끔 보고는, 팔을 한 바퀴 돌려서 정중하지만 냉담하게 인사를 건넸다. 어린애는 당황해서 모자를 벗지 않았다. 그것은 어른들 사이의 문제다.

바스 드 비에이유 거리 모퉁이에서 우리 행렬은 미사를 끝내고 나오는 신자들의 행렬과 마주쳤다. 열 명쯤 되는 사람들이 서로 부딪치고는 소용돌이를 이루면서 인사한다. 모자 행렬은 자세히 설명할 수 없을 만큼 재빨리 시작되었다. 기름지고 희멀건 이 군중의 머리 위로 성 세실 성당의 흰 건물이 솟아 있다. 어두운 하늘에 솟아 있는 석회 같은 흰색. 반짝이는 그 벽 뒤로 건물의 허리께에 밤의 암흑이 약간 드리워 있다. 우리는 아까하고 조금 다른 행렬을 지어 다시 걷기 시작했다. 코피에 씨가 밀리고 밀려서 내 뒤로 처졌다. 남색 옷을 입은 부인이 내 왼쪽 옆구리에 바짝 달라붙어 있다. 미사에서 나오는 길이다. 그녀는 햇살이 부셔서 눈을 깜박거리고 있다. 그녀 앞에서 걷고 있는 목이 가는 남자가 남편이다.

맞은편 보도에서는 아내와 팔짱을 낀 신사가 아내의 귀에 대고 소곤거리며 미소를 짓는다. 아내는 크림색 얼굴에서 모든 표정을 지워 버리곤 몇 걸음 걷는다. 그들은 곧 누군가를 만나 인사하리라. 아니나다를까, 잠시 후에 신사는 허공으로 손을 쳐들었다. 손가락이 펠트 모자 언저리에 살짝 닿기 전에 잠시 주저한다. 고개를 약간 숙이면서 점잖게 모자를 벗는 동안 아내는 미소를 지으며 깡충 뛴다. 그림자 하나가 고개를 숙이면서 지나간다. 부부의 쌍둥이 같은 미소는 좀처럼 사라지지 않는다. 미소가 입술에 미련처럼 남아 있다. 즐거운 모양이다.

이제 끝이다. 왁자지껄한 소음도 모자 행렬도 뜸해졌다. 나는 투르느브리드 거리 끝에 와 있다. 길 건너편 보도를 거슬러 올라가 볼까? 이젠 지긋지긋하다. 장밋빛 대머리와 조그마한 얼굴, 고상한 얼굴, 야윈 얼굴들을 실컷 보았다. 마리냥 광장을 건너야겠다. 조심스럽게 행렬에서 빠져 나오려는데, 내 바로 옆의 검은 모자 밑에서 진짜 신사의 머리가 튀어나왔다. 남색 옷을 입은 부인의 남편이다. 아! 머리통이 몹시 큰데다 머리카락은 짧고 거칠다. 그러나 희끗희끗한 아메리카 스타일의 콧수염은 훌륭하다. 또한 교양 있는 미소와 더불어 코끝에 코안경이 걸려 있다.

그가 아내에게 돌아서서 말했다. 「저 사람이 공장에서 새로 채용한 제도사요. 여긴 뭐 하러 왔는지 모르겠소. 좋은 사람이지. 겁이 많아서 재미있단 말이야.」

쉴랭의 순대 진열장을 향해서 모자를 고쳐 쓴 젊은 제도사는 눈을 내리깔아서인지 고집이 세어 보였으며, 강렬한 쾌감을 즐기는 것 같았다. 일요일날 투르느브리드 거리로 산책 나온 건 오늘이 처음인 모양이다. 첫 영성체를 하는 어린이 같다. 아주 흥분했으면서도 수줍은 태도로 뒷짐을 진 채 진열장 쪽을 향한다. 파슬리 장식 위에 피어나는 젤리처럼 빛나는 순대를 물끄러미 바라보고 있다.

순대 가게에서 나온 여자가 그의 팔을 잡는다. 그의 아내다. 피부는 거칠지만 아주 젊다. 투르느브리드 거리를 아무리 걸어다녀도 그 여자를 귀부인으로 볼 사람은 한 명도 없다. 차가운 눈빛과 빈틈없고 계산 빠른 태도가 그 여자의 신분을 말해 준다. 진짜 귀부인들은 물건값을 제대로 알지도 못하고 어리석은 짓도 잘한다. 그들의 눈은 천진하게 아름다운 꽃, 온실의 꽃이다.

나는 1시 정각에 베즐리즈 맥주홀에 도착했다. 언제나 그렇듯이 노인들이 와 있다. 두 사람은 이미 식사를 하고, 네 사람이 아페리티프를 마시면서 트럼프를 하고 있다. 다른 사람들은 음식을 기다리는 동안 그들을 구경하고 있다. 폭포수 같은 콧수염을 달고 있는 가장 큰 사나이는 증권 중개인이다. 또 한 명은 해병훈련소를 나온 사람이다. 그들을 스무 살 청년처럼 먹고 마신다. 일요일엔 양배추 절임을 먹는다. 나중에 온 사람들이 그들이 먹는 걸 보며 말한다.

「아니, 일요일마다 양배추 절임인가요?」 그들은 의자에 앉아서 한숨을 쉰다. 「마리에트 아가씨, 맥주 한 잔. 거품 너무 많지 않게. 그리고 양배추 절임도 줘!」

마리에트는 보통내기가 아니다. 내가 안쪽 테이블에 앉을 때, 그녀는 노인에게 베르무트를 따라 주고 있었다. 노인은 화가 나서 얼굴이 시뻘개지더니 기침을 하면서 말했다. 「이봐, 좀더 따라.」

마리에트는 따르면서 같이 화를 냈다. 「따르는 걸 보고 말하세요. 누가 뭐라고 했어요? 아무 말도 안 하는데 불평하는 사람 같군요.」

다른 손님들이 웃기 시작했다.

「한 대 얻어맞았는걸!」

증권 중개인은 자리에 앉으며 마리에트의 어깨를 잡았다. 「오늘은 일요일이야, 마리에트. 오후에 좋은 사람하고 영화 구경 안 가?」

「그럼요! 오늘은 앙트와네트가 당번이에요. 좋은 사람이고 뭐고 난 하루 종일 쉬어야겠어요.」

증권 중개인이 수염을 말쑥하게 깎은 불행해 보이는 노인 맞은편에 앉았다. 그가 앉자마자 노인은 신나게 이야기를 시작했지만 증권 중개인은 듣지 않았다. 얼굴을 찌푸린 채 수염만 쓰다듬었다. 그들은 서로 남의 말을 듣지 않았다.

나는 옆 테이블에 앉은 사람들을 안다. 근처의 구멍가게 주인 부부다. 일요일은 그 집 가정부의 '휴일'이라 이곳에 와서 늘 같은 테이블에 앉는 것이다. 남편은 불그스레한 소갈비를 푸짐하게 먹는다. 얼굴을 가까이 갖다대고 가끔 냄새도 맡는다. 아내는 접시에 담긴 걸 조금씩 쉬지 않고 먹는다. 마흔에도 건강한 금발인데, 두 볼은 붉은 솜뭉치처럼 생겼다. 새틴 블라우스 속에 탄탄하고 풍만한 젖가슴이 숨어 있다. 그녀는 남자처럼 반주로 보르도의 붉은 포도주를 마신다.

나는 『외제니 그랑데』를 읽어야겠다. 재미있어서라기보다는 무엇이고 해야 하기 때문이다. 책장을 펼친다. 모녀가 외제니의 사랑에 대해 이야기한다.

외제니는 어머니의 손에 입을 맞추면서 말했다. 「어머니는 참 좋은 분이야, 좋은 어머니!」
이 말에 오랜 고생으로 시든 어머니의 늙은 얼굴이 밝게 빛났다.

「그 사람이 좋지 않아요?」 외제니가 물었다.

그랑데 부인은 미소만 짓다가 낮은 소리로 말했다. 「너는 벌써 그를 사랑하는구나? 그건 안 된다.」

「안 되다니, 왜요? 그이는 어머니 마음에도 들고 나농의 마음에도 드는데, 왜 제 마음에 안 들겠어요? 어머니, 그이 점심 준비나 해요.」 외제니는 바느질 거리를 내던진다.

어머니도 바느질감을 놓는다. 「너 미쳤구나!」

그러나 어머니는 딸의 들뜬 마음을 함께 나누면서 그 마음을 정당화하는 것에 기쁨을 느낀다.

외제니는 늙은 하녀 나농을 불렀다.

「왜, 또 무슨 일이 있나요, 아가씨?」

「나농, 점심때 먹을 크림 있겠지?」

「아! 점심때 먹을 거요? 있죠.」

「그럼 그이한테 아주 진한 커피를 드려요. 데 그라생 씨한테 들었는데, 파리에서는 아주 진한 커피를 마신대요. 커피를 많이 넣어요.」

「커피가 어디 있어야죠?」

「좀 사와요.」

「그러다가 주인 어른을 만나면요?」

「지금 목장에 계시니까 괜찮아…….」

내가 왔을 때부터 옆자리의 손님들은 말이 없었다. 그러나 그 남편의 목소리가 나의 독서를 중단시키고 말았다. 그 남편은 재미있다는 듯

야릇한 표정으로 말했다. 「이봐, 알겠어?」

아내는 깜짝 놀라 남편을 쳐다본다. 그는 먹고 마시며 장난꾸러기처럼 웃는다.

침묵이 흐르는 사이에 아내는 다시 생각에 잠긴다. 문득 그 여자는 몸을 부르르 떨며 남편에게 묻는다. 「무슨 말을 했어요?」

「어저께 쉬잔 말이야.」

「아, 그거요. 그애는 빅토르를 만나러 갔어요.」

「내가 뭐랬어?」

아내는 답답한 표정으로 접시를 밀어놓는다. 「그다지 좋지 않은 일이에요.」

접시 가장자리에 여자가 뱉은 뿌연 고깃덩어리가 있다. 남편은 혼잣말을 하듯 늘어놓는다. 「그 조그만 계집애가 말이야……..」

그는 입을 다물고 애매한 미소를 짓는다. 우리 맞은편에서는 늙은 증권 중개인이 숨을 몰아쉬면서 마리에트의 팔을 쓰다듬고 있다. 이윽고 남편이 말을 이었다. 「요전에 내가 말했지?」

「무슨 말을 했단 말이죠?」

「빅토르 말이야, 쉬잔이 그를 만나러 갈 거라고 했잖아.」 그러면서 당황한 모습으로 갑자기 아내에게 묻는다. 「당신은 이런 이야기가 싫소?」

「좋지 않아요.」

「이번엔 달라.」 남편은 의젓하게 말한다. 「에카르 때하고는 달라. 에카르가 어디 있는지 아오?」

「동례미에 있잖아요?」

「누가 그래?」

「당신이 일요일날 말했잖아요?」

아내는 테이블에 흩어진 빵 부스러기를 먹는다. 그러다가 손으로 테
이블 가장자리를 슬며시 만지면서 말한다. 「여보, 당신의 오해예요. 쉬
잔은 그래도 좀더……」

「그럴 수 있지. 여보, 그럴 수도 있어.」 그는 무표정하게 대답하고는
두리번거리면서 마리에트를 찾아 손짓한다. 「아유, 더워.」

마리에트가 테이블 가장자리에 몸을 기댄다.

「정말 너무 더워요.」 아내가 끙끙거리면서 맞장구친다. 「숨이 막힐
지경이야. 그리고 쇠고기가 별로 좋지 않아요. 주인한테 말하겠어. 평
소하고 다르거든. 들창 좀 열어 줘요, 마리에트 아가씨.」

남편은 다시 유쾌해진다. 「이봐, 그애 눈을 봤어?」

「아뇨. 언제 봤냐는 거예요, 여보?」

그는 초조해서 아내의 말을 흉내낸다. 「아뇨. 언제 봤냐는 거예요,
여보라니. 당신도 '여름에 눈이 올 때' 하는 식이로군.」

「어저께 말하는 거예요? 알았어요!」

그는 미소를 짓고는 먼 곳을 바라보며 빠른 말투로 이야기를 계속한
다. 「달뜬 고양이 눈.」

남편은 너무 흡족한 나머지 하고 싶은 말을 잊어버린 것 같다. 아내
도 아무 생각 없이 덩달아서 유쾌해진다.

「하하, 나쁜 사람 같으니.」 아내는 남편의 어깨를 살짝 때린다. 「짓

궂은 사람, 짓궂은 사람 같으니.」

그는 더욱 자신 있게 되풀이한다. 「달뜬 고양이.」

그러나 아내는 더 이상 웃지 않는다. 「그만둬요. 이봐요, 그애는 진심이라니까요.」

그는 허리를 굽히고 아내의 귀에다 오랫동안 소곤거린다. 아내는 금세 웃음을 터뜨리려는 듯 잠시 입을 딱 벌리고 재미있다는 표정을 짓다가, 몸을 뒤로 젖히면서 남편의 손을 할퀸다. 「거짓말이에요, 거짓말.」

그는 천연덕스럽고 침착한 어조로 말한다. 「내 말 들어 봐, 여보. 그에게 들었다니까. 거짓말이면 그가 왜 그런 말을 하겠어?」

「아녜요, 아녜요.」

「그가 그랬어. 이봐, 가령…….」

아내는 웃기 시작했다. 「르네 생각을 하고 웃는 거예요.」

「그래.」

그도 함께 웃는다. 아내가 작지만 신중한 목소리로 말을 이었다. 「그럼, 그 사람은 화요일에 알았군요.」

「목요일이지.」

「아니에요, 화요일이에요. 당신도 알지만 그…….」

아내는 허공에다 타원형 같은 걸 그렸다.

오랜 침묵이 흘렀다. 남편은 소스에다 빵조각을 적신다. 마리에트가 접시를 바꿔 놓고 과일 파이를 가져온다. 나도 파이를 먹어야겠다. 생각에 잠겨 있던 아내가 노여운 듯 거만한 미소를 띠고 길게 끄는 목소리로 말한다. 「아니에요, 당신도 알면서.」

남편이 흥분할 만큼 육감적인 목소리다. 그는 기름기가 흐르는 손으로 아내의 목덜미를 쓰다듬는다.

「샤를, 그만해요. 더 이상해져요, 여보.」 아내는 파이를 잔뜩 물고 웃으면서 중얼댄다.

나는 독서를 계속하려고 애써 본다.

「커피가 어디 있어야죠?」

「좀 사와요.」

「그러다가 주인 어른을 만나면요?」

또 아내의 말소리가 들린다. 「이봐요, 마르트, 내가 그 아이를 웃겨 줄 테야. 다 말하겠어…….」

옆자리 사람들은 입을 다물었다. 과일 파이를 다 먹었다. 마리에트가 자두를 갖다 주었다. 아내는 맵시 좋게 스푼에 씨를 뱉느라 정신이 없다. 남편은 천장을 보면서 테이블을 가볍게 두드려 행진곡 박자를 만들어낸다. 정상적인 상태는 침묵이고, 말은 가끔씩 그들을 사로잡는 가벼운 열병 같다.

「커피가 어디 있어야죠?」

「좀 사와요.」

나는 책을 덮는다. 산책이나 해야겠다.

베즐리즈 맥주홀에서 나온 건 3시가 다 되어서였다. 몸이 무거워진 걸로 보아 오후라는 걸 알았다. 나의 오후가 아니었다. 10만의 부빌 시민들이 같이 보내고 싶어하던 그들의 오후였다. 꼭 이맘때면 일요일의 풍족한 식사를 끝내고 테이블에서 일어선다. 이제 그들에게는 무언가가 죽어 있다. 일요일의 그 경쾌한 젊음이 사라진 것이다. 닭고기와 과일 파이를 소화시켜야 하고 외출복을 입어야 한다.

엘도라도 극장의 종소리가 맑은 공기를 뚫고 울려온다. 일요일에 들을 수 있는 귀에 익은 소리다. 백 명 이상이 초록색 벽을 따라 줄을 짓고 있다. 그들은 어둠 속에서의 즐거운 시간, 휴식과 방심의 시간, 물밑에서 반짝이는 하얀 조약돌 같은 스크린이 그들을 위해서 말하고 꿈꿀 그 시간을 열심히 기다리고 있다. 헛된 욕망이다. 사람들의 마음속에 있는 그 무엇이 오그라든 채로 남을 것이다. 그들은 즐거운 일요일을 망치지나 않을까 너무나 걱정한다. 하지만 곧 실망할 것이다. 영화는 시시할지도 모르며, 옆에 앉은 사람이 파이프 담배를 피울지도 모르고, 무릎 사이로 가래침을 뱉을 수도 있으며, 그렇지 않으면 뤼시앵이 아주 불쾌하게 굴지도 모르는 일이다. 또는 벼르고 별러서 영화를 보러 왔는데 하필이면 늑간신경통이 도질지도 모른다. 잠시 후 말없는 분노가 어두운 관람석에서 커져 갈는지도 모르는 일이다.

나는 조용한 브레상 거리를 걸어간다. 태양이 구름을 쫓아 버려서 날씨가 좋다. '라 바그' 별장에서 막 나오는 가족이 보인다. 딸이 장갑의 단추를 끼우고 있다. 서른 살쯤 됐으리라. 현관 계단에 서 있는 어머니는 꼿꼿한 태도로 크게 숨을 내쉬면서 앞을 보고 서 있다. 아버지는 넓은 등밖에 보이지 않는다. 자물쇠 쪽으로 몸을 구부려 문을 잠그고 있다. 집은 그들이 돌아올 때까지 텅 빈 채로 캄캄할 것이다. 이미 자물쇠가 채워졌다. 인기척이 없는 이웃집에서는 가구나 널빤지가 부드럽게 삐걱거리고 있다. 외출하기 전에 식당 안의 벽난로 불은 꺼 버렸다. 아버지가 뒤따라왔다. 가족은 아무 말 없이 걷기 시작했다. 어디로 가는 것일까? 사람들은 일요일이면 장엄한 묘지에 가거나 친척을 방문한다. 한가할 때는 방파제 구경을 간다. 나는 한가하다. 방파제 산책길로 나가는 브레상 거리를 따라서 걷는다.

하늘은 희뿌옇게 푸르다. 깃털 같은 구름이 여기저기 떠 있다. 가끔 구름이 태양을 가리며 지나간다. 저 멀리 방파제 위의 산책길을 따라 흰 시멘트 방벽이 보이고, 그 틈으로 바닷물이 반짝인다. 가족은 오른쪽으로 구부러져서 코토 베르로 올라가는 오모니에 일레에르 거리로 접어든다. 느린 걸음으로 올라가는 모습이 보인다. 번들거리는 아스팔트 위에 검은 점 세 개로 존재한다. 나는 왼쪽으로 돌아 바닷가에서 행렬을 이루는 군중 속으로 들어간다.

아침보다 더 붐볐다. 모든 사람들이 점심을 먹기 전에는 그렇게 자랑스러워하던 계급을 유지하는 힘을 잃어버린 것 같았다. 중개인들과 관리가 나란히 걷고 있었다. 걷는 동안 궁상스러운 고용인들과 팔꿈치가 닿기도 하고 부딪치기도 하고 밀리기도 했다. 귀족, 상류 계급, 여러 단체들이 이 미지근한 군중 속에 섞여 있다. 그들은 그저 외로운 인간일 뿐 아무 계급도 대표하지 않는다.

멀리서 반짝이는 수면, 그것은 썰물의 바다였다. 그 빛 표면에 머리를 내민 암초들이 해면에 구멍을 뚫고 솟아오른 것 같다. 파도를 막아내는 방파제 밑엔 구멍이 마구 뚫리고, 미끈거리는 돌이 아무렇게나 내던져져 있어 그 사이에서 바닷물 소리가 들려 온다. 가까운 모래사장에 어선이 주저앉아 있다. 외항 입구에는 태양 때문에 하얘진 하늘 위에 작업선이 검은 모습을 드러내고 있다. 그 기계는 한밤중까지 으르렁대며 갖은 소란을 다 피운다. 그러나 일요일에는 노동자들이 육지로 놀러 나오기 때문에 감시자만 남은 배는 고요하다.

태양은 밝고 투명하다. 흰 포도주 같다. 햇빛은 사람 몸에 닿을까 말까, 그림자도 양감도 주지 않는다. 그래서 얼굴이나 손에 엷은 황금빛 얼룩이 져 있다. 외투를 입고 나온 모든 사람들은 허공에 떠 있는 것 같다. 가끔씩 바람이 물처럼 흔들리는 그림자를 우리에게 떠밀어댄다. 그러면 사람들의 얼굴은 잠시 빛을 잃고 석회처럼 되곤 한다.

오늘은 일요일이다. 방벽 난간과 별장 울타리 사이에 낀 군중이 잔물결처럼 흘러가서 대서양 기선회사의 큰 건물 뒤로 수많은 실개천이 되어 사라진다. 아이들도 참 많다. 수레를 탄 아이, 부모의 품에 안긴 아이, 어른 손을 쥐거나 둘씩 셋씩 부모들 앞에서 얌전히 걸어가는 아이들도 있다. 나는 불과 몇 시간 전에, 산뜻한 일요일 아침에 의기양양하게 걷는 그 얼굴들을 보았다. 이젠 흥분이 가라앉고 맥이 풀린 듯 고집밖에는 보이지 않는다.

몸짓도 거의 없다. 아직은 모자를 벗고 인사를 주고받지만 아침 같은 과장도 없고 신경질적인 쾌활함도 없다. 사람들은 모두 고개를 쳐들고 먼 곳을 바라보며 밀어닥치는 바람에 몸을 내맡긴 채 조금씩 뒷걸음친다. 이따금 메마른 웃음소리가 들렸다가 곧 사라진다. 어머니의 아우성이다. 다시 고요하다.

희미한 잎담배 냄새. 점원들이 피우는 냄새다. 살람보, 아이샤, 일요일의 담배다. 좀더 긴장을 푼 몇 사람의 얼굴이 슬퍼 보였다. 천만에! 그들은 슬프지 않았다. 즐겁지도 않았다. 단지 쉬고 있을 뿐이었다. 뚫어질 듯 크게 뜬 눈에 바다와 하늘이 들어왔다. 그들은 곧 집으로 돌아갈 것이며, 가족끼리 둘러앉아 차를 마실 것이다. 한동안은 행동이며 말이며 생각을 덜하며 살고 편하기를 바라고 있었다. 일주일의 노동이 주는 씁쓸한 주름살, 오리발같이 쪼글쪼글한 그 주름살을 지울 수 있는 여가는 단 하루밖에 없다. 단 하루다. 그들은 시간이 손가락 사이로 흘러가는 걸 느낀다. 월요일 9시에 새로운 기분으로 출발하는 데 필요한 에너지를 재충전할 시간이 될까? 그들은 숨을 크게 들이마신다. 바다의 공기가 생기를 주는 까닭이다. 곤히 잠든 규칙적이고 깊은 숨소리만이 그들의 생존을 증명한다. 나는 살금살금 소리나지 않게 걸었다. 쉬고 있는 이 비극적인 군중의 한가운데서 나의 튼튼하고 신선한 육체를 어디에 두어야 할지 몰랐다.

이제 바다는 부유스름한 잿빛이다. 바다는 서서히 밀물이 되고 있다. 밤에는 만조가 될 것이다. 오늘은 빅토르 느와르 거리보다 방파제 산책길이 한적할 것이다.

해는 서서히 바다로 떨어지고 있다. 햇빛이 노르망디식 별장의 유리창을 붉게 물들인다. 여자가 눈이 부신 듯 맥없이 손을 눈가에 갖다대며 고개를 젓는다.

「가스통, 눈이 부셔요.」 그녀는 수줍은 미소를 지으면서 말했다.

「허! 지는 해를 좀 봐. 기분 좋군.」 남편이 받았다. 「따뜻하지는 않지만 기분이 아주 좋은데.」

여자는 바다 쪽으로 몸을 돌리면서 또 말했다. 「그것을 볼 수 있을 줄 알았는데.」

「유감이야. 역광선 때문이지.」

카이유보트 섬 이야기를 하는 것이다. .

햇빛이 부드러워졌다. 시시각각으로 변하는 이 시간에 저녁을 알리는 그 무엇. 일요일은 이미 과거를 가지고 있었다. 별장들이며 잿빛 난간이 아주 가까운 추억과 비슷했다. 하나씩 둘씩 사람들의 얼굴이 한가한 표정을 잃었다. 그 중 몇 사람은 긴장이 감돌 정도였다.

임신한 여자가 투박해 보이는 금발의 사나이에게 몸을 기대고 말했다. 「저기, 저것 봐.」

「뭘 말이야?」

「저기 저 갈매기.」

그는 어깨를 으쓱 올린다. 갈매기는 없었다. 맑은 하늘엔 수평선이 불그스레할 뿐이다.

「소리가 들렸어요. 저것 봐, 갈매기가 울어요.」

「그건 뭐가 삐걱거리는 소리야.」

가스등이 반짝였다. 나는 가스등 켜는 사람이 지나갔다고 생각했다. 그가 돌아가라는 신호를 하기 때문에 아이들은 눈치만 살피고 있다. 하지만 그것은 태양의 마지막 반사에 불과했다. 하늘은 아직 밝은데

지상에는 땅거미가 감돈다. 군중은 흩어지고, 바다가 허덕이는 소리만 똑똑하게 들려왔다. 난간을 짚고 있던 젊은 여자가 립스틱으로 검은 줄을 그은 듯한 창백한 얼굴을 쳐들었다.

「내가 인간들을 사랑하려 하는가?」

순간적으로 자문해 보았다. 그러나 결국 오늘은 그들의 일요일이지 나의 일요일은 아니었다.

처음에 켜진 불은 카이유보트 섬의 등대였다. 소년이 내 곁에 멈춰 서서 황홀한 듯 중얼거렸다. 「오! 등대!」

그 순간 내 마음이 모험이라는 거창한 느낌으로 부풀어오르는 것을 느꼈다.

나는 왼쪽으로 돌아 데 발리에 거리를 지나서 소프라도로 나간다. 진열장에는 셔터가 내려져 있었다. 투르느브리드 거리는 아직 밝았지만 아침의 짧은 영광을 잃어버린 듯 한적했다. 이맘때는 다른 거리들하고 다를 게 없었다. 제법 거센 바람이 일었다. 대주교의 모자가 부스럭거리는 소리가 들렸다.

나는 혼자다. 사람들은 보금자리로 돌아가고 없다. 라디오를 들으면서 석간 신문을 읽고 있겠지. 이미 지나간 일요일은 입가에 씁쓸한 맛만 남겼을 뿐, 생각은 이미 월요일에 가 있다. 그러나 나는 월요일도 일요일도 없다. 무질서하게 밀려오는 일상과 번갯불같이 일어나는 생각의 변화만 있을 뿐이다.

변한 건 없다. 그러나 모든 것이 다른 형태로 존재한다. 나는 그것을 묘사할 수 없다. '구토' 같은 것이지만 또 전혀 다르다. 어쨌든 나에게 모험이 일어나고 있다. '나는 나며, 내가 여기에 있다는 사실이 존재한다'는 것을 안다. 이 어둠을 가르며 걷는 것이 '나'다. 나는 소설의 주인공처럼 행복하다.

무슨 일이 생길 것 같다. 바스 드 비에이유 거리의 어둠 속에 나를 기다리는 게 있다. 저기, 저 고요한 거리 한 모퉁이에서 내 생활이 시작되려 한다. 숙명처럼 내가 앞으로 가는 것이 보인다. 길 모퉁이에 하얀 경계표가 있다. 멀리서는 시커멓게 보였는데, 한 걸음 걸을 때마다 하얗게 변해 간다. 차츰차츰 밝아지는 희미한 그 모습이 이상한 느낌을 갖게 한다. 아주 분명해지고 하얘지면 나는 그 옆에 멈춰 설 테고, 그때 모험이 시작될 것이다. 이제는 아주 가까워졌다. 어둠 속의 흰 등대, 그것이 두렵다. 순간 되돌아갈까 생각한다. 그러나 마술에 걸린 듯한 상태를 떨쳐 버리기란 불가능하다. 나는 나아간다. 손을 내밀어서 경계표를 만진다.

여기가 바스 드 비에이유 거리다. 어둠 속에서 거대한 성 세실 성당이 웅크린 채 유리창만 반짝인다. 양철로 만든 대주교의 모자가 부스럭거린다. 세계가 돌연 오그라들었는지, 혹은 여러 가지 소리와 형상 속에 나 자신이 그렇게도 강력한 통일을 주었는지 알 수가 없다. 나를 에워싸고 있는 것들이 원래는 지금의 상태가 아니라고 생각할 수조차 없다.

순간 나는 서서 기다린다. 심장의 고동 소리가 들린다. 인기척이 없는 광장을 훑어본다. 아무것도 안 보인다. 제법 강한 바람이 일었다. 나는 오해를 했다. 바스 드 비에이유 거리는 중간 역에 불과하다. 나를 기다리는 '것' 은 뒤코통 광장 안쪽에 있다.

서두르지 않고 다시 걷는다. 이제 행복의 절정에 다다른 듯싶다. 마르세이유에서, 상하이에서, 메크네스에서는 왜 이렇듯 충만한 감정을 얻으려고 하지 않았던가? 오늘은 아무것도 기다리지 않는다. 공허한 일요일이 끝나는 시각에 집으로 돌아간다. 거기에 충만감이 있다.

다시 걷는다. 바람이 뱃고동 소리를 실어온다. 나는 혼자다. 그러나 도시로 내려가는 병사들처럼 걷는다. 지금 바다 위에는 음악이 흐르는 배들이 있다. 유럽의 도시들마다 불이 켜지고 공산주의자들과 나치들이 베를린에서 싸우고 있다. 실업자들이 뉴욕의 거리를 쏘다니고, 여자들은 따뜻한 방안에서 눈썹 위에 먹칠을 하고 있다. 이 쓸쓸한 거리에서, 노이쾰른의 창문에서 들리는 총소리, 운반 중인 부상자의 피, 딸꾹질, 화장하는 여자들의 정확하고 섬세한 동작 그 하나하나에 나의 한 걸음 한 걸음과 심장의 고동이 반응하고 있다.

나는 질레 골목 앞에서 어쩔 줄을 모른다. 누가 이 골목 안에서 나를 기다리지는 않을까? 그러나 투르느브리드 거리 끝에 있는 뒤코통 광장에도 역시 태어나기 위해서 나를 필요로 하는 것이 있다. 나는 초조하기 이를 데 없다. 사소한 동작일지라도 내 운명을 좌우할 것만 같다. 나에게서 뭘 원하는지 알아낼 수가 없다. 그렇지만 선택해야 한다. 나는 질레 골목을 단념한다. 거기에 나를 위해 무엇이 간직되어 있었는지 영원히 모를 것이다.

뒤코통 광장은 텅 비어 있다. 오해였던가? 그렇다면 나는 견딜 수 없을 것 같다. 정말 아무 일도 일어나지 않을 것인가? 카페 마블리의 불빛을 찾아간다. 그러나 방향을 잡지 못하고 들어갈까 말까 망설인다. 김이 서린 큰 유리창 너머로 힐끔 들여다본다.

카페 안은 가득 차 있다. 담배 연기와 축축한 입김 때문에 공기가 푸르스름하다. 나는 카운터 보는 여자를 잘 안다. 그 여자도 나처럼 머리카락이 붉다. 분명 위장병에 걸렸을 것이다. 그녀는 시체에서 풍기는 오랑캐꽃 냄새 비슷한 우울한 미소를 띠고 스커트 밑에서 서서히 썩어가고 있다. 온몸에 소름이 돋는다. 나를 기다리던 건 바로 그 여자였다.

여자는 우두커니 앉아 카운터 너머로 미소를 짓고 있었다. 이 카페에는 일요일의 맥락 없는 순간들을 서로 접합시켜 의미를 부여하는 게 있다. 나는 거기에 도달하기 위해서 유리창에 이마를 대고 석류빛 커튼 위에 핀 것 같은 그 섬세한 얼굴을 보기 위해 오늘 하루를 보냈다. 모든 것이 멎었다. 내 삶이 정지했다. 커다란 유리, 물처럼 파란 무거운 공기, 물밑에 가라앉은 기름진 식물……. 나 자신과 더불어 확고부동하고 충실한 전체를 이룬다는 것이 행복하다.

라 르두트 거리에 왔을 때는 쓰디쓴 후회만이 남아 있었다. 나는 혼잣말을 했다. 「그 모험의 감정만큼 소중한 건 없을 거야. 하지만 그 감정은 제 맘대로 온다. 그리고 재빨리 떠나가 버린다. 그럴 때면 얼마나 허무한지 모르겠다! 내가 삶에 실패했다는 걸 증명하기 위해서 그토록 짧게 아이러니컬한 방문을 하는 것일까?」

내 뒤의 도시에서, 곧게 뻗은 큰길에서, 싸늘한 가로등 불빛을 받으며 큰 사건이 사라져 갔다. 일요일의 종말이었다.

월요일

어저께는 그 어처구니없는 거창한 글을 어떻게 쓸 수 있었을까? 「나는 혼자다. 그러나 도시로 내려가는 병사들처럼 걷고 있었다」고 말이다. 글을 다듬을 필요는 없다. 있는 그대로 쓰고 있다. 문학을 경계해야한다. 말을 고르지 말고 붓 가는 대로 써야 한다.

내가 끔찍해하는 건 어젯저녁 숭고한 기분에 젖었다는 사실이다. 스무 살 무렵엔 술에 취하면 나 자신을 데카르트 같은 인간이라고 설명했다. 영웅 심리로 가득 찼다는 걸 잘 알았지만 그대로 내버려두었다. 재미있었으니까. 그 이튿날은 한가득 토해 놓은 침대에서 잠깬 것처럼 불쾌했다. 나는 술에 취해도 토하지 않는다. 사실은 술에 취해서 토하는 편이 나을 것이다. 어저께는 취했기 때문이라는 변명도 할 수가 없다. 나는 바보처럼 흥분했다. 물처럼 투명한 추상적 관념으로 나 자신을 씻어낼 필요가 있다.

그 모험의 감정은 사건을 통해 생겨나지는 않는다. 이미 증명된 사실이다. 모험이란 순간순간이 서로 얽히는 것이다. 이를테면 갑자기 시간이 흐르는 것, 즉 한순간이 다른 순간으로 이어지며, 그 순간이 또 다른 순간에 이어진다. 그렇게 매 순간이 사라지고, 순간을 붙잡아 두는 게 얼마나 어리석은지 깨닫는다.

요컨대 시간의 흐름에 대해 많은 말들을 하지만 실제로 보지는 못한다. 대개 중년 부인을 보면 곧 더 늙을 거라고들 생각한다. 그러나 그녀가 늙는 과정을 '보지는' 못한다. 그러나 어떤 순간에 그녀가 늙은 것을 보고, 더불어 자기도 늙은 걸 느낀다. 이것이 모험의 감정이다.

그것을 시간의 비가역성이라고 부른다. 모험의 감정도 시간의 비가역성일 것이다. 그렇다면 사람들이 항상 모험의 감정을 갖지 않는 이유는 뭘까? 시간이 항상 비가역적인 건 아니라는 말인가? 사람이 하고 싶은 것, 즉 앞으로 나아가거나 물러서는 것이 가능하며, 그다지 중대한 일도 아니라고 느끼는 때가 있다. 또한 시간의 그물눈이 좁아진 느낌이 들 때가 있는데, 그런 경우에는 무슨 일이건 다시 시작할 수 없으므로 실패하면 안 된다.

안니는 시간을 아주 효과적으로 느낄 줄 알았다. 안니는 지부티에, 나는 아덴에 있을 때 일이다. 내가 하루쯤 시간을 내어 만나러 갈 때면, 내가 돌아올 시간이 정확하게 60분밖에 남지 않았을 때까지 안니는 우리 사이에 오해가 쌓이지 않도록 하려고 궁리했다. 그 60분이야말로 1초 1초 지나가는 것을 느끼기에 충분한 시간이었다. 그 기막히던 밤들 중에서 기억에 남는 일이 있다.

나는 자정에 떠날 예정이었고, 우리는 노천 극장으로 영화를 보러 갔다. 둘 다 절망적인 상태였다. 다만 안니는 농간을 부렸다. 11시에 장편 영화가 시작되었을 때, 그녀는 아무 말 없이 내 손을 꼭 쥐었다. 나는 흐뭇한 기분에 사로잡혀 시계를 볼 필요도 없이 11시라는 것을 알았다. 그 순간부터 시간이 1초 1초 흐르는 것을 느끼기 시작했다. 앞으로 우리는 석 달 동안 못 만날 형편이었던 것이다. 스크린에 하얀 영상이 비쳐서 어둠이 걷혔을 때, 나는 안니가 우는 걸 보았다. 자정이 되자 안니는 내 손을 꼭 쥐었다가 놓았다. 나는 일어나서 그녀에게 한 마디 말도 없이 떠났다. 정말 멋진 일이었다.

저녁 7시

오늘은 일을 했다. 그럭저럭. 나는 제법 기쁜 마음으로 6페이지를 썼다. 표트르 1세의 치세에 관한 추상적인 관찰이었던 만큼 더욱 유쾌했다. 어제의 자기 도취 이후로 하루 종일 정신을 바짝 차리고 지냈다. 감정적으로 흐르면 안 되었다. 러시아 귀족 정치의 구조를 분석하면서 마음이 가라앉는 것을 느꼈다.

다만 롤르봉이 심사를 뒤집어 놓는다. 그는 아주 사소한 사건에서도 신비롭게 군다. 1804년 8월, 우크라이나에서 대체 무슨 짓을 했을까?

그는 우크라이나 여행에 대해 애매하게 말하고 있다.

「비록 성공하지 못했지만 내 노력에 타인의 비방이나 모욕 이상의 가치가 있다면 후세 사람들이 알아서 판단할 것이다. 나를 비웃는 자들을 침묵시키고 공포의 도가니로 몰아넣을 수 있지만, 나는 아무 말 없이 모든 모욕과 비난을 감수했다.」

나도 한 번은 그의 속임수에 넘어갔다. 1790년의 부빌 여행에 관해서 그는 도도한 말투로 애매한 글을 남겨 놓았다. 그 일화의 진실을 캐는 데 한 달이 걸렸다. 결국은 그가 농부의 딸을 임신시켰다는 게 전부였다. 그는 단지 뜨내기 광대에 불과하지 않을까?

이 자만심 강한 거짓말쟁이 사나이를 생각하면 분통이 터진다. 화가 났기 때문이리라. 그가 사람들을 속인 게 재미있었지만 나는 속이지 않기를 바랐다. 죽은 자들의 머리 너머로 의기투합하는 사이가 되어 나에게만은 진실을 말해 주리라 믿었다. 그는 아무 말도 하지 않았다. 한 마디도. 그가 속여넘긴 알렉산더나 루이 18세에게 말한 것 말고는 아무것도 말하지 않았다. 롤르봉이 훌륭한 인간이었다는 사실은 나에게 매우 중요하다. 악당이었을지도 모르니까. 그러나 악당 아닌 사람이 어디 있는가? 다만 큰 악당인가, 작은 악당인가? 살아 있다면 인사도 하기 싫은 죽은 자를 연구하느라고 시간을 보낼 만큼 역사적 탐구를 존중하지는 않는다. 내가 그에 대해 뭘 안단 말인가? 그의 일생보다 더 아름다운 삶은 상상할 수가 없다. 그가 과연 그런 생애를 보냈을까? 그의 편지들이 그렇듯 겉멋만 부리지 않았더라도……. 아! 진작에 그의 실체를 알았어야 했다.

그는 고개를 갸웃하거나 장난스러운 태도로 코 옆에 집게손가락을 갖다 세우는 따위의 매력적인 버릇이 있었는지도 모르고, 때로는 상냥한 거짓말 사이에 짧게나마 사나운 얼굴로 변했다가 곧 숨겨 버리는 버릇이 있었는지도 모른다.

결국 그는 죽었다. 남긴 거라고는 『전술론(戰術論)』과 『덕성에 관한 고찰』뿐이다.

나는 충분히 상상할 수 있을 것 같다. 그토록 많은 희생자를 낸 그의 날카로운 아이러니에 감춰진 단순하고 순박한 인간을 볼 수 있다. 그는 깊이 생각하지 않고도 필요한 일을 정확하게 해낸다. 그의 간교한 술책은 천진하고 자연스러우며, 또 매우 관대해서 덕에 대한 애정만큼이나 진지하다. 은인이나 친구를 보기 좋게 배반했을 때도 그는 사건

속에서 엄숙하게 교훈을 끌어낸다. 그는 자기가 타인에게 권한이 있다든지, 또 타인이 자기에게 권한이 있다든지 하는 생각은 해본 적이 없었다. 인생이 주는 선물들을 당연한 것으로 받아들인다.

그는 모든 일에 열중하는 한편 쉽사리 떠나 버린다. 그래서 편지도 작품도 직접 쓴 게 없다. 대서인에게 시켰던 것이다.

이 정도까지 될 줄 알았더라면 차라리 드 롤르봉 후작에 관한 소설을 쓰는 편이 나을 걸 그랬다.

저녁 11시

나는 '철도회관'에서 저녁을 먹었다. 주인 여자가 있었기 때문에 함께 자야만 했다. 예의상 그런 것이다. 사실 그녀한테 좀 싫증이 났다. 살결이 너무 희고 젖비린내가 난다. 그녀는 열정에 넘쳐서 내 머리를 젖가슴에 껴안았다. 자기 딴엔 능숙하다고 생각한 모양이다. 나는 이불 속에서 멍하니 남의 찌꺼기를 받아들였다. 잠시 후 팔에 힘이 빠졌다. 나는 드 롤르봉 씨를 생각하고 있었다. 그의 일생에 대한 소설을 쓴다는데 누가 막는단 말인가?

나는 여주인의 옆구리로 손을 늘어뜨렸다. 그러자 갑자기 키 작은 나무들이 우거진 자그마한 정원이 보였다. 나무에는 털로 뒤덮인 커다란 나뭇잎이 늘어져 있었다. 곳곳에 개미와 노래기, 모기들이 돌아다녔다. 더 징그러운 벌레들도 있었다. 비둘기 고기로 샌드위치를 만들 때 쓰는 구운 빵 같은 몸이었다. 또한 게처럼 옆으로 기어다녔다. 커다란 나뭇잎에는 짐승들이 시커멓게 매달려 있었다. 쥐꼬리 선인장과 바르바리의 무화과나무들 뒤에서 공원의 라벨레다 조각이 손가락으로 음부를 가리고 소리쳤다. 「이 정원에서 토해 놓은 냄새가 난다.」

여주인이 미안한 듯 말했다. 「당신을 깨우려고 한 건 아닌데⋯⋯. 엉덩이 밑에 요가 구겨졌어요. 그리고 파리에서 오는 기차 손님들 때문에 내려가 봐야 해요.」

사순절 전 화요일

나는 모리스 바레스의 볼기를 쳤다. 우리 셋은 병정이었다. 우리들 중 한 사람 얼굴에 구멍이 뚫렸다. 모리스 바레스가 가까이 와서 우리에게 말했다. 「좋아!」 그리고는 오랑캐꽃다발을 하나씩 주었다.

「이것을 어디에 놓으면 좋을지 모르겠어.」

얼굴이 뚫어진 병정이 묻자 모리스 바레스가 대답했다. 「얼굴 한가운데 있는 구멍에 넣으면 돼.」

병정이 대들 듯이 대답했다. 「나는 네 항문에 넣겠어.」

그래서 우리는 모리스 바레스를 돌려세우고 바지를 벗겼다. 그는 바지 밑에 추기경의 붉은 옷을 입고 있었다. 우리가 그것을 걷어올리자 모리스 바레스가 소리쳤다. 「조심해, 난 고리 바지를 입고 있어.」

우리는 피가 날 때까지 볼기를 쳤다. 그리고 그의 볼기에 오랑캐꽃잎으로 19세기말 프랑스의 애국 시인이며 정치가인 데룰레드의 얼굴을 그려 놓았다.

얼마 전부터 자주 이 꿈을 더듬는다. 게다가 매일 아침 이불이 마룻바닥에 떨어져 있는 걸 보니 자면서 몸부림을 많이 치는 모양이다. 오늘은 사순절의 참회 화요일이다. 그러나 부빌에서는 아무 일도 일어나지 않았다. 백여 명 정도가 거리에 모여 가장 행렬을 하는 게 고작이었다.

충계를 내려가는데 주인 여자가 불렀다. 「편지가 와 있어요.」

편지라면 작년 5월에 루앙 도서관의 사서에게 받은 게 마지막이었다. 주인 여자는 나를 사무실로 데리고 간다. 그리곤 두툼하고 기다란 노란색 봉투를 내민다. 안니가 보낸 것이다. 안니의 소식을 못 들은 지 5년째다. 편지는 파리의 전 주소로 갔던 것이다. 2월 1일자 소인이 찍혀 있었다.

나는 밖으로 나간다. 손끝에 봉투를 쥐었으나 감히 뜯을 수가 없다. 안니는 편지지를 바꾸지 않았다. 안니가 여전히 피카딜리의 그 조그만 문방구에서 편지지를 사고 있을까 생각해 본다. 그녀의 머리, 절대 자르려 하지 않던 그 금발도 여전할 거라고 생각한다. 안니는 거울 앞에서 자기 얼굴을 보전하려고 꾸준히 애쓸 것이다. 멋을 부리려는 것도, 늙어 가는 데 대한 공포도 아니며, 있는 그대로의 자기, 자기와 똑같은 자기이기를 원하기 때문이다. 나는 자기 얼굴을 지키려는 안니의 강렬하고 엄격한 충실성을 좋아하는지도 모른다.

보랏빛 잉크로(안니는 잉크도 바꾸지 않았다) 또박또박 쓴 주소가 아직도 희미하게 반짝인다.

'앙트완 로캉탱 귀하'

이런 봉투에 쓰여진 내 이름을 읽는 건 즐거운 일이다. 안개 속에서
안니의 미소를 찾아냈다. 그 눈과 살짝 기울인 고개를 떠올렸다. 안니
는 웃으면서 내 앞에 선다. 그리고 팔을 뻗어 내 어깨를 흔든다.

봉투는 두툼하다. 적어도 여섯 장은 될 것 같다. 파리 발자국 같은,
나의 옛날 문지기 아주머니 글씨가 익숙한 글씨 위에 겹쳐져 있다.

'프랭타니아 호텔—부빌 시'

그 작은 글씨들은 반짝이지 않는다.
편지를 뜯는 순간 나의 환멸은 6년 전의 나를 떠올렸다.
「알맹이는 별것 아닌데 안니는 어떻게 이렇게 봉투를 두둑하게 만들
었을까?」
1924년 봄에 오늘처럼 봉투 속에서 모눈종이 쪽지를 끄집어내면서
수백 번 중얼거린 말이다. 봉투 속은 찬란하다. 짙은 초록빛 바탕에 황
금빛 별이 있다. 풀을 먹인 빳빳한 천 같다. 그것만 해도 봉투 무게의 4
분의 3은 된다.
안니는 연필로 썼다.

며칠 후에 파리에 들릅니다. 2월 20일에 에스파뉴 호텔로 나를 만나러
오세요! 부탁해요('부탁해요'라는 말은 줄 밖에다 써놓아서 '나를 만

나라' 라는 말과 괴상한 나선형으로 연결되어 있다). 난 당신을 꼭 만

나야겠어요. 안니.

메크네스나 탕제에 있었을 때, 저녁에 집으로 돌아가면 침대 위에서 '당신을 꼭 만나고 싶어요' 라는 쪽지를 보곤 했다. 내가 뛰어가면 안니는 눈썹을 찌푸리고 놀란 모습으로 문을 열어 주었다. 내게 할말이라곤 없었다. 내가 온 것을 책망하는 눈치였다.

나는 파리에 가야겠다. 안니가 나를 맞아 주지 않을지도 모른다. 아니면 호텔 프런트에서 「그런 분은 안 계십니다」라고 말할지도 모른다. 물론 안니가 그런 짓을 하지는 않겠지만. 다만 일주일 후쯤 생각이 변했으니 다음 기회로 미루자는 편지를 보내 올 가능성은 있다.

사람들은 평소처럼 일하고 있다. 아주 평범한 사순절 모습이다. 비가 오려는지 뮈틸레 거리에서 축축한 목재 냄새가 난다. 영화관은 아침부터 문을 열고, 아이들은 방학을 하는…… 그런 야릇한 며칠이 싫다. 거리는 명절 분위기가 한창인데, 그 분위기를 새삼스레 되살리면 다 날아가 버리는 것이다.

나는 안니를 보러 갈 것이다. 하지만 꼭 내키는 건 아니다.

편지를 받은 후로 일이 안 된다. 다행히도 정오다. 배고프진 않지만 시간을 때우기 위해 식사를 해야겠다. 오를로제 거리에 있는 카미유 식당에 들어간다.

이 식당은 꼭 닫아 놓은 상자 같다. 밤새도록 양배추 절임과 스튜가 나온다. 연극이 끝난 뒤에 밤참을 먹으러 가는 곳이다. 순경들은 밤차

로 도착한 허기진 여행객들에게 이곳을 알려 준다. 대리석 테이블이
여덟 개나 있고, 벽을 따라서 가죽 의자도 길게 놓여 있다. 붉은 밑바닥
이 군데군데 드러나 있는 거울이 두 개다. 창문 두 개와 출입문의 유리
는 불투명하다. 카운터는 깊숙한 곳에 있다. 옆에 방도 한 칸 있지만 들
어가 본 적은 없다. 커플 전용이므로.

「햄 오믈렛을 주시오.」

볼이 불그스레하고 몸집이 큰 웨이트리스는 남자에게 말할 때면 웃
음을 참지 못한다. 「만들 수가 없어요. 감자 오믈렛을 드릴까요? 햄이
들어 있는 찬장은 잠겼어요. 햄은 주인 아저씨가 자르거든요.」

나는 스튜를 주문한다. 주인 카미유는 무뚝뚝한 사내다.

웨이트리스는 가버린다. 나는 이 침침하고 낡은 방안에 혼자 있다.
지갑 속에는 안니의 편지가 있다. 애매한 수치심 때문에 다시 읽지 못
하고 있다. 편지 내용을 차근차근 생각해 본다.

친애하는 앙트완.

나는 미소를 짓는다. 확실히 아니다. 안니는 절대로 '친애하는 앙트
완' 이라고는 쓰지 않았다.

6년 전에 헤어지기로 합의한 후 나는 도쿄에 갈 작정이었다.

안니에게 짧은 편지를 보냈다. 더 이상은 '나의 사랑하는 그대' 라고
부를 수 없었다. 그저 담담하게 '친애하는 안니' 라고 썼다.

당신의 융통성이 놀랍군요.

안니는 답장을 보내 왔다.

나는 결코 당신의 '친애하는 안니'가 아니었어요. 당신도 나의 친애하
는 앙트완이 아니라는 걸 알아주세요. 어떻게 나를 불러야 할지 모르
겠거든 부르지 마세요. 그게 더 좋을 거예요.

지갑에서 편지를 꺼냈다. 그녀는 '친애하는 앙트완'이라고 쓰지 않
았다. 편지 끝에도 예의를 갖춘 말이라곤 없다.

당신을 만나야겠어요. 안니

이 말뿐이다. 감정이라곤 아무것도 없다. 나는 불평할 수가 없다. 사
소한 편지 한 통에서도 안니의 완벽성을 볼 수 있다. 안니는 항상 '완
벽한 순간'을 실현시키고 싶어했다. 만약 그 순간이 자기 생각하고 맞
지 않으면 모든 관심을 거둔 채 눈빛도 생기를 잃고 사춘기 소녀 같은
모습으로 어슬렁거렸다. 아니면 트집을 잡아 나에게 대들었다. 「당신
은 부르주아처럼 엄숙하게 코를 푸는군요. 게다가 만족스럽게도 손수
건에 대고 잔기침을 하는군요.」
대답할 필요는 없었다. 기다려야 했다. 시간이 조금 지나면 안니는
갑자기 소스라치게 놀라며 나른한 얼굴을 긴장시켜 개미처럼 열심히

일을 시작했다.

안니는 거만하면서도 매력을 잃지 않는 마력이 있었다. 사방을 둘러보며 콧노래를 부르다가 웃으면서 내 어깨를 흔들곤 했다. 그러면 얼마 동안은 안니를 둘러싸고 있는 물건들에 질서가 생기는 듯했다. 그녀는 낮고 빠른 목소리로 나에게 뭘 기대하는지 설명하곤 했다.

「여보, 좀 노력해 봐요, 응? 요전번에는 당신 참 바보였어요. 이 순간이 얼마나 아름다울 수 있는지 당신도 알잖아요? 하늘을 봐요. 태양을 봐요. 초록색 옷을 입고 분을 안 발라서 그런지 내 얼굴이 파래요. 뒤로 좀 가요. 그늘에 가 앉아요. 당신이 어떻게 해야 하는지 알아요? 아니, 참 당신은 바보야! 말 좀 해봐요.」

일의 성패는 나에게 달렸고, 이 순간에는 다듬어서 완전하게 만들어야 할 어떤 의미가 있다는 걸 느꼈다. 어떤 동작을 보여야만 했다. 무슨 말이든 해야만 했다. 나는 책임감에 짓눌렸다. 눈을 부릅떴지만 아무것도 보이지 않았다. 안니가 그 순간에 만들어낸 의식의 한복판에서 몸부림칠 뿐이었다. 결국 나는 기다란 팔로 그 의식을 거미줄처럼 찢어 버렸고, 그럴 때마다 안니는 나를 증오했다.

나는 분명 안니를 만나러 갈 것이다. 안니를 존경하고 아직도 진심으로 사랑한다. 완벽한 순간을 만드는 건 다른 사람에게 넘기고 싶다.

「당신의 악마 같은 머리카락이 모든 걸 망친다니까. 붉은 머리카락을 가진 사람이 무슨 쓸모가 있겠어요?」

그 여자는 웃고 있었다. 나는 안니의 눈과 날씬한 몸매를 잊어버렸다. 가능한 한 오래도록 안니의 미소를 간직하려 했는데, 그것조차 잊은 지 3년째다. 조금 전 주인 아주머니한테서 편지를 받는 순간 갑자기 안니의 미소가 되살아났다. 안니가 웃는 걸 본 듯했다. 그 미소를 한 번 더 생각해내려고 애쓴다. 나는 안니를 향한 온갖 애정을 느낄 필요가 있다. 그 애정은 여기 가까이 있다. 태어나기만을 기다리고 있다. 그러나 미소는 되살아나지 않는다.

마지막이다. 공허하고 메마른 기분이다.

추운지 웅크리고 들어오는 남자가 보였다. 「여러분, 안녕하십니까?」

그는 낡아서 초록색이 된 외투를 벗지도 않고 앉았다. 그리고 기다란 손가락을 꼬면서 두 손을 비빈다.

「무얼 드시겠어요?」

그는 깜짝 놀란다. 불안한 눈빛이다. 「네? 비르에 물을 타 주시오. 키니네가 든 포도주 말이오」

웨이트리스는 움직이지 않는다. 거울로 보니 잠든 것 같다. 사실 그녀의 눈은 구멍을 뚫어 놓은 것에 불과하다. 그녀는 늘 그렇게 행동이 굼뜨다. 주문을 받고 나서 우물쭈물거린다. 술병이며 붉은 글씨로 써 놓은 흰 상표며, 검은 시럽을 생각하는 모양이다.

안니의 편지를 지갑 속에 넣는다. 그 편지는 이미 자기의 의무를 다했기 때문이다. 이 편지를 들고 그녀와 사귀던 과거로 거슬러 올라갈 수는 없다. 과거의 사람을 생각한다는 게 가능한 일일까? 우리가 서로 사랑하는 동안은 아주 짧은 순간도, 또 사소한 걱정거리 하나도 놓치지 않았다. 소리, 냄새, 기분, 말로 표현하지 않은 생각까지도 가슴속에 안고 지냈다. 그 모든 것이 생생하게 남아 있었다. 우리는 즐기고, 또 괴

로워했다. 추억이라곤 없었다. 그늘도 후퇴도 없고 피할 곳도 없는 강
렬하게 타오르는 사랑이었다. 3년의 세월이 동시에 존재하고 있었다.
그래서 우리는 헤어졌다. 그 짐을 더 이상 지탱할 힘이 없었으므로. 그
러다가 안니가 훌쩍 떠났을 때, 3년의 세월이 과거 속으로 무너져 내려
갔다.

　나는 허무했을 뿐 괴롭지는 않았다. 시간이 흐르면서 공허감도 커졌
다. 그리고 사이공에서 파리로 돌아가겠다고 결심했을 때, 외국인의 얼
굴이라든지 광장, 기다란 강가의 부두 등 내 기억에 남은 모든 것이 사
라져 버렸다. 나의 과거는 커다란 구멍에 불과했다. 나의 현재는 카운
터 앞에서 졸고 있는 웨이트리스와 저 키 작은 녀석이다.

　나의 삶에 관해 아는 건 전부 책에서 읽은 것 같다. 베나레스의 궁전,
문둥이 왕의 테라스, 자바의 부서진 층계가 달린 커다란 사원 등은 순
간적으로 내 눈에 비쳤지만 저기 제자리에 머물러 있다. 프랭타니아
호텔 앞을 지나는 전차를 보라. 저녁때면 유리창에 네온 광고가 비치
지만 그 네온 광고를 앗아가지는 않는다. 전차는 잠깐 불이 붙은 것처
럼 타오르지만 시커먼 유리창과 함께 멀어진다.

　그 사나이는 계속 나를 바라본다. 귀찮다. 제 몸에 비해서는 의젓한
편이다. 웨이트리스는 결국 시중 들기로 마음먹은 모양이다. 대견하게
도 크고 검은 팔을 쳐들어 컵하고 병을 가지고 온다.

　「여기 있습니다, 선생님.」

　「아실이라고 합니다.」 남자는 상냥하게 말한다.

　웨이트리스는 대답도 않고 술을 따른다. 사나이는 재빨리 코에 댔던

손가락을 떼고 두 손을 테이블에 놓는다. 고개를 뒤로 젖히자 두 눈이 빛난다. 그는 냉정한 목소리로 말한다.

「불쌍한 아가씨.」

웨이트리스도 나도 깜짝 놀란다. 그는 한 마디로 표현할 수 없는 표정이다. 놀란 모양이다. 자기가 한 말이 아니라는 듯한 태도다. 우리 셋 다 어색하다.

뚱뚱한 웨이트리스가 맨 먼저 정신을 차렸다. 상상력이 없는 여자다. 아실 씨를 점잖게 쳐다본다. 그를 밖으로 끌어내리면 한 팔로도 충분하다는 것을 잘 아는 눈치다.

「도대체 왜 내가 불쌍하죠?」

그는 머뭇거린다. 당황해서 그 여자를 바라보다가 웃는다. 얼굴 가득 주름살이 잡힌다. 손목으로 가벼운 제스처를 해 보인다. 「화가 났군. 왜 다들 그렇게 말하잖아? 가엾은 아가씨라고들. 별 생각 없이 한 말이야.」

그러나 웨이트리스는 등을 돌리고 카운터 뒤로 가버린다. 정말 모욕당했다는 눈치다. 그는 아직도 웃고 있다. 「하하! 아니, 가버렸군. 화가 났나? 화가 났군요.」

막연히 나에게 이야기하는 듯한 말투다.

나는 고개를 돌린다. 그는 슬쩍 컵을 들었지만 마실 생각은 없다. 다만 놀라서 겁먹은 표정으로 눈을 깜박거린다. 무슨 일을 생각해내려는 것 같다. 웨이트리스는 계산대에 앉아 일한다. 모든 것이 침묵으로 돌아갔다. 물론 아까 같은 침묵은 아니다. 비가 온다. 비는 지저분한 유리창을 가볍게 때린다. 거리에 가장을 한 아이들이 남아 있다면, 비는 종이 가면을 적셔 더럽게 만들 것이다.

웨이트리스는 전등을 켠다. 2시밖에 안 됐는데 하늘은 컴컴하다. 바느질하기엔 어둡다. 부드러운 빛, 집집마다 전등을 켰을 것이다. 그들은 책을 읽다가 창문 너머로 하늘을 올려다본다. 그들은 유산이나 선물에 둘러싸여 살아간다. 가구 하나하나도 추억이다. 조그마한 추가 달린 시계, 메달, 초상화, 조개, 문진, 병풍, 솔……. 그뿐인가, 술병이 가득 찬 장식장, 옷감, 낡은 옷, 신문 따위도 가지고 있다. 그들은 모든 것을 보존했다. 과거, 그것은 물건을 소유한 자의 사치다.

나는 어디에다 과거를 간직해 둘 수 있을까? 과거를 호주머니에 넣어 둘 수는 없다. 과거를 정돈하기 위한 집을 한 채 가져야만 한다. 나는 몸뚱이밖에 가진 게 없다. 몸뚱이 하나뿐인 아주 고독한 사람은 추억을 간직할 수가 없다. 추억은 육체를 거쳐서 지나가 버린다. 나는 슬퍼해서는 안 된다. 자유만 원했으니 말이다.

키 작은 녀석이 몸을 움직이더니 한숨을 내쉰다. 그리고 외투 속에 몸을 웅크렸다. 때때로 몸을 추켜들고 거만한 태도를 취한다. 그도 과거가 없다. 잘 찾아보면 이제는 왕래가 끊긴 사촌집에 결혼식 사진이 남아서 접는 칼라에 풀을 먹인 셔츠를 입고, 짙은 콧수염을 기른 젊은 남자를 볼 수 있을지도 모른다. 나는 그것조차도 없는 게 확실하다.

그는 또 나를 본다. 이번에는 나에게 말을 걸 모양이다. 나는 긴장한다. 우리는 공감할 수 없다. 단지 비슷할 뿐이다. 오히려 그가 나보다 더 심한 고독 속에 잠겨 있다. 자기의 구토를, 또는 그와 비슷한 무언가를 기다리는 게 분명하다.

이제는 나를 '알아보는' 사람이 있다. 그들은 내 얼굴을 보고 '저 사람은 우리하고 같은 패다'라고 생각한다. 그래서? 그가 바라는 게 뭘까? 우리는 서로 해줄 게 없다는 걸 충분히 알고 있을 것이다. 가정을 가진 사람들은 집 안에서 추억 속에 잠겨 살아간다. 여기에 있는 우리들은 추억이 없는 두 개의 표류물이다. 그가 갑자기 일어서서 말을 건다면 나는 펄쩍 뛸 것이다.

요란한 소리가 나면서 문이 열린다. 의사인 로제 씨다.

「여러분, 안녕하시오?」

의사는 긴 다리로 간신히 상반신을 떠받치고 몸을 떨며 들어온다. 두려운 듯 의심 많은 눈초리를 번득인다. 일요일이면 베즐리즈 맥주홀에서 자주 보던 사람이다. 하지만 그는 나를 모른다. 쥐앵빌르의 지도교관 같은 몸매다. 허벅지만큼 굵은 팔과 110센티미터나 되는 가슴둘레, 그러니 서 있기도 힘들 만하다.

「잔, 이봐, 잔.」

그는 모자걸이에 커다란 펠트 모자를 걸려고 종종거린다. 웨이트리스는 바느질하던 걸 접어놓고 의사의 레인코트를 벗겨 준다.

「무엇을 드시겠어요, 선생님?」

그는 신중하게 웨이트리스를 관찰한다. 내가 남자의 훌륭한 얼굴이라고 부르는 것이 바로 저기에 있다. 생활과 정열에 닳고 파인 얼굴이다. 그러나 의사는 인생을 알았고 정열을 억제했다.

「무얼 먹으면 좋을지 나도 모르겠는데.」 그는 깊이 있는 목소리로 말했다.

그는 내 맞은편 의자에 털썩 주저앉아 이마의 땀을 닦는다. 그리고 편히 쉰다. 크고 검은 눈은 명령조로 사람을 압도한다.

「가만 있자, 그래, 오래 묵힌 사과 브랜디 칼바를 줘.」

웨이트리스는 꼼짝도 하지 않고 그의 움푹 파인 얼굴을 살펴보고 있다. 생각에 잠긴 표정이다. 키 작은 녀석은 해방된 기쁨의 미소를 짓는다. 이 기둥 같은 녀석은 우리를 해방시켰다. 우리를 사로잡으려는 무시무시한 게 있었다. 나는 힘껏 숨을 들이쉬었다. 지금 우리는 인간들 틈에 있다.

「그래, 알았지? 내 칼바도스지?」

웨이트리스는 껑충 뛰어서 안쪽으로 간다. 그는 굵은 팔을 뻗어 테이블 끝을 꽉 쥐었다. 아실 씨는 아주 기뻐한다. 그는 의사의 주의를 끌고 싶어한다. 그러나 다리를 아무리 흔들어도, 의자 위에서 아무리 꿈틀거려도 소용없다. 몸집이 너무 작아서 소리가 나지 않는다.

웨이트리스가 칼바도스를 가져온다. 그 여자는 눈짓으로 의사에게 옆자리의 손님을 가리킨다. 의사인 로제 씨는 천천히 상반신을 돌린다. 그는 고개를 움직일 수 없기 때문이다.

「저런, 자넨가.」 의사가 소리지른다. 「그래, 아직 죽지 않았군 그래.」 그리고 웨이트리스에게 말한다. 「어쩌자고 이런 녀석을 들여?」

그는 무서운 눈초리로 키 작은 녀석을 쳐다본다. 사물을 제자리에 도로 갖다 놓을 만큼 곧은 시선이다. 그는 설명한다. 「이 늙은이는 살짝 돌았어.」

농담을 하는 게 아니었다. 의사는 살짝 돌았다는 늙은이가 화를 내기는커녕 웃으리라는 걸 알고 있다. 아니나다를까, 키 작은 녀석은 비굴한 웃음을 짓는다. 머리가 돈 늙은이, 그는 마음이 놓인다. 그는 보호받고 있음을 느낀다. 오늘 이 사나이에게는 아무런 일도 생기지 않을 것이다. 가장 어이없는 일은 나도 안심했다는 사실이다. 살짝 돈 늙은이, 과연 그렇다. 그뿐이었다.

의사는 웃는다. 나에게 공모자 같은 눈초리를 던진다. 내가 깨끗한 셔츠를 입었기 때문일 것이다. 그는 내가 자기의 농담에 한몫 끼기를 바라는 눈치다.

나는 웃지 않는다. 그의 제안에도 응하지 않는다. 그래서 의사는 웃으면서도 무서운 눈빛을 던지고 있다. 그렇게 몇 초 동안 서로 노려본다. 의사는 근시처럼 나를 노려본다. 그는 나를 분류하고 있다. 돌았거나 덜 떨어진 인간쯤으로 생각하는 것일까.

결국 고개를 돌린 쪽은 그 친구다. 아무런 사회적 지위도 없는 고독한 인간 앞에서 위축감을 느낀 모양이다. 그는 담배를 말아서 불을 붙인다. 그리고는 노인처럼 눈을 부릅뜨고 움직이지 않는다.

훌륭한 주름살이다. 주름살이란 건 전부 다 지니고 있다. 이마의 주름, 눈가의 주름, 입 끝의 자글자글한 주름, 턱 아래로 흐르는 누렇고 굵은 주름살은 말할 것도 없다. 운이 좋은 사나이다. 누구든지 이 남자를 보면 고생도 할 만큼 해본 인생을 체험한 사람이라고 생각한다. 살아온 이력이 얼굴에 그대로 나타나 있다. 자기의 과거를 보존하고 이용할 줄 알았기 때문이다. 한 마디로 그는 과거를 박제한 것이다. 거기에서 여자에 대한, 그리고 젊은이에 대한 경험을 끌어냈던 것이다.

아실 씨는 오랜만에 행복을 맛보는 듯했다. 감탄한 나머지 입까지 벌리고 있다. 볼을 불쑥 내밀고 비르를 꿀꺽꿀꺽 마신다. 하지만 의사는 그를 어떻게 다뤄야 할지 알았다. 곧 발작을 하려는 영감 때문에 정신을 잃을 의사가 아니다. 적당한 욕지거리와 채찍질을 하듯 무뚝뚝한 말투가 필요하다는 걸 안다. 의사는 경험을 통해서 일하는 사람들이다. 의사, 신부, 법관, 그리고 장교들은 마치 자신들이 인간을 만든 것처럼 인간을 알고 있다.

나는 아실 씨 때문에 부끄럽다. 우리는 같은 처지니까 그들에 대항해서 뭉쳐야만 한다. 그러나 그는 나를 제쳐 두고 그들 편에 가담했다. 그는 정직하게 그 '경험'을 믿고 있다. 자기의 경험도 아니고 나의 경험도 아니다. 의사인 로제 씨의 경험을 믿는 것이다. 조금 전까지도 아실 씨는 스스로 이상하게 느끼고, 고독하다는 것을 인정했다. 그러나 지금은 자기 같은 사람이 많다는 걸 알아 버린 것이다. 의사 로제 씨가 아실 씨에게 그 사람들을 만나 본 이야기를 해줄 수 있을 것이고, 그 이야기가 어떻게 끝났는가도 말할 수 있으리라. 아실 씨는 하나의 예일 뿐이다. 공통된 관념에 쉽게 이를 수 있는 하나의 예에 불과하다.

그가 사람들에게 속고 있으며, 잘난 체하는 놈들에게 농락 당하고 있다는 걸 말해 주고 싶어 죽을 지경이다. 경험을 통해서 일한다니? 의사들은 그들의 삶을 마비와 반수면 상태로 끌고 들어갔다. 그들은 서둘러서 결혼했고 되는대로 자식을 만들었다. 그들은 카페에서, 결혼식장에서, 장례식장에서 많은 사람들을 만났다. 이따금 소용돌이 속에 사로잡히면 어떤 일이 생기는지도 모르면서 발버둥쳤다. 그들 주위에서 생겨난 모든 일은 그들의 시야 밖에서 시작되었다가 끝나 버렸다. 그러다가 40대가 되면 자그마한 집착이나 몇몇 개의 속담을 경험이라는 이름으로 부르는 것이다.

나는 전문가가 아니다. 세상에는 아마추어들도 있는 법이다. 서기라든지 고용인, 장사꾼들 같은. 그들은 카페에서 이야기를 주워듣는다. 40대가 가까워지면 발산해 버릴 수 없는 경험으로 부풀어 있음을 느낀다. 다행히도 그들은 자식을 만들었고, 자식들이 그 경험을 소비시키는 것이다. 그들의 과거는 없어지지 않았으며, 추억은 응결되어 '예지'로 변했음을 보여 주려고 한다. 편리한 과거다! 호주머니 속 과거, 아름다운 격언으로 가득 찬 황금색 책이다. 「나를 믿으시오. 나는 경험에 비추어서 얘기합니다. 나의 지식은 모두 생활에서 얻은 것이오.」 '생활'이 그들을 대신해서 생각해 준단 말인가? 그들은 새로운 일을 옛것을 가지고 설명한다. 그리고 옛것은 더 옛것을 가지고 설명한다. 역사가가 레닌을 러시아의 로베스피에르라고 하고, 로베스피에르를 프랑스의 크롬웰이라고 하듯이 말이다.

결국 그들은 아무것도 몰랐던 것이다. 그들의 의젓함 뒤에서 우울한 게으름을 엿볼 수 있다. 행렬을 지어 가는 걸 보고 하품을 한다. 하늘 아래 새로운 것이라곤 없다고 생각하는 것이다. '머리가 돌아 버린 늙은이.' 이렇게 말했을 때 로제 씨는 특별히 한 사람을 말하는 게 아니라 막연히 머리가 돌아 버린 수많은 늙은이를 생각하는 거였다. 지금 아실 씨가 무슨 짓을 하든 우리는 놀라지 않을 것이다. 머리가 돌아 버린 늙은이니까.

그는 머리가 돌아 버린 늙은이가 아니라 두려워하는 것이다. 무엇이 두려울까? 어떤 일을 이해하려고 할 때 사람은 혼자서 아무런 도움 없이 그 문제와 맞부딪친다. 이 세상의 모든 과거는 아무 소용도 없을 것이다. 그러다가 그 일은 사라지고 사람이 이해한 것도 그것과 함께 사라져 버린다.

보편적 개념, 사람들은 그것에 더 마음이 끌리기 쉽다. 전문가나 아마추어들까지도 결국은 정당해지고 만다. 그들의 예지는 되도록 소리 없이 사람들에게 잊혀지고 싶어한다. 그들이 가장 좋아하는 이야기는 경솔한 자나 독특한 자가 벌받는 이야기다. 아실 씨의 양심도 그다지 평온하지는 않을 것이다. 아버지나 누나의 충고를 들었던들 이 지경에 이르지는 않았을 거라고 생각할지도 모른다. 의사는 말할 권리가 있다. 그는 자기의 삶을 그르치지 않았으며, 쓸모 있는 사람이 될 줄도 알았다. 평온한 마음으로 권세를 뽐내며 그 보잘것없는 표류물 위에 군림하고 있다. 그것은 하나의 바위다.

로제 씨는 칼바도스를 마셨다. 육중한 몸을 웅크린 채 서서히 잠이 들었다. 나는 처음으로 그가 눈 감은 얼굴을 보았다. 가게에서 파는 가면 같았다. 두 볼이 무섭게 붉다. 갑자기 진실을 깨달았다. 이 사람은 머지않아 죽을 거라는. 그도 잘 알고 있다. 제 얼굴을 거울에 비쳐 보는 것만으로도 충분히 알 것이다. 날마다 조금씩 시체와 비슷해지는 것이다.

그들의 경험이란 게 그렇다. 자주 내가 경험에서 죽음의 냄새가 난다고 한 것은 바로 그 때문이다. 죽음, 그것은 그들의 마지막 요새다. 의사는 그 마지막 요새를 믿으려고 한다. 참을 수 없는 현실에 대해서 눈을 가리려고 하는 것이다. 고독하고 배운 것도 없고, 과거도 없이 머리는 우둔해지고 육체는 무너져 가는 현실에 대해서, 관념의 헛소리를 만들어 잘 정돈하고 잘 꿰매어 놓았다. 그는 스스로 발전한다고 생각한다. 그의 사상에 구멍이 뚫려 있어 헛바퀴 도는 때가 있는 건 아닐까? 그의 판단에 청춘의 성급함이 없기 때문이다. 어쩌면 책에서 읽는 것을 이해하지 못하는 것일지도 모른다. 지금은 그가 책하고 거리가 멀기 때문이다. 그는 이미 성불구자가 된 건 아닐까? 사람들은 멀찍이 물러서야 판단도 할 수 있고, 비교도 반성도 할 수가 있는 것이다.

의사는 고개를 살짝 움직인다. 졸려서 충혈된 눈을 게슴츠레 뜨고 나를 본다. 나는 미소를 지어 보인다. 나의 미소가, 그가 감추려고 애쓰는 모든 것을 드러냈으면 좋겠다. 그가 '내가 곧 죽을 걸 아는 놈이 여기 있다!'고 생각한다면 곧 깨달을 것이다. 그러나 그는 다시 눈꺼풀을 덮어 버린다. 잠이 든 것이다. 나는 자리를 뜬다. 아실 씨가 그를 지켜보도록 남겨 두고.

비가 멎었다. 공기가 따뜻하다. 하늘에는 아름다운 먹구름이 서서히 굴러가고 있다. 완벽한 순간의 배경을 만들기에 충분하다. 안니 같으면, 이 아름다운 구름을 끼워 넣기 위해서 가슴속에 어두운 잔물결을 만들어 놓았을 것이다. 그러나 나는 기회를 이용할 줄 모른다. 공허하고 침착하게 이 폐허의 하늘 밑을 정처 없이 간다.

수요일

'두려워해서는 안 된다.'

목요일

4페이지를 썼다.

이어서 오랜 행복의 순간. '역사'의 가치를 너무 추구하지 말 것. 역사가 지긋지긋해질 위험이 있기 때문이다. 지금은 드 롤르봉 씨만이 내 존재를 증명한다는 사실을 잊지 말 것.

앞으로 일주일 후에 안니를 만나러 간다.

금요일

라 르두트 거리에 안개가 너무 자욱해서 군부대의 벽에 바싹 붙어서 걷는 게 안전할 듯싶었다. 자동차의 헤드라이트가 오른쪽에서 습기를 잔뜩 머금은 채 달려간다. 길이 어디서 끝나는지 도저히 알 수가 없다. 주위에는 사람이 많다. 그들의 발소리나 이야기하는 소리가 희미하게 들렸다. 그러나 보이지는 않았다. 한 번은 여자의 얼굴이 내 어깨 높이에서 나타났다가 곧 안개 속으로 사라져 버렸다. 또 한 번은 누군가 숨을 헐떡거리면서 나를 스치고 지나갔다.

내가 어디를 향하고 있는지도 몰랐다. 정신이 딴 데 팔려 있었던 것이다. 조심조심 내디뎌야 했고, 발가락 끝으로 바닥을 더듬어야 했으며, 팔을 내뻗어야 했던 것이다. 재미라곤 하나도 없었다. 그렇다고 다시 집에 가고 싶은 것도 아니었다. 그렇듯 사로잡혀 있었던 것이다. 30분이 지나자 마침내 멀리서 푸르스름한 수증기가 보였다. 그쪽으로 가다 보니 커다란 불빛이 나타났다. 그 불빛 한가운데에 마블리 카페가 보였다.

마블리 카페에는 전등이 12개나 있다. 그러나 정작 불이 켜진 건 계산대와 천장 전등 두 개뿐이다. 웨이터가 나와 평소처럼 반기며 어두운 구석으로 나를 밀고 갔다.

「이쪽으로는 오지 마세요, 선생님. 청소하고 있거든요.」

그는 조끼도 입지 않은 채 칼라도 없는 보랏빛 줄무늬 와이셔츠 차림으로 하품을 하느라 입을 쩍 벌리고 머리를 긁으면서 우울한 표정으로 나를 바라보고 있었다.

「블랙 커피하고 크로와상을 주게.」

그는 아무 대답도 없이 눈을 비비면서 가버렸다. 나는 냉랭하고 더러운 그늘 속에 잠겨 있었다. 분명히 난방도 들어오지 않았다.

나 혼자만은 아니었다. 밀랍같이 창백한 여자가 맞은편에 앉아 있었다. 여자는 블라우스도 매만지고 검은 모자를 똑바로 고쳐 쓰느라고 손을 가만 두지 않았다. 그리고 무거운 침묵이 이어졌다. 담배를 피우고 싶었지만, 성냥 긋는 소리로 두 사람의 주의를 끄는 게 불쾌할 것만 같았다.

전화벨이 울렸다. 그 순간 두 손이 멎었다. 여자의 손은 블라우스에 걸려 있었다. 웨이터는 서두르지 않았다. 전화를 받으러 달려가는 대신 침착하게 비질부터 끝냈다.

「여보세요, 조르주 씨군요? 안녕하십니까? 네, 네, 주인은 여기 안 계세요……. 곧 내려오실 겁니다. 아아, 이렇게 안개가 짙은데……. 주인은 보통 8시에 내려오십니다. 네, 네, 전해 드리겠습니다. 안녕히 계십시오, 조르주 씨.」

안개는 무거운 잿빛 벨벳 커튼처럼 유리창을 내리누르고 있었다. 그때 얼굴 하나가 유리창에 잠시 어리다가 사라졌다.

여자가 애원하는 목소리로 말했다. 「내 구두끈 좀 매줘요.」

「풀리지도 않았소.」 사나이는 보지도 않고 말했다.

여자는 히스테릭하게 손을 들어 커다란 거미처럼 블라우스를 따라 목 위까지 움직였다. 「풀렸어요. 좀 매줘요.」

그는 귀찮다는 듯이 몸을 구부렸다. 그리곤 테이블 아래에서 여자의 발을 슬쩍 건드렸다. 「됐소.」

여자는 만족한 듯 미소지었다.

사나이는 웨이터를 불렀다. 「이봐, 여기 얼마야?」

「몇 개나 드셨죠?」 웨이터가 물었다.

나는 그들을 마주 보다가 눈이 마주칠까 봐 시선을 떨구었다. 잠시 후에 삐걱거리는 소리가 나더니 스커트 자락과 진흙이 말라붙은 부츠가 보였다. 끝이 뾰족한 남자용 에나멜 구두가 뒤를 따랐다. 내 앞에 와서 멈추더니 반 바퀴를 도는 거였다. 사나이는 외투를 입고 있었다. 그때 스커트를 따라 딱딱한 팔 끝에 붙은 손이 내려오더니 잠시 망설이다 스커트를 닦았다.

「다 됐어?」 사나이가 물었다.

손이 내려와 오른쪽 구두의 커다란 별 모양 진흙을 닦아내더니 사라졌다.

「어이쿠!」 사나이는 옷걸이 옆에서 트렁크를 들고 왔다. 그리고 다시 나갔다. 나는 그들이 안개 속으로 점점 사라지는 걸 보았다.

「저 사람들은 배우죠.」 웨이터가 커피를 가져오면서 묻지도 않은 말을 했다. 「팔라스 극장에서 막간극을 했던 사람들이죠. 여자가 눈을 가린 채 손님들의 이름과 나이를 대는 거예요. 오늘이 금요일이라 프로그램이 바뀌니까 이제 떠나는 겁니다.」

웨이터는 배우들이 앉았던 테이블로 크로와상 접시를 치우러 갔다.

「그만두시오.」

크로와상, 별로 먹고 싶은 생각이 없었다.

「불을 꺼야겠어요. 아침 9시에 손님 한 분 때문에 전등을 켜놓으면 주인이 잔소리를 할 테니까요.」

침침한 어둠이 카페 안으로 밀려 들어왔다. 회색과 갈색이 뒤섞인 약한 광선이 높은 유리창에서 내려오고 있었다.

「파스켈 씨를 뵙고 싶은데요.」

나는 노파가 들어온 것을 보지 못했다. 갑자기 얼음장처럼 차가운 바람 한 줄기가 한기를 가져왔다.

「파스켈 씨는 아직 안 내려오셨어요.」

「플로랑 부인이 가보라고 해서 왔는데요.」 노파는 말을 계속했다.

「몸이 시원치 않아요. 오늘은 못 오시겠대요.」

플로랑 부인은 빨강 머리 회계원을 말한다.

「이런 날씨에는 속이 좋지 않아요.」 노파가 힘에 부친 듯 말했다.

「안개 때문이죠.」 웨이터가 의젓하게 대답한다. 「파스켈 씨도 마찬가지예요. 내려오지 않아서 나도 걱정하던 참이었어요. 전화도 왔는데. 보통 8시면 내려오거든요.」

노파는 습관적으로 천장을 보았다.

「위층에 계신가요?」

「네, 침실에요.」

노파는 혼잣말을 하듯이 말꼬리를 길게 끄는 목소리로 말했다. 「그이가 돌아가신 건 아닐까…….」

「아니!」 웨이터의 얼굴이 심하게 일그러졌다. 「아이고, 맙소사!」

그가 죽은 건 아닐까……. 나도 그런 생각이 들었다. 바로 오늘같이 안개가 짙은 날이면 누구나 한 번쯤 생각해 보는 대로 말이다.

노파는 갔다. 나도 따라 나갔어야 했다. 춥고 컴컴했다. 안개가 문틈으로 스며 들어왔다.

안개가 천천히 떠올라서 모든 것을 뒤덮어 버리려 하고 있었다. 시립 도서관에 가면 불빛과 난로가 있을 것이다.

아까 그 얼굴이 다시 나타나 유리창에 바싹 붙어서 안을 들여다보더니 인상을 잔뜩 찌푸렸다.

「좀 기다려!」 웨이터가 화난 목소리로 소리치며 뛰어나갔다.

얼굴은 사라졌다. 나는 혼자 남았다. 내 방에서 기어 나온 것에 대해

씁쓸한 자책을 느꼈다. 이제 안개는 내 방까지 침입했을 것이다. 그곳으로 돌아가는 것이 두려웠다.

계산대 뒤에서 덜거덕거리는 소리가 들렸다. 내실용 계단에서 들리는 소리였다. 마침내 지배인이 내려오는 걸까? 아니다. 아무도 나타나지 않는다. 계단이 혼자서 덜거덕거린 것이다.

파스켈 씨는 아직도 자고 있었다. 그게 아니라면 내 머리 위에서 죽어 있었다. '안개 낀 아침에 침대 위에서 시체로 발견되다' 라는 부제가 어울릴 것이다. 손님들은 아무것도 모르고 마실 뿐이다……

그는 아직 잠자리에 누워 있을까? 홑이불을 질질 끌고 마룻바닥에 머리를 부딪치며 널브러져 있는 것은 아닐까?

나는 파스켈 씨를 잘 안다. 그는 가끔 내 건강이 어떤지 묻곤 했다. 콧수염을 깨끗하게 다듬는 쾌활한 그가 진짜로 죽었다면 발작 때문일 것이다. 혓바닥은 자줏빛이 되어 버렸을 것이다. 콧수염도 흐트러지고 고수머리 아래에 드러난 목덜미는 보랏빛으로 변했을 것이다.

내실용 계단은 어둠 속으로 사라져 갔다. 사과 모양의 난간 장식이 겨우 보일 정도였다. 그 어둠을 지나야만 한다. 계단이 덜거덕거릴 것이다. 그 위로 침실이 보일 텐데……

시체는 저기 내 머리 위에 있다. 나는 스위치를 돌릴 것이다. 그리고 확인하기 위해 그 미지근한 살갗을 만질 것이다. 더 이상 참을 수가 없다. 자리에서 일어선다. 웨이터가 계단에서 가로막으면 무슨 소리가 들렸다고 말할 생각이다.

웨이터가 숨을 헐떡거리며 들어왔다.

「네, 선생님.」그가 소리쳤다. 바보 같으니! 결국 그는 나에게 오고 말았다. 「2프랑입니다.」

「저 위에서 무슨 소리가 들린 것 같은데?」

「그만 일어날 때가 되었어요.」

「하지만 심상치 않아. 숨넘어가는 소리 같기도 하고. 좀 둔한 소리였는걸?」

그 말은 유리창 너머로 안개가 자욱한 침침한 카페 안에서 아주 자연스럽게 울렸다.

나는 그의 눈초리를 결코 못 잊을 것이다.

「올라가 보는 게 좋겠는걸.」슬쩍 제안해 보았다.

「아닙니다.」그는 단호하게 말리더니 곧 덧붙였다. 「야단 맞을까 봐 무서워서요. 지금 몇 십니까?」

「10시.」

「10시 반에 가보겠어요. 그때까지 안 내려오면요.」

나는 문 쪽으로 한 걸음 내디뎠다.

「더 안 계시고 그만 가시게요?」

「가야겠어.」

「정말 숨막히는 소리였습니까?」

「글쎄……」카페를 나오면서 불분명하게 말했다. 「내가 그런 생각을 하니까 그렇게 들렸는지도 모르지.」

안개가 약간 걷혔다.

투르느브리드 거리로 가려고 서둘렀다. 나에겐 그 거리의 밝은 빛이 필요했던 것이다. 하지만 실망하고 말았다. 물론 빛은 있었다. 빛은 상점의 쇼윈도를 반짝였다. 하지만 즐거운 빛이 아니었다. 안개 때문에 허연 빛이 샤워하듯 어깨 위로 쏟아질 뿐이었다.

사람들, 특히 여자들, 그러니까 하녀들, 가정부들, 주부들이 말하는 소리가 들렸다. 「내가 직접 사겠어요. 그게 더 확실해요」 가게 앞에서 냄새를 맡고서야 안으로 들어가는 거였다.

나는 쥘리앵 식품점 앞에서 멈춰 섰다. 유리창을 통해 버섯을 곁들인 돼지다리라든지 송아지 고기로 만든 소시지를 가리키는 손가락이 보였다. 뚱뚱한 금발 아가씨가 몸을 굽혀 가슴을 내밀고 죽은 짐승의 고깃덩어리를 손가락 끝으로 잡았다. 바로 5분 전에 파스켈 씨가 침실에서 죽었다.

내 생각을 받쳐 줄 만한 확고한 증거를 찾아 주위를 둘러보았다. 그런 건 없었다. 안개는 걷히고 있었지만 거리에 무언가 불안한 여운을 남겨 두었다. 위험한 건 아니었다. 희미하면서 투명했다. 하지만 바로 그것이 나를 두렵게 만들고야 말았다. 나는 유리창에 이마를 댔다. 러시아식 달걀 요리에 뿌린 마요네즈 위에 검붉은 방울이 보였다. 피였다. 노란색 위에 얹은 붉은색을 보자 구토가 일었다.

갑자기 환상을 보았다. 고꾸라져서 접시에 피를 쏟는 사람이 있다. 핏속에서 달걀이 굴렀다. 달걀을 덮은 토마토 꼭지가 산산이 흩어졌다. 붉은색 위에 납작하게 떨어졌다. 마요네즈가 살짝 흘렀다. 핏줄기를 두 팔처럼 벌려 놓은 노란 우유의 늪이었다.

「너무 바보 같다. 기분을 바꿔야지. 도서관에 가서 일이나 하자.」

일을 한다? 나는 한 줄도 쓰지 못한다는 걸 잘 안다. 또 하루를 버렸다. 공원을 지나가다가 내가 앉는 벤치에서 큼직한 푸른색 외투가 움직이지 않는 걸 보았다. 그는 춥지 않을 것이다.

도서실에 들어갔다. 마침 독학자는 막 나가려는 참이었다. 그가 나에게 다가왔다. 「감사드립니다. 선생님께서 주신 사진 덕분에 감명 깊은 시간을 보냈답니다.」

그를 나를 보는 순간 잠시 희망을 갖기도 했다. 둘이라면 하루를 보내기가 수월할지도 모르니까. 그러나 독학자하고는 몸뚱이만 두 사람일 뿐이다.

그는 4절판 책을 두드렸다. 『종교사(宗教史)』였다. 「이 방대한 내용을 전부 다루기에는 누사피에만한 사람이 없었습니다, 안 그렇습니까?」

얼굴이 아주 피로해 보이는데다 양손까지 떨고 있었다. 「안색이 나쁘신데요.」

「그럴 겁니다! 불쾌한 일이 생겼거든요.」

관리인이 우리 쪽으로 오고 있었다. 고수장(鼓手長) 같은 수염을 기르고 작은 키에 툭하면 화를 내는 코르시카인이다. 구두굽을 달가닥거리면서 테이블 사이를 온종일 돌아다닌다. 겨울에는 손수건에 가래침을 뱉어서 난로에 말리는 사람이다.

독학자는 내 얼굴에 침이 튈 정도로 입을 가까이 댔다. 「저 사람 앞에서는 선생님께 아무 말도 하지 않겠습니다.」 그리곤 비밀 이야기라도 하듯이 덧붙였다. 「별 지장이 없다면…….」

「뭔데요?」

그는 얼굴을 붉히더니 허리를 맵시 있게 휘청거렸다. 「아아! 선생님, 죄송합니다. 수요일에 점심을 같이 했으면 해서요.」

「아, 그러죠.」

물론 그하고 점심을 먹고 싶은 생각은 조금도 없었다.

「영광입니다.」 독학자는 재빨리 덧붙였다. 「괜찮다면 댁으로 모시러 가겠습니다.」

그리고는 이내 사라졌다. 여유를 주면 내가 다른 소리를 할까 봐 두려웠던 모양이다.

11시 반이었다. 나는 2시 15분 전까지 일했다. 일은 엉망이었다. 눈 앞에 책 한 권을 펴놓았지만, 생각은 줄곧 카페 마블리에 있었다. 파스켈 씨는 지금쯤 내려왔을까? 사실은 그가 죽었다는 걸 믿지 않았는데, 바로 그 부분이 신경에 거슬렸던 것이다. 그것은 머릿속을 떠도는 관념이었지만, 그 관념을 나 자신에게 납득시킬 수도 없애 버릴 수도 없었던 것이다. 코르시카인의 구두굽이 아직도 마룻바닥에서 삐걱거리고 있었다. 할말이 있는지 네댓 번이나 내 앞에 서 있다가 생각이 바뀐 듯 멀리 가버리곤 했다.

1시쯤에 마지막 열람자까지 나가 버렸다. 배가 고프지도 않았고 무엇보다 자리를 뜨고 싶지 않아서 일을 좀더 했다. 그러다가 깜짝 놀랐다. 내가 침묵에 잠겨 버린 게 아닌가 싶었던 것이다.

고개를 들어 보니 나 혼자였다. 코르시카인은 도서관 문지기인 아내한테 간 모양이었다. 그의 구두굽 소리가 듣고 싶었다. 난로 속에서 석

탄 타는 소리가 또렷하게 들려 왔다. 안개가 열람실 깊숙이 스며 들어 왔다. 한참 전에 사라져 버린 진짜 안개는 아니다. 아직까지 거리에 가득 차 있는 벽이나 댓돌에서 나오는 안개였다. 사물이 주는 불안감이다. 책은 여전히 제 자리에 있었다. 알파벳 순서에 따라 선반 위에 가지런히 진열된 채. 책등은 검정색이나 갈색이고, UP : ƒ(공공용─불문학) 아니면 UP. sn(공공용─자연과학) 등의 분류표가 붙어 있었다. 그러나…… 뭐랄까? 보통 때는 힘차고 제법 굵은 이 책들이 난로라든지, 초록색 조명등이라든지, 큰 창문, 계단들과 더불어 미래와는 담을 쌓고 있다. 이 벽들 사이에 있는 한 모든 사건은 난로 오른쪽 아니면 왼쪽에서 일어날 것이다. 성(聖) 드니가 제 목을 잘라 들고 들어온다 하더라도 오른쪽으로 들어와야 할 것이며, 불문학 서적이 놓여 있는 진열장과 여자 열람자용 책상 사이로 들어와야 했을 것이다. 만약 그가 바닥을 딛지 않고 20센티미터 위에서 떠다닌다면 그의 피투성이 목은 책장의 세 번째 칸에 닿을 것이다. 이처럼 그 물건들은 진짜처럼 보이는 것의 한계를 결정짓는 데 도움이 된다.

그런데 오늘은 아무런 한계도 짓지 않았다. 그들의 존재 자체가 문제인 듯했으며, 한순간 한순간을 보내기조차 너무 힘들어 보였다. 나는 읽고 있던 책을 꼭 쥐었다. 그러나 가장 강렬한 감각도 무뎌졌다. 아무것도 진실하게 보이지 않았다. 갑자기 아무 데고 옮겨 놓을 수 있도록 마분지로 만든 장치에 둘러싸인 느낌이 들었다. 세계가 숨을 죽이고 몸을 웅크린 채 기다리고 있었다. 요전의 아실 씨처럼 세계는 자신의 위기를, 그 '구토'를 기다리고 있었다.

그만 일어섰다. 이 약화된 사물들의 한복판에서 더 이상 견딜 수가 없었다. 창 너머로 앵페트라즈의 머리를 언뜻 보았다. 입을 벌려 중얼거렸다. '모든 것'이 생겨날 수 있으며, '모든 일'이 일어날 수 있다고. 물론 사람들이 발명해낸 무시무시한 것들은 아니다. 앵페트라즈가 받침돌 위에서 춤추는 일은 없을 것이다. 그런 것과는 종류가 다르다.

겁에 질린 표정으로 그 불안정한 것들을 바라보았다. 그것은 1시간 안에, 1분 안에 흘러가 버릴 것 같았다. 하지만 나는 거기에 있었다. 지식의 보고인 그 책들 틈에 있었다. 어떤 책들은 동물의 불변의 형태를 묘사하고, 또 어떤 책들은 에너지의 양이 우주에서는 동일하게 보존되어 있다는 걸 설명했다. 나는 유리창 앞에 섰다. 그 유리는 일정한 굴곡률(屈曲率)을 가지고 있었다. 하지만 그 얼마나 나약한 울타리일까! 오늘의 세계가 내일의 세계와 비슷하다는 것은 게으르기 때문이라는 생각이 든다. 오늘이야말로 변화하고 싶어하는 것 같다. 그래서 '모든 것', '모든 일'이 일어날 수 있었다.

나는 그냥 흘려 버려도 좋을 만한 시간이 없다. 이 불쾌감은 카페 마블리 때문이다. 다시 가서 살아 있는 파스켈 씨를 만나 그의 수염이나 손을 만져 봐야만 한다. 그러면 이 불쾌감에서 벗어날 것이다.

급하게 외투를 걸쳤다. 공원을 지나가다 아까하고 같은 장소에 외투를 입은 영감이 앉아 있는 걸 또 보았다. 추워서 새빨갛게 얼어 버린 두 귀 사이에 창백한 얼굴이 커다랗게 놓여 있었다. 멀리서 카페 마블리가 반짝였다. 이번에는 전등 12개를 다 켜 놓은 모양이다. 걸음을 재촉했다. 해결을 봐야만 한다. 먼저 큰 유리문 너머로 시선을 던졌다. 카페

안은 쓸쓸했다. 카운터 여자도 없었고 웨이터도 보이지 않았다. 파스켈 씨 역시 눈에 들어오지 않았다.

나는 몹시 애를 태우며 들어갔다. 앉지도 않았다. 웨이터를 불렀지만 아무 대답도 없었다. 테이블 위에 빈 찻잔이 있을 뿐이었다. 받침 접시 위에 각설탕이 있었다.

「아무도 없습니까?」 나는 다시 소리쳤다.

옷걸이에 외투가 걸려 있고, 테이블 위에는 검은 마분지를 씌워서 묶어 놓은 잡지들이 있었다. 나는 숨을 죽인 채 아주 미세한 소리까지 놓치지 않았다. 내실용 계단이 희미하게 삐걱거렸다. 밖에서 기선의 고동 소리가 들려 왔다. 나는 계단을 보면서 뒷걸음으로 나와 버렸다.

나는 잘 알고 있다. 오후 2시는 손님이 없는 시간이고, 파스켈 씨는 감기에 걸렸다. 그래서 웨이터를 심부름 보낸 것이다. 의사를 부르러 갔을지도 모른다. 그렇다. 하지만 나는 파스켈 씨를 만나야 했다. 투르느브리드 거리까지 와서야 불빛이 반짝이는 쓸쓸한 카페를 구토를 느끼면서 뒤돌아보았다. 2층의 덧문은 닫혀 있었다.

나는 정말 공포에 사로잡혔다. 내가 가는 방향조차 몰랐다. 도크를 따라서 뛰다가 보바 지구의 쓸쓸한 거리로 접어들었다. 거리에 늘어선 집들이 내가 도망치는 걸 음침하게 지켜보고 있었다. 어디로 가야 할까? 어디로 가야 한단 말인가? 불안하게 되뇌었다. 가슴이 점점 두근거린다. 갑자기 뒤돌아섰다. 내 뒤에서 무슨 일이 일어나는 건 아닐까? 어쩌면 벌써 내 뒤에서 시작되었다가, 내가 돌아다보았을 때는 이미 늦고 말 것이다. 내가 사물을 노려볼 수 있는 동안은 아무 일도 일어나지 않을 것이다. 나는 될 수 있는 대로 포석이며 집들, 가스등을 노려보았다. 두 눈을 재빨리 움직여 그것들이 변하기 전에 잡아두려고 했다. 그다지 자연스럽게 보이지는 않았다. 그러나 힘차게 혼잣말을 했다. 저것은 가스등이다. 저것은 수도꼭지다……. 그리고 내 눈의 힘을 모아 그것들을 평소 모습대로 환원시키려고 애썼다.

도중에 서너 번 술집들과 마주쳤다. 카페 데 브르통하고 바르 드라마린느 등이었다. 그때마다 멈춰 서곤 했다. 그러다 한 술집의 장밋빛 커튼 앞에서 멈칫거리고 있었던 것이다. 칸막이가 잘 되어 있는 듯 보이는 그 술집은 다치지 않은, 고립되고 망각된 어제의 파편을 아직까지 간직하고 있을지도 모른다. 문을 밀고 들어가야만 했다. 하지만 감히 그럴 수가 없었다. 나는 다시 떠나고 말았다. 집집마다 달려 있는 문들이 특히 무서웠다. 문들이 저절로 열릴까 봐 두려웠다. 드디어 나는 도로 한복판을 걷고 있었다.

북쪽 항구의 부둣가로 나왔다. 어선들과 작은 요트들이 보였다. 나는 바위에 꼭 박아 놓은 쇠고리 위에 한 발을 올렸다. 여기서라면, 집이나 문들하고 멀리 떨어져서 잠시 쉴 수 있을 것이다. 검은 반점들이 박힌 고요한 바닷물 위에 병마개 하나가 떠다니고 있었다.

그런데 물 '밑'에는? 당신은 물 '밑'에 있을 만한 것들은 생각해 보지 않았을 것이다.

짐승일까? 진흙 속에 반쯤 잠긴 커다란 갑충류일까? 여남은 쌍의 다리가 천천히 진흙을 파헤치고 있다. 짐승은 가끔씩 살짝 일어선다. 물 밑에서. 소용돌이와 약한 파동을 살피면서 가까이 가보았다. 병마개는 검은 점들 속에서 움직이지 않았다. 그때 갖가지 소리가 들려 왔다. 때가 된 것이다. 나는 몸을 돌려 다시 걷기 시작했다.

카스티글리온 거리에서 이야기를 나누는 두 남자를 쫓아갔다. 그들은 내 발소리를 듣고 깜짝 놀라 동시에 뒤를 돌아보았다. 그들은 불안에 찬 시선을 나에게 쏟았고, 또 다른 것이 없는지 내 뒤를 살폈다. 그렇다면 두 사람도 나처럼 겁을 집어먹었던 말인가? 내가 앞질러 나가자 우리는 서로 얼굴을 마주 보았다. 자칫 말을 걸었을지도 모른다. 하지만 갑자기 경계하는 시선으로 바라보았던 것이다. 이럴 때는 아무한테나 말을 거는 게 아니다.

숨을 헐떡이며 불리베 거리로 돌아갔다. 도서관으로 돌아가 소설이나 읽을 생각이었다. 울타리를 따라 공원을 걸어가다가 외투를 입은 남자를 보았다. 그는 여전히 인기척 없는 공원에 있었다. 코가 귀만큼이나 빨개진 채.

울타리를 밀고 들어갈 생각이었다. 그런데 그의 표정이 나를 꼼짝 못하게 만들고 말았다. 나는 얼간이 같은 얼굴로 어렴풋이 눈웃음을 짓고 있었다. 그는 앞만 똑바로 쏘아보았으나 내 눈에는 아무것도 보이지 않았다. 얼마나 딱딱한 시선으로 집중하는지 나는 얼른 시선을 돌리고 말았다.

사실은 열 살쯤 돼 보이는 여자애가 도망칠 것 같은 자세로 입을 딱 벌린 채 그 사나이를 보고 있었다. 여자애는 신경질적으로 목도리를 잡아당기며 뾰족한 얼굴을 내밀었다.

그 남자는 장난을 시작해 보려는 사람처럼 웃다가 두 손을 외투 주머니에 집어넣고 일어섰다. 외투가 발목까지 늘어졌다. 그는 두어 걸음을 내딛다가 문득 휘청거렸다. 나는 그가 쓰러질지도 모른다고 생각했다. 하지만 그는 여전히 게슴츠레한 미소를 지었다.

문득 깨달아지는 게 있었다. 그 외투가 무엇인지! 나는 그를 방해할 수도 있었다. 기침을 하든가 울타리를 밀기만 하면 될 것이다. 그러나 이번에는 내가 여자애의 표정에 넋을 잃고 말았다. 아이의 얼굴은 공포로 일그러져 있었다. 심장이 무섭게 쿵쾅거렸을 것이다. 나는 아이의 쥐 같은 입매에서 억세고 짓궂은 무언가를 읽어냈다. 그것은 호기심이 아니라 확고한 기대 같은 거였다. 맥이 풀렸다. 나는 바깥에, 공원에, 그들의 조그마한 사건 앞에 있었다. 그들은 욕망의 모호한 힘으로 못 박혀 있었다. 나는 숨을 죽였다. 그 남자가 내 등뒤에서 외투 자락을 질질 끌며 걸어갈 때, 그 늙수그레한 얼굴이 어떻게 변할지 보고 싶었다.

소녀는 고개를 젖히고 달리기 시작했다. 외투를 입은 사나이가 나를 보고 멈춰 섰던 것이다. 그는 잠시 길 한복판에 서 있다가 몸을 움츠린 채 가버렸다. 외투가 종아리를 치고 있었다. 나는 울타리를 밀고 들어가서 그에게 다가갔다.

「아니, 이것 봐요!」 그는 떨고 있었다. 「이 도시에 커다란 위험이 감돌고 있소.」 그를 향해 걸어가면서 공손하게 말했다.

도서실로 들어가서 『파름의 수도원』을 책상에 펼쳐 놓았다. 책 속에 빠져 스탕달의 '밝은 이탈리아' 로 도피할 생각이었다. 나는 이따금 짧은 환각을 통해서 이탈리아의 밝은 빛을 볼 수 있었다. 하지만 내 앞에서 시끄러운 소리를 내는 노인과 의자에 눕다시피 앉아서 공상에 빠진 청년과 마주앉아 이 무시무시한 현실을 벗어나지 못했다.

시간이 흘러 유리창이 컴컴해졌다. 책상 앞에 앉아서 새로 들여온 책에 스탬프를 찍는 코르시카인 말고 넷이 있었다. 키 작은 노인하고 금발 청년, 학사 학위를 준비하는 젊은 여자, 그리고 나였다. 가끔씩 우리 중 누군가가 고개를 들고 나머지 세 사람을 향해 의혹에 넘치는 시선을 던지곤 했다. 한 번은 키 작은 노인이 웃기 시작했다. 젊은 여자는 머리 끝에서 발끝까지 떨고 있었다. 그러나 나는 노인이 읽던 책의 제목을 거꾸로 읽은 뒤였다. 그것은 유머 소설이었다.

7시 10분 전, 문득 도서관이 7시에 폐관한다는 생각이 들었다. 나는 다시 한 번 거리로 내던져질 운명이었다. 나는 어디로 간단 말인가? 무엇을 한단 것인가?

노인은 소설을 다 읽은 것 같다. 그러나 일어설 생각이 없는 듯 보였다. 손가락으로 책상을 똑똑 두드리고 있었다.

「여러분, 곧 문을 닫겠습니다.」 코르시카인이 선언했다.

청년은 펄쩍 뛰며 나를 힐끗 보았다. 젊은 여자는 코르시카인 쪽을 보더니 더 읽겠다는 듯이 책을 들었다.

「5분 후에 닫겠습니다.」 코르시카인이 다시 강조했다.

노인은 애매한 태도로 고개를 흔들었다. 젊은 여자는 책을 밀어 놓았지만 일어서지는 않았다.

코르시카인은 어처구니가 없는 모양이었다. 그는 잠시 머뭇거리더니 스위치를 돌렸다. 열람용 테이블의 전등이 꺼졌다. 천장 전등만 빛을 발했다.

「나가야 되는군요?」 노인이 조용하게 물었다.

청년은 섭섭한 듯이 천천히 일어섰다. 누가 외투를 가장 늦게 입을 것인가가 문제였다. 방을 나오는데 그 여자는 아직도 앉아서 책 위에 손을 올려놓고 있었다.

아래층 출입문은 어둠 속으로 활짝 열려 있었다. 맨 앞에 가던 청년이 뒤를 돌아다보고 천천히 계단을 내려가서 현관을 지났다. 그는 문지방에서 잠깐 머뭇거리더니 이내 어둠 속으로 뛰어들어 사라져 버렸다.

나는 계단을 다 내려와서 고개를 들었다. 잠시 후에 키 작은 노인이 단추를 채우면서 나왔다. 그가 처음 세 계단을 내려왔을 때, 나는 눈을 꼭 감고 어둠 속으로 뛰어들었다.

어렴풋이 얼굴에 신선한 바람이 닿는 걸 느꼈다. 멀리서 휘파람 부는 소리가 들렸다. 눈을 치켜 떴다. 비가 내리고 있었다. 부슬부슬 조용히 내리고 있었다. 광장에는 외등 4개가 불을 밝히고 있었다. 비 내리는 시골의 광장이다. 청년은 발을 길게 내디뎌 멀리 걸어가고 있었다. 아직 모르는 두 사람에게 소리쳐 알리고 싶었다. 안심하고 나와도 좋다고. 위험은 사라졌다고.

키 작은 노인이 문턱에 나타났다. 난처한 태도로 얼굴을 긁적거리더니 빙그레 웃으며 우산을 폈다.

토요일 아침

엷어진 안개와 함께 활짝 갠 날씨를 약속하듯 태양이 밝게 빛나고 있다. 나는 카페 마블리에서 아침을 먹었다.

카운터를 보는 플로랑 부인이 상냥하게 웃어 주었다. 나는 테이블에 앉은 채 소리쳤다.

「파스켈 씨는 편찮으신가요?」

「네, 심한 감기예요. 며칠 쉬어야 된대요. 오늘 아침에 따님이 당케르크에서 왔어요. 병간호를 하려고요.」

편지를 받은 후 마침내 안니를 만난다는 게 정말 기쁘다. 6년 동안 안니는 무엇을 했을까? 막상 만나면 어색할까? 안니는 어색한 걸 모른다. 마치 어제 헤어진 사람처럼 나를 맞이할 것이다. 제발 내가 어리석은 짓을 안 했으면 좋으련만. 처음부터 안니의 비위를 건드리지 말아야 한다. 만나자마자 손을 내밀지 말 것. 그녀가 정말 싫어하는 짓이다.

만나면 며칠이나 함께 지낼까? 나는 안니를 부빌로 데려올지도 모른다. 여기에 몇 시간만 있다가 프랭타니아 호텔에서 하룻밤 잔다면 그걸로 만족한다. 그 후에는 이미 달라져 버렸을 것이다. 나는 두려워하지 않아도 될 테고.

오후

작년에 처음으로 부빌 박물관에 갔을 때, 올리비에 블레비뉴의 초상화에 시선이 끌렸다. 균형이 잘못된 것인지 원근의 착오인지 말할 수는 없지만, 마음에 걸리는 게 있었다. 화가는 분명 화폭 위에서 균형을 잃고 있었다.

그 후로 그 초상화를 보러 여러 번 찾아갔다. 거북함은 좀처럼 사라지지 않았다. 로마상을 받았고, 메달도 여섯 번이나 받은 보르뒤랭이 데생에 실패했다는 걸 시인하고 싶지 않았다.

그런데 오늘 오후에, 전쟁 중에 고등 간첩 혐의로 사장이 고발을 당한, 공갈 전문 신문인 《부빌의 풍자가》의 묵은 신문철을 뒤적이다가 진실을 엿보았다. 박물관을 한 바퀴 돌아보기 위해 도서관을 나섰다.

빠른 걸음으로 어두운 복도를 지나쳤다. 발소리를 죽이고 타일 바닥을 걸었다. 주변에는 수많은 석고상들이 팔을 꼬고 있었다. 커다란 문 앞을 지나가면서 설핏 부서진 항아리며 접시, 받침돌 위에 서 있는 사티로스 신을 보았다. 베르나르 팔리 씨의 방인데, 도자기와 세공품이 진열되어 있었다. 그러나 도자기는 관심이 없었다. 상복 차림의 신사 부부가 세밀하게 관찰하고 있었다.

대전시실처럼 보이는 보르뒤랭·르노다의 방 입구 위에 커다란 그림이 걸려 있었다. 최근에 걸어 놓은 듯했다. 그림에는 리샤르 세브랑의 서명이 있었고, 제목은 '독신자의 죽음'이었다. 국가에서 기증한 작품이었다.

죽은 사람답게 상반신이 푸르스름한 독신자가 허리까지 벌거벗고 흩어진 침대에 누워 있었다. 헝클어진 시트와 이불이 오랜 투병을 얘기하고 있었다. 나는 파스켈 씨를 생각하고 웃었다. 물론 그는 혼자가 아니었다. 딸의 시중을 받고 있었다. 그림에서는 하녀이자 정부였던 여자가 추악한 표정으로 옷장을 열어 돈다발을 세고 있었다. 문 밖에서 모자를 쓴 남자가 담배를 물고 기다리는 게 보였다. 벽 옆에서는 고양이가 무심하게 우유를 핥고 있었다.

이 사나이는 자기밖에 모르고 살았다. 그래서 임종을 지켜주는 사람이 한 명도 없는 거였다. 이 그림은 나에게 마지막 경고를 하는 듯했다. 아직 시간이 있었다. 나는 곧 돌아갈 수도 있었다. 하지만 정말 가버리기 전에 분명히 알아야 할 사실이 있다. 내가 들어가려는 대전시실에는 150점이 넘는 초상화가 걸려 있는데, 너무 일찍 가족을 두고 간 젊은이들과 고아원의 원장을 제외하고는 독신으로 죽은 사람이 없다는 거였다. 자식도 유언도 없이 죽은 이도 없고, 최후의 영성체도 받지 않고 죽은 이 역시 없다. 이 사람들은 죽는 날까지도 하느님과 세상과 더불어 서서히 죽음 속으로 들어간 것이다. 영생의 몫을 요구하러 간 것이다. 그 몫을 요구할 권리가 있었으므로. 모든 권리를 가지고 있었으므로. 인생, 일, 부귀, 그리고 명령과 존경에 대한 권리였고, 마침내는 영원에 대한 권리였다.

잠시 명상에 잠겼다가 안으로 들어섰다. 수위가 창문 옆에서 졸고 있었다. 창 너머로 내리쬐던 금빛 광선이 그림에 반점을 만들었다. 내가 들어서자 놀라서 도망친 고양이 말고는 이 넓은 공간에 생명이라곤 아무것도 없었다. 그러나 150쌍의 눈길이 나를 쳐다보는 걸 느꼈다.

1875년부터 1910년까지 부빌의 명사들은 다 모여 있었다. 르노다와 보르뒤랭의 섬세한 솜씨가 돋보였다.

남자들은 성 세실 드 라 메르 성당을 건설했다. 1882년에 '국가 재건 사업에 협력하고, 질서를 파괴하려는 것을 방지하고, 선의를 가진 사람들을 강력하게 모으기 위해서……' 부빌의 선주(船主) 총동맹과 중개인 총동맹을 창립했다. 그리고 부빌을 프랑스 최고의 상업 항구로 만들었다. 부두의 확장도 그들이 한 일이었다. 또한 직업 학교의 창설을 주도하기도 했다. 학교들은 그들의 절대적인 보호를 받으며 나날이 번창했다. 더욱이 그들은 1898년의 부두 노동자 파업을 봉쇄했고, 1914년에는 자식들을 국가에 바쳤던 것이다.

이렇듯 왕성한 투지를 가진 남자들의 아내들은 '구제소' '탁아소' '자선작업장' 등을 설립했다. 하지만 그 여자들은 현모양처였다. 아이들에게 의무와 권리, 그리고 프랑스를 이룩한 전통을 존경하라고 가르쳤다.

초상화는 어두운 갈색 톤이었다. 밝은 색은 경박해 보일까 봐 아예 빼 버린 모양이었다. 그러나 노인을 즐겨 그렸던 르노다의 초상화에는 머리카락이나 구레나룻의 흰색이 검은 바탕에 선명하게 나타나 있다. 그는 손을 잘 그렸다. 르노다보다 기교를 덜 부리는 보르뒤랭의 경우 손은 다소 소홀히 묘사했지만, 색채만큼은 흰 대리석처럼 반짝거렸다.

공기가 몹시 후텁지근했다. 수위는 조용히 코를 곯고 있었다. 나는 벽을 한 바퀴 둘러보았다. 무수한 손과 눈이 보였다. 광선의 반점이 얼굴을 일부 가리고 있었다. 올리비에 블레비뉴의 초상화 쪽으로 가려는데 무언가가 나를 잡았다. 눈높이에 걸어 놓은 중개인 파콤이 나에게 밝은 시선을 던지고 있었다.

그는 엷은 회색 바지를 입고 한 손에 실크 모자와 장갑을 들었다. 고개를 약간 젖힌 모습에 감탄의 미소를 금할 수가 없었다. 한 치의 속됨도, 트집 잡을 만한 점도 발견할 수가 없었다. 자그마한 발, 고운 손, 투사같이 넓은 어깨, 살짝 멋을 낸 듯한 은근한 우아함, 그리고 환상적인 고뇌의 모습을 지니고 있었다. 게다가 주름 하나 없는 맑은 얼굴을 보여 주었다. 입술 위에선 미소까지 감돌았다. 그러나 잿빛 눈만은 웃지 않았다. 50세는 족히 돼 보이는데 30대처럼 젊고 싱싱했다. 그는 참으로 아름다운 남자였다.

나는 결국 결점 찾는 걸 단념하고 말았다. 하지만 그가 나를 놓아주지 않았다. 나는 그의 눈빛 속에서 냉정하고 무자비한 비판을 읽어낼 수 있었다.

그 순간 우리를 격리시키는 모든 걸 깨달았다. 내가 그에 대해서 생각할 수 있었던 것이 그에게까지 전달되지 못했다. 그것은 소설 속에서 다루어지는 것처럼 바로 심리학의 문제였다. 그러나 그의 비판은 칼날처럼 나를 에이고, 내 존재의 권리마저 의문을 던졌다. 그것은 사실이었다. 나는 항상 그것을 알고 있었다. 나는 존재할 권리가 없었다. 나는 우연히 생겨나서 돌처럼, 풀처럼, 세균처럼 존재하고 있었다. 내 생명은 되는대로 아무렇게나 뻗어 나갔다. 그 생명은 간혹 나에게 애매한 신호를 보내기도 했지만, 대개는 아무 결과도 없는 윙윙거리는 소리밖에 느끼지 못했다.

그러나 지금은 이미 죽어 버린 이 완벽한 미남이나 파콤의 아들인 장파콤의 경우는 전혀 달랐다. 그에게는 심장의 고동이라든가 기관의 회미한 소리가 순간순간의 순수한 권리 같은 형태가 되어 울려 왔던 것이다. 그는 60년 동안 낙담 한 번 않고 존재의 권리를 행사했다. 그 훌륭한 잿빛 눈동자! 삶에 대해 가장 작은 의문도 가져 보지 않은 눈동자였다. 파콤은 한 번도 실수하지 않았다.

그는 항상 자기의 의무를 수행했다. 자식으로서의 의무, 남편으로서의 의무, 아버지로서의 의무, 지도자로서의 의무……. 모든 의무를 다 했다. 또한 강경하게 자기의 권리를 주장했다. 어렸을 때는 화목한 가정에서 오점을 남기지 않은 생애와 번창하는 사업을 물려받기 위해 훌륭하게 교육받을 권리를, 남편으로서는 부드러운 애정에 둘러싸여서 공경을 받는 권리를, 아버지로서는 존경받을 권리를, 지도자로서는 불평 없이 순종 받을 권리를 요구했다. 권리는 의무의 다른 모습에 불과하기 때문이다. 그는 자신의 비상한 성공을(파콤 집안은 오늘날 부빌에서 가장 부유한 가문이다) 아주 자연스럽게 받아들였다. 그는 결코 행복하다고 말하지 않았고, 쾌락을 느낄 때도 「좀 쉬어야지」라고 말하면서 절도 있게 즐겼을 것이다. 이처럼 쾌락도 권리의 일부분이 되어 쾌락 자체의 경박성을 희석시켰던 것이다.

왼쪽으로 푸른 기운이 감도는 그의 잿빛 머리카락보다 약간 위로 서가에 꽂힌 책들이 보인다. 장정이 훌륭했다. 틀림없이 고전일 것이다. 파콤은 잠들기 전에 『정다운 몽테뉴』를 서너 페이지 읽거나, 아니면 호라티우스의 시를 읽었을 것이다. 시대에 뒤떨어지지 않으려고 현대 작가의 작품도 읽었을 것이다. 이렇게 해서 바레스며 부르제를 알았으리라. 잠시 후에 그는 책을 놓고 미소를 짓는다. 그의 시선은 빈틈없는 경계의 빛 대신 꿈꾸는 사람이 되었다. 그리고 이렇게 말한다. 「자기의 의무를 다하는 것이란 얼마나 단순하고도 어려운 일인가!」

그에게 자기 반성이란 그것밖에 없었다. 지도자란 원래 그런 법이다. 벽에는 다른 지도자들도 걸려 있었다. 온통 지도자들뿐이었다. 안락의자에 앉은 거구의 녹회색 노인도 지도자였다. 흰 조끼가 은발하고 꽤나 잘 어울렸다(이 초상화들은 특히 윤리적 계몽을 목적으로 그린 것이어서 정밀하게 묘사하면서도 예술적인 면을 등한시하지 않았다). 노인은 앙상한 손을 소년의 머리에 얹고 있었다. 담요를 덮은 무릎에는 책이 펼쳐져 있었다. 그러나 시선은 먼 곳을 향했다. 젊은이들은 볼 수 없는 일들이 보이는 것이다. 초상화 위에 그의 이름을 적어 놓았다. 파콤, 파로탱, 또는 세뇨라고 불린 모양이다. 나는 가까이 가서 볼 생각까진 없었다. 자식이나 친지, 또한 그 자신에게는 단순히 '할아버지' 일 뿐이었다. 손자에게 의무를 알려 줄 때가 왔다고 판단한다면 자신의 이야기를 객관화시켜서 이렇게 말했을 것이다. 「할아버지한테 가서 내년에는 얌전히 공부를 잘하겠다고 약속하렴, 아가야. 내년에는 할아버지가 이 세상에 안 계실지도 모른단다.」

그는 인생의 황혼기에 들어서면서 누구에게나 관대했다. 나 자신조차 그의 시선에서 선의를 느꼈을 것이다. 만약 그가 나를 보았다면 그의 눈에는 투명하게 보였을 것이다. 나한테도 한때는 조부모가 계셨을 거라고 생각하면서. 그는 아무것도 요구하지 않았다. 사실 그 나이가 되면 욕망이라는 게 없다. 그가 들어오면 목소리를 낮춘다든지, 주변 사람들이 애정과 존경이 담긴 미소를 지어 보인다든지, 또는 며느리한테 「아버님은 이상해요. 우리들보다도 젊으세요」라는 말을 듣는 것 말고는 바라는 게 없었다. 또는 심술 부리는 손자를 달래 주거나, 1년에 서너 번쯤 찾아와 미묘한 문제를 상의하는 아들에게 조언을 해주거나, 자기가 현명하다는 걸 느끼는 일 이외에는 아무것도 바라는 게 없었다. 손자의 머리를 살그머니 누르는 모습은 마치 축복을 내리는 듯 보였다. 그는 무슨 생각을 하고 있었을까? 자신의 명예로운 과거를 회상했을 것이다. 그의 과거는 모든 일에 대해서 말할 수 있는 권리와, 어떠한 일에 대해서도 결론 지을 수 있는 권리를 주었다. 요전 날에는 내 생각이 여기까지 미치지 못했다. '경험'은 확실히 죽음의 방어 이상이다. 그것은 권리, 노인의 권리다.

장검을 찬 오브리 장군도 지도자였다. 섬세한 학자 출신인 에베르 대통령은 앵페트라즈의 친구였다. 긴 얼굴이 꽤 균형 잡혀 보인다. 긴 턱에 염소 수염이 붙어 있다. 무슨 일에나 원칙적인 의미를 제시하는 걸 즐기는 표정으로 아래턱을 약간 내밀었다. 그는 오리털 펜을 들고 몽상에 잠겨 있었다. 그 역시 쉬는 중이었다. 게다가 시구를 음미하면서. 하지만 그도 다른 지도자들처럼 독수리 눈이다.

그런데 부하들은 전부 어디에 있단 말인가? 나는 지금 그 침울한 눈들이 한결같이 초점을 맞추고 있는 방 한가운데 서 있다. 나는 할아버지도 아니고 아버지도 남편도 아니다. 투표도 해본 적 없고, 세금도 안 낸다. 선거인의 권리, 납세자의 권리, 또는 20년 동안 고용주에게 순종한 데 대한 권리조차도 자부할 수가 없다. 나 자신조차도 나라는 존재가 정말 놀라워지기 시작했다. 나는 단순히 껍데기에 불과한 게 아닐까?

그때 문득 떠오르는 생각이 있었다. 부하는 바로 나였다. 아무 유감도 없이 그 사실이 우스웠다.

50대로 보이는 뚱뚱한 남자가 나를 향해 정중한 미소를 보냈다. 르노다가 애정을 기울인 작품이다. 끌로 새긴 듯 두둑하고 작은 귀, 특히 신경질적으로 보이는 앙상한 손가락을 가진 그 손, 학자나 예술가의 손을 표현하기 위해 부드러운 터치는 다 시도해 본 모양이다. 그런데 그의 얼굴이 낯설었다. 그 앞을 지나칠 때 고개를 들지 않았던 모양이다. 가까이 가서 읽어 보았다. '레미 파로탱, 1849년 부빌 출생, 파리 의과대학 교수'라고 적혀 있었다.

파로탱이라면 웨이크필드 박사한테 들은 적이 있다.

「내 평생에 딱 한 번 위대한 사람을 만났지요. 바로 레미 파로탱입니다. 산파학을 공부하느라 2년 동안 파리에 있을 때 그의 강의를 들었습니다. 1904년 겨울이었지요. 그는 우두머리가 뭔지 가르쳐 주었습니다. 유창한 강의로 우리를 감격시켰지요. 우리를 세계 끝까지 데리고 갈 수도 있었을 겁니다. 멋진 신사였죠. 그 막대한 재산을 고학생을 위해 희사했거든요.」

이 학문의 왕자는 그 이름을 처음 들었을 때 이미 강력한 느낌으로 다가왔던 것이다. 지금 나는 그 앞에 서 있고, 그는 나에게 미소를 보내고 있었다. 그의 미소에는 얼마나 풍부한 지성과 아량이 숨어 있는 것일까! 그는 통통한 몸을 가죽 의자에 파묻고 편히 쉬는 중이었다. 이 학자는 가식이 없는 태도로 사람을 편안하게 만들어 주었다. 독수리 눈만 아니라면 사람들은 한낱 마음씨 좋은 할아버지로만 생각했을 것이다.

저런 위엄을 지닐 수 있는 까닭을 알아내는 데 오랜 시간이 걸리지는 않았다. 그는 모든 것을 이해했기 때문에 사랑을 받았고, 사람들은 온갖 이야기를 다 쏟아 놓을 수 있었던 것이다. 결국 르낭과 비슷해 보이지만 사실은 좀더 의젓했다. 그는 다음과 같이 말하는 부류였다.

「사회주의자라고요? 나는 그들보다 한발 앞서나간답니다.」

그를 좇아 그 위험한 길을 가려면 조국이며 가족, 소유권이나 가장 신성한 가치까지도 곧 포기해야만 했다. 하지만 한 발 더 나가면 갑자기 모든 것이 자리 잡히고 원래대로 훌륭하고 견고한 이성 위에 올라섰다. 뒤를 돌아다보면 「좀 기다려 주세요」 하면서 손수건을 흔드는 사회주의자의 모습이 까마득하게 보였다.

웨이크필드가 그러는데, 그 과학의 대가는 평소 스스로 말하던 것처럼 '영혼을 낳는 일'을 좋아했다. 언제나 청년들에게 둘러싸여 지냈고, 명문가의 의사지망생들을 집으로 초대하기도 했다. 웨이크필드도 점심 대접을 꽤 여러 번 받은 편이었다. 식사를 마치면 흡연실로 자리를 옮겼다. '주인'은 담배를 배운 지 얼마 안 되는 청년들을 어른처럼 대접했으며, 여송연을 직접 나눠주기도 했다. 그런 다음에는 그에게 귀를 세우고 있는 제자들에게 둘러싸여 눈을 지그시 감은 채 몇 시간이고 이야기를 쏟아내는 거였다. 에피소드를 들려줌으로써 사람의 폐부를 찌르는 깊은 진리가 담긴 도덕심을 끌어내는 것이었다. 그리고 좀 반항적인 청년에겐 특별히 관심을 쏟았다. 말을 걸거나 집중해서 들은 다음 사상이나 명상의 주제를 제시해 주었던 것이다.

결국 이런 일이 일어나고 말았다. 혼자만의 생각에 빠져 모든 사람들을 향해 반항하다 지친 청년이, 과격한 사상을 가슴에 품은 채 친구들의 적의에 흥분해서 파로탱을 찾아왔다. 하지만 청년은 워낙 소심한 성격 탓에 마음속 깊이 간직한 생각과 분노, 희망을 힘겹게 털어놓았다.

파로탱은 묵묵히 듣다가 그의 가슴을 껴안고 말했다. 「자네 마음을 알겠네. 첫날부터 자네를 알고 있었어.」

두 사람은 이야기를 주고받기 시작했다. 파로탱은 멀리, 아주 멀리 그 청년이 쫓아가기 어려울 만큼 멀리까지 이야기를 진전시켰다. 이러한 만남이 몇 번 계속된 후로 그 젊은 반항아는 완전히 다른 사람이 되었다. 청년은 자신을 똑바로 보고 환경에 맞게 사는 방법을 배운 것이다. 그리고 마침내 선택된 인간이 부여받은 놀라운 역할에 대해 이해했다. 결국 마술에 걸린 것처럼 파로탱을 따라가다 길 잃은 어린 양이 우리를 찾아가듯 얌전히 자기 자리로 되돌아가는 거였다. 웨이크필드는 이렇게 결론지었다. 「그는 내가 환자들의 몸을 치료해 준 것 이상으로 많은 영혼을 치료해 주었다.」

레미 파로탱은 정답게 미소지었다. 하지만 주저하는 듯 보였다. 나를 우리로 돌려보내기 위해 내 입장을 이해하려 애쓰는 듯했다. 그러나 나는 그가 두렵지 않았다. 나는 어린 양이 아니었기 때문이다. 나는 주름살 하나 없는 훌륭한 이마와 아담한 배, 그리고 무릎 위에 올려놓은 손을 보았다. 그의 미소에 답하고 자리를 떠났다.

그의 동생이며 부빌 변호사협회(S·A·B) 회장인 장 파로탱은 서류를 가득 쌓아 놓은 테이블 끝을 짚고 앉아 있었다. 방문자에게 이만 접견이 끝났다는 걸 알려 주는 태도였다. 평범한 시선이 아니었다. 추상적 관념 같으면서도 순수한 권리로 반짝이고 있었다. 번득이는 두 눈이 얼굴을 온통 휩쓰는 듯 보였다. 그 열정 아래에 신비스러울 정도로 얇은 굳게 다문 입술이 보였다. '우습다'는 생각이 들었다. 「레미 파로탱하고 닮았어.」그의 형을 돌아보았다. 햇살을 받은 닮은꼴 두 개를 살피다 보니 문득 그 부드러운 얼굴 위에 불모랄까 황막함이랄까, 나도 모르는 그들만의 가풍이 풍기는 듯했다. 다시 장 파로탱을 들여다보았다.

그에게서 관념의 단순성이 느껴졌다. 뼈다귀와 죽은 살과 '순수한 권리'만이 남아 있었다. 사로잡힌 거였다. 사람이 '권리'에 사로잡히면 그 권리를 떨쳐 버릴 방법이 없다. 장 파로탱은 자기의 '권리', 바로 그것만 생각하는 데 한 평생을 바쳤다. 내가 박물관에 갈 때마다 느끼는 가벼운 현기증 대신 그는 사람들의 보살핌을 받는다는 괴로운 권리를 느꼈을 것이다. 그가 너무 지나칠 만큼 생각하게 만든다든지, 불쾌한 현실 문제를 가지고 그의 주의를 끈다든지, 또는 필연적인 그의 죽음이나 타인의 고통에 주의를 끌어서는 안 되는 거였다. 죽음의 자리에서, 소크라테스 이후로 고상한 말만 해야 하는 그 순간에, 우리 숙부가 숙모에게 말한 것처럼 그 역시 12일이나 밤을 새워 간호한 아내에게 그렇게 말했으리라. 「테레즈, 당신에게 고맙다고 하지 않겠소. 당신의 의무를 다한 것뿐이니 말이오.」

그쯤 되면 모자를 벗고 경의를 표해야 한다.

내가 경탄해 마지않으며 뚫어지게 바라보았던 그의 두 눈이 나에게 그만 떠나라는 암시를 보냈다. 그러나 나는 떠나지 않았다. 단호하게 불손한 태도를 취했다. 에스퀴리알 도서관에서 필립 2세의 초상화를 하도 들여다본 탓에, 권세로 빛나는 얼굴을 정면에서 보노라면 순식간에 그 광채가 사라지고 재투성이 찌꺼기만이 남는다는 사실을 알고 있다. 나는 그 찌꺼기가 흥미로웠던 것이다.

파로탱은 만만찮은 저항을 해 보였다. 하지만 그의 시선이 꺼지고 그림은 희미해졌다. 무엇이 남았는가? 멀건 눈과 죽은 뱀 같은 얇은 입술과 뺨뿐이다. 어린애같이 창백하고 둥근 뺨이 캔버스 위에 퍼졌다. 부빌 변호사협회 직원들은 꿈에도 생각하지 못할 뺨이다. 그들은 파로탱의 사무실에 오래 머물지 않았다. 사무실에 들어서면 벽 같은 그의 무서운 시선과 마주쳤으니까. 등뒤에서는 희고 부석부석한 뺨이 보이지 않았다. 그의 아내는 몇 년이 지나서야 그 사실을 깨달았을까? 2년일까, 5년일까? 어느 날 잠든 남편의 코끝에 달빛이 비칠 때, 또는 어느 무더운 날 식사를 끝내고 안락의자에 파묻혀 눈을 지그시 감은 남편의 턱 언저리에 햇빛이 엉길 때, 아내는 감히 남편을 똑바로 쳐다보았을 것이다. 볼이 불룩하고 침까지 흘리는 모습이 왠지 음란해 보였으리라. 그 날부터 파로탱 부인은 자기 의견을 내세우기 시작했을 것이다.

나는 몇 걸음 뒤로 물러나서 이 위대한 인물들을 한눈에 바라보았다. 파콤, 에베르 대통령, 파로탱 형제, 오브리 장군…… 모두 실크 모자를 쓰고 있었다. 일요일이면 투르느브리드 거리에 나가 꿈에 성 세실을 보았다는 그라티앵 시장 부인을 만났을 것이다. 정중하게 인사를 했겠지만 왜 그랬는지는 알 길이 없다.

화가는 그들을 정확하게 묘사했다. 하지만 붓으로 그리다 보니 인간의 얼굴이 가진 신비한 약점을 제거해 버렸다. 꾀죄죄한 얼굴조차도 도자기처럼 깨끗했다. 나는 그들의 얼굴에서 식물이나 동물들, 또 흙이나 물을 대하는 사상을 찾아보았으나 허사였다. 살아 생전에는 별 필요를 느끼지 않았겠지만 임종이 가까워져서는 화가를 불러 얼굴을 잘 그려 달라고 부탁했을 것이다. 그런 방법으로 부빌 근방의 바다를 밭으로 만들었던 것이다.

이처럼 그들은 르노다와 보르뒤랭의 도움을 받아 모든 '자연'을 굴복시킨 것이다. 그들 외부와 그들 내부의 자연을 말이다. 이 어두운 캔버스들이 내게 보여 주었던 것은 인간이 다시 만들어낸 인간이었다. 인간의 훌륭한 정복이 거기에 있었다. 바로 '인간의 권리'와 '시민의 권리'라는 꽃다발이었다. 나는 아무 생각 없이 인간의 지배에 감탄했다.

그때 신사 부부가 들어왔다. 검은 옷차림이었는데, 아주 작게 보이고 싶어 애쓰는 게 느껴졌다. 그들은 문 앞에서부터 감동한 나머지 들어올 줄을 몰랐다.

신사는 모자를 벗었다.

「아이 참!」 부인 역시 몹시 감동 받은 목소리로 말했다.

신사는 이내 냉정함을 되찾아 공손하게 말했다. 「한 시대를 전부 보여 주고 있군.」

「그래요, 우리 할머니 시대예요.」 부인이 맞장구를 쳤다.

그들은 몇 걸음 나아가서 장 파로탱의 시선과 마주쳤다. 부인은 입을 딱 벌렸다. 신사는 떳떳하지는 않으나 겸손한 태도였다. 사람을 떨게 만드는 시선과 이야기를 빨리 끝내 버리는 회담을 잘 알았던 모양이다. 아내의 팔을 부드럽게 끌며 말했다. 「이걸 봐요.」

레미 파로탱의 미소는 사람들에게 안도감을 주었다. 부인은 가까이 가서 열심히 설명을 들었다.

'레미 파로탱의 초상. 1849년 부빌에서 출생하다. 파리 의과대학 교수. 르노다 작품.'

「과학원의 파로탱이 학사원의 로느다에게 그려졌군. 그것 참 '역사' 적인데!」

부인은 남편의 말에 고개를 끄덕이고는 그 위대한 사람을 바라보았다. 「참 좋아요. 영리한 모습이군요!」

남편은 과장된 몸짓을 보이며 한마디로 정리했다. 「이 사람들이 부빌을 만들었지.」

「이분들을 한 곳에 모신 건 정말 잘한 일이에요.」 아내는 흐뭇한 듯 만족스럽게 말했다.

우리는 그 넓은 방에서 훈련받아야 하는 병정들이었다. 남편은 존경 어린 미소를 짓다가 나를 불안하게 쳐다보더니 갑자기 표정이 굳어 버렸다. 나는 돌아서서 올리비에 블레비뷰의 초상화 앞에 섰다. 흐뭇한 만족감이 밀려 왔다.

부인이 내 곁으로 다가오더니 갑자기 대담해져서 말했다. 「가스통,

이리 와요!」

　남편이 우리 쪽으로 다가왔다.

「여보!」 여자가 말을 이었다. 「이 사람의 이름을 붙인 거리가 있어요. 올리비에 블레비뉴 거리 말이에요. 당신 모르세요? 죽스트부빌로 가기 바로 전에 코토 베르로 올라가는 작은 길 있잖아요.」 그리곤 잠시 후에 한 마디 덧붙였다. 「만만치 않게 보이는군요.」

「그래! 불만이 있어도 말 한 마디 못하고 다른 사람을 찾아야만 했을 거야.」

　나에게 던진 말이었다. 그는 나를 곁눈질하고는 작은 소리로 웃었다. 자기가 올리비에 블레비뉴라도 되는 것처럼 거만한 태도였다.

　올리비에 블레비뉴는 웃지 않았다. 팽팽하게 내민 턱 아래로 목뼈가 튀어나와 있었다. 침묵과 황홀의 순간이 흘렀다.

「움직일 것 같아요.」

　그 말에 남편이 친절하게 설명해 주었다.

「모직물 장사를 크게 하다가 나중에 정계로 들어가서 국회의원이 된 사람이야.」

　나도 아는 사실이었다. 2년 전에 모를레 신부가 펴낸 『부빌 출신 위인 소사전』을 찾아서 옮겨 적기도 했다.

　부빌에서 출생하고 사망한 블레비뉴의 아들 올리비에 마르시알(1849 ~1908)은 파리에서 법률을 전공하여 1872년에 학사 학위를 받았다. 코뮌 혁명 때는 파리 사람들과 함께 국민의회의 보호를 받으며 베르사

유로 피난을 가기도 했다. 그때 깊은 감명을 받아 쾌락을 찾을 젊은 나이에 '한 평생을 질서의 재건에 바치겠다'고 맹세했다. 그리고 맹세를 지켰다. 부빌로 돌아와서 그 유명한 '질서 클럽'을 만들었던 것이다. 그 클럽에는 매일 저녁마다 부빌의 거상들과 선주(船主)들이 모였다. 사람들이 '경마 클럽'보다 더 폐쇄적이라고 농담 삼아 말했던 그 귀족 모임은 1908년까지 부빌 상업항의 운명에 많은 영향을 끼쳤다.

1880년에는 마리 루이즈 파콩, 즉 유명한 중개인 샤를 파콩의 둘째딸과 결혼했다. 그 후 장인이 죽은 다음에 파콩 블레비뉴 부자상회를 설립했다가 정계에 진출하여 국회의원에 입후보했다. 그의 유명한 연설을 들어보자.

「프랑스는 지금 위험한 병에 걸려 있습니다. 지도자들은 더 이상 명령하려 들지 않습니다. 여러분, 훌륭한 가문에서 태어나 교육받고, 풍부한 경험을 두루 거쳐 지도자로서 가장 적절한 인물이 그 일을 단념하거나 지겨워한다면 도대체 누가 명령을 하겠습니까! 나는 여러 번 강조했습니다. 명령은 엘리트의 권리가 아니라 거부할 수 없는 의무라고. 여러분, 나는 여러분에게 애원합니다. 권위의 원칙을 회복합시다.」

1885년 10월 4일 처음 당선된 후로 계속해서 재당선되었다. 그는 정력적이고 투박한 연설로 주목을 받았다. 1898년 그 살벌한 스트라이크가 일어났을 당시 파리에 있다가 급히 부빌에 돌아와서 파업 반대 운동의 선두에 서기도 했다. 파업 노동자들과의 협상 테이블에서는 당연히 주도권을 잡았다. 그 협상은 결국 죽스트부빌에서 일어난 충돌로 중단되고 말았다. 군대의 은근한 협박이 사람들을 가라앉혔던 것이다.

어린 나이에 일찍이 이공계 대학에 입학했으며 '거물로 만들려고' 했던 아들 옥타브의 요절은 올리비에 블레비뉴에게 굉장한 타격이었다. 결국 아들이 죽은 지 2년 뒤인 1908년에 세상을 뜨고 말았다.

『도덕의 힘』(1894년 발행, 절판), 『처벌하는 의무』(1900년 발행, 이 연설집은 드레퓌스 사건에 관한 것이다. 절판), 『의지』(1902년 발행, 절판) 등의 연설집이 있다. 만년의 강연과 친구들에게 보낸 편지들을 모아서 『불굴의 노력』(1910년 풀롱사 발행)이라는 유고집을 간행했던 것이다. 보르뒤랭이 그린 훌륭한 추상화가 부빌 박물관에 있다.

훌륭한 초상화. 그렇다, 올리비에 블레비뉴는 콧수염을 길렀다. 창백한 얼굴이 모리스 바레스와 닮았다. 그 두 사람은 분명히 아는 사이였다. 같은 의석을 차지하고 있었으니 말이다.

그러나 부빌 출신 의원들은 애국자 연맹 총재만큼 소탈하지 않았다. 말뚝처럼 뻣뻣해서 그림에서도 악마처럼 머리를 내밀고 있었다. 두 눈은 반짝거렸지만 눈동자는 검고 각막은 불그스레했다. 그는 도톰한 입술을 내민 채 오른손을 가슴에 대고 있었다.

한때 이 초상화 때문에 얼마나 고통스러웠던가? 어떤 때는 블레비뉴가 너무 크게 다가왔고, 어떤 때는 지나칠 만큼 작게 느껴졌다. 하지만 오늘은 어떨지 이미 알고 있었다.

《부빌의 풍자가》란 신문을 뒤적거리다가 진실을 깨달았던 것이다. 1905년 11월 6일자 전면에서 블레비뉴를 다루었던 것이다. 1면에 그가

콩브 영감의 머리카락에 매달려 있는 모습을 싣고 있었다. '사자의 이'
라는 제목을 달아서. 1면에서 모든 걸 설명하고 있었다. 올리비에 블레
비뉴의 키는 153센티미터였다. 몹시 작은 키와 의회를 웃음 도가니로
몰아넣곤 했던 맹꽁이 목소리는 웃음거리가 되기에 충분했다. 부츠 속
에 고무 뒤축을 넣어 신은 것도 비난을 샀다. 아이러니컬하게도 파콤
가문의 블레비뉴 부인은 몸집이 하마 같았다.

「그래서 자기 몸의 두 배나 되는 아내를 가졌다고 말한 것이다」라고
작가는 부언을 달았다.

153센티미터! 바로 그 이유 때문에 보르뒤랭이 세심하게 배려했던
것이다. 즉 그가 너무 작아 보이지 않을 만한 물건들을 주위에 배치했
던 것이다. 팔걸이 없는 안락의자, 낮은 안락의자, 12절판 책을 서너 권
꽂아 놓은 책장, 페르시아풍 둥근 테이블 등을 말이다. 그렇게 해서 옆
에 걸린 장 파로탱하고 같은 키를 만들었다. 두 그림은 길이가 같았다.
결국은 한쪽의 작고 둥근 테이블이 옆 그림의 큰 테이블만큼 커서, 팔
걸이 없는 안락 의자가 파로탱의 어깨까지 닿을 지경이었다. 두 초상
화 사이에 서면 본능적으로 비교를 하게 마련이다. 내 불쾌감은 바로
거기서부터 비롯되었다.

이제 웃고 싶었다. 153센티미터! 만약 내가 블레비뉴에게 말을 걸려
고 했다면 허리를 굽히거나 무릎을 꿇어야만 했을 것이다. 그가 거만
하게 코를 치켜들고 있어도 나는 더 이상 놀라지 않았다. 키가 그만한
사람의 운명은 늘 자신의 머리 위에서 이루어지는 법이다.

예술의 힘이었다. 정말 놀라운 능력이다. 목소리가 워낙 날카롭다

보니 후세에서도 위협적인 표정, 권위적인 태도, 투우처럼 충혈된 눈만을 기억할 것이다. 코뮌에 공포를 느낀 학생, 작달막하고 불같이 화를 내는 국회의원. 죽음이 데려간 것은 바로 그런 사람이었다. 그러나 보르뒤랭 덕분에 '질서 클럽'의 회장이며 '도덕적 힘'의 연설가는 불멸의 존재가 되었다.

「어머나! 가엾기도 해라!」 부인은 또 숨이라도 넘어가는 듯 소리를 질렀다. '선친의 아들'인 옥타브 블레비뉴의 초상화 밑에 이런 말이 적혀 있었다.

'1904년, 이공계 대학 재학 중 사망.'

「죽었군요! 아롱델의 아들만큼 똑똑해 보여요. 어머니가 얼마나 고통스러웠을까요! 그런 명문 학교 학생들은 공부를 너무 한다더군요! 자면서도 뇌를 움직인대요. 난 저 삼각모가 맘에 들어요. 육군 사관학교 생도들이 쓰는 카스와르 아니에요?」

「아냐, 카스와르는 생 시르 모자를 말해. 프랑스 육군 사관학교를 통칭하는 생 시르 말이야.」

지금은 내가 어릴 때 죽은 이공계 학생 앞에 있다. 밀랍 같은 안색이나 온건해 보이는 콧수염이 죽음을 예고하는 듯했다. 그 역시 자신의 운명을 알았는지 먼 곳을 응시하는 맑은 눈에서 체념이 묻어났다. 하지만 머리는 높이 쳐들었다. 제복 차림이 프랑스 군대를 상징하고 있었다.

그대는 마르셀루스가 될 것이다! 두 손 가득히 백합꽃을 바치리……

Tu Marcellus! Manibus date lilia plenis…….

꺾여 버린 장미꽃, 이공계 학생의 죽음, 그보다 더 슬픈 일이 어디 있을까?

나는 기다란 진열장을 따라 조용히 걸으면서 어두운 배경 덕에 빛나 보이는 얼굴들을 향해 경의를 표했다. 상업재판소 재판장 보스와르, 부빌 시 항구 자치 운영위원회 회장 파비, 가족과 함께 서 있는 중개인 불랑제, 부빌 시장 란느캉, 부빌 출신 주미 대사이며 시인인 드 뤼시앵, 지사처럼 차려 입은 사람, 고아원 원장 생트 마리 루이즈 수녀, 테레종 부부, 노사 협동위원회 회장 티부 구롱, 해병훈련소 주사 보보, 브리옹, 미네트, 그를로, 르페브르, 이밖에도 팽 박사 부부, 아들 피에르 보르뒤 랭이 그린 보르뒤랭 등이 있다. 맑고 냉정한 시선, 섬세한 윤곽, 엷은 입술, 거구의 불랑제 씨는 참을성이 있었고, 생트 마리 루이즈 수녀는 부지런하고 독실한 신앙인이며, 티부 구롱 씨는 타인을 대할 때처럼 자기 자신에게도 엄격했다. 테레종 부인은 어떠한 불행이 닥쳐도 굴하지 않고 싸웠다. 몹시 피곤해 보이는 입술이 그녀의 고민을 고스란히 드러내 주었다. 그러나 신앙심이 강해서 '괴롭다'는 말을 내뱉은 적이 없었다. 그야말로 꿋꿋한 여자였다. 집안에서는 끼니를 챙기고 밖에서는 사회 사업 모임을 이끌었다. 말을 하다가 조용히 눈을 감곤 했는데, 그럴 때 보면 얼굴에 생기라곤 없었다. 하지만 그처럼 기력을 잃는 건 잠시뿐이었다. 테레종 부인은 곧 눈을 뜨고 하던 얘기를 계속했다.

사람들은 이렇게 수군거렸다. 「가엾은 테레종 부인! 불평이라곤 한 마디도 없으시군.」

나는 보르뒤랭·르노다의 방을 끝에서 끝까지 걸어갔다. 그리고 돌아다보았다. 그림 속 작은 성당 안의 순결한 백합이여, 안녕. 우리의 자존심이여, 우리의 존재 이유여, 안녕. '더러운 자식들'이여, 안녕.

월요일

롤르봉에 대한 글은 그만 쓰기로 했다. 마지막이다. 더 이상 쓸 '수'가 없다. 이제 뭘 하며 시간을 보내야 한단 말인가.

3시였다. 책상 앞에 앉아 있었다. 내 옆에는 모스크바에서 훔친 편지 다발이 쌓여 있다. 나는 이렇게 썼다.

「사람들은 조심스럽게 그 불길한 소문을 퍼뜨렸다. 9월 13일자로 조카
  에게 보낸 편지 속에 유언을 적은 것으로 보아 드 롤르봉 씨는 그 계획
  에 걸려든 게 분명했다.」

후작은 살아 있었다.

나는 그를 역사적인 존재로 만드는 데 평생을 바치고 있는 터였다. 위장 한구석의 희미한 열기처럼 그의 존재를 느꼈다.

문득 사람들이 이의를 제기할 거란 생각이 들었다. 롤르봉하고 조카는 별로 솔직한 사이가 아니었던 만큼 계획이 실패할 경우 조카를 증인으로 이용할 생각이 아니었겠는가 하고 말이다. 자신은 그 사건과 아

무 관련이 없는 것처럼 유서를 날조하는 건 얼마든지 가능한 일이다.

하지만 그다지 대수로운 이의는 아니었다. 하지만 나는 우울한 공상에 잠기고 말았다. 문득 '카미유 집'의 뚱뚱한 하녀, 아실이 씨의 험악한 얼굴, 나 자신이 무의미하게 살아 있음을 절실히 느꼈던 박물관의 그 전시실이 생각났다. 맥없이 혼잣말을 했다. 「나 자신의 과거를 기억할 힘조차 없는 내가 타인의 과거를 구제하겠다니, 과연 바랄 수 있는 일일까?」

펜을 들고 다시 일을 시작하려고 했다. 그러나 과거, 현재, 그리고 세계에 관한 그 고찰을 견뎌낼 수가 없었다. 나는 오직 하나, 즉 내가 글을 쓰도록 가만히 놔두기만 바랄 뿐이었다.

그러나 백지를 바라보는 순간 그 모습에 사로잡혀 펜을 든 채 눈부신 종이만 물끄러미 바라볼 뿐이었다. 백지가 너무나 냉혹하고 뚜렷했다. 종이엔 현재만 있을 뿐이었다. 지금 막 쓴 글씨들이 채 마르지도 않았는데 이미 내 것이 아니었다.

「사람들은 조심스럽게 그 불길한 소문을 퍼뜨렸다.」

내가 생각한 구절이다. 처음에는 내 이야기 같았다. 그런데 종이에 적혀 있는 이 구절은 사실 나하고 전혀 달랐다. 나는 이미 그것을 알아볼 수가 없었다. 다시 생각해 볼 수도 없었다. 그 구절은 그렇게 내 앞에 있었다. 쓴 사람의 흔적을 찾으려 해도 허사였을 것이다. 누구나 쓸 수 있었을 테니까. 하지만 그걸 쓴 사람이 과연 '나'였는지 확실치 않았다. 이제 글씨들은 반짝이는 대신 완전히 말라 버렸다. 순간적인 광채에서 남은 것은 아무것도 없다.

나는 주위를 불안하게 돌아보았다. 현재뿐이었다. 그것 말고는 아무것도 없었다. 현재 속에 처박힌 가볍고 튼튼한 가구들, 이를테면 테이블, 침대, 거울 달린 옷장과 나 자신이었다. 현재의 본성이 그대로 드러나 있었다. 현존하는 그대로. 그 현재가 아닌 것은 아무것도 존재하지 않았다. 과거는 존재하지 않았다. 사물 속에도 내 머릿속에도 없었다. 오래 전에 내 과거가 나한테서 달아나 버렸다는 걸 알고 있었다. 하지만 그때까지는 내 능력 밖으로 물러선 것뿐이라고 믿었다. 나에게 과거는 은퇴에 지나지 않았다. 그것 역시 존재 양식이었다. 휴가 중인, 활동을 그만둔 존재. 사건들마다 결말을 고할 때, 그것은 상자 속에 얌전히 앉아 명예로운 사건이 되는 거였다. 그만큼 무(無)를 생각하는 게 어려웠다. 이제야 알았다. 사물이란 순전히 보이는 그대로일 뿐이다. 그 '뒤' 에는 아무것도 없다.

나는 그 생각에 잠시 더 사로잡혔다. 그러다가 벗어나고 싶어서 어깨를 세게 흔들었다. 그리고 종이 뭉치를 잡아당겼다.

「⋯⋯그의 유서를 쓰게 된 것⋯⋯.」

갑자기 불쾌감이 밀려왔다. 펜을 떨어뜨렸다. 무슨 일이 생긴 걸까? 구토를 느꼈단 말인가? 아니다, 그게 아니었다. 방은 평소처럼 아버지 같은 모습이었다. 다만 책상이 좀더 육중해진 것 같았고, 만년필을 세게 쥔 것 같은 느낌이 들 뿐이었다. 하지만 방금 전에 롤르봉 씨가 두 번째로 죽고 말았다.

그는 조금 전까지도 내 마음속에 훈훈하게 살아 있었다. 가끔 그가 움직이는 걸 느낄 정도였다. 나에게는 독학자나 '철도회관' 의 여주인보다 더 분명한 존재였다. 물론 변덕스러운 성격이라 며칠 동안 틀어박혀 있기도 했지만, 신비하게 좋은 날씨엔 온도계의 수은주처럼 콧등을 살짝 나타내곤 했다. 그럴 때면 그의 창백한 얼굴을 볼 수 있었다. 하지만 얼굴을 나타내지 않고 틀어박혔을 때조차도 그는 내 마음을 무겁게 내리눌렀고, 나는 가슴이 가득 차오르는 느낌을 받았다.

지금은 그에 대해 남겨 둔 게 없다. 말라 버린 잉크 자국 위의 그 신선했던 광채의 추억 이외에는 아무것도 없었다. 전부 내 탓이었다. 해서는 안 될 말을 해버렸던 것이다. 과거는 존재하지 않는다고 말한 건 잘못이었다. 그 한 마디에 드 롤르봉 씨는 조용히 허무로 돌아가 버린 것이다.

나는 절망감을 느끼며 그의 편지들을 어루만졌다.

「바로 드 롤르봉이다.」 나는 혼잣말을 했다. 「하여튼 이 글씨를 한 자 한 자 쓴 건 바로 그였다. 엎드린 채 펜에 눌려 미끄러지지 않게 종이를 누르고 있었다.」

너무 늦었다. 이 말들은 아무 의미가 없었다. 내가 누르고 있던 반질반질한 누런 종이 말고는 아무것도 존재하지 않았다. 틀림없이 복잡한 사건이 있었다. 롤르봉의 조카는 1810년에 러시아 황제의 경찰에게 암살 당했다. 비밀 문고로 옮겨졌던 그의 서류는 110년 후에 정권을 쥔 소비에트가 국립 도서관에 비치한 것을 내가 1923년에 훔쳐냈다. 믿어 지지 않는 일이었다. 내가 도둑질을 해놓고도 아무런 기억이 없다. 그 서류가 내 방에 있는 이유를 설명하기 위해 이야기를 만들어내는 건 조금도 어려운 일이 아니었다. 하지만 모든 이야기들이 그 껄껄한 종이 앞에서는 거품처럼 가볍게 보였을 것이다. 이 종이에 의존해서 롤르봉을 만나기보다는 점쟁이를 찾아가 회전 테이블의 도움을 받는 편이 나을지도 모른다. 롤르봉은 이미 존재하지 않았다. 전혀 존재하지 않았다. 그의 뼈다귀가 조금이라도 남아 있다면 그 뼈다귀 자체로서 독자적으로 존재하는 것이고, 그것들은 염분과 수분을 포함한 인산염과 탄산석회에 지나지 않았다.

나는 마지막 시험을 했다. 장리 부인의 말을 되새겨봄으로써 롤르봉 후작을 생각했다.

「주름이 선명하게 파인 곰보투성이 얼굴에는 간악함이 어려 있어서, 그가 아무리 감추려고 해도 밖으로 나타나곤 했다.」

그의 얼굴이 쉽게 떠올랐다. 뾰죽한 코, 창백한 볼, 그리고 미소. 전보다 훨씬 쉽게 그의 윤곽을 그려낼 수 있었다. 다만 그 모습은 내 머릿속에 있는 가상에 불과했다. 나는 너무나 안타까운 나머지 한숨을 내쉬고는 의자에 푹 파묻혀 버렸다.

4시다. 의자에 파묻힌 지도 1시간이나 지났다. 어둑어둑해지기 시작한다. 다른 변화는 없다. 테이블 위엔 아직도 만년필과 잉크병 옆에 백지가 놓여 있다. 그러나 나는 결코 계속 쓸 마음이 없다. 참고 문헌을 찾기 위해 뮤틸레 거리와 라 르두트 거리를 지나서 도서관에 가는 일은 없을 것이다.

의자를 박차고 나가서 무엇이든 기분을 전환하고 싶었다. 그러나 손가락만 움직여도, 혹은 쥐 죽은 듯 가만히 있지 않으면 무슨 일이 벌어질지 잘 알고 있었다. 나는 어쩌면 그 일이 또 생기길 '원하는 게 아닐까.' 그 일은 언제나 너무 빨리 생긴다. 나는 움직이지 않는다. 기계적으로 내가 다 쓰지 못한 구절을 읽는다.

「사람들은 조심스럽게 그 불길한 소문을 퍼뜨렸다. 조카에게 보내는 9월 13일자 편지 속에 유언을 적었던 것으로 보아, 드 롤르봉 씨는 그 계획에 걸려든 게 틀림없다.」

롤르봉 대사건은 끝났다. 뜨거운 정열처럼. 이제 다른 일을 찾아야 한다. 몇 년 전 상하이의 메르시에 사무실에 있다가 문득 꿈에서 깨어난 적이 있다. 그 다음에 또 다른 꿈을 꾸었다. 나는 러시아 황제의 궁전에, 겨울이면 문 위에 고드름이 열릴 만큼 추운 낡은 궁전에 살았다. 오늘은 백지 뭉치 앞에서 깨어난 것이다. 촛대, 추위 속의 향연, 제복들, 떨고 있는 아름다운 어깨들이 사라졌다. 그 대신 이 따뜻한 방에 '그 무엇', 보고 싶지 않은 그 무엇이 남아 있다.

드 롤르봉 씨와 나는 협력 관계였다. 그가 존재하려면 내가 필요했고, 나는 내 존재를 느끼지 않기 위해 그가 필요했다. 나는 많이 가졌으면서도 어디에 써야 좋을지 몰랐던 원료, 즉 존재, '나의' 존재라는 원료를 공급하고 있었다. 그의 임무는 나를 대신하는 거였다. 그는 내 앞에 자리잡고, 자기의 생활이 나의 생활을 '대신' 하도록 내 삶을 빼앗았다. 나는 내가 존재한다는 걸 이미 알지 못했다. 나의 내부가 아닌 그의 내부에 존재하고 있었으니까. 먹는 것도, 숨쉬는 것도 전부 다 그를 위해서였고, 내 움직임 하나하나는 나의 외부, 곧 그의 내부에서 의미를 가졌다. 나는 종이 위에 글씨를 쓰는 손도, 직접 쓴 글도 보지 못했다. 그 종이 저편에서 후작을 볼 뿐이었다. 후작은 내게 그 동작을 요구하고 있었다. 그 동작이 그의 존재를 연장시키고 견고하게 만들었다. 나는 그를 생존시키는 수단에 불과했고, 그는 나의 존재 이유였다. 그는 나를 나 자신에게서 해방시켰다. 나는 이제 무엇을 해야 한단 말인가?

특히 움직이지 말 것, '움직이지 말 것……' 아아!

그 어깨의 움직임, 나는 그것을 참을 수가 없었다…….

갑자기 기다리던 '물건' 이 나타나서 나에게 덤벼들었다. 그것은 나의 내부에서 흘러나오고 있다. 나는 그것으로 충만해 있다. 그것은 아무것도 아니다. '그것' , 그것은 나다. 자유롭고 해방된 존재가 나에게 밀려오고 있다. 나는 존재한다.

나는 존재한다. 그것은 부드럽다. 부드럽고 완만하다. 그리고 가볍다. 그것은 혼자서 공중에 떠 있다고 말해도 된다. 그것은 움직인다. 그것은 곳곳에서 녹아 없어지는 거품들이다. 아주 부드럽다. 아주 부드럽다. 내 입에는 거품 같은 물이 있다. 나는 그 물을 삼킨다. 물은 목을 넘어가서 나를 애무한다. 그리고 다시 입안에 고인다. 희고 조그마한 늪, 내 혀에 구르는 늪을 영원히 가지고 있다. 그 늪도 나다. 혀, 그리고 목, 그것도 나다.

테이블 위에 올려놓은 내 손을 본다. 그 손은 살아 있다. 그것이 나다. 손이 펴지면서 손바닥을 위로 향하고 있다. 기름진 배가 보인다. 거꾸로 누워 있는 짐승 같다. 손가락들은 짐승의 발이다. 드러누운 게발처럼 나는 손가락을 재빨리 움직이며 즐긴다. 게는 죽었다. 다리가 오그라들어 손바닥으로 모여든다. 나는 손톱을 본다. 그것만이 내 몸에서 살아 움직이지 않는다. 다시 손을 뒤집어 손바닥을 엎는다. 이제 손등이 보인다. 약간 반짝인다. 손가락 뼈가 튀어나온 부분에 불그스레한 털이 없었다면 물고기 같았을 것이다.

내 손을 느낀다. 그것이 나다. 내 팔 끝에서 움직이는 두 마리 짐승이다. 내 손은 한쪽 발로 다른 발을 긁는다. 나는 내가 아닌 테이블 위에 올려놓은 손의 무게를 느낀다. 그 인상이 아주 길다. 그 무게의 인상이 사라지지 않는다. 사라질 이유가 없다. 점점 견딜 수 없다……. 손을 잡아당겨서 호주머니에 넣는다. 하지만 곧 옷감이 만져지면서 허벅지의 온기를 느낀다. 다시 손을 꺼내 의자 등받이에다 걸친다. 이제는 손의 무게를 팔 끝에서 느낀다. 손이 슬그머니 물렁물렁하게 늘어진다. 손은 존재한다. 나는 고집하지 않는다. 내가 손을 놓는 곳에서 손은 계속 존재할 것이고, 나는 손이 존재한다는 걸 느낄 것이다. 그것을 없애 버릴 수는 없다. 내 몸의 나머지 부분들, 이를테면 나의 셔츠를 더럽히는 그 축축한 체온을, 스푼으로 휘젓듯이 시름시름 돌아가는 저 뜨거운 지방덩이를, 그리고 그 속에서 왔다갔다하며 옆구리부터 겨드랑이로 움직이거나, 또는 아침부터 저녁까지 같은 곳에서 생장하는 모든 감각들을 없애버릴 수는 없다.

나는 벌떡 일어선다. 생각을 안 할 수만 있어도 살 것 같다. 생각이라는 것들, 그것보다 무미건조한 것은 없다. 육체보다 더 무미건조하다. 그것은 끊임없이 늘어나서 결국 이상한 여운을 남긴다. 또한 생각 속에는 말이 있다. 항상 되돌아오는 끝맺지 못한 말, 늘 어렴풋이 생각하던 말들이 있다. 「나는 끝내야만…… 나는 존…… 죽음…… 드 롤르봉 씨는 죽었다. …… 나는…… 아니다. …… 나는 존…….」 이렇게 꼬리를 물고 계속되지만 끝이 없다. 최악이다. 다 내 책임이고 공모자라는 느낌이 들기 때문이다. 예를 들어 '나는 존재한다' 라는 생각은 괴로운 반추라고도 할 수 있는 것을 바로 내가 버리지 못하는 것이다. 바로 나다. 육체는 한 번 태어나면 혼자서 살아간다. 그러나 생각은 바로 '내가' 지속시키고 내가 전개시킨다. 나는 존재한다. 존재한다고 생각한다. 오오, 긴 뱀이여, 존재한다는 그 감정, 나는 그 감정을 고요히 전개시킨다. 생각하는 걸 그만둘 수 있다면! 나는 노력해 본다. 나는 성공한다. 머릿속이 연기로 가득 찬 느낌이다. 하지만 그건 또 다른 시작이다. 「연기…… 생각하지 않을 것, ……나는 생각하기 싫다. ……나는 생각하기 싫다고 생각한다. 생각하기 싫다고 생각해서는 안 된다. 그것도 하나의 생각이기 때문이다.」 그럼 영원히 끝나지 않는다.

내 생각, 그것이 '나' 다. 그래서 나는 멈출 수가 없다. 나는 생각하기 때문에 존재한다. 그리고 나는 생각하기를 멈출 수가 없다. 지금 이 순간조차도. 그것은 무서운 일이다. 내가 존재한다는 것은 내가 존재하는 걸 두려워하기 '때문'이다. 내가 갈망하는 저 무(無)에서 나 자신을 끌어내는 것이 바로 나, '나'다. 존재하는 것에 대한 증오와 권태가 '나를 존재시키는' 방법이며, 존재 속에 나를 밀어 넣는 방법인 것이다. 생각은 현기증처럼 내 뒤에서 생겨나고, 나는 그것이 내 머리 뒤에서 생기는 것을 느낀다. 내가 양보한다면 그것은 앞쪽으로, 내 두 눈 사이로 오려고 할 것이다. 그런데 나는 언제나 양보한다. 생각이 한없이 커진다. 그리하여 나를 충만케 하고 내 존재를 새롭게 하는 무한한 것이 있다.

내 침은 달콤하다. 몸은 미지근하다. 정신이 나간 것 같다. 테이블 위에 나이프가 있다. 나는 나이프를 든다. 안 되는 일인가? 어쨌든 그것은 작으나마 변화를 가져올 것이다. 나는 왼손을 종이 뭉치 위에 얹고 손바닥을 나이프로 찌른다. 너무 히스테릭하다. 칼날이 미끄러지는 바람에 상처가 가볍다. 피가 흐른다. 그래서 무슨 변화가 생겼단 말인가? 결국 나는 나 자신에게서 떨어져 나가 백지 위로, 아까 내가 써놓은 글씨 위로 번진 핏방울을 만족스럽게 바라본다. 백지 위에 써놓은 네 줄의 글과 핏방울, 그것은 좋은 추억이 될 것이다. 그 밑에 「그날 나는 드롤르봉 후작에 관한 집필을 포기했다」고 써야만 할 것이다.

손을 치료해야 할까? 잠시 머뭇거린다. 피가 단조롭게 번지는 것만 바라보고 있다. 마침내 피가 응고한다. 끝났다. 상처 주변의 피부가 녹슨 것처럼 보인다. 그 피부 밑에는 다른 감각들을 닮은, 다른 감각들보다도 더 맥빠진 얼마간의 감각만이 남아 있다.

5시 반이다. 일어선다. 차가운 셔츠가 살에 붙는다. 나는 외출한다. 어쨌든 외출하지 않을 이유가 없기 때문이다. 그냥 남아 있다 해도, 구석에서 꼼짝 않고 있다 해도 나 자신을 잊을 수는 없을 것이다. 나는 거기 서서 침대에 몸을 기대고 있을 것이다. 나는 존재한다.

지나가다 신문을 산다. 충격적인 기사. 뤼시엔 양의 시체가 발견되었다! 신문지는 잉크 냄새를 풍기며 내 손아귀에서 구겨진다. 파렴치범은 도망쳐 버렸다. 소녀가 강간당한 시체만 발견된 것이다. 진흙 속에 손가락이 오그라들었다. 나는 신문을 구겨 버린다. 신문 위에서 내 손이 오그라든다. 잉크 냄새가 난다. 제기랄, 오늘따라 왜 이렇게 사물이 강렬하게 존재하는 것일까? 뤼시엔 양은 강간을 당한 뒤 목이 졸려 죽었다. 그 어린 소녀의 시체는 아직도 존재한다. 그 죽은 육체가. '그애'는 이미 존재하지 않는다. 그 손, 그애는 이미 존재하지 않는다.

동네 한가운데를 걸어간다. 나는 집들 사이에 있다. 보도 위에 똑바로 서서 존재하고 있다. 내 발 밑에 보도가 존재한다. 집들은 마치 문이 닫히듯 내 머리 위에서 닫혀 버린다. 나는 존재한다.

나는 생각한다. 그러므로 나는 존재한다. 나는 왜 생각할까? 나는 더 생각하고 싶지 않다. 나는 생각하고 싶지 않다고 생각하니까 존재한다. 나는 생각한다. 내가…… 왜냐하면…… 으윽! 나는 달아난다. 파렴치범은 도망쳤다. 그애의 몸은 강간당했다. 소녀는 자기의 몸 속으로 타인의 몸이 들어오는 걸 느꼈다. 나는…… 나야말로…… 나는 강간을 당한 소녀. 강간의 격렬하고도 달콤한 욕망이 나를 잡는다. 아주 부드

172

럽게 내 귀를 잡는다. 귀는 내 뒤로 흘러간다. 붉은 머리카락. 머리카락
이 내 머리 위에서 붉게 물들어 있다. 젖은 풀. 붉은 풀. 그것도 나란 말
인가? 그리고 이 신문, 그것도 나란 말인가? 신문을 손에 드는 일, 그것
은 존재 대 존재다. 사물은 서로서로 맞붙어서 존재한다.

　나는 그 신문을 놓는다. 집이 솟아오른다. 집이 존재한다. 나는 내 앞
에 있는 벽을 타고 지나간다. 벽을 타고 나는 존재한다. 벽 앞에서 한
걸음 내딛는다. 벽은 내 앞에 존재한다. 또 한 걸음 내딛는다. 내 뒤에
서 손가락 하나가 내 바지 속을 긁는다. 그리고 진흙이 묻은 소녀의 손
가락을 잡아당긴다. 더러운 냇물에서 나온 내 손가락의 흙이다. 손가
락은 조용히 내려온다. 힘이 빠지고 파렴치범이 목 졸라 죽인 소녀의
손가락보다 약하게 긁는다. 소녀의 손가락이 흙을 긁는다. 머리가 먼
저 떨어지고, 그리고 내 허벅지에 애무가 구른다.

　존재는 물렁물렁하다. 그것은 구르며 허우적거린다. 나는 집들 사이
에서 허우적거리고 있다. 나는 있다. 나는 존재한다. 나는 생각하므로
나는 허우적거린다. 나는 있다. 존재는 떨어진 전락이다. 떨어지지 않
을 것이다. 손가락은 들창을 긁는다. 존재는 불완전한 것이다. 신사다.
훌륭한 신사는 존재한다. 신사는 자기가 존재하는 것을 느낀다. 아니
다. 거만하게, 그리고 나팔꽃처럼 부드럽고 훌륭한 신사는 자기가 존재
한다는 것을 느끼지 못한다. 활짝 피어난 꽃처럼 환하게……. 잘린 손
이 아프다.

　존재한다. 존재한다. 존재한다. 훌륭한 신사는 존재한다. 레종 도뇌
르와 콧수염은 존재한다. 그뿐이다. 하나의 레종 도뇌르와 콧수염뿐이

라면 얼마나 행복한 일인가? 그 나머지는 아무도 보지 않는다. 그 신사는 코 양끝에서 콧수염의 양쪽 끝을 본다. 그러므로 나는 콧수염이라고 생각하지 않는다. 그는 자기의 몸도, 그 큰 발도 보지 않는다. 바지속을 뒤적이다 작은 잿빛 고무 한 쌍을 발견할 수도 있을 것이다. 그는레종 도뇌르를 가지고 있다. '더러운 자식들'은 존재하는 권리를 가지고 있다. 「나는 존재한다. 왜냐하면 그것이 내 권리니까.」 나는 존재하는 권리를 가지고 있다. 따라서 나는 생각을 하지 않을 권리가 있다.

손가락이 일어선다. 나는……. 하얀 홑이불이 꽃피는 데서 가볍게 가라앉는, 하얗게 꽃핀 육체를 어루만질 것인가? 겨드랑이의 꽃피는 습기 속으로, 육체의 선약(仙藥), 리큐르, 육체의 개화를 어루만질 것인가? 타인의 존재 속으로, 육중하고 보드라운 존재의 냄새가 풍기는 붉은 점막 속으로 들어갈 것인가? 부드러운 젖은 입술, 새하얀 피가 흐르는 붉은 입술, 맑은 고름에 젖은 존재를 향해 흠뻑 젖은 채 벌리고 있는 입술, 눈처럼 눈물을 흘리는 달콤하고 축축한 입술 사이로 나는 나의 존재를 느낄 것인가? 나의 몸은 살아 있는 육체를 가지고 있다. 그 육체는 꿈틀거리고, 부드럽게 리큐르를 돌리고 크림을 돌린다. 그 육체는 나의 육체의 보드라운 단물을, 내 손의 피를 돌리고, 돌리고, 돌린다. 피는 휘젓고 있는 육체, 상한 육체에서 달콤하다. 휘젓고, 움직인다. 나는 걷는다. 나는 도망친다. 나는 상처 입은 육체를 가진 파렴치한이다. 저 벽들이 가지고 있는 존재에 의해서 상처를 입은 육체. 춥다.

한 걸음 내딛는다. 춥다. 나는 한 걸음 왼쪽으로 돈다. 그도 왼쪽으로 돈다. 그는 그가 왼쪽으로 돈다고 생각한다. 미친놈처럼. 나는 미쳤을

까? 그는 미칠까 봐 무섭다고 말한다. 존재. 존재 속에서 말이다. 그는
멈춰 선다. 몸뚱이가 선다. 그는 선다고 생각한다. 그는 어디서 왔을
까? 그는 무엇을 하는 것일까? 그는 다시 떠난다. 그는 두렵다. 파렴치
한 놈 같으니. 안개 같은 욕망, 싫증이 난다. 지겹다. 그는 존재하는 게
지긋지긋하다고 말한다. 정말 지긋지긋할까? 그는 지긋지긋하다고 생
각하는 데 지쳐 있다.

그는 뛴다. 무엇을 바라는 것일까? 그는 뛰어서 달아난다. 항구까지
뛰어가서 투신할 생각인가? 그는 뛴다. 마음, 마음이 뛴다. 기쁨 같은
것이다. 마음이 존재한다. 다리가 존재한다. 호흡이 존재한다. 모든 것
이 존재한다. 뛰면서 허덕이면서 아주 부드럽고 무르게 가슴이 뛰면서
숨이 찬다. 나는 숨이 차다. 그는 자기도 숨이 차다고 말한다. 존재가
뒤에서 내 생각을 잡는다. 그리고 '뒤에서' 그것을 조용히 꽃피게 한
다. 나는 뒤를 붙잡힌다. 나는 뒤에서 생각하도록 강요당한다. 그 무엇
이기를 강요당하고 있는 것이다. 존재의 가벼운 거품처럼 허덕이는 내
뒤에서, 그는 욕망의 안개의 거품이다. 거울 속에서 그는 죽음처럼 창
백하다. 롤르봉은 죽었다. 앙트완 로캉탱은 죽지 않았다. 살아 있다.
정신을 잃는 것, 그는 정신을 잃고 싶다고 말한다.

그는 뛴다. 그는 흰 족제비를 '뒤에서' 쫓는다. 뒤에서, '뒤에서' 뤼
시엔 양이 습격을 당했다. 존재에게 뒤에서 강간을 당했다. 그는 용서
를 빈다. 그는 용서를 빌고 동정 받는 것을 수치스러워한다. 사람 살려,
사람 살려! 그러므로 나는 존재한다. 그는 바르 드 라 마린느로 들어선
다. 비좁은 사창가의 조그마한 거울, 그 거울 속에서 그의 얼굴이 창백

하다. 붉은 머리카락에 키가 큰 사나이는 의자에 털썩 주저앉는다. 축음기가 돈다. 존재한다. 모든 것이 돌고, 축음기가 존재한다. 가슴이 뛴다. 돌아라, 돌아라, 생명의 리큐르여. 돌아라, 젤리여. 나의 육체의 시럽이여, 부드러운 것이여. 돌아라…… 축음기여.

> 은은한 달빛이 비칠 때면
> 매일 밤 나는 작은 꿈을 꾼다.
> When the low moon begin to beam
> Every night I dream a little dream.

불현듯 굵고 쉰 목소리가 나타나니 세계는, 존재들의 세계는 사라져버린다. 그 목소리의 주인공은 육체를 가진 여자였다. 그녀는 가장 아름답게 화장을 하고는 레코드 앞에서 노래를 불렀다. 그 목소리가 녹음되었다. 여자, 제기랄! 그 여자는 나처럼, 또 롤르봉처럼 존재하고 있었다.

나는 그 여자를 알고 싶지 않다. 그러나 이것이 있다. 그것이 존재한다고 말할 수는 없다. 돌아가는 레코드는 존재한다. 그 소리에 박자를 맞추고 떨리듯 존재한다. 레코드를 자극시킨 목소리는 존재한다. 그것을 듣는 나, 나는 존재한다. 모든 것이 충실하며 곳곳에 치밀하고 무겁고 부드러운 존재가 있다. 그러나 그 부드러움 뒤에 가까이 갈 수 없는, 그렇게 가까우면서도 그렇게도 먼, 그리고 젊고 무자비하고 고요한 그…… 그 엄숙함이 있다.

176

화요일

아무 일도 없다.
존재했다.

수요일

종이 냅킨 위에 태양이 둥근 원을 그리고 있다. 그 둥근 빛 속에 파리 한 마리가 느긋하게 기어다닌다. 파리는 몸을 녹이며 앞발을 비벼대고 있다. 파리에게 서비스를 해야겠다. 짓뭉개 버리자.

햇빛을 받아 금빛으로 반짝이는 거대한 털북숭이 집게손가락이 나타나는 것을 파리는 눈치채지 못한다.

「죽이지 마세요, 선생님!」 독학자가 소리쳤다.

파리는 터진다. 배에서 흰 창자가 튀어나온다. 나는 이놈을 존재에서 해방시켜 준 것이다. 이제 독학자를 보며 무뚝뚝하게 말한다. 「이놈에게 서비스를 해준 것이오.」

나는 왜 여기에 있을까? 여기에 있으면 왜 안 되는 것일까? 정오다. 나는 잠들기를 기다린다(다행히 잠이 없는 편은 아니다). 나흘 후에는 안니를 만날 것이다. 내가 사는 유일한 이유다. 그 다음에는? 안니가 나를 떠나 버린 후에는? 엉큼하게도 내 생각이 뭔지 잘 안다. 안니가 영원히 떠나지 않기를 바라고 있다. 안니는 나와 얼굴을 맞대고 늙어 가는 걸 결코 원치 않으리라는 걸 명심해야 한다. 나는 약하고 고독하다.

안니가 필요하다. 아직 힘이 남았을 때 그녀를 만나고 싶다. 안니는 힘 없는 사람은 동정도 하지 않는다.

「별일 없으세요? 기분은 괜찮으세요, 선생님?」

독학자가 눈웃음을 지으며 바라본다. 그는 숨이 찬 개처럼 입을 벌리고 헐떡거린다. 솔직히 고백하면 오늘 아침에 그를 볼 수 있다는 사실에 일말의 행복감을 느끼기도 했다. 이야기를 하고 싶었던 것이다.

「식사를 같이 하게 돼서 기쁩니다.」 그가 밝게 말했다. 「추우면 난로 곁에 앉으세요. 저 손님들은 곧 갈 겁니다. 계산을 마쳤거든요.」

내 걱정을 해주고, 내가 춥지 않을까 마음을 쓰는 사람이 있다. 나는 다른 사람에게 이야기를 하고 있다. 몇 년 동안 그런 일이 없었다.

「저 사람들이 갑니다. 자리를 옮길까요?」

남자 둘이 담배에 불을 붙이며 나간다. 이제 그들은 맑은 공기를 마시며 햇빛을 받고 있다. 두 손으로 모자를 어루만지면서 큰 유리창을 따라서 지나간다. 그들은 웃는다. 바람이 분다. 바람이 외투 자락을 날린다. 아니다, 나는 자리를 옮길 생각이 없다. 옮겨 봤자 딱히 달라질 것도 없다. 게다가 창 너머 탈의장 지붕 사이로 짙은 초록빛 바다가 보인다.

독학자는 지갑에서 두꺼운 보라색 종이 두 장을 꺼낸다. 그것을 카운터에 넘길 것이다. 나는 그 중 한 장에 쓰여진 것을 거꾸로 읽는다.

보타네 레스토랑, 가정 요리

가격 균일 ─ 8프랑

178

입맛에 맞는 에피타이저

고기, 야채 포함

치즈 또는 디저트

20회분, 140프랑

출입문 옆자리에서 식사하는 남자, 이제야 그를 알겠다. 전국을 누비고 다니는 그 중개인은 프랭타니아 호텔에 자주 묵는다. 이따금 나에게 미소를 담아 주의 깊은 시선을 건네기도 한다. 그는 지금 자기가 먹는 것을 살펴보느라 너무 골똘해 있다. 카운터 쪽에서는 불그스레하고 뚱뚱한 남자 둘이 백포도주를 마시면서 섭조개를 맛보고 있다. 키가 작은 남자는 가늘고 노란 콧수염을 길렀는데, 혼자 재미있어 하면서 이야기를 늘어놓는다. 잠시 말을 멈추고 흰 이를 드러내어 웃는다. 다른 남자는 웃지 않는다. 눈빛이 험악하다. 하지만 고개를 끄덕거리며 맞장구를 쳐준다. 창문 옆자리에는 갈색으로 그을린 깡마른 남자가 앉아 있다. 고상하게 생겼으며 흰 머리카락을 뒤로 넘겼다. 옆자리에 가죽 가방을 올려놓은 채 신문을 차근차근 읽고 있다. 그는 탄산수를 마신다. 잠시 후면 모두들 밖으로 나갈 것이다. 배를 가득 채워 무거워진 몸을 미풍에 실어 외투를 활짝 열어 젖히고, 약간 뜨거워진 머리를 맞대고 웅성대며, 바닷가에서 노는 아이들과 배를 바라보면서 난간을 따라 걸을 것이다. 그렇게 일터로 돌아갈 것이다. 나는 아무 데도 안 간다. 할 일이 없다.

독학자는 순진하게 웃는다. 듬성듬성한 머리카락 사이에서 햇살이 반짝인다.「메뉴를 고르시죠?」

그가 차림표를 내민다. 나는 오르되브르를 고를 권리가 있다. 소시지, 무, 잔새우, 혹은 호트 소스를 친 샐러리가 있다. 부르고뉴의 달팽이가 추가로 적혀 있다.

「소시지를 주시오.」 나는 웨이트리스에게 말한다.

그는 내 손에서 차림표를 빼앗아 간다.「더 좋은 것 없습니까? 아, 부르고뉴의 달팽이가 있군요.」

「달팽이를 좋아하지 않거든요.」

「그럼 굴은 어떠세요?」

「4프랑 더 비쌉니다.」 웨이트리스가 끼어든다.

「그러면 굴로 해요. 아가씨, 나는 무를 줘요.」 그는 얼굴을 붉히면서 변명한다.「난 무를 참 좋아합니다.」

나도 그렇다.

「식사는 무얼로 하시겠습니까?」 그가 묻는다.

나는 육류 리스트를 훑어본다. 쇠고기 찜이 먹고 싶었다. 그러나 나는 결국 영계를 택할 것이다. 영계가 추가로 써놓은 유일한 고기다.

「이 손님께는 영계를 드리고 나는 쇠고기 찜을 줘요, 아가씨.」 그는 차림표를 뒤집는다.「포도주도 마십시다.」 약간 엄숙한 태도다.

「어머.」 웨이트리스가 놀라운 듯 말한다.「별일이네요. 절대로 안 드시는 분이.」

「가끔 포도주 한 잔쯤은 할 수 있지. 앙주 산 로제 한 병만 주겠소?」

독학자는 차림표를 내려놓고 빵을 잘게 뜯는다. 냅킨을 집어 포크와

나이프를 닦는다. 그리곤 신문을 읽는 백발의 남자를 힐끔 보더니 나에게 미소짓는다. 「평소 같으면 나도 책을 한 권 가지고 옵니다. 의사는 너무 빨리 먹고, 또 제대로 씹지 않는다고 충고합디다만 나는 위가 튼튼하지요. 무엇이든 삼킬 수 있습니다. 1917년 겨울 포로로 잡혔을 때였죠. 음식이 형편없어서 모두들 병에 걸렸습니다. 나도 다른 사람들처럼 병든 시늉을 했습니다만, 사실은 말짱했습니다.」

그가 전쟁 포로였다고⋯⋯. 이런 이야기는 처음이었다. 놀라운 일이었다. 어이가 없었다. 독학자 아닌 그는 상상할 수가 없다.

「어디서 포로로 잡혔습니까?」

대답하지 않는다. 그는 포크를 놓고 나를 뚫어져라 쳐다본다. 자기의 걱정거리를 말하려는 것이다. 이제야 생각나는데, 도서관에서 무슨 일이 있었던 것이다. 나는 귀를 쫑긋 세운다. 남의 걱정거리라면 얼마든지 들어주고 싶다. 그것은 나를 변화시킬 것이다. 나는 걱정거리가 없다. 연금생활자처럼 돈은 있지만 눈치볼 윗사람도 없고 아내나 자식도 없다. 나는 존재한다. 그뿐이다. 게다가 내 걱정거리라는 게 애매하고 형이상학적이어서 부끄러울 뿐이다.

독학자는 말하고 싶지 않은 모양이다. 나를 보는 기묘한 눈빛이 그렇다. 바라보는 게 아니라 넋을 나누기 위한 시선이다. 독학자의 넋은 장님 같은 훌륭한 눈까지 솟아올라와 드러나 있다. 나의 넋도 같은 짓을 하여 그 코끝을 유리창에 갖다대면 두 넋들끼리 인사를 나눌 것이다.

나는 넋을 나누고 싶지 않다. 그렇게까지 타락하지는 않았다. 나는 뒤로 물러선다. 그러나 독학자는 나에게 시선을 떼지 않은 채 테이블 위로 몸을 기댄다. 다행히도 웨이트리스가 무를 가지고 왔다. 그는 의자에 털썩 주저앉는다. 눈에서 넋이 사라지고 그는 얌전하게 먹기 시작한다.

「걱정거리는 잘 해결됐나요?」

그는 펄쩍 뛴다. 「무슨 걱정 말씀입니까?」 당황한 듯이 되묻는다.

「아니, 요전에 말씀하시지 않았습니까?」

그는 얼굴을 몹시 붉힌다. 「아!」 서먹서먹한 목소리로 말을 잇는다. 「아! 네, 요전에요. 그건, 그 코르시카 녀석, 도서관의 코르시카 녀석 이야기였죠?」 그리곤 또다시 염소처럼 완고하게 머뭇거린다. 「그건 헛소문입니다. 그것 때문에 선생님을 괴롭히고 싶지는 않습니다.」

나는 강요하지 않는다. 그렇게 보이지는 않지만, 그는 엄청난 속도로 먹고 있다. 내 굴을 가져왔을 때 그는 이미 무를 다 먹어치운 상태였다. 접시에는 초록색 잎사귀와 젖은 소금만 남았다.

두꺼운 종이로 만들어 식당 바깥에 세워 놓은 요리사가 왼손에 든 메뉴 앞에 젊은 커플이 멈춰 선다. 요리사의 오른손에는 프라이팬이 들려 있다. 그들은 잠시 주저한다. 여자는 추운 모양이다. 깃 속에 목을 파묻고 있다. 청년이 결정을 내린 듯 문을 연다. 그리고 여자가 들어가도록 물러선다.

여자가 들어온다. 상냥한 표정으로 주위를 둘러보더니 몸을 약간 떤다. 「따뜻하군요.」 낮은 목소리로 말한다.

젊은이는 문을 다시 닫는다. 「여러분, 실례합니다.」

독학자가 돌아다보고 점잖게 말한다. 「어서 오십시오.」

다른 손님들은 대답하지 않는다. 그 고상한 신사만이 신문 너머로 새로운 손님들을 뚫어지게 쳐다본다.

「고맙소. 됐어요.」

웨이트리스가 손도 채 들어올리기도 전에 젊은이는 경쾌하게 레인코트를 벗는다. 재킷 대신 반짝거리는 장식이 달린 가죽 점퍼를 입고 있다. 웨이트리스는 무안한 표정을 지으며 여자에게 돌아선다. 그러나 젊은이는 웨이트리스보다 먼저 부드럽고 섬세한 솜씨로 파트너의 외투를 벗긴다. 그리고 우리 곁에 나란히 앉는다. 서로 안 지 오래된 것 같지는 않다. 여자는 피곤하면서도 순진한, 약간 샐쭉한 얼굴이다. 모자를 벗고 웃으면서 머리를 흔든다.

독학자는 호의를 가지고 계속 바라본다. 그러다가 나에게 몸을 돌렸다. 「참 아름다운 사람들입니다!」라는 듯이 부드럽게 눈을 끔벅였다.

과연 그들은 밉지 않다. 입을 다물고 있다. 함께 있는 것이 기쁘고, 함께 있는 걸 보여 주는 게 기쁜 모양이다. 안니와 나도 피카딜리의 식당에 갔을 때, 사람들의 정다운 시선을 느끼곤 했다. 안니는 거북해했지만 나는 적이 자랑스러웠다. 무엇보다도 놀라웠다. 나는 그 젊은이처럼 말쑥하게 차려 입은 적도 없었고, 못생긴 얼굴이 감동을 일으키지도 않는다. 다만 젊었을 뿐이다. 지금 나는 남의 청춘을 부러워할 나이다.

하지만 나는 다르다. 여자의 눈빛은 은은하고 부드럽다. 젊은이는 약간 거친 오렌지빛 피부에다 턱은 의지가 굳어 보이도록 조그맣고 사랑스럽게 생겼다. 그들을 보면 흐뭇하지만 한편으론 불쾌하다. 나하고 아주 멀리 떨어진 사람들 같다. 지금은 식당의 온기에 나른해져서 그렇게도 달콤하고 그렇게도 가냘픈 꿈을 함께 쫓고 있다. 그들은 마음을 놓는다. 노란 벽이나 있는 그대로 세계, 바로 그대로의 세계가 좋은 것이라 생각한다. 그리고 상대의 인생 속에서 자기 인생의 의미를 찾는다. 하지만 두 사람은 아무 의미 없는 느리고 덤덤한 인생을 살게 될 것이다. 그것을 깨닫지도 못한 채 말이다.

그들은 두려워하는 것 같았다. 마침내 젊은이는 결심을 했다는 듯 어색하게 파트너의 손끝을 잡았다. 여자는 숨을 깊이 내쉬고 메뉴 위로 함께 몸을 숙인다. 그렇다, 그들은 행복하다. 하지만 그 다음은?

독학자는 즐거운 모양이다. 조금은 신비스러운 얼굴이다. 「그저께 선생님을 보았습니다.」

「어디서요?」

「하하!」 그는 교활하지만 공손한 태도다. 나를 좀 기다리게 한 뒤에 대답했다. 「박물관에서 나오시더군요.」

「아, 네, 그저께가 아니라 토요일이지요.」 내가 고쳐 말한다. 그저께는 박물관을 돌아다니고 싶은 마음이 도무지 없었다.

「선생님은 이탈리아의 명문 귀족 오르시니가 만든 '음모'라는 작품을 보셨습니까? 그 유명한 목각 복제품 말입니다.」

「모르겠는데요.」

「그럴 리가 있습니까? 입구 오른쪽의 소전시실에 있습니다. 코뮌 때 특별 사면이 내리기 전까지 부빌의 어느 헛간에 숨어살았던 폭도의 작품입니다. 미국으로 밀항할 생각이었지만 해양 경찰이 깔려 있었지요.

훌륭한 사람이었답니다. 숨어사는 동안 참나무 널빤지에다 조각을 했던 거지요. 나이프 하나하고 손톱용 줄칼만 가지고 말입니다. 줄칼로는 손이나 눈 같은 섬세한 부분을 새겼습니다. 널빤지는 150센티미터 길이에 폭이 100센티미터나 됐습니다. 작품 전체가 하나로 연결되어 있지요. 제 주먹만한 크기로 70명이 새겨져 있습니다. 그 밖에 황제의 마차를 끌고 가는 말이 두 필 있습니다. 얼굴 말씀입니다만, 선생님, 줄칼로 새긴 얼굴들은 모두 개성적이고 표정이 살아 있습니다. 선생님, 감히 말씀 드리건대 그야말로 감상할 만한 가치가 있는 작품입니다.」

나는 그 이야기에 끌려들고 싶지 않다. 「나는 보르뒤랭의 그림을 다시 보고 싶었을 뿐입니다.」

독학자는 갑자기 풀이 죽었다. 「그 대전시실에 있는 초상화 말씀입니까, 선생님?」 걱정스런 미소를 지어 보이며 말한다. 「그림은 잘 모릅니다만, 보르뒤랭이 위대한 화가라는 것 말고도 뭐랄까, 터치라고 하나요, 솜씨라고 하나요, 그런 것은 저도 좀 압니다. 하지만 선생님, 즐거움, 심미적인 즐거움 같은 건 저하곤 거리가 멉니다.」

나는 그에게 동정적으로 말한다. 「조각이라면 나도 마찬가집니다.」

「아, 선생님! 유감스럽지만 저도 그렇다니까요. 음악이나 춤에 대해서도 마찬가집니다. 그렇다고 완전히 문외한은 아닙니다. 어쨌든 갑갑한 건 요즘 젊은이들은 나보다 반도 모르면서 그림 앞에서는 즐거움을 느낀다는 것입니다.」

「그런 체하는 거겠죠.」 나는 격려하는 것처럼 말한다.

「글쎄요…….」

독학자는 순간 꿈꾸는 듯한 얼굴이 된다. 「제가 슬픈 것은 어떤 즐거움에서 제가 소외되었다는 것이 아니라, 인간 생활의 한 부분이 저에게는 낯설다는 점입니다. 저도 인간이고 '인간들'이 그 그림들을 그렸는데 말입니다……」 그리곤 갑자기 말투를 바꿨다. 「선생님, 미(美)라는 것은 취향의 문제일 뿐이라고 단정할 뻔했습니다. 시대마다 다른 규칙이 있는 게 아닐까요? 용서하십시오, 선생님.」

나는 놀라서 그를 본다. 그는 호주머니에서 검은 가죽 커버를 씌운 수첩을 꺼냈다. 수첩을 잠시 뒤적거린다. 여러 장이 백지인 채로 붉은색 글씨가 띄엄띄엄 몇 줄 적혀 있다. 그러다 얼굴이 창백해진다. 수첩을 냅킨 위에 펴놓고 커다란 손을 얹는다. 이번엔 당황한 듯이 기침을 한다. 「가끔씩 온갖 가지 생각이 떠오릅니다. 대단히 이상한 일입니다. 거기서 책을 읽노라면 갑자기 계시를 받는 느낌입니다. 처음에는 별로 신경 쓰지 않았지만, 나중에는 수첩을 장만하기로 결심했습니다.」 그쯤에서 말을 멈추고 나를 본다. 그리고 묵묵히 기다린다.

「아하!」 나는 관심 있다는 표정을 지었다.

「선생님, 이 격언들은 일시적인 것들입니다. 저의 수업은 끝나지 않았으니까요.」 떨리는 손으로 수첩을 잡는다. 대단히 감동한 듯하다. 「바로 여기에 그림에 대한 것이 있습니다. 이걸 읽어도 될까요?」

「어서 읽어보세요.」

그가 읽는다.

「18세기에는 진리라고 믿던 것을 이제는 아무도 믿지 않는다. 사람들은 왜 18세기의 작품들에서 아직도 쾌락을 찾고자 하는 것일까?」

거기까지 읽고는 애원하는 태도로 나를 바라본다. 「어떻게 생각해야할까요, 선생님? 좀 역설적인 표현이 아닐까요? 제 생각에 기발한 형식을 줄 수 있다고 생각했기 때문입니다.」

「그런데 나…… 나는 참 재미있다고 봅니다.」

「어디서 이런 것을 이미 읽은 적이 있으십니까?」

「없어요, 물론.」

「정말 아무 데서도 읽은 적이 없으세요? 그러면 선생님.」 그는 침울하게 말한다. 「그것은 진실이 아니기 때문입니다. 만약 진실이라면 벌써 누군가 생각했을 겁니다.」

「잠깐만 기다리세요.」 나는 조심스럽게 말한다. 「잘 생각해 보니 비슷한 걸 읽은 듯도 합니다.」

그의 눈이 반짝인다. 그리고 연필을 꺼내며 정확한 어조로 묻는다. 「지은이는요?」

「그게…… 르낭입니다.」

그는 황홀한 표정을 짓는다. 「그 구절을 정확하게 외울 수 있겠습니까?」 연필 끝을 깨물면서 묻는다.

「아주 오래 전에 읽은 것이라…….」

「오, 상관없어요, 상관없습니다.」 그는 수첩의 격언 밑에 르낭의 이름을 적는다. 「내가 르낭과 같은 생각을 하다니! 저는 연필로 그의 이름을 썼습니다만…….」 황홀한 태도로 설명한다. 「저녁에 붉은 잉크로 다시 쓰겠습니다.」

그는 황홀한 듯이 수첩을 바라본다. 나는 그가 다른 격언을 읽을 때까지 기다린다. 하지만 그는 조심조심 수첩을 덮더니 호주머니에 넣어 버린다. 그만한 행복을 느꼈으면 충분하다고 생각한 것이다. 「가끔이라도 이렇게 마음놓고 이야기할 수 있다면 얼마나 즐겁겠습니까?」

예상했던 대로 보도 위의 요란한 소리가 우리의 미지근한 대화를 방해한다. 오랜 침묵이 계속된다. 젊은 커플이 들어온 뒤로 식당의 분위기가 달라졌다. 얼굴이 붉은 남자들은 입을 다문 채 젊은 여자의 매력을 노골적으로 분석한다. 고상한 신사 역시 신문을 내려놓고 공범자처럼 만족스럽게 지켜보고 있다.

노년은 어질고, 청춘은 아름다운 거라고 생각하는 모양이다. 교태를 부리듯 고개를 끄덕거리고 있다. 신사는 아직 외모도 봐줄 만하고 놀라울 만큼 건강하며, 구릿빛 얼굴과 날씬한 체격으로 여자를 유혹할 수 있다고 믿는다. 아버지 같은 감정을 느끼고 있는 것이다. 웨이트리스의 감정은 그보다 더 단순해 보였다. 그녀는 젊은 커플 앞에 서서 입을 벌린 채 바라보고 있다.

그들은 낮은 목소리로 이야기를 나눈다. 오르되브르를 갖다 놓았지만 손도 안 댄다. 귀를 기울이면 무슨 얘기를 하는지 살짝 엿들을 수도 있다. 여자의 목소리가 더 알아듣기 쉽다. 성량이 풍부하고 낭랑하다.

「안 돼요, 장. 안 돼요.」

「왜 안 돼?」 젊은이가 열정적으로 중얼거린다.

「말했잖아요?」

「그건 이유가 안 돼.」

몇 마디는 들릴락 말락 흐려진다. 그러다가 여자는 피곤한 듯 귀여운 몸짓을 한다. 「난 여러 번 시험했어요. 인생을 다시 시작할 나이는 지났어요. 알다시피 난 늙은 걸요.」 젊은이는 조롱하듯 웃는다. 여자는 말을 계속한다. 「절망이랄까, 그런 것은 도무지 참을 수가 없어요.」

「자신을 가져야지.」 젊은이가 힘주어 말한다. 「지금의 당신은 사는 게 아니지.」

여자는 한숨을 내쉰다. 「나도 알아요!」

「자네트를 봐.」

「하기야.」 여자는 뾰로통해져서 대답한다.

「그 여자가 한 일이 참 훌륭하다고 생각해. 용기가 있었어.」

「이보세요.」 젊은 여자가 지적하듯 말한다. 「그 여자는 기회를 물고 늘어진 거예요. 나도 마음만 먹었으면 여러 번 가능했을 거예요. 하지만 기다리는 편이 낫다고 생각했어요.」

「그건 당신이 옳았어.」 그가 부드럽게 말한다. 「나를 기다린 건 잘한 일이야.」

이번에는 여자가 웃는다. 「자신만만하군요. 그런 말이 아니에요.」

나는 더 이상 그들의 이야기에 귀를 기울이지 않았다. 그들은 나를 귀찮게 만든다. 그들은 함께 가서 잘 것이다. 그들도 알고 있다. 남들이 그걸 알고 있다는 것도 다 안다. 하지만 그들은 젊고 순결하고 단정하기 때문에, 또 자신과 상대방의 자존심을 간직하고 싶기 때문에, 그리고 또 연애란 기분을 망쳐서는 안 될 중대한 일이기 때문에 일주일에 몇 번쯤 무도회나 식당에 가서 의식적이며 기계적인 그들의 아늑한 모습을 사람들에게 보여 준다……

결국 시간을 보내야만 한다. 그들은 젊고 건강하다. 아직 30년은 남·
았다. 그래서 서두르지 않는다. 그들은 늑장을 부린다. 사실 그러면 안
될 이유도 없다. 그들이 동침한 다음에는 존재의 커다란 부조리를 감
추기 위해서 다른 일을 찾아야만 할 것이다. 하지만…… 자기를 속이
는 일이 절대로 필요한 것일까?

나는 식당안을 둘러본다. 광대짓이다! 모두들 얌전히 앉아서 먹는
다. 아니다, 먹는 게 아니다. 자신이 맡은 일을 잘 해내기 위해서 원기
를 회복하고 있다. 각자 자기가 존재한다는 것을 알아차리지 못하게
하는 개인적이고 쓸데없는 고집을 가지고 있다. 자기가 누군가에게, 또
는 무엇에서 없어서는 안 될 존재라고 생각하지 않는 사람은 아무도 없
다. 요전날 독학자도 말하지 않았던가.

「이 방대한 내용을 전부 다루기에는 누사피에만한 사람이 없었습니
다, 안 그렇습니까?」

다들 제각기 부질없는 짓을 하고 있다. 그 일에 자기보다 적당한 사
람은 없다고 생각한다. 하지만 치약 하나를 팔더라도 저기에 있는 세
일즈맨보다 못하다. 곁에 앉은 여자의 스커트 속을 주물럭거리는 데
저 흥미로운 청년보다 익숙한 사람은 없다. 그런데 나는 그들 틈에 있
고, 만약 그들이 나를 본다면 내가 하는 짓을 나보다 더 잘 해낼 사람은
아무도 없다고 생각할 것이다. 그러나 나는, '나는 안다.' 나는 아무렇
지도 않은 체하고 있지만, 내가 존재하며 그들도 존재한다는 것을 안
다. 그리고 내가 남을 설득시키는 능력이 있다면 백발의 신사 곁에 앉
아 존재란 무엇인가를 설명했을 것이다. 그가 지을 표정을 상상하니

웃음이 쏟아진다. 독학자는 깜짝 놀라서 나를 본다. 나는 웃음을 멈추고 싶지만 그럴 수가 없다. 눈물이 날 정도로 웃는다.

「즐겁군요, 선생님.」 독학자는 조심스럽게 말한다.

「여기서 우리의 귀중한 존재를 유지하기 위해 먹고 마시지만, 존재의 이유는 아무것도 없다고 생각한 겁니다.」 나는 웃으면서 설명한다.

독학자는 신중해졌다. 나를 이해하려고 노력하는 모양이다. 내가 너무 심하게 웃었나 보다. 서너 명의 시선이 몰리는 것을 보았다. 그렇게 많이 지껄인 걸 후회한다. 어쨌든 그것은 아무하고도 상관없는 일이다.

그는 천천히 되풀이한다. 「존재하는 데는 어떠한 이유도…… 선생님은 인생에는 목적이 없다는 말씀이겠지요? 이를테면 페시미즘이라는 것 아닙니까?」 잠시 생각에 잠겨 있다가 부드럽게 말을 잇는다. 「몇 해 전에 미국 작가의 책을 읽었습니다. 『인생은 살 가치가 있는가?』라는 책이었습니다. 선생님이 생각하시는 게 바로 이런 것 아닌가요?」

분명히 아니다. 내가 생각하는 건 그게 아니다. 그러나 아무 설명도 하고 싶지 않다.

「그 작가는…….」 독학자는 위로하는 말투로 입을 연다. 「자발적인 낙관주의를 두둔하는 것으로 결론 짓고 있습니다. 즉 인생이란 의미를 두려고만 한다면 의미가 있는 것입니다. 우선 계획 속으로 뛰어들어가 행동해야만 합니다. 그 다음에 가만히 생각해 보면 운명은 이미 결정되었다는 것입니다. 선생님은 어떻게 생각하십니까?」

「아무 생각도 없습니다.」 하지만 그 세일즈맨이나 젊은 커플, 혹은 백발의 신사가 영원히 되풀이하고 있는 것은 분명히 허위라고 생각한다.

독학자는 약간 간악하게, 그리고 엄숙하게 미소를 짓는다. 「그것은 제 의견이 아닙니다. 저는 삶의 의미를 그렇게 멀리서 찾을 필요는 없다고 봅니다.」

「그래요?」

「목적이 있습니다. 선생님, 목적이 있어요……. 인간이 있어요.」

옳은 말이다. 나는 그가 휴머니스트라는 걸 잊고 있었다. 그는 잠깐 동안 가만히 있다. 그 동안 깨끗하게, 그리고 무정하게 쇠고기 찜 반 접시와 빵 한 조각을 먹어치웠다. '인간이 있어요……' 라는 말로써 인간미가 있는 그는 자기 자신을 완전하게 묘사했다. 그렇다. 하지만 그것을 잘 표현할 수는 없다. 애정이 그의 두 눈에 넘쳐흐른다. 논의할 여지가 없는 일이다. 그러나 애정만으로는 부족하다. 예전에 파리의 휴머니스트들과 왕래한 적이 있었다. 그들이 '인간이 있지요……' 라고 말하는 걸 수백 번이나 들었지만, 독학자가 말한 것하고는 성질이 다르다! 뷔르강에게는 견줄 만한 사람이 없었다. 그는 살덩어리로 뭉친 자기의 적나라한 모습을 보여주려는 듯이 안경을 벗고, 피로하고 무겁고 측은한 눈으로 나를 들여다본다. 나의 인간적인 본질을 포착하기 위해 나를 벌거벗기려는 듯한 눈이었다. 그리고는 리듬을 살려 '인간이 있다' 고 중얼거리곤 했다. 「인간이 있다니까. 여보게, 인간이 있어」라고 말할 때, 그 '있다' 는 말을 서투르게 강조함으로써 영원히 신선하고 놀랄 만한 가치가 있는 인간에 대한 사랑이 그 커다란 날개 속에서 당황하는 듯했다. 독학자의 몸짓에는 그러한 부드러움이 없었다. 그의 인간애는 천진하고 촌스럽다. 그는 촌스런 휴머니스트다.

「인간은…….」 나는 그에게 말한다. 「인간…… 어쨌든 당신은 인간에 대해 그다지 걱정하지 않는 것 같습니다. 당신은 늘 책에만 파묻혀 있으니까요.」

독학자는 손뼉을 치며 교활하게 웃기 시작한다. 「선생님의 오해입니다. 아, 실례의 말씀 같습니다만 천부당만부당한 오해입니다.」

그는 잠시 생각에 잠겼다가 얌전하게 음식을 삼켜 버린다. 얼굴이 먼 동처럼 빛나고 있다. 뒤에서는 젊은 여자가 가벼운 웃음을 터뜨린다. 파트너는 여자에게 몸을 굽혀 귓가에 속삭인다.

「선생님의 오해는 너무 자연스러울 뿐입니다.」 독학자가 설명을 시작한다. 「오래 전에 말씀드렸어야 했습니다만…… 저는 참 소심합니다. 선생님! 저는 그 기회를 찾고 있었습니다.」

「그 기회를 발견했군요.」 나는 친절하게 말한다.

「저도 그렇게 생각합니다. 그렇게 생각해요! 제가 말씀드리려는 것은…….」 그는 얼굴을 붉히면서 말을 멈춘다. 「그러나 선생님에게 폐가 되지 않을까요?」

나는 그를 안심시킨다. 그는 행복에 겨운 듯 한숨을 쉰다. 「선생님처럼 넓은 시야와 날카로운 지성을 고루 갖춘 분을 만나기가 그리 쉬운 일이 아닙니다. 몇 달 전부터 선생님을 뵙고 그전에 제가 어땠는지, 지금은 어떻게 되었는지 다 설명하고 싶었습니다…….」

그의 접시는 지금 막 가져온 것처럼 깨끗하게 비었다. 나는 문득 내 접시 옆에서 주석으로 만든 조그마한 접시를 발견한다. 갈색 소스 속에서 영계 다리가 헤엄치고 있다. 그것을 먹어야만 한다.

「아까 독일에서의 포로 생활을 말했습니다. 그때 모든 것이 시작됐습니다. 전쟁 전에 무척 고독했지만 깨닫지 못했습니다. 부모님하고 살았는데, 좋은 분들이었지만 저하곤 맞지 않았습니다. 그 시절을 생각하면…… 어떻게 그렇게 살았는지 모르겠어요. 저는 죽어 있었습니다. 선생님, 저는 모르고 있었어요. 우표 수집을 했지요.」 그쯤에서 나를 쳐다보더니 말을 멈춘다. 「선생님, 안색이 창백하군요. 피곤하신 것 같습니다. 제 얘기가 지루하지 않으세요?」

「아니, 재미있습니다.」

「전쟁이 일어났습니다. 별 이유도 없이 입대했지요. 아무것도 모른 채 두 해를 지냈습니다. 전선의 생활이란 게 생각할 시간도 없고, 병사들이란 너무 야비하기 때문입니다. 1917년 말에 포로가 됐습니다. 많은 병사들이 포로가 되면서 유년 시절의 신앙을 되찾았다고들 하더군요.」 독학자는 불타오르는 눈동자를 내리깔면서 계속한다. 「선생님, 저는 신을 믿지 않습니다. 신의 존재는 과학에 의해서 부정되고 있습니다. 그러나 저는 포로수용소에서 인간을 믿었습니다.」

「그들은 용감하게 운명을 따르고 있었나요?」

「네.」 그는 애매하게 대답한다. 「그런 일도 있기는 했습니다. 게다가 우리는 대우를 잘 받았습니다. 그러나 제가 하고 싶은 이야기는 다릅니다. 전쟁이 끝날 무렵, 몇 달 동안 그들은 우리에게 일거리를 주지 않았습니다. 비가 오면 판자로 만든 커다란 헛간에 집어넣어져 2백 명이 얼싸안고 있었습니다. 문이 닫히면 완전한 암흑이었죠. 거의 완전한 암흑…….」 그는 잠시 머뭇거린다. 「잘 설명할 수가 없습니다, 선생님. 포로들이 전부 들어왔고, 또 서로 볼 수는 없었지만 숨소리는 들렸습니다……. 처음에는 숨이 멎어 버릴 지경이었습니다. 그러다가 갑자기 강렬한 기쁨이 솟아났습니다. 저는 실신하기 직전이었습니다. 그때 이 사람들을 형제처럼 사랑하고 있다는 걸 느꼈습니다. 그들을 모두 껴안고 싶었죠. 그때부터 헛간에 갈 때마다 같은 기쁨을 느꼈습니다.」

나는 영계를 먹어야 한다. 식었을 것이다. 독학자는 다 먹은 지 오래됐고, 웨이트리스가 접시를 바꾸려고 기다린다.

「제가 보기에 그 헛간은 신성한 곳이었습니다. 간혹 감시병을 용케 따돌리고 혼자 기어 들어가, 암흑 속에서 맛본 기쁨을 더듬으며 도취되곤 했습니다. 시간 가는 줄도 몰랐지요. 가끔은 흐느껴 울기도 했습니다.」

병이 난 모양이다. 나를 휘어잡는 그 엄청난 분노를 어떻게 설명해야 할지 모르겠다. 그렇다, 병적인 분노다. 손이 떨리고 얼굴은 벌겋게 달아올랐다. 나중에는 입술까지 떨리기 시작했다. 이 모든 건 단순히 영계가 식었기 때문이다. 게다가 나까지 몸이 식었다는 게 가장 괴로웠던 것이다. 뼛속이 서른여섯 시간 전부터 싸늘하게 식어 버렸던 것이다. 분노가 내 속에서 회오리바람처럼 지나갔는데, 그것은 전율 같은 것, 또는 체온 저하와 싸우기 위한, 그것에 반발하기 위한 내 의식의 노력이었다. 헛된 노력이었다. 나는 별것도 아닌 일을 가지고 욕을 퍼부으며 독학자나 웨이트리스를 때려눕혔을지도 모른다. 그렇게 해도 직성이 풀리진 않았을 것이다. 내 노여움은 겉에서만 몸부림치고 있었다. 그리고 내가 불꽃에 둘러싸인 얼음덩어리가 된 느낌이 들었다.

이러한 동요가 사라지자 독학자의 말이 들렸다. 「저는 일요일마다 미사에 가곤 했습니다. 절대로 신자는 아닙니다, 선생님. 그러나 미사의 진실한 신비는 인간들 사이의 교감이라고 말할 수 있겠지요? 팔이 한쪽밖에 없는 프랑스 종군 신부의 미사를 봤습니다. 오르간이 있었습니다. 우리는 일어서서 모자를 벗었지요. 오르간 소리에 감동 받고 있는 동안 주위 사람들하고 하나가 된 느낌이었습니다. 그 미사를 얼마나 좋아했는지 모릅니다. 지금도 그 미사가 떠오르면 일요일 아침에 성당에 가곤 합니다. 성 세실 성당에 훌륭한 오르가니스트가 있습니다.」

「가끔 그 생활이 그리워졌겠군요.」

「네, 그렇습니다. 1919년에 포로수용소에서 풀려났습니다. 석 달 내내 고통스러운 시간이었습니다. 어쩔 줄을 모르겠더군요. 그대로 쇠약해졌습니다. 저와 비슷한 사람들이 모여 있는 걸 볼 때마다 끼여들곤 했죠. 어떤 때는…….」 그는 웃으면서 말을 덧붙인다. 「알지도 못하는 장례식을 따라갔습니다. 하루는 절망감을 이기지 못해 우표책을 불 속에 던져 버렸습니다……. 그러나 제 갈 길을 찾았습니다.」

「그러세요?」

「누가 충고를 하더군요……. 선생님, 저는 선생님의 신중함을 믿고 있습니다. 선생님 생각은 다를지 모르겠습니다만, 이해심이 많으시니까 드리는 말씀인데 저는 사회주의자입니다.」 그는 눈을 내리깐다. 기다란 속눈썹이 움직인다. 「1921년 9월부터 사회주의 단체인 SFIO에 입당했습니다. 제가 하고 싶은 말이 바로 이것입니다.」

그의 얼굴이 자부심으로 빛난다. 고개를 젖히고 눈을 어렴풋이 감은 채 입을 살짝 벌리고 나를 바라본다. 순교자 같다.

「좋습니다.」 나는 흔쾌하게 말한다. 「참 훌륭한 일이지요.」

「선생님, 선생님이 찬성할 줄 알았습니다. 그런데 ‘나는 이렇게 저렇게 내 삶을 처리했다’거나, 또 ‘나는 지금 아주 행복하다’고 선생님께 말하는 사람을 비난할 수 있을까요?」

그는 두 팔을 벌리고 손바닥을 보여 준다. 손가락들이 낙인을 찍을 것처럼 아래로 처져 있다. 두 눈은 희끄무레한 유리 같고, 입 속에서는 불그레한 덩어리가 구르는 것이 보인다.

「아, 행복하시다니…….」

「행복?」 그의 눈길이 거북하다. 엄숙한 시선으로 나를 본다. 「선생님은 그걸 판단할 수 있을 겁니다. 그런 결정을 하기 전에, 저는 자살을 꿈꿨을 정도로 무서운 고독에 잠겨 있었습니다. 저를 자살에서 구한 것은, 아무도, 단 한 사람도 나의 죽음을 안타까워하지 않을 테고, 죽음 속에서 더 고독하리라는 생각이었습니다.」 자세를 고쳐 앉는다. 두 볼이 불룩해진다. 「저는 이미 고독하지 않습니다. 절대로 그렇지 않습니다.」

「아하, 당신은 많은 사람을 알게 되었군요.」

그는 미소를 짓는다. 나는 곧 나의 천진함을 깨닫는다.

「이제는 더 고독하다고 ‘느끼지’ 않는다는 말입니다. 물론 제가 누구랑 같이 있을 필요는 없습니다.」

「그렇지만 사회주의자들의 모임에서는…….」

「아, 저는 그 모임의 사람들을 잘 압니다. 그러나 이름만 알 따름이
죠. 그런데 선생님.」 그는 장난꾸러기 같은 태도로 말한다. 「그렇듯 옹
졸하게 동지를 찾아야만 하나요? 내 친구는 모든 사람들입니다. 아침
출근길에 보면 제 앞에도 뒤에도 각자 일터로 가는 사람들이 있습니
다. 저는 그들을 눈여겨봅니다. 수줍음만 없다면 그들에게 미소를 보
낼 것 같아요. 저는 사회주의자입니다. 그들 모두가 제 생활과 노력의
목적이죠. 그들이 아직 모를 뿐입니다. 저에게는 향연입니다.」

그는 눈빛으로 묻는다. 나는 고개를 끄덕여 동의를 표시한다. 하지
만 그가 약간 실망했음을, 좀더 열광적인 것을 기대했음을 안다. 내가
무엇을 할 수 있단 말인가? 그가 털어놓은 말 속에서 남의 말을 빌린
것, 인용한 것들을 알았다면 그것은 나의 잘못일까? 그가 말하는 동안
내가 아는 휴머니스트들을 떠올렸다면? 아아, 불행하게도 나는 휴머니
스트를 많이 안다! 급진적인 휴머니스트는 특히 관리들의 친구다. 이
른바 '좌익'이라는 휴머니스트는 주로 인간적 가치를 수호하는 데 머
리를 쓴다. 그는 당파에 속하지 않는다. 인간을 배반하고 싶지 않기 때
문이다. 그의 동정은 가난한 사람들에게 쏠린다. 가난한 사람들에게
가장 거룩한 자기의 고전적인 교양을 바치는 것이다.

일반적으로 그런 휴머니스트는 아름다운, 그러나 늘 눈물이 글썽거
리는 눈을 가진 홀아비다. 기념일마다 눈물을 흘린다. 또한 고양이나
개 같은 포유 동물을 사랑한다. 공산주의 작가는 제2차 5개년 계획 이

래로 인간을 사랑한다. 그는 인간을 사랑하는 까닭에 인간에게 벌을 준다. 강한 자들이 그렇듯이, 신중하게 자기의 감정을 감출 줄도 안다. 그러나 시선이나 억양으로 재판관 같은 거친 말투 속에서, 동포에 대한 엄혹하고도 부드러운 정열을 느끼게 할 줄 안다. 가톨릭의 휴머니스트, 선각자, 막내둥이는 경탄 어린 태도로 인간에 대해서 이야기한다. 런던 부두 노동자의 생활, 구두 공장 여직공의 생활, 그러나 가장 가난한 생활은 천사의 이야기처럼 그 얼마나 아름다우냐고 말한다. 천사들의 휴머니즘을 선택한 것이다. 그는 천사들을 선도하기 위해 슬프고도 아름다운 장편 소설을 쓴다. 그 작품은 종종 페미나 상을 받는다.

그런 사람들은 이를테면 주역들이다. 다른 종류의 휴머니스트들, 구름처럼 많은 다른 휴머니스트들도 있다. 맏형처럼 형제들 위에 허리를 굽히면서 책임감을 느끼는 휴머니스트 철학자, 인간을 있는 그대로 사랑하는 휴머니스트, 인간을 이상적으로 사랑하는 휴머니스트, 인간의 동의를 얻어 인간을 구원하려는 휴머니스트, 인간의 의지와 관계없이 인간을 구원하려는 휴머니스트, 새로운 신화를 창조하려는 휴머니스트, 낡은 신화에 만족하는 휴머니스트, 인간 속에 있는 그 죽음을 사랑하는 휴머니스트, 인간 속의 그 생명을 사랑하는 휴머니스트, 사람을 웃기기 위해서 언제든지 웃음보따리를 가지고 다니는 즐거운 휴머니스트, 특히 밤샘을 할 때 만나는 우울한 휴머니스트. 그들은 저희들끼리 서로 증오한다. 물론 인간이 아닌 개인으로서 말이다. 독학자는 그것을 모른 채 이것들을 자기 안에 부둥켜안고 있다. 그들은 독학자가 모르는 사이에 서로 물어뜯는다.

그는 이미 신뢰를 잃은 태도로 나를 바라본다. 「선생님은 저처럼 생
각하지 않으세요?」

「그건 좀…….」

불안하고 약간은 오기 어린 그의 태도 앞에서 그를 실망시킨 걸 잠시
후회한다. 그러나 그는 친절하게 말을 잇는다. 「저는 압니다. 선생님은
선생님대로 연구하시는 게 있고, 저작이 있고, 그래서 선생님 나름으로
같은 목적을 위해서 일하고 계십니다.」

'나의' 저작, '나의' 연구라고? 멍청이 같으니. 그보다 더 큰 실수는
없다.

「내가 책을 쓰는 건 그런 이유가 아닙니다.」

독학자의 얼굴이 변한다. 적의 기미를 알았다는 태도다. 지금껏 그
에게서 본 적이 없는 표정이다. 우리들 사이에서 무언가 죽은 것이다.

그는 놀란 체하면서 나에게 묻는다. 「그렇지만…… 실례를 용서해
주신다면 여쭙겠는데, 선생님은 대체 왜 글을 쓰십니까?」

「그건요…… 모르겠는데요. 그저 쓰기 위해서지요.」

그는 웃어젖힐 수 있는 유리한 입장이다. 자기가 나를 궁지에 몰아넣
었다고 생각한다. 「무인도에서야 글을 쓰시겠습니까? 사람들이 읽으
라고 쓰는 것이 아닐까요?」

언제나 의문형으로 말을 맺는 건 그의 버릇이다. 실제로는 이미 단정
을 지어 버렸다. 그는 온순함과 소심함의 껍데기를 벗어 버렸다. 나는
더 이상 그를 알지 못한다. 그는 고집스러워 보인다. 그것은 만족의 벽
이다.

놀라움에서 채 깨어나지 않았는데, 그의 목소리가 들린다. 「어떤 사회 범주에 속하는 사람들, 어떤 그룹의 동지들을 위하여 쓴다고 한다면 수긍할 수도 있겠지요. 선생님은 후세를 위해 쓰시는 것 같군요…….하지만 생각이야 어떻든 선생님도 결국은 그 누구를 위해서 쓰시는 거 아니겠습니까?」

그는 대답을 기다린다. 내가 대답이 없자 어렴풋이 미소를 짓는다. 「선생님은 미장트로프가 아닌가요? 몰리에르의 희곡 〈미장트로프〉에 나오는 미장트로프요. 인간을 혐오하는 사람이죠.」

나는 타협하려는 그의 허위 의식이 무엇을 감추고 있는지 잘 안다. 결국 나에게 조그마한 일, 즉 예의를 받아 달라는 것뿐이다. 하지만 그 것은 함정이다. 내가 동의한다면 독학자는 우쭐해할 것이다. 독학자는 곧 뒤따라와서 나를 앞지를 것이다. 휴머니즘은 모든 인간의 태도를 한꺼번에 용해시키고 말기 때문이다. 만약 정면에서 충돌한다면 우리는 그 계략에 빠져 버리고 만다. 휴머니즘은 그 반대되는 것들을 먹고 산다. 완고하고 시야가 좁은 인간 족속, 지독한 족속이 있다. 그들은 휴머니즘과의 싸움에서 언제나 진다.

휴머니즘은 모든 폭력이나 과격 행위를 소화해서 그것으로 희고 부드러운 림프액을 만든다. 휴머니즘은 반주지주의(反主知主義), 마니교, 신비주의, 염세주의, 또는 무정부주의나 자기본위주의들을 모두 소화한다. 그것들은 휴머니즘에서만 정당성이 증명될 수 있는 단계이며 불안전한 사상에 불과하다. 미장트로프도 이 콘서트를 한몫 거들고 있다. 미장트로프주의라는 것도 모든 마음에 필요한 불협화음에 불과하다. 미장트로프도 인간이다. 따라서 휴머니스트는 어떤 의미에서는 미장트로프일 수밖에 없다. 그러나 과학적인 미장트로프다. 그는 자기의 증오를 적당하게 배합할 줄 알며, 훗날 인간을 더 사랑하기 위해서 먼저 인간을 증오하는 것에 불과하다.

나는 설득 당하는 것도, 나의 붉은 피가 이 림프액을 가진 짐승을 기름지게 하는 것도 원하지 않는다. 나는 '반휴머니스트'라고 자인하는 어리석은 짓도 안 할 것이다. 나는 휴머니스트가 '아니다.' 그뿐이다.

「나는……」 나는 잘라 말한다. 「인간을 사랑할 수도 미워할 수도 없다고 생각합니다.」

독학자는 보호자처럼 의젓하게 바라본다. 그리고 무심하게 중얼거린다. 「그들을 사랑해야만 합니다. 그들을 사랑해야만…….」

「누구를 사랑해야 하죠? 여기 있는 사람들 말이오?」

「여기 있는 사람들, 그리고 모든 사람들을 사랑해야 합니다.」

그는 청춘에 빛나는 커플을 돌아다본다. 사랑해야 할 사람들이 바로 거기에 있다. 이번에는 백발 신사를 흘끔 본다. 그리곤 나에게 시선을 옮긴다. 나는 그의 얼굴에서 무언의 질문을 읽고, 고개를 가로 저어서 '아니'라고 대답한다. 그는 내가 불쌍하다는 표정을 짓는다.

「당신 역시 그들을 사랑하지 않죠?」 나는 답답해서 말한다. 「정말 그럴까요? 그렇지 않다고 생각하는데요.」

그는 다시 공손해졌다. 즐기는 사람처럼 눈을 아이러니컬하게 뜬다. 그는 나를 증오한다. 이 미치광이를 동정하는 것은 큰 잘못이다. 이번에는 내가 질문한다. 「그러면 당신은 저 뒤에 있는 두 사람을 사랑한단 말이죠?」

그는 또 그들을 바라보고 가만히 생각한 뒤에 입을 연다. 「선생님은 제게…….」 의심스럽게 말을 잇는다. 「제가 그들을 알지도 못하면서 사랑한단 말을 하게 만들려는 거죠? 사실 저는 그들을 모릅니다……. 적어도 사랑이란 게 진정으로 아는 것을 의미한다면 말입니다.」 그는 거만하게 웃는다.

「그럼 당신은 무엇을 사랑합니까?」

「저는 그들이 젊다는 걸 보고 있습니다. 제가 그들을 사랑하는 것은 그 젊음입니다. 특히 그것입니다.」 그는 말을 멈추고 귀를 기울인다. 「그들의 이야기를 알아들을 수 있습니까?」

알아들다 뿐인가! 젊은이는 주변의 호의에 힘입어 작년에 르아브르 클럽과 싸워 이긴 축구 얘기를 떠벌리고 있다.

「이야기를 하고 있군요.」 나는 독학자에게 대답한다.

「아, 그래요! 저는 못 알아듣겠습니다. 그러나 목소리는 들립니다. 부드러운 목소리와 굵은 목소리가 엇갈리고 있군요. 그것은…… 참 사랑스럽습니다.」

「하지만 나는 불행하게도 그들의 이야기를 알아듣지요.」

「그래요?」

「그들은 희극을 하고 있지요.」

「정말요? 아마 청춘의 희극이겠죠?」 빈정거리는 말투다. 「제 생각엔 그것도 쓸모 있을 것 같은데요. 우리 나이가 되면 그런 희극도 못할 거 아닙니까?」

나는 그가 빈정대는 걸 못 들은 체하며 말을 잇는다. 「당신은 그들과 등을 맞대고 있습니다. 그들의 얘기가 들리지도 않고…… 여자의 머리가 무슨 색이죠?」

그가 당황한다. 「저…….」 젊은이들을 곁눈질하더니 확신을 가지고 대답한다. 「검정색입니다!」

「그것 보세요!」

「네?」

「당신은 저 두 사람을 사랑하지 않습니다. 틀림없습니다. 길거리에서 만나도 그들을 알아볼 수조차 없을 겁니다. 당신에게 그들은 상징에 불과하니까요. 당신이 흐뭇해하는 것은 절대 그들이 아닙니다. '인간의 청춘', 특히 '남녀의 사랑', '인간의 목소리'지요.」

「그렇다면요? 그것은 존재하지 않나요?」

「물론 아닙니다. 그것은 존재할 수 없지요! '청춘'도 '성년'도 '노년'도 '죽음'도…….」

돌배 열매처럼 노랗고 단단한 독학자의 얼굴이 잔뜩 굳었다. 그런데도 나는 말을 계속한다. 「당신 뒤에서 비시수를 마시는 노신사도 마찬가지지요. 당신은 그의 '성년'을 사랑한다는 생각이 드는군요. 용기를 가지고 만년을 향해 걸어가며, 자신을 흘러가는 대로 내버려두고 싶지 않기 때문에 차림새에 신경을 쓰는 그 성년이지요?」

「그럼요.」 그는 도전하듯이 말한다.

「그래, 당신은 저 사람을 더러운 녀석이라고 생각하지 않소?」

그는 웃는다. 그는 나를 경솔하다고 생각하고 백발로 둘러싸인 아름다운 얼굴에 시선을 던진다. 「그러나 선생님, 그가 비록 선생님의 말씀처럼 보인다 해도 어떻게 그 얼굴로 인간을 판단할 수 있을까요? 얼굴이란 가만히 있을 때는 아무것도 드러내지 않습니다.」

눈먼 휴머니스트들이여! 그 얼굴은 그만큼 여러 가지 '말을 하고' 그만큼 분명한데, 그러나 휴머니스트의 부드럽고 추상적인 넋은 결코 얼굴이 가진 의미에 동요하지 않는다.

독학자가 묻는다. 「어떻게 한 인간을 '규정'하고, 그 인간이 '이렇다' '저렇다' 말할 수 있을까요? 누가 인간을 속속들이 알 수 있을까요? 누가 인간의 온갖 능력을 다 알 수 있을까요?」

한 인간을 속속들이 알다니! 나는 독학자가 자기도 모르는 사이에 그 표현을 빌려 쓴 가톨릭의 휴머니즘에 대하여 지나가는 말로 경의를 표한다.

「압니다. 모든 사람들이 훌륭하다는 걸 알죠. 당신도 훌륭하고 나도 훌륭합니다. 물론 신의 창조물로서 말이죠.」

그는 알아듣지 못한 채 나를 보다가 어렴풋이 미소짓는다. 「농담을 하는군요. 그러나 모든 사람들이 우리의 찬탄을 받을 자격이 있다는 건 사실입니다. 선생님, 한 인간이 된다는 것은 어려운 일입니다. 대단히 어려운 일입니다.」

그는 자기도 모르는 사이에 그리스도적인 인간애를 떠나 버렸다. 그는 머리를 끄덕인다. 그리고 미메티슴(mimetisme : 의태)이라는 신기한 현상에 의해서 저 가엾은 게노와 비슷해진다.

「미안합니다. 그러나 내가 인간이란 것에 확신을 가질 수가 없습니다. 그게 어렵다고 생각한 적이 없거든요. 그저 되는대로 살아가면 된다고 생각했지요.」

독학자는 솔직하게 웃지만 눈초리는 여전히 날카롭다. 「선생님은 너무 겸손하십니다. 선생님의 조건, 즉 인간 조건을 참아 나가기 위해서는 선생님도 사람들처럼 많은 용기가 필요합니다. 선생님, 죽음의 순간이 닥쳐오는 걸 알면서도 미소를 지을 수 있지요. 자, 그것은 훌륭하지 않습니까? 선생님의 가장 무의미한 행동 속에⋯⋯.」 그리고 혹독하게 덧붙여 말한다. 「무한한 영웅주의적 요소가 있습니다.」

「디저트는 무얼로 하시겠어요?」 어느새 웨이트리스가 다가와 묻는다.

독학자는 얼굴이 하얗다. 눈시울이 돌처럼 움직이지 않는 눈을 반쯤 덮었다. 나를 보고 선택하라는 듯 힘없이 손짓한다.

「치즈요.」 나는 거만하게 말한다.

「선생님은?」

그는 깜짝 놀란다. 「응, 그래. 난 안 먹겠어. 그만 먹겠어.」

「루이즈!」

뚱뚱한 사나이 둘이 계산을 치르고 나가 버린다. 그 중 한 사람은 절뚝거린다. 주인이 그들을 문까지 바래다준다. 그들은 귀한 손님들이다. 얼음통에 넣은 포도주를 마신 손님들이다.

나는 후회하면서 독학자의 얼굴을 본다. 그는 일주일 내내 자기의 인간애를 남에게 알릴 수 있는 이 점심 식사를 생각하면서 즐거워했던 것이다. 그는 말할 기회가 거의 없다. 그런데 내가 그의 기쁨을 망쳐 버린 것이다. 결국은 그도 나처럼 고독하다. 그를 걱정하는 사람은 아무도 없다. 다만 그는 자기의 고독을 알지 못할 뿐이다. 그렇다. 하지만 그를 눈뜨게 만드는 건 내 일이 아니다. 나는 몹시 거북하다.

화가 치민다. 그에게 화나는 게 아니고, 뷔르강 같은 놈들과 다른 사람들, 그 가엾은 두뇌를 독살시킨 모든 놈들이 화난다. 내가 그들을 끌고 올 수 있다면 해줄 말이 많다. 독학자에게는 아무 말도 하지 않겠다. 그에게는 동정심을 느낄 뿐이다. 그는 아실 씨 같은 부류의 인간으로 내 편이지만, 무지와 선의로 우리를 배반할 사람이다.

독학자의 떠나갈 듯 커다란 웃음소리가 나를 우울한 공상에서 깨어나게 한다.

「용서하세요. 그러나 제 인간애의 깊이와 저를 그들에게로 이끌어가는 비약의 힘을 생각하고, 그리고 우리가 여기 앉아서 서로 이론을 따지고 토론하는 것을 보면…… 저는 웃음이 절로 나옵니다.」

나는 아무 말도 않고 어색하게 웃는다. 웨이트리스는 내 앞에 석회색이 도는 치즈 한 조각이 담긴 접시를 갖다 놓는다. 나는 식당 안을 한바퀴 둘러보았다. 심한 구토증이 일어난다. 내가 여기서 무엇을 하고 있단 말인가? 내가 왜 휴머니즘에 대한 토론에 말려들었던가? 사람들은 왜 여기에 있는가? 그들은 왜 먹는가? 그들은 사실상 자기들이 존재한다는 걸 모른다. 나는 떠나가고 싶다. 어디든지 정말 '나의 자리' 라고 할 수 있는, 그 속에 나를 집어넣을 수 있는 그런 곳으로 가고 싶다……. 그러나 내 자리는 아무 데도 없다. 나는 나머지 같은 무의미한 존재다.

독학자의 태도가 누그러진다. 내가 계속 저항할까 봐 두려워한다. 내가 말한 걸 모두 잊고 싶어한다. 비밀 이야기라도 하듯이 나에게 허리를 굽힌다. 「결국 선생님은 그들을 사랑하십니다. 저처럼 사랑하시는 겁니다. 우리는 표현이 달랐던 겁니다.」

나는 더 이상 말할 수가 없다. 고개를 숙인다. 독학자의 얼굴이 내 얼굴 바로 앞에 있다. 그는 내 얼굴을 똑바로 보면서 악몽 속에서처럼 싱겁게 웃는다. 나는 도저히 삼키기 싫은 빵조각을 억지로 씹는다. 인간들, 인간들을 사랑해야 한다. 인간들은 훌륭하다. 나는 토하고 싶다. 아니나다를까, 갑자기 솟구쳤다. '구토' 다.

심한 발작이다. 온몸이 떨린다. 1시간 전부터 이 발작이 오리라는 걸 알았다. 다만 인정하고 싶지 않았을 따름이다. 입 속의 치즈 냄새……. 독학자는 지껄인다. 그의 목소리가 내 귀에 부드럽게 윙윙거린다. 그러나 무슨 이야기를 하는지 전혀 모르겠다. 나는 기계적으로 고개를 흔들어 동의를 표시한다. 내 손은 디저트 나이프의 손잡이 위에서 경련을 일으킨다. 나는 흑단나무로 만든 나이프 손잡이를 '느끼고' 있다. 내 손, 그 나이프를 가만 놔두고 싶다. 무엇이고 만져 봤자 무슨 소용이 있단 말인가? 물건은 사람이 만지라고 만든 게 아니다. 가능한 한 그것들을 피해서 그 물건들 사이로 살그머니 미끄러져 가는 게 더 낫다. 사람들은 간혹 그 중의 하나를 집어든다. 그러나 되도록 빨리 내려놓지 않을 수 없다. 나이프가 접시 위에 떨어진다. 그 소리에 백발 신사가 깜짝 놀라서 나를 본다. 나는 나이프를 다시 주워서 칼날을 테이블에 대고 휘어 버린다.

이것이, 이 눈부시게 명백한 사실이 바로 그 '구토'란 말인가? 하지만 나는 머리를 얼마나 쥐어짰던가. 글도 많이 썼다. 나는 이제 안다. 나는 존재한다. 세계는 존재한다. 그리하여 나는 세계가 존재한다는 것을 안다. 그뿐이다. 그래도 나에게는 마찬가지다. 모든 것이 매한가지라는 건 이상한 일이다. 무서운 일이다. 내가 돌팔매질을 하려고 했던 바로 그날부터 그렇다. 나는 조약돌을 던지려고 했다. 그 돌을 바라보았다. 모든 것이 시작된 건 바로 그때다. 나는 그 돌이 '존재'한다는 걸 느꼈다. 그 다음에 다른 '구토'가 생겼다. 때때로 물건들이 손안에서 존재하기 시작한다. '철도회관'의 '구토'가 있었다. 그 전에 밖을 내다보던 밤에 다른 '구토'가 있었다. 어느 일요일 공원에서도 '구토'가 있었고, 그 뒤에도 다른 '구토'가 있었다. 그러나 오늘처럼 강한 적은 한 번도 없었다.

「……옛 로마의 것이었던가요, 선생님?」

독학자가 나에게 묻는 모양이다. 나는 그를 보고 미소짓는다. 그래서? 그는 왜 의자에 쭈그리고 앉아 있을까? 지금 내가 그를 공포스럽게 하고 있나? 분명 그렇게 되고 말 것이다. 하지만 나는 아무래도 좋다. 그들이 겁을 먹는 것도 아주 잘못은 아니다. 나는 내가 무슨 짓이고 할 수 있다는 걸 잘 알기 때문이다. 이를테면 이 치즈 나이프를 독학자의 눈에 꽂아 버릴 수도 있다. 그러면 여기에 있는 사람들이 나를 짓밟고, 구둣발로 내 이를 부러뜨릴 것이다. 그렇다고 내가 그 짓을 안 하는 건 아니다. 이 치즈 냄새 대신 입 속에 피비린내가 난다 해도 별 차이는 없다. 다만 그러기 위해서는 움직여야 하며 그 나머지 사건을 일으켜야

한다. 독학자가 지를 고함 소리도, 그의 볼에 흐를 피도, 모든 사람의 놀라움도 다 나머지 사건에 지나지 않는다. 안 그래도 이런 나머지 존재들이 너무나 많다.

모두들 나를 본다. 청춘을 대표하는 커플은 그들의 달콤한 이야기를 중지했다. 여자는 암탉의 항문 같은 입을 벌리고 있다. 하지만 그들은 내가 난폭한 짓을 하지 않는다는 걸 잘 안다. 나는 일어선다. 모든 것이 내 주위에서 빙빙 돈다. 독학자는 눈을 크게 뜨고 나를 본다. 그 눈을 찌르지는 않을 것이다.

「벌써 가세요?」 그가 중얼거린다.

「좀 피곤하군요. 초대해 주셔서 대단히 고맙습니다. 안녕히…….」

아직도 왼손에 디저트 나이프를 쥐고 있는 것을 깨닫는다. 나이프를 접시 위에 던진다. 접시가 쨍그랑 소리를 낸다. 침묵 속에서 식당을 가로질러 걷는다. 그들은 이미 먹는 걸 멈추고 나를 본다. 입맛이 떨어진 것이다. 내가 '엉!' 소리를 내면서 그 여자에게 걸어가면 그 여자는 소리를 지를 것이다. 분명하다. 그럴 필요는 없다.

그래도 밖으로 나가기 전에 뒤를 돌아다보고, 그들이 기억에 새겨 둘 수 있도록 내 얼굴을 보여 준다.

「여러분, 안녕히 계시오.」

그들은 대답하지 않는다. 나는 간다. 이제 그들은 다시 생기를 띠고 시끌벅적 떠들려 하고 있다.

나는 어디로 가야 할지 모른다. 종이로 만든 요리사 곁에 못 박힌 듯 서 있다. 그들이 창문 너머로 나를 보는지 확인하려고 뒤돌아볼 필요는 없다. 그들은 놀란 게 지겹다는 듯이 내 등을 바라보고 있다. 그들은 나도 그들과 같고, 나도 한 인간이라고 생각했다. 그런데 나는 그들을 속인 셈이다. 갑자기 나는 인간의 모습을 잃었고, 그들은 너무나 인간적인 그 식당에서 뒷걸음쳐 도망가는 게를 본 것이다. 이제 가면이 벗겨진 침입자는 도망쳐 버렸다. 모임은 계속된다. 그 모든 눈의 움직임과 낭패한 생각들을 등뒤에 느끼며 화가 솟구친다. 나는 차도를 가로지른다. 맞은편 보도는 해변과 탈의장에 잇닿아 있다.

많은 사람들이 해변을 거닐고 있다. 그들은 봄 기분이 나는 시적인 얼굴을 바다로 향하고 있다. 태양 때문이다. 파티라도 벌인 것 같다. 지난봄에 유행한 옷을 입은 화사한 여자들도 있다. 윤기가 도는 양가죽처럼 날씬한 흰 옷을 입고 지나간다. 중학교나 상업 학교에 다니는 커다란 녀석들도 있고, 훈장을 단 노인들도 있다. 그들은 서로 모르는 사이지만 한패처럼 바라보고 있다. 날씨가 쾌청하고 무엇보다 그들은 인간이기 때문이다.

그들은 선전 포고의 날이면 모르는 사람이라도 부둥켜안는다. 봄이 올 때마다 미소를 주고받기도 한다. 신부가 기도문을 읽으면서 천천히 걷고 있다. 이따금 고개를 들고 과연 그렇다는 태도로 바다를 바라본다. 바다 역시 기도문이며 신의 이야기를 하고 있다. 가벼운 색채, 가벼운 향기, 봄의 넋들, '날은 화창하고, 바다는 초록빛이다. 나는 습기보다 이 건조한 추위를 사랑한다.' 시인들이여! 만약 내가 그들 중 한 사람의 외투 자락을 붙들고 「나를 좀 도와줘」라고 한다면, '이 게는 뭐야?'라고 생각할 테고, 내 손안에 외투를 놓아둔 채 도망쳐 버릴 것이다.

　나는 그들에게 등을 돌리고 난간을 잡는다. '진짜' 바다는 차갑고, 검고, 짐승들로 가득하다. 그 바다는 사람을 속이려고 만든 저 엷은 초록색 필름 밑에서 기어다닌다. 내 주위의 우아한 족속들은 그것에 사로잡힌 채 가만히 있다. 그들은 엷은 필름밖에 보지 못한다. 그것이 신의 존재를 증명하기 때문이다. 나는 그 밑을 보고 있다! 칠(漆)이 녹고, 벨벳같이 반짝이는 조그마한 껍질들, 신이 만든 물고기의 얇은 피부가 내 눈 아래 곳곳에서 뛰고, 쪼개지고, 입을 벌린다. 성 엘레미르 행 전차가 왔다. 나는 뒤돌아 선다. 삼라만상이 나와 더불어 돈다. 삼라만상은 굴처럼 창백하고 초록색이다. 쓸데없는 일, 그 속에 올라탄 것은 쓸데없는 일이었다. 나는 아무 데도 가고 싶지 않았으니 말이다.

　창 뒤에서 푸르스름한 물체가 단속적으로 꿈틀꿈틀 어른거리면서 지나간다. 그것은 아주 딱딱하고 바삭바삭하다. 사람들, 벽들, 열어 놓은 창문으로 컴컴한 집 안이 보인다. 유리창은 검은 것들을 창백하고 푸르게 만든다. 노란 벽돌로 만든 저 저택을 푸르게 만든다. 그 저택은 떨면서 멈칫멈칫하며 나에게 다가와서 내 앞에서 코를 부딪치며 멈춘다. 신사가 올라타 내 맞은편에 앉는다. 노란 집이 다시 출발한다. 그것은 유리창에 기대어서 미끄러져 간다. 그 건물은 일부분밖에 보이지 않을 정도로 아주 가까이 있다. 컴컴해졌다. 유리창이 떨린다. 노란 건물이 까마득하게 높이 위압적으로 서 있다. 수백 개의 창이 어두운 내부로 뚫려 있다. 그것은 전차를 따라서 미끄러져 간다. 전차와 스친다. 떨리는 유리창 사이가 어두워졌다. 진흙처럼 노란 건물이 무한히 미끄러져 가고 있다. 유리창은 하늘색이다. 그런데 갑자기 없어져 버렸다. 뒤에 처진 것이다. 생기가 도는 잿빛 광선이 전차로 침입해서 가차없이 퍼진다. 그것은 하늘이다. 유리창 너머로 아직도 하늘이 보인다. 전차는 엘레미르 고개를 올라간다. 오른쪽으로 바다, 왼쪽으로 비행장까지 똑똑히 보인다. 그런데 여기서는 금연, 단 한 개비도 피울 수 없다.

의자에 손을 댔다가 재빨리 뗀다. 그것이 존재하기 때문이다. 내가 앉아 있는 물건, 내가 손을 얹은 물건의 이름은 의자다. 사람들이 우리가 앉을 수 있도록 서둘러서 만든 것이다. 그들은 가죽과 용수철, 천을 가져다가 의자를 만든다는 관념으로 일을 시작했다. 작업이 완성되었을 때, 그들이 만든 게 바로 '이것' 이었다. 그들은 이것을 여기로, 이 전차 속으로 날라 왔다.

전차는 떨리는 유리창과 함께 구르고 덜거덕거린다. 옆구리에 이 붉은 물건을 가지고 가는 것이다. 나는 중얼댄다. 「이것은 의자야.」 귀신을 쫓는 것처럼 발음했다. 그 말이 내 입술에 남아 물건 위에까지 가서 자리잡기를 거부한다. 그 물건은 있는 그대로다. 붉은 털과 무수한 작은 발, 꼿꼿하고 작은 죽은 발들을 가지고 있다. 허공으로 거대하게 솟은 피투성이의 불룩한 배, 죽은 발을 가진 불룩한 배, 이 전차 속에, 이 잿빛 하늘 속에 떠도는 배, 그것은 의자가 아니다. 말하자면 잿빛의 커다란 강, 홍수가 난 커다란 강에 배를 내밀고 떠도는, 물을 먹어 불룩해진 죽은 나귀 같기도 했다. 그러면 나는 나귀의 배 위에 앉아서 맑은 물에 발을 담그는 셈이다.

사물은 이름 붙여진 틀에서 해방되었다. 사물은 그로테스크하고, 고집이 세고, 거대한 모습으로 거기에 있다. 그것을 의자라고 부른다거나, 무엇이든 이름을 붙이려는 건 바보짓이다. 나는 이름 붙일 수 없는 '사물들'의 한복판에 있다. 혼자서 말없이, 아무 방비 없는 나를 사물들이 둘러싸고 있다. 그것들은 강요하지 않는다. 거기에 있을 뿐이다. 의자 쿠션 밑 나무틀에 한 줄기 어두운 선이 닿아 있다. 그것은 신비스럽고 장난꾸러기 같은 모습으로, 미소를 띤 모습으로 의자를 타고 뻗어 있다. 그러나 나는 미소가 아니라는 걸 잘 안다. 하지만 그것은 존재한다. 뿌연 유리창 밑으로, 유리창의 덜거덕거리는 소리 아래로, 유리창 뒤에서 멎었다가 또다시 출발하곤 하는 푸른 영상 아래로 달리고 있다. 어떤 미소의 희미한 추억처럼, 또는 첫 음절밖에는 생각나지 않는 낱말처럼 완고하다. 결국 최선은 눈을 돌려 다른 것을, 이를테면 맞은편 의자에 비스듬히 누워 있는 남자에 대해 생각하는 일이다.

그는 푸른 눈동자에 얼굴은 갈색이며 오른쪽 몸은 축 늘어지고, 오른팔은 몸에 찰싹 붙어 있다. 오른쪽 몸이 겨우겨우 인색하게 살아 있다. 마비된 상태다. 왼쪽에는 성장 속도가 빠른 기생충 같은 커다란 부스럼이 있다. 팔이 떨리기 시작한다. 손을 이마 높이까지 들어 손톱으로 머리를 긁는다. 시원한 듯 고통스런 웃음이 왼쪽 입 언저리에 서린다. 오른쪽 입술은 죽어 있다. 유리창이 떨린다. 팔이 떨린다. 손톱으로 긁적거린다. 긁는다. 눈은 움직이지 않고 입술만 미소를 짓는다. 그 남자는 자기도 모르는 사이에 오른쪽 몸을 불룩하게 만드는 그 작은 존재를 지니고 있다. 그 존재를 실감하기 위해서 오른팔과 오른쪽 볼을 빌려 쓰고 있다.

차장이 내 앞을 가로막는다. 「정차하거든 내리세요.」

그러나 나는 그를 밀치고 전차 밖으로 뛰어내린다. 더 이상 참을 수가 없었다. 사물들이 그렇게도 가까이 있는 것을 참을 수가 없었다. 나는 쇠 울타리를 밀고 들어선다. 가벼운 존재들이 훌쩍 뛰어올라 나무 꼭대기에 가서 앉는다. 이제야 정신이 든다. 내가 어디에 있는지 깨닫는다. 공원에 있다. 검은 나무들 사이, 하늘을 보고 뻗은 검고 울퉁불퉁한 손과 손 사이에 놓인 긴 의자에 털썩 주저앉는다. 나무 한 그루가 내 발 밑에서 그 검은 발톱으로 땅을 긁고 있다. 나는 모든 것을 되는대로 팽개쳐 두고 나 자신을 잊은 채 잠들고 싶었다. 하지만 그럴 수가 없다. 숨이 막힌다. 존재는 눈, 코, 입…… 도처에서 내 안으로 침입해 들어온다…….

그러다가 갑자기 베일이 찢어진다.

나는 알았다. 나는 '보았다.'

저녁 6시

마음이 가벼워졌다고도, 만족한다고도 말할 수 없다. 반대로 짓눌린 느낌이 있다. 다만 내 목적은 이루어졌다. 내가 알고 싶었던 걸 알았다. 1월부터 나에게 일어난 모든 것을 이해했다. '구토'는 나한테서 떠나지 않았고, 그렇게 쉽사리 떠나리라고 생각하지도 않는다. 그러나 더 이상 그 일을 당하지는 않을 것이다. 그것은 이미 병도, 지나가는 발작도 아니다. 나 자신인 것이다.

그런데 조금 아까 나는 공원에 있었다. 마로니에의 뿌리는 바로 내가 앉은 의자 밑에서 땅에 박혀 있다. 나는 그것이 뿌리라는 걸 이미 기억하지 못했다. 어휘가 사라지면서, 그것과 함께 사물의 의미, 사용법, 또 그 표면에 사람이 그려 놓은 가냘픈 기호도 사라졌다. 어깨를 살짝 움츠리고 고개를 숙인 채 혼자서 그 검고 울퉁불퉁하고 마디가 굵어서 공포심을 주는 나무와 마주 앉아 있었다. 그러다가 그 계시를 받은 것이다.

그것이 내 숨을 멎게 했다. 사나흘 전만 해도 '존재한다'는 것이 무엇을 의미하는지 전혀 예감하지 못했다. 나는 다른 사람들, 봄옷을 입고 해변을 거니는 사람들하고 다름이 없었다. 그들처럼 「바다가 푸르다」. 저기, 저 높은 곳에 있는 흰 점, 그것은 갈매기 '이다'」라고 말했다. 그러나 그것이 존재한다는 것, 갈매기가 '존재하는 갈매기' 라는 걸 느끼지 못했다. 존재는 대개 숨어 있다. 그것은 여기 우리들의 주위에, 우리들의 내부에 있다. 그것은 곧 '우리' 다. 존재에 대해 말하지 않고는 무엇 하나 말할 수 없다. 그러나 결국 존재를 만질 수는 없다. 내가 존재에 대해서 생각한다고 믿었을 때, 사실은 아무 생각도 하지 않았다고 믿어야 옳다. 내 머리는 텅 비었다. 딱 한 마디만 머릿속에 있었다. '……이다' 라는 말이다. 혹은 또 나는 뭐라고 말할까? 나는 '속성' 이라는 것을 생각하고 있었다. 나는 바닷가 초록색을 띤 물건의 계급에 속해 있다고, 또는 초록색이 바다의 성질을 일부 이루고 있다고 생각했다. 그러나 사물을 바라볼 때조차도 그것이 존재한다고 생각하기에는 거리가 멀었다. 사물은 장치처럼 보였다. 나는 그것들을 들고 있었다.

도구로서 쓸모가 있었으므로. 나는 그것들의 저항을 예견했다. 그러나 이 모든 건 표면에서 일어나는 일이었다. 누군가 존재라는 게 뭐냐고 물었다면, 나는 서슴지 않고 아무것도 아니라고, 외부로부터 와서 사물에, 그 성질에 아무런 변화도 주지 못한 채로 부가되는 공허한 형체일 뿐이라고 대답했을 것이다.

그러던 것이 이젠 달라져 버린 것이다. 그것이 갑자기 거기에 있었다. 대낮처럼 분명했다. 존재가 갑자기 탈을 벗은 것이다. 그것은 추상적 범주에 속하는 해롭지 않은 자기의 모습을 잃었다. 그것은 사물의 반죽 그 자체이며, 그 나무의 뿌리는 존재 안에서 반죽된 것이다. 또는 차라리 뿌리, 공원의 울타리, 의자, 풀밭의 듬성듬성한 잔디 등 모든 것들이 사라졌다. 사물의 다양성, 그것들의 개성은 하나의 외관, 하나의 껍데기에 불과했다. 그 껍데기가 논 것이다. 괴상하고 연하고 무질서한 덩어리, 무시무시하고 추잡한 나체 덩어리만 남아 있었다.

나는 몸을 조금도 움직이지 않으려고 했다. 그러나 나무 뒤로 음악당의 푸른 원기둥과 촛대, 월계수 숲에 있는 라 벨레다를 보기 위하여 움직여야 했다. 이 모든 물건들…… 뭐랄까? 그것들이 나를 거북하게 만들었다. 그것들이 좀 덜 억세게, 더 가만히, 더 추상적으로, 더 얌전하게 존재했으면 싶었다.

마로니에가 내 눈으로 다가왔다. 초록빛이 어중간한 높이까지 나무를 가리고 있었다. 검게 부풀어오른 나무껍질이 삶은 가죽 같았다. 마스크레 샘의 잔물결 소리가 귓가에 흘러와서 보금자리를 만들어 그 숨소리로 내 귀를 막았다. 내 콧구멍은 초록빛 썩은 냄새로 가득 차 있었다. 허리가 끊어지도록 웃으면서 축축한 목소리로 「웃는 게 참 좋아요」라고 말하는 나른한 여자들처럼 모든 사물은 존재에다 스스로를 내맡겨 버리고 있었다. 모든 사물은 서로서로 자기 존재의 시시한 비밀을 토로하는 거였다. 나는 비존재와 그 엄청난 충일의 중간은 없다는 것을 알았다. 만약 사람이 존재한다면 '거기까지', 곰팡이 상태까지, 그 팽창 상태까지, 그 추잡스런 상태까지 '존재' 해야 한다.

또 다른 세계에서는 원, 또는 음정들이 그들의 순수하고 엄격한 선을 유지하고 있다. 그러나 존재는 하나의 흐느적거림이다. 나무들, 검푸른 기둥들, 샘의 은은한 숨소리, 생기를 머금은 냄새, 차가운 바깥공기 속에 감도는 어렴풋한 열기, 벤치 위에 앉아 소화시키는 불그스레한 얼굴의 남자……. 이 모든 반짐승 상태, 이 모든 소화 상태는 함께 어울려 어딘지 희극적인 모습을 보여 주는 것이었다. 희극적…… 아니다. 거기까지는 가지 않는다. 존재하는 것치고 희극적이지 않은 것은 없다. 그것은 마치 신파극 장면과 막연하게 유사한 것, 거의 알아볼 수 없을 만큼 희미하게 유사한 것이라고나 할 만한 것이었다.

우리는 자기 자신을 주체하지 못하는 거북한 존재들이었다. 우리는 너나없이 거기에 있을 이유가 조금도 없었다. 당황하고 어딘지 불안한 각 존재는 다른 존재와의 관계에서 서로 불필요한 존재라는 것을 느끼는 것이었다. '무의미한 것', 이것이야말로 저 나무들, 저 철책들, 저 조약돌들 사이에서 내가 설정할 수 있는 유일한 관계였다. 마로니에를 '헤아리고' 그것들을 라 벨레다와 관련시켜 '배치' 해서 플라타너스의 높이와 비교하려고 애썼으나 허사였다. 그것들은 제각기 내가 그 속에

218

가두어 버리려던 관계 속에서 빠져나가 고립하여 범람하곤 했다. 그 관계들, 인간 세계의 붕괴를 지연시키기 위해 유지하려고 내가 고집을 부리던 그 척도와 양과 방향의 그 관계들을 나는 임의적이라고 느꼈다. 그 관계들은 이미 사물에게는 들어맞지 않았다. 약간 왼쪽으로 내 앞에 서 있는 마로니에는 '무의미한 것'이었다. 라 벨레다도 '무의미한 것'이다……

그리고 '나'도, 힘없고 피곤하고 추잡하고 먹은 걸 소화시키며 우울한 생각을 되씹고 있는 나 역시 무의미한 존재였다. 다행히도 나는 그것을 느끼지 않았다. 특히 나는 그것을 알았다. 그러나 나는 그것을 느끼는 걸 두려워했기 때문에 마음이 놓이지 않았다. 지금도 그것이 두렵다. 그것에 뒷덜미를 잡혀서 큰 파도에 떠밀리듯 들어올려지지나 않을까 두렵다. 그 무의미한 존재의 하나라도 없애기 위해서 자살이나 할까 막연히 생각해 보기도 했다. 그러나 나의 죽음 자체가 무의미한 짓이었을 것이다. 내 시체도, 웃음을 띤 정원 속에서, 이 조약돌 위나 나무들 사이에 흐를 피도 무의미한 것이다. 썩은 육체도 그것을 받아들이는 땅 속에서 무의미한 것이며, 또 깨끗이 씻기고, 껍질이 벗겨지고, 치아처럼 깨끗하고 청결한 내 뼈도 무의미한 것이었으리라. 나는 영원히 무의미한 존재였다.

지금 내 펜 아래에서 '부조리'라는 말이 태어난다. 조금 전에, 공원에 있었을 때는 그 말을 찾아내지 못했다. 그 말을 찾으려고 하지도 않았다. 말이 필요 없었다. 나는 말없이 사물을 '가지고' 사물에 '대해서' 생각하고 있었다. 부조리, 그것은 내 머릿속에서 생겨난 관념도 아니고, 어렴풋한 소리도 아니었다. 그것은 내 발 밑에서 죽은 기다란 뱀, 저 나무의 뱀이었다. 뱀이랄까, 손가락이랄까, 또는 매의 발톱이랄까, 뭐라도 좋다. 그리고 전혀 정확한 정의를 내리지 않은 채 '존재'의 열쇠, 저 '구토'의 열쇠, 그리고 나 자신의 생활의 열쇠를 발견했다는 것을 알았다. 사실 내가 이어서 파악할 수 있었던 모든 것은 이 근본적인 부조리로 귀착한다.

부조리, 이것 또한 말이다. 나는 말과 싸운다. 거기서 나는 사물을 만지작거리곤 했다. 그러나 나는 여기서 그 부조리의 절대적인 성격을 정착시키고 싶었다. 이 작은 세계에서의 인간들의 채색된 한 동작, 한 사건은 상대적으로만 부조리하다. 즉 그 동작, 그 사건에 따르는 상황과의 관계에서 부조리한 것이지, 그의 헛소리와의 관계에서 부조리한 것이 아니다. 그러나 나는 조금 전에 절대적 존재를 경험했다. 절대적 존재, 또는 부조리의 경험이었다. 그 뿌리, 그것이 부조리하지 않을 수 있는 관계란 아무것도 없었다. 오! 나는 어떻게 그것을 말로 규정할 수 있을까? 부조리, 조약돌과의 관계, 마른 흙과의 관계, 나무와의 관계, 하늘과의 관계, 초록색 의자와의 관계, 그 모든 관계에서 부조리한 것이다. 달리 표현될 수 없는 부조리. 그 아무것도, 자연의 심원하고 은밀한 헛소리에 의해서조차도 그것을 설명할 수는 없었다. 물론 나는 모든 것을 다 알지는 못했다. 나는 싹이 트고 나무가 자라는 걸 본 적이 없다. 그러나 이 껄껄한 굵은 발 앞에서, 무지도 지식도 중요하지 않았다. 설명이나 이치의 세계는 존재의 세계가 아니기 때문이다.

원은 부조리하지 않다. 원은 직선의 일부분이 그 끝에서 회전한 것이라는 정의로 충분히 설명될 수 있기 때문이다. 하지만 원은 존재하지 않는다. 그것과 반대로 저 뿌리는 내가 설명할 수 없는 것이며 존재할 따름이다. 주름지고 힘없고 이름도 없는 그 뿌리는 나를 매혹시켰다. 또한 내 눈을 가득히 채우고, 줄곧 그 자신의 존재로 나를 이끌어 갔다. 내가 아무리 '이것은 뿌리다' 라고 되풀이해도 겉돌기만 할 뿐, 흡수 펌프와 비슷한 뿌리의 기능과 '그것' 과의 관련성, 물개의 딱딱하고 야무진 그 껍질, 번들거리고 굳은살이 박힌 고집스런 그 모습과 뿌리의 관련성을 찾아볼 수도 없는 일이었다.

기능은 아무것도 설명하지 않는다. 기능은 뿌리라는 걸 대충 이해시킬 수는 있으나 '그것' 자체는 조금도 설명해 주지 않았다. 그 빛깔, 그 형태, 그 굳어 버린 동작을 가진 뿌리는 모든 설명 밑에 있었다. 뿌리의 특질은 제각기 뿌리를 살짝 벗어나 뿌리 밖으로 흘러서 반쯤 단단해진 채 하나의 물질이 되어 있었다. 그 각각의 특징은 뿌리 '속에서 무의미한' 존재였다. 그리고 이제 뿌리 밑동은 뿌리 자체에서 약간 굴러 나와서 스스로를 부정하고, 이상한 과잉 속으로 빠져들어 가는 듯한 인상을 주었다. 나는 그 검은 발톱에다 뒤꿈치를 비벼댔다. 그 껍데기를 좀 깎아내고 싶었다. 아무 이유도 없다. 도전적으로 황갈색 껍데기 위에 찰과상의 부조리한 장밋빛을 나타내고 싶었다. 세계의 부조리를 '희롱하고' 싶었다. 그러나 발을 비켜 보니 껍데기는 아직 검었다.

검다니? 나는 피가 줄어들며 엄청난 속도로 그 의미가 공허해지고 있는 것을 느꼈다. 검다니? 뿌리는 검지 '않았다.' 그 나무 조각 위에 있는 것은 검지 않았다. 그것은…… 다른 것이었다. 원과 마찬가지로 검은 빛깔도 존재하지 않았다. 나는 뿌리를 보고 있었다. 그것은 '검정 이상의 것'인가? 혹은 '겨우' 검다고 할 수 있는 것인가? 그러나 나는 이내 자문을 중지했다. 내가 지식의 나라에 있다는 인상을 받았기 때문이다. 그렇다, 나는 이름을 붙일 수 없는 그 사물들을 그 불안한 기분으로 이미 탐구했다. 헛되게도 나는 이미 '그것들에 대해서' 그 무엇을 생각하려고 애썼다. 그리고 그 싸늘하고 무력한 특질이 손가락 틈으로 미끄러져 나가 버리는 것을 느꼈다. 그날 밤 '철도회관'에서의 아돌프의 멜빵, 그것은 보랏빛이 '아니었다.' 나는 셔츠 위에 있었던 뭐라고 정의할 수 없는 반점 두 개가 떠올랐다. 그리고 조약돌, 문제의 조약돌, 이야기의 발단인 그 돌, 그것은⋯⋯ 아니었다. 그것이 무엇이기를 거부했던 것인지 생각나지 않았다. 그러나 나는 그 수동적인 반항을 잊지 않았다.

그리고 독학자의 손, 어느 날 도서관에서 잡아 보았는데 손이 아니라는 생각이 들었다. 나는 커다란 흰 벌레를 연상했지만 그것도 아니었다. 그리고 카페 마블리에서의 맥주컵의 그 애매한 투명. 애매하다. 그 소리, 그 냄새, 그 맛들이 바로 애매하다. 그것들이 쫓기는 토끼처럼 우리의 코밑을 빨리 지나갔을 때, 그리고 우리가 거기에 주의하지 않았을 때, 우리는 그것을 아주 간단하고 안심할 수 있는 것이라고 믿었고, 세상에는 청색, 분홍색, 편도나 오랑캐꽃 냄새가 있다고 믿을 수 있었다.

그러나 이런 것들을 잠시나마 붙잡아 놓으면, 이 평안과 안전감은 어느 틈에 사라져 버린다. 빛깔, 맛, 냄새들이 도무지 진짜가 아니었다. 아주 단순히 그것들 자체, 오로지 그것들 자체가 아니었으며, 가장 단순한 불가분의 특질조차도 그것 자체 속에, 그것 자체와의 관계에서 무의미한 존재를 가지고 있다. 그 검은 빛, 거기 내 발 밑에 있는 그 검은 빛, 그것은 검게 보이지 않았다. 차라리 여태껏 검정색을 한 번도 보지 못한 사람이 검정이란 무엇인가를 상상하는, 그리고 자기의 상상을 멈추지 못하고 색채의 범위를 넘어서 무엇인지 알 수 없는 것을 생각하는, 그런 혼란스런 노력이었다. 그것은 빛깔과 '비슷했지만', 또 타박상하고도 비슷하고 분비물이나 찌꺼기, 그리고 냄새와도 비슷했다. 그것은 젖은 흙 냄새와 젖어서 축축한 나무 냄새로 녹아 버렸다. 그리고 그 줄무늬가 박힌 나무 위에 옻칠처럼 퍼져 있는 검은 냄새와, 깨물어서 사탕맛이 나는 줄기의 맛으로 녹아 버렸다. 나는 검정색을 단순하게 '보는' 것이 아니었다. 본다는 것, 그것은 추상적인 것이며 확연하게 단순화된 관념, 인간의 관념이다. 거기 그 검정색, 형태가 일정치 않고 줏대가 없는 현존, 그것은 시각, 후각, 그리고 미각을 훨씬 넘어서는 그 무엇이었다. 하지만 그 풍요함은 혼란으로 돌아가서 마침내는 아무것도 아닌 것이 되었다. 무의미한 것이었기 때문이다.

그 순간은 이상야릇했다. 나는 움직이지도 않고 얼어붙은 듯 거기에서 몸서리치는 절정감에 잠겨 있었다. 그러나 그 절정감의 한복판에서 새로운 무엇이 생겨났다. 나는 '구토'를 알았고, 그것을 가지고 있었다. 사실은 나의 발견을 말로 표현하지 못했다. 그러나 이제는 그것을 말로 쉽게 옮길 수 있으리라고 느낀다. 본질적인 것, 그것은 우연이다. 존재는 필연이 아니라는 뜻이다. 존재란 단순히 '거기에 있다' 는 것이다. 존재라는 것이 나타나서 '만나' 도록 자신을 내맡긴다. 하지만 그것을 '연역' 할 수는 없다. 그것을 이해한 사람들이 있는 것 같다. 다만 그들은 필연적이며 자기 원인이 됨직한 것을 생각해냄으로써 이 우연성을 극복하려고 했던 것이다.

사실 어떠한 필연적 존재도 존재를 설명할 수 없다. 우연성은 지워 버릴 수 있는 허상이나 외관이 아니라 절대다. 그러므로 완전한 무상 (無償)인 것이다. 모든 것이 무상이다. 이 공원, 이 도시, 그리고 나 자신도 무상이다. 사람이 그것을 이해할 때가 오면 그것은 우리의 마음을 변화시키고 모든 게 표류하기 시작한다. 요전날 저녁 때 '철도회관' 에서처럼 말이다. '구토' 다. 그 더러운 자식들, '코토 베르' 나 다른 곳의 그 더러운 자식들이 그들의 권리를 휘둘러 숨겨 보려고 하는 바로 그것이다. 그 얼마나 가엾은 거짓이랴. 아무도 권리를 가지지 않았다. 그들은 다른 사람들처럼 완전히 무상의 존재들이다. 그들은 스스로 무의미한 존재라는 걸 느끼지 않을 수 없다. 그들 자신의 내부에서 '무의미한' 존재다. 형체도 없고 막연하고 서글픈 존재인 것이다.

그 매혹이 얼마 동안이나 계속됐을까? '나는' 마로니에의 뿌리 '였다'. 차라리 나는 그 뿌리의 존재 의식 그 자체였다. 아직도 그 뿌리에서 떨어져 있기는 하다. 그것에 대한 의식을 가지고 있었으니까 말이다. 그래도 그 뿌리 속에 나를 잃고 있었다. 의식이 아닌 아무것도 아니었다. 거북한 의식이었다. 그러면서도 두드러진 저 무감각한 나무 조각 위에 뻗쳐서 무겁게 끌려가는 무기력한 의식이었다. 시간이 멈췄다. 발 밑에 있는 작고 검은 늪, 그 순간 '이후' 에 무엇이 일어난다는 것은 불가능한 일이었다.

나는 그 무서운 쾌감에서 벗어나려고 했으나 그것이 가능하다는 것조차 상상할 수가 없었다. 나는 그 속에 있었던 것이다. 검은 뿌리는 '지나가 버리지 않았다.' 너무 커다란 음식 조각이 식도에 걸린 것처럼 내 눈에 남아 있었다. 나는 그것을 삼키지도 뱉지도 못했다. 얼마만큼의 대가를 치르고 눈을 치켜 뜰 수 있었던가? 그런데 내가 눈을 치켜 떴던가? 나는 차라리 다음 순간에 고개를 젖혀 눈을 위로 치켜 뜨고, 다시 태어나기 위해서 잠깐 동안 무로 돌아갔던 게 아니었을까? 사실 나는 통과에 대한 의식을 갖지 않았다. 그러나 갑자기 나무 뿌리라는 존재에 대해서 생각하는 게 불가능해졌다. 그 존재는 지워져 버렸다. 내가 아무리 그것은 존재한다, 그것은 아직 저기에 있다, 의자 아래 내 오른발 옆에 있다고 되풀이해도, 그것은 이미 아무런 의미도 나타내지 못하는 것이었다. 존재란 멀리서 생각할 수 있는 것이 아니다. 그것은 갑자기 우리에게 달려들고, 우리 위에 멎어서 움직이지 않는 살찐 짐승처럼 우리의 마음을 무겁게 내리누르는 것일 수밖에 없다. 그렇지 않으면 아무것도 없는 것과 같다.

이미 아무것도 없었다. 내 눈은 텅 비고, 나는 나의 해방을 기뻐했다. 그러자 갑자기 그것이 내 눈앞에서 움직이기 시작했다. 가볍고 부정확한 운동이다. 바람이 나무 꼭대기를 흔들고 있었다.

그 무엇이 움직이는 걸 보는 게 불쾌하진 않았다. 그것은 뚫어지게 쏘아보는 눈처럼 나를 보고 있는, 움직이지 않는 존재로부터 나를 전환시킨다. 나는 나뭇가지가 흔들리는 걸 보면서 혼잣말을 했다. 운동이란 결코 완전히 존재하지 않는다. 그것은 두 사물 사이의 움직임이며 가냘픈 시간이다. 나는 운동이 허무에서 나와 점차적으로 무르익어 꽃 피는 것을 바라볼 마음의 준비를 하고 있었다. 한 마디로 말해서 나는 막 생겨나는 존재들을 포착하려 했다.

　내 모든 희망이 모조리 사라지는 데 3초면 충분했다. 그 주위를 장님 처럼 더듬거리며 망설이는 나뭇가지 위에서, 나는 존재로의 '이행' 을 붙잡는 데 성공하지 못했다. 이행이라는 것도 인간이 생각해낸 것이 다. 너무나 명확한 관념이다. 이 모든 미묘한 움직임은 고립되고 스스 로 안정되어 있었다. 그것은 사방으로 큰 가지와 잔가지를 넘쳐흐르게 하고, 그 껄껄한 손 주위에서 회오리바람을 일으키며, 조그마한 선풍으 로 그 손을 감싸고 있었다. 물론 움직임은 나무하고 별개였다. 그러나 역시 절대적인 존재이며 사물이다. 내 눈은 충족한 것에만 부딪쳤다. 나뭇가지 끝에서 존재들이 웅성대고 있었다. 그 존재들은 줄곧 갱신되 는 것이지 결코 탄생하는 것이 아니었다. 존재하는 바람이 커다란 파 리처럼 나무 위에 와서 앉았다. 그러나 나무가 흔들렸다. 그러나 그 움 직임도 탄생하는 것이 아니고, 힘에서 행위로의 이행도 아니고, 사물 그 자체였다. '흔들리는 사물' 이 나무 속으로 흐르고, 나무를 휘어잡고 흔들고, 그러다가 갑자기 나무를 팽개치고 뱅뱅 돌리면서 멀리 가버리 는 거였다.

　모든 것이 충족되고 모든 것이 행위 속에 있다. 가냘픈 시간은 없었 다. 모든 것이, 가장 미미한 도약까지도 존재에 의해서 만들어졌다. 그 리고 나무 둘레를 방황하는 모든 존재들은 아무 데서도 오지 않고 아무 데로도 가지 않았다. 그것들은 갑자기 존재하다가 갑자기 존재하지 않는 것이었다. 존재는 기억이 없는 것들, 사라져 버린 것들이며, 존재는 아무것도, 추억조차도 갖지 않는다. 곳곳에, 무한하게, 무의미하게, 항상 어디에나 있는 존재, 그 존재는 존재에 의해서만 한정된다. 나는 근원이 없는 존재들의 그 풍부함에 타격을 받고 어리둥절하여 의자 위에 몸을 내던졌다.

곳곳에 개화와 환희가 있고, 내 귀에서는 존재들이 윙윙거렸으며, 내 몸이 발딱거리며 방긋이 벌어져서 우주의 발아에 몸을 내맡기는 것이었다. 지긋지긋했다. '그러나 왜?' 나는 생각했다. '왜 그렇게도 많은 존재들이 있나? 그것도 이 모두가 서로 비슷하기 때문일까? 서로 비슷한 나무들이 그렇게 많아서 무슨 소용이 있을까? 벌레가 뒤집어져 서투른 노력을 계속하듯이(나도 그 노력의 하나였다) 그렇게도 많은 존재들은 없어졌다가는 악착같이 되살아나고 또 없어지는 것이었다.

그 풍성함은 관대함의 결과가 아니었다. 오히려 그 반대였다. 그것은 음침하고 괴롭고 스스로를 어찌할 줄 몰랐다. 그 나무들, 그 서투른 몸집들……. 나는 웃음을 터뜨렸다. 문득 사람들이 책에 묘사해 놓은 덜거덕거리는 소리, 폭발 소리, 거창한 개화로 가득 찬 놀라운 봄이 생각났던 것이다. 권력에 대한 의지와 삶에 대한 투쟁에 대해서 이야기한 바보들이 있었다. 그래, 그들은 한 마리의 짐승이나 한 그루의 나무를 본 일이 없었단 말인가? 탈모증에 걸린 반점이 있는 그 플라타너스. 절반쯤 썩은 그 참나무, 사람들은 내가 그것들을 허공으로 솟아나는 젊고 씩씩한 힘으로 생각하도록 만들려고 했는지도 모른다. 그럼 그 뿌리는? 내가 그것을 탐욕스러운 손톱처럼, 땅을 긁고 거기에서 자양분을 빼앗는 손톱처럼 묘사해야 옳았단 말인가?

그런 방법으로 사물들을 보는 것은 불가능하다. 연약함, 무력함. 그렇다, 나무들이 떠돌고 있었다. 하늘을 향한 용솟음이랄까? 그것은 차라리 피로다. 나는 나무 줄기들이 피곤한 음경처럼 주름이 잡혀서, 검고 물렁물렁한 덩어리가 되어 땅 위에 오그라들어 쓰러지는 것을 보려고 시시각각으로 기다렸다. 그것들은 존재하려는 욕망을 갖지 않았다. 다만 그렇지 않을 수가 없었을 따름이다. 그뿐이다. 그래서 조용하게, 힘없이 자질구레한 부엌일을 하고 있었다. 수액은 마지못해 맥관(脈管) 속에서 천천히 올라왔으며, 나무 뿌리는 천천히 땅 속으로 파고들었다.

하지만 그것들은 늘 거리에 뿌리를 박고 없어질 것처럼 보였다. 피곤하고 늙어 버린 그 나무들은 마지못해 존재하기를 계속하고 있었다. 죽어 버리기엔 너무 약했고, 죽음은 외부로부터 올 수밖에 없었기 때문이다. 내면적인 필연으로 자기 속에 자신의 죽음을 자랑스럽게 지니는 것이라고는 음악의 곡조밖에 없다. 다만 그것들은 존재하지 않는다. 존재하는 것들은 이유 없이 태어나서 연약하게 그 목숨을 유지하다가 우연한 만남에 의해 죽는다. 나는 뒤로 기대고 지그시 눈을 감았다. 그러나 곧 이미지들이 다가와 감은 눈을 존재로 가득 채웠다. 존재란 사람이 떨쳐 버릴 수 없는 충족을 말한다.

이상한 이미지들, 그것은 수많은 사물을 나타내고 있었다. 진짜 사물이 아니라 진짜와 닮은 다른 것들이다. 의자나 나막신 같은 목제품 비슷한 물건들이며, 식물 비슷한 것들이다. 그리고 얼굴 두 개가 있다. 지난 일요일에 베즐리즈 맥주홀에서 내 곁에 앉아 점심을 먹던 부부였다. 그들은 기름지고, 뜨겁고, 육감적이고, 부조리하고, 귀가 빨갛게 달아올라 있었다. 그 여자의 어깨와 가슴이 떠올랐다. 벌거벗은 존재. 그 두 사람이 갑자기 혐오감을 일으켰다. 그 두 사람은 부빌 어디에서 여전히 존재하고 있었다. 그 부드러운 가슴은 신선한 옷감에 슬려 애무받으며 레이스 속에 파묻혀 있었다. 여자는 줄곧 그 가슴이 코르셋 속에서 존재하는 것을 느끼고 '내 가슴, 내 아름다운 과실'이라고 생각하며, 자기를 간지럽게 만드는 가슴의 환희에 주의를 기울인 채 신비한 미소를 짓고 있었다. 그래서 나는 소리를 지르고, 나도 모르는 사이에 눈을 크게 떴다.

나는 그 거창한 현존을 꿈꾸었던 것일까? 그것은 공원 위에 자리 잡고 나무들 속에 뒹굴며 거기에 있었다. 아주 물렁물렁하고 무엇에나 달라붙고 아주 짙어서 잼 같았다. 그래서 나는 온 공원과 함께 그 속에 있었던가? 무서웠다. 아니, 화가 났다. 나는 그것이 몹시도 어리석고 마땅찮아 보였다. 그 흐물흐물 흉측한 것이 싫었다. 그것이 있었다. 많이도 있었다! 하늘까지 치솟아 곳곳으로 뻗어서 모든 것을 끈적끈적한 피로로 가득 채웠다. 나는 그것의 깊이를 보고 있었고, 그 깊이는 공원을 넘고 집을 넘어 부빌로 넘어갔다. 나는 이미 부빌에 있지 않았다. 아무 데도 있지 않았다. 나는 떠다니고 있었다. 나는 놀라지 않았다. 그것이 곧 '세계', 갑자기 나타나는 발가벗은 '세계'라는 것을 잘 알았다. 그리고 나는 이 허망하고 방대한 존재에 대한 분노로 숨이 막힐 지경이었다.

사람들은 그 모든 것이 어디에서 오는지, 어떻게 해서 무(無)가 아니고 세계가 존재하는지 자문할 수도 없었다. 그것은 무의미했다. 세계는 앞에도 뒤에도, 어디에나 존재했다. 그것 '이전'에는 아무것도 없었다. 그 아무것도. 그것이 존재하지 않았을 때가 없었다. 내가 속상해했던 게 바로 그거였다. 물론 그 흐르는 애벌레가 존재하는 데는 '아무런 이유'가 없었다. 하지만 그것이 존재하지 않는다는 건 '불가능한 일이었다.' 그것은 생각할 수 없었다. 허무를 상상하기 위해서는 세계 한복판에서 눈을 크게 뜨고 산 채로 이미 거기에 있어야만 했기 때문이다. 허무란 내 머릿속에 있는 관념, 이 광대무변 속에 떠돌며 존재하는 관념에 불과하다. 그 허무는 존재 '이전'에는 없었던 것이다. 그것은 다른 것들과 같은 존재였으며, 수많은 다른 존재 다음에 나타났던 것이다.

나는 소리쳤다. 「이 얼마나 더러우냐, 이 얼마나 더러우냐!」

그리고 이 끈적끈적한 더러움을 털어 버리려고 몸을 흔들었다. 그러나 더러움에 끄떡도 않는 수를 헤아릴 수 없이 많은 존재들이 끝없이 있었다. 나는 이 광대한 권태 속에서 숨이 막혔다. 그러다가 갑자기 공원이 커다란 구멍처럼 텅 비고, 세계는 올 때와 같은 방법으로 사라져 버렸다. 또는 내가 깨어난 것이다. 어쨌든 나는 더 이상 세계를 보지 못했다. 내 주위에는 노란 흙밖에 없었다. 거기서 죽은 나뭇가지가 하늘로 뻗어 있었다.

나는 일어서서 밖으로 나왔다. 울타리까지 와서 뒤를 돌아보았다. 그때 공원이 내게 미소를 지었다. 나는 울타리에 기대어 오랫동안 그것을 바라보았다. 나무들의, 그 월계수 숲의 미소. 그것은 그 무엇을 '의미하고 있었다.' 그것이야말로 존재의 진정한 비밀이었다.

3주일 전 어느 일요일, 사물 위에서 일종의 공모자 같은 태도를 파악했던 게 생각났다. 그것은 나에 대한 태도였던가? 그러나 나는 그것을 이해할 아무런 방법도 없었다는 걸 우울하게 느꼈다. 아무런 방법도 없었다. 그러나 그 미소는 거기에서 기다리고 있었다. 그것은 어떤 시선과도 같았다. 그것은 거기에, 마로니에 나무 위에 있었다. 그것은 '그' 마로니에였다.

사물들, 그것은 도중에서 멈춰 버린 관념, 스스로를 잊고 무엇을 생각하려고 했는가를 잊어버린 관념이라고 말할 수 있으리라. 그 관념은 표류하고 있었다. 그리고 사소하고 기묘한 의미를 가졌으면서도 그 의미는 사물을 넘어서고 있었다. 그 보잘것없는 의미가 나를 초조하게 했다. 이 울타리에 백년을 기대고 있어도 나는 그 의미를 '이해할 수 없을 것이다.'

나는 존재에 관해서 알 수 있는 것을 다 배웠다. 그곳을 떠나 호텔로 돌아와서 이것을 썼다.

한밤중에 결심했다.

책을 그만 쓰기로 했으니 더 이상 부빌에 머물 이유가 없다. 파리로 가야겠다. 금요일 5시 차를 탈 생각이다. 토요일에는 안니를 만날 것이다. 우리는 며칠 동안 함께 지낼 것이다. 그녀와 헤어지면 이런저런 일을 정리하고 짐을 꾸리러 이곳으로 돌아올 것이다. 늦어도 3월 1일에는 결정적으로 파리에 있을 것이다.

금요일

'철도회관' 에서.

내가 탈 기차는 20분 후에 떠난다. 축음기 소리. 강렬한 모험의 인상.

토요일

안니는 기다란 검은색 옷차림으로 문을 열었다. 물론 나에게 손도 내밀지 않고 인사도 하지 않았다. 나는 오른손을 외투 주머니에 넣고 있었다. 안니는 허물없이 대하려는 듯 화난 사람처럼 빠르게 말한다. 「들어와서 아무 데나 앉아요. 창문 옆은 말고요.」

그 여자다. 바로 그 여자다. 팔을 축 늘어뜨리고, 전에는 조숙해 보였던 우울한 얼굴 그대로다. 그러나 이제는 소녀티가 가셨다. 살도 붙고 가슴도 벌어졌다.

안니는 문을 닫고 명상하듯 혼잣말을 한다. 「침대 위에 앉을까…….」

결국 안니는 양탄자를 덮어놓은 상자 위에 털썩 앉는다. 몸가짐이 달라졌다. 어딘지 위엄 있고 신중하면서 우아함이 엿보이는 태도로 걷는다. 너무 빨리 뚱뚱해진 게 당황스러운 것 같다. 하지만 분명 안니다.

안니는 웃음을 터뜨린다.

「왜 웃어?」

그녀는 옛날 버릇 그대로 금방 대답하지 않는다. 대신 트집을 잡는
듯한 표정을 짓는다.

「말해 봐요. 왜 그래?」

「당신이 들어올 때부터 여유 있는 미소를 지었잖아요. 딸을 시집보
내고 난 아버지 같아요. 자, 서 있지만 말고 외투는 거기 놓고 앉아요.
어서 거기에 앉아요.」

침묵이 흐른다. 안니를 깨뜨릴 생각이 없는 모양이다. 이 방은 얼마
나 썰렁한가! 전에 안니는 여행할 때마다 숄, 터번, 스카프, 일본제 가
면, 풍속화가 가득 든 큰 트렁크를 가지고 다녔다. 호텔에 들어가면 하
룻밤만 묵을 경우라도 트렁크부터 열고 자기 물건들을 전부 끌어내어,
변화무쌍하고 복잡한 질서에 따라 벽이나 전등에 걸고, 책상이나 방바
닥 위에 늘어놓았다. 반시간도 안 되어 가장 평범한 방도 무겁고 육감
적인, 참을 수 없는 개성을 띠었다. 지금은 트렁크를 잃어버렸거나 맡
긴 모양이었다. 화장실로 통하는 문을 비스듬히 열어 놓은 이 썰렁한
방은 왠지 불길한 느낌이다. 이 방은 더 사치스럽고 더 서글프지만, 부
빌의 내 방과 비슷하다.

안니는 아직 웃고 있다. 나는 콧소리가 섞인 높은 톤의 그 귀여운 웃
음소리를 잘 안다.

「그런데 당신은 변하지 않았어요. 뭘 그렇게 정신없이 찾아요?」

그녀는 미소를 짓는다. 그러나 적의에 가득 찬 호기심을 품은 시선으
로 내 얼굴을 훑어보고 있다.

「당신이 묵는 방 같지 않다고 생각했을 뿐이오.」

「그래요?」여자는 애매하게 되묻는다.

또다시 침묵이다. 지금 안니는 침대에 앉아 있는데, 검은 옷을 입은 데다 얼굴이 몹시 창백하다. 머리도 자르지 않았다. 눈썹을 약간 치켜 올린 채 조용히 나를 바라보고 있다. 그래, 그 여자는 내게 아무 할 말이 없단 말인가? 그럼 왜 나를 불렀단 말인가? 이 침묵을 견딜 수가 없다.

갑자기 내가 애원하듯이 말한다. 「당신을 만나서 기쁘오.」

마지막 말이 목에서 막혀 버린다. 그렇게 될 터였다면 잠자코 있는 편이 나았으리라. 안니는 분명 화를 낼 것이다. 나는 처음 15분 동안이 괴로우리라는 걸 잘 안다. 전에 안니를 만나면 비록 24시간을 만나지 않은 후라도, 또 비록 아침에 깨어났을 때라 할지라도, 그녀가 기대하는 말이 떠오르지 않았고, 그녀의 옷이나 말씨, 지난밤에 주고받은 마지막 대화에 알맞은 말을 찾아낼 수가 없었다. 그런데 안니는 무엇을 원할까? 그것을 예측할 수가 없다.

나는 눈을 치켜 뜬다. 안니는 애정 같은 감정으로 나를 바라본다. 「당신은 조금도 변하지 않았군요? 여전히 바보예요!」

안니의 얼굴에 만족감이 번진다. 하지만 그 얼마나 피곤한 모습인가! 「당신은 이정표예요. 길가에 세워 놓은 이정표요. 당신은 평생 동안 냉정하게 뮬랑까지는 20킬로미터이고, 몽타르쥐까지는 42킬로미터라는 걸 설명할 거예요. 그래서 나는 당신이 필요하죠.」

「내가 필요해? 우리가 헤어져 있던 4년 동안 당신은 내가 필요했군? 그런데도 당신은 아무 소식 없었단 말이군.」

나는 미소를 지으면서 말했다. 그녀는 내가 원한을 품었다고 생각할지도 모른다. 나는 내 미소가 가식이라는 것을 느낀다. 마음이 편치 못하다.

「당신은 참 바보야. 물론 그런 의미라면 당신을 만날 필요가 없어요. 아시겠지만 당신을 만나서 특별히 기쁜 거라곤 아무것도 없어요. 나는 당신이 존재한다는 것, 변하지 않는다는 게 필요해요. 당신은 파리나 그 근처에 보관해 둔 백금 자 같아요. 그런 걸 보고 싶어할 사람은 없을 거예요.」

「그건 틀린 생각이지.」

「하여튼 상관없어요. 나는 그렇지 않으니까요. 나는 그것이 존재하고, 그것이 정확하게 지구 자오선의 4분의 1의 천만분의 1을 재고 있다는 것을 알면 그것으로 만족해요. 아파트에서 거리를 재거나 옷감을 자로 재서 파는 걸 보면 항상 그런 생각이 들어요.」

「아, 그래?」 나는 냉정하게 말한다.

「이것 봐요, 나는 정말 추상적인 도덕이라든가 한계를 생각하듯 당신을 생각했을 뿐이에요. 내가 줄곧 당신 얼굴을 기억했다는 걸 고맙게 생각하세요.」

옛날에 내가 단순하고 속된 욕망을 가졌을 때, 내가 안니를 사랑한다고 말하고 싶었을 때, 또는 안니를 껴안아 주고 싶었을 때 벌어지곤 했던 까다로운 토론이 되살아났다. 지금 나는 아무런 욕망도 없다. 다만 안니를 아무 말 없이 바라보고 싶고, 내 앞에 안니가 있다는 이 예사롭지 않은 사실을 실감하고 싶을 따름이다. 안니는 오늘이 평소와 같을까? 안니는 손을 떨지 않는다. 편지를 쓴 날, 나에게 하고 싶은 말이 있었을 것이다. 혹은 순간적인 장난에 불과했는지도 모른다. 하지만 오래 전부터 이미 문제가 안 되는 일이다.

안니가 갑자기 미소를 지어 보인다. 미소가 너무 정다워서 눈시울이 뜨거워졌다.

「당신을 백금 자보다도 훨씬 자주 생각했어요. 당신을 생각하지 않은 날은 하루도 없었어요. 당신이라는 인물의 가장 사소한 점까지도 선명하게 떠오르곤 했어요.」 그녀는 일어서서 내 두 어깨를 짚는다. 「당신도 내 얼굴이 생각났다고 말해 봐요. 불평만 하지 말고.」

「그건 약은 수작인데.」 나는 솔직하게 말했다. 「내 기억력이 나쁘다는 건 당신도 잘 알잖아.」

「고백하는군요. 나를 완전히 잊었단 말이군요. 길거리에서 만나면 당신이 나를 알아봤을까요?」

「물론이지. 그건 문제도 아냐.」

「내 머리 빛깔도 기억했어요?」

「그럼! 금발이지.」

안니는 웃기 시작한다. 「자신 있게 말하는군요. 지금 나를 보고 말하는 거니까 소용없어요.」 내 머리카락을 건드린다. 「그리고 당신의 머리카락은 붉지.」 어느덧 내 흉내를 낸다. 「내가 당신을 처음 봤을 때, 나는 잊을 수도 없는 일이지만, 당신은 갈색 비슷한 붉은 머리카락하고 전혀 안 어울리는 모자를 썼어요. 보기에 무척 거북했지요. 그 모자는 어디에 뒀어요? 지금도 같은 취향인지 알고 싶어요.」

「이젠 안 쓰지.」

안니는 눈을 크게 뜨고 가벼운 휘파람을 분다. 「당신 혼자서 그 모자를 고른 게 아니죠! 그래요? 그럼 축하해요. 물론 그래야죠! 다만 그런 생각을 해볼 필요가 있었어요. 그 머리카락에는 어울리는 게 없어요. 모자하고도 맞지 않고, 안락의자의 쿠션하고도, 또 장판하고도 맞지 않으니 말이에요. 아니면 런던에서 산 귀까지 내려쓰는 모자가 좋을 거예요. 모자 밑으로 넣어 버리면 당신한테 머리카락이 있는지도 모를 거예요.」

안니는 오래된 싸움을 끝마치려는 확고한 말투로 덧붙였다. 「그것은 당신한테 전혀 어울리지 않았어요.」

어떤 모자를 말하는 건지 도무지 알 수가 없다. 「내가 그것이 어울린다고 말했소?」

「그랬어요! 그 말밖에는 안 했는 걸요. 내가 보지 않는 것 같으면 당신은 살그머니 거울 속을 들여다봤죠.」

과거를 그렇게 고스란히 기억하다니, 지겨운 일이다. 안니는 추억을 더듬는 것 같지도 않았다. 그런 일에 알맞은 부드럽고 아득한 느낌을 주는 말투도 아니었다. 그녀는 오늘 일, 기껏해야 어제의 일을 말하는 듯이 보였다. 안니는 자기 의견이나 고집, 원한 같은 것들을 옛날 그대로 고스란히 간직하고 있었다. 반대로 나는 모든 것이 애매한 시의 정취 속에 빠져 있다. 나는 모든 걸 다 양보할 생각이다.

그녀는 불쑥 가라앉은 목소리로 말한다. 「보세요, 난 이렇게 살찌고 늙었어요. 이제 몸을 좀 돌봐야겠어요.」

그렇다. 안니는 얼마나 피곤한 모습일까! 내가 말을 하려는데 안니가 곧 덧붙였다. 「난 런던에서 연극을 했어요.」

「캔들러하고?」

「천만에요. 캔들러하곤 안 해요. 그것만으로도 나는 당신을 잘 알 수 있어요. 당신은 내가 캔들러랑 연극한다고 믿었군요. 도대체 몇 번 말해야죠? 캔들러는 오케스트라 지휘자예요. 아니에요, 소호 광장의 조그만 극장이었죠. 〈존스 황제〉하고, 신 오캐시와 생주의 희곡, 그리고 〈브리타니큐스〉를 무의미했어요.」

「〈브리타니큐스〉?」 나는 놀라서 되물었다.

「그럼요. 〈브리타니큐스〉예요. 내가 그만둔 것도 바로 그것 때문이에요. 〈브리타니큐스〉를 하자고 아이디어를 내놓은 사람이 바로 난데, 사람들은 나더러 쥐니 역을 하라는 거예요.」

「그래?」

「그런데 내가 할 수 있는 건 아그리핀밖에 없었죠.」

「그래서 지금은 뭘 해?」

그걸 물은 것은 실수였다. 안니의 얼굴에서 핏기가 가셨다. 하지만 그녀는 곧 대답한다. 「이제 연극을 그만뒀어요. 난 여행 중이에요. 나를 봐주는 사람이 있어요.」 그리고 미소를 짓는다. 「오! 그렇게 걱정스러운 얼굴로 보지 마세요. 이건 비극이 아니에요. 누가 나를 봐주든 그런 건 상관없다고 늘 말했잖아요. 게다가 그이는 늙어서 귀찮게 굴지도 않아요.」

「영국 사람이오?」

「아니, 그게 당신하고 무슨 상관이에요?」 안니는 화를 내듯 쏘아붙인다. 「그 사람 얘기는 그만둬요. 당신한테나 나한테나 중요하지 않으니까요. 차 마시겠어요?」

안니는 화장실로 들어간다. 왔다갔다하면서 식기를 만지작거리고 혼잣말을 하는 소리가 들린다. 날카롭고 알아들을 수 없는 소리다. 침대 옆의 나이트 테이블 위에 옛날처럼 미슐레의 『프랑스사』가 놓여 있다. 침대 위쪽에 사진을 걸어 놓은 것도 보인다. 그녀의 오빠가 그린 에밀리 브론테의 초상화 복제품이다.

안니가 돌아와서 말한다. 「자, 당신 얘기를 해봐요.」

그리곤 다시 화장실로 사라진다. 나는 기억력이 나쁜데도 생각나는 게 있다. 전에도 안니는 이렇게 직업적인 질문을 하곤 했다. 그것은 진지한 관심과 되도록 빨리 결말 짓고 싶은 욕망의 표시라고 생각되자 나로서는 대단히 어색했던 것이다. 하여튼 이런 질문을 한 만큼 그녀는 분명 나에게 뭔가 기대하고 있다. 지금은 전초전에 불과하다. 어색해질 일을 먼저 해결하고 본격적인 문제를 정리한다. 이를테면 「자, 당신 얘기를 해봐요」라고. 안니는 곧 자기 이야기를 시작할 것이다. 그래서 안니에게는 아무 말도 하고 싶지 않다. 이야길 해서 뭘 한단 말인가? '구토', 공포, 존재…… 모든 걸 혼자 삭이는 편이 낫다.

「자, 빨리 해요.」 그녀는 칸막이 너머로 소리를 지르곤 찻주전자를 가지고 돌아온다. 「뭘 해요? 파리에 살아요?」

「부빌에 살아.」

「부빌에요? 왜요? 아직 결혼 안 했죠?」

「결혼?」 나는 펄쩍 뛰면서 되묻는다.

안니가 그런 생각을 했다니 아주 유쾌하다. 「그건 부조리해. 당신이 나를 비난하던, 그 자연주의적 상상 따위하고 같은 얘기지. 알지? 나는 당신이 과부가 되고 두 아이의 어머니가 된 모습을 상상했지. 그리고 우리의 미래에 대해 당신에게 말했던 걸 알잖아. 당신은 그런 걸 싫어했지?」

「당신은 기뻤죠?」 안니는 괴로운 기색도 없이 말한다. 「강하게 보이려고 그런 소리를 했죠? 게다가 얘기를 하는데도 당신은 화를 냈지만, 언젠가는 살짝 결혼을 할 정도로 믿을 수 없는 사람이에요. 〈황제의 오랑캐꽃〉이라는 영화를 보러 가지 않는다고 1년 내내 화를 내면서 버티더니, 내가 몸이 아팠던 바로 그날 혼자서 동네 영화관을 찾았지요?」

「나는 부빌에 살고 있소.」 나는 엄숙하게 말한다. 「드 롤르봉 씨에 대한 책을 쓰기 위해서요.」

안니는 큰 관심을 나타내며 쳐다본다. 「드 롤르봉 씨? 18세기 인물이지요?」

「그렇지.」

「그러고 보니 당신이 한 번 말한 것 같아요.」 그녀는 애매하게 말한다. 「그럼 역사책이겠군요?」

「그렇지.」

「하하!」

안니가 다시 물으면 모든 걸 이야기할 생각이다. 그러나 더 이상 묻지 않는다. 나를 알 만큼 안다고 판단하는 게 틀림없다. 안니는 이야기를 잘 듣는 편이지만, 자기가 원할 때만 그렇다. 나는 안니를 본다. 그녀는 눈을 내리깐 채 나에게 무슨 이야기를 할까, 그 이야기를 어떻게 시작할까를 생각한다. 이번에는 내가 질문을 해야 하나? 안니는 순서에 얽매이지 않을 것이다. 안니는 말하고 싶을 때 말할 것이다. 내 가슴이 몹시 뛴다.

안니가 갑자기 말을 꺼낸다. 「나는 변했어요.」

이제 시작이다. 그러나 지금 그녀는 입을 다물었다. 안니는 하얀 사기 찻잔에다 차를 따른다. 내가 말하기를 기다리고 있다. 무엇이든 말해야겠다. 아무 말이나 하는 게 아니고 그녀가 기대하는 말을 해야 한다. 괴롭다. 그녀가 정말 변했을까? 그녀는 살이 찐데다 피곤해 보인다. 변했다는 게 그런 뜻은 아니다.

「모르겠는걸. 그렇게 보이지는 않아. 웃는 거나, 일어서서 어깨에 손을 올리는 거, 혼잣말을 하는 버릇도 다 여전한데. 게다가 아직도 미슐레의 역사를 읽고, 또 이것저것……」

내 영원한 본질에 대한 깊은 관심. 내 삶에서 일어날 수 있는 일에 대한 완전한 무관심, 또한 유식한 체하지만 귀엽고 이상한 태도, 그리고 예의나 우정 같은 인간 관계를 쉽게 만드는 기계적인 형식들을 처음부터 없애 버려서 상대방이 끝까지 찾아내도록 하는 그 방법.

안니는 어깨를 으쓱한다. 「그럼요, 나는 변했어요.」 말투가 냉정하다. 「모든 게 다 변했어요. 나는 이미 예전의 내가 아니에요. 당신이 첫눈에 알아볼 거라고 생각했는데요. 그런데 당신은 미슐레의 역사 얘기를 하는군요.」 그리곤 내 앞으로 다가온다. 「이 사나이가 자기 말대로 얼마나 강한지 알아봅시다. 찾아봐요. 내 어디가 변했어요?」

나는 주저한다. 안니는 발을 구른다. 아직 웃고 있지만 단단히 화가 났다. 「옛날에 당신을 괴롭히던 게 있어요. 적어도 당신은 그렇게 말했어요. 하지만 이제는 다 끝났어요. 사라져 버렸어요. 그것을·알아야 해요. 이젠 마음이 편하지 않으세요?」

나는 감히 아니라고 말할 수밖에 없다. 나는 옛날처럼 의자에 엉거주춤하게 앉아 함정을 피하려고, 그리고 설명할 수 없는 노여움을 뿌리치려고 조바심을 냈다.

안니는 도로 앉았다. 「그래요.」 확신에 찬 어조로 고개를 끄떡인다. 「당신이 이해하지 못한다면 많은 일들을 잊어버렸기 때문이에요. 내가 생각했던 것 이상이에요. 여보세요, 당신은 옛날에 저지른 실수가 기억나지 않으세요? 당신은 날 찾아와서 얘기를 쏟아내곤 가버렸어요. 전혀 엉뚱하게 말이죠. 아무것도 변하지 않았다고 상상해 보세요. 당신이 들어오면 벽에는 가면이나 숄들이 걸려 있을 거예요. 나는 침대 위에 앉아서 이렇게 말했을 거예요. 안니는 고개를 뒤로 젖히고 콧구멍을 벌름거리더니 자신을 놀리듯이 연극 대사처럼 말한다. ‘그런데요? 뭘 기다려요? 앉아요’ 라고. 물론 나는 ‘창문 옆의 안락의자엔 앉지 말아요’ 라는 말은 안 하려고 했지만 말이에요.」

「당신은 나를 함정에 빠뜨리려고 했지?」

「함정이 아니었어요. 물론 당신은 곧장 그 안락의자로 가서 앉았을 거예요.」

「거기 앉으면 어떤데?」 나는 호기심에 찬 눈으로 안락의자를 돌아다보면서 묻는다.

의자는 그다지 특별해 보이지 않는다. 포근하고 편하게 생겼다.

「나쁜 일뿐이죠.」안니는 짧게 말한다.

나는 더 이상 묻지 않는다. 안니는 원래 금기시하는 물건들에 둘러싸여 산다.

「내 생각엔.」나는 문득 말을 꺼낸다. 「사실은 무슨 일을 예견하고 있어. 보통일이 아닌 듯싶어. 가만, 어디 좀 봐. 과연 이 방은 아무 장식이 없어. 내가 그 사실을 금방 알아냈다는 걸 당신도 인정해야 해. 좋아, 가령 내가 이 방에 들어와서 벽에 걸린 가면이나 숄 등을 봤다고 해. 호텔은 항상 당신 방문 앞에서 끝나곤 했지. 당신 방은 달랐으니까. 당신은 나에게 문을 열어 주러 나오지 않을 거야. 방 한구석에 주저앉아 있거나, 어쩌면 당신이 늘 가지고 다니는 붉은 천을 깔고 앉아서 나를 기다리며 나를 바라보고 있었을 거야. 내가 한 마디 하기도 전에, 한 걸음 움직이기도 전에, 숨을 돌리기도 전에 당신은 눈썹을 찌푸리기 시작하고, 나는 이유도 모르면서 죄인이 된 기분을 느꼈을 거야. 그때부터 나는 실수를 연발할 테고, 내 실수 속에 파묻혀 버릴 거야……..」

「그런 일이 몇 번이나 있었죠?」

「백 번도 더.」

「그래요! 그래, 지금은 훨씬 익숙하고 세련됐어요?」

「아냐.」

「그 소리를 들으니 기뻐요. 그래서요?」

「그래서 더 이상……..」

「하하?」 안니는 연극 배우처럼 고함을 지른다. 「이제야 그걸 믿나 보군요.」 그리고 부드럽게 말을 잇는다. 「그럼, 내 말을 믿을 수 있겠군요. 하지만 그것은 이미 없어요.」

「그 완전한 순간이 없단 말이야?」

「없어요.」

나는 아찔했다. 다시 묻는다. 「결국 당신은…… 그…… 비극, 가면이라든가 숄이라든가 가구, 그리고 나 자신, 우리 스스로가 조그마한 역할을 했던 그 비극, 당신이 주연인 그 비극이 끝났단 말이야?」

안니는 미소를 짓는다. 「남의 호의도 모르는군요. 나는 당신에게 나보다도 중요한 역할을 주곤 했어요. 그러나 당신은 의심하지 않았어요. 하여튼 그래요. 끝났어요. 놀랐어요?」

「그럼, 놀랐지! 나는 그것이 당신의 일부분이라고 생각했고, 그 부분을 당신한테서 떼어놓는 건 심장을 빼앗아 버리는 거라고 생각했지.」

「나 역시 그렇게 생각했어요.」 안니는 조금도 섭섭하지 않은 태도다. 다만 나를 아주 불쾌하게 만드는 말투로 빈정거린다. 「하지만 그게 없어도 살 수 있다는 건 알겠죠?」

안니는 깍지를 낀 손으로 한쪽 무릎을 안는다. 젊어 보이게 만드는 애매한 미소를 띠고 허공을 바라본다. 그 모습이 뚱뚱한 소녀처럼 신비롭고 만족스러워 보인다. 「그래요, 당신이 달라지지 않았다는 게 기뻐요. 당신이 자리를 옮겨 다른 길가에 색을 덧칠하고 서 있었다면 나는 갈피를 잡을 수 없었을 거예요. 당신은 나한테 없어서는 안 될 사람이에요. 나는 변해요. 당신은 움직이지 않고, 나는 당신과의 관계에서 내가 변화하는 걸 측정할 수 있어요.」

어쨌든 나는 거북해진다. 「하지만 그건 아주 부정확해.」 힘을 주어 말한다. 「반대로 나는 요즈음 많이 변했어. 따지고 보면 나는…….」

「오!」 안니는 짓누르는 듯 경멸을 담아 말한다. 「지적인 변화군요! 나는 눈 흰자위까지 변해 버렸어요.」

눈 흰자위까지. 그 목소리가 내 마음을 발칵 뒤집어 놓았다. 목소리 속의 무언가가. 나는 갑자기 펄쩍 뛰었다! 사라진 안니를 찾아내는 걸 포기한다. 거기에 있는 여자가 바로 그녀다. 내 마음을 흔드는, 내가 사랑하는 그 뚱뚱하고 피곤한 여자다.

「나는 물리적 확신을 갖고 있어요. 완전한 순간이란 없는 것 같아요. 걸을 때면 다리뼈에서도 느끼는 걸요. 잠잘 때도 느껴요. 잊을 수가 없어요. 물론 계시 같은 것은 없었어요. 특정한 날 특정한 시간부터 내 생활이 변했다고 할 수는 없어요. 지금은 어저께 갑자기 생겨난 것 같아요. 어지럽고 편치 않아요. 익숙하지 않아서 그런 모양이에요.」

나직한 목소리다. 변한 게 자랑스러운 모양이다. 안니는 상자 위에서 야릇한 우아함을 보이며 몸을 흔든다. 내가 들어온 후 처음으로 옛날 마르세이유의 안니와 비슷하다. 안니는 나를 옛날로 돌려놓았다. 나는 우스꽝스러운 일, 잘난 체하는 일, 섬세함 저 너머 그녀의 이상한 우주에 다시 빠져 버렸다. 그리고 안니하고 있으면 시작되는 미열과 씁쓸한 입맛을 다시 느꼈다.

안니는 무릎을 껴안았던 손을 푼다. 잠자코 있다. 그것은 서로 약속한 침묵이다. 오페라에서 무대가 정확히 일곱 박자 동안 텅 빌 때처럼 말이다. 안니는 차를 마신다. 다시 잔을 놓고 상자 끝에 주먹을 짚은 채 몸을 꼿꼿이 세우고 있다.

그녀는 갑자기 내가 그렇게도 좋아하던 얼굴을, 증오로 부풀어오르고 비비꼬이고 독기가 서린 메두사의 거룩한 표정으로 바꾸었다. 좀처럼 표정을 바꿀 줄 모르는 안니가 얼굴을 바꾼 것이다. 원로 배우들이 단번에 가면을 바꿔 버리듯이 말이다. 그 가면 하나하나가 분위기를 만들고 다음 얘기를 암시하도록 되어 있다. 가면은 한 번 나타나면 안니가 말하는 동안 변하지 않는다. 그러다가 가면이 떨어지고 안니에게서 떠나가 버린다.

안니는 물끄러미 나를 바라본다. 말을 하려는 것이다. 나는 가면의 위엄이 절정에 이른 그 비극적인 연설, 그 장송곡을 기다린다.

그녀는 단 한 마디만 건넨다. 「나는 살아 남았어요.」

억양이 얼굴과 도무지 어울리지 않는다. 비극적인 억양이 아니다. 소름 끼친다. 건조하고, 눈물도 없고, 동정심도 없는 절망이 느껴진다. 그렇다, 그녀의 마음속에는 고칠 수 없을 정도로 뒤틀린 것이 있다.

가면이 떨어진다. 안니가 미소를 짓는다. 「나는 조금도 슬프지 않아요. 그 사실에 나 자신도 자주 놀라죠. 다 내 잘못이었어요. 내가 왜 슬퍼요? 전에는 꽤 정열적이었죠. 나는 어머니를 맹렬히 증오했어요. 당신도요.」 경멸에 가득 찬 말투다. 「나는 당신을 열렬히 사랑했어요.」

안니는 대답을 기다린다. 나는 아무 말도 하지 않는다.

「물론 다 끝난 일이지만요.」

「그걸 어떻게 알아?」

「난 알아요. 나에게 정열을 불어넣어 줄 만한 일도, 사람도 결코 만날 수 없다는 걸 알아요. 당신도 알죠? 누군가를 사랑한다는 건 커다란 일이에요. 정력과 너그러움, 맹목성이 필요하죠……. 처음에는 낭떠러지 아래로 뛰어내려야 하는 순간도 있어요. 가만히 생각해 보면 그런 짓은 못하겠어요. 나는 뛰어내리지 못할 거예요.」

「왜?」

안니는 비웃는 듯한 시선을 던지고는 입을 다물어 버렸다가 곧 대답한다. 「지금 나는 시들어 버린 정열에 둘러싸여 있어요. 열두 살 때 어머니한테 종아리를 맞고 4층에서 뛰어내리던 아름다운 분노를 되찾으려 애쓰는 중이에요.」 그리고 아득한 일처럼 더 이상 아무 관계가 없다는 듯이 막연히 덧붙인다. 「물건을 너무 오래 쳐다보는 것도 좋지 않아요. 뭔지 확인하려고 물건을 바라보지만 급히 눈을 돌려 버려요.」

「그건 또 왜지?」

「그것들이 불쾌해서요.」

말하면 안 될까? 확실히 비슷한 점이 있다. 우리는 이미 런던에서 각자 거의 같은 시기에 같은 일을 생각한 적이 있었다. 그때 얼마나 기뻤던가! 만약……. 그러나 안니의 생각은 쳇바퀴 돌듯 한다. 언제나 안니를 완전히 이해했다고 믿을 수가 없다. 나는 그것을 똑똑히 알아야겠다.

「여보, 내 말 좀 들어봐. 나는 여태껏 한 번도 완전한 순간이 어떤 건지 알 수 없었어. 당신은 한 번도 설명해 주지 않았어.」

「그럼요, 나도 알아요. 당신은 노력을 전혀 안 해요. 내 곁에서 말뚝처럼 서 있을 뿐이었죠.」

「그래그래, 나는 그래서 망한단 말이야.」

「당신이 겪은 건 전부 당연한 일들이에요. 죄가 많은 사람이니까요. 그 꿋꿋한 태도로 나를 괴롭혔다고요. 당신은 '나? 나는 정상적이지⋯⋯' 하는 태도였어요. 그리고 당신의 건강을 강조하는 데만 열중했죠. 당신은 도덕적으로 건강했어요.」

「어쨌든 나는 그게 어떤 건지 설명해 달라고 수백 번이나 부탁하지 않았던가?」

「맞아요. 하지만 그 말투가 뭐예요!」 안니는 화가 나서 말한다. 「당신은 알고 싶은 게 있을 때만 겸손해져요. 그게 진실이에요. 그때도 어린아이에게 뭘 하고 노는지 묻는 할머니들처럼 싹싹한 태도로 내게 물었어요. 사실은⋯⋯.」 그리고 꿈꾸듯이 말을 맺는다. 「내가 가장 증오하는 건 당신이 아닐까 생각 중이에요.」

안니는 자기를 억제하려고 애쓰다가 정신을 차리고 미소짓는다. 볼은 아직도 화끈거린다. 무척 아름다운 여자다.

「그것이 어떤 건지 설명하겠어요. 이제는 나도 늙어서 당신처럼 친절한 할머니들에게 어린 시절의 놀이 얘기를 화내지 않고 할 수 있어요. 자, 말해 봐요. 뭘 알고 싶으세요?」

「그것이 무엇이었는지.」

「특수한 상황에 대해서 당신에게 얘기한 적이 있죠?」

「못 들은 것 같은데.」

「했어요.」 안니는 자신 있게 말한다. 「엑스에서의 일이었어요. 그 광장의 이름은 생각나지 않는군요. 우리는 햇빛이 내리쬐는 카페의 정원에서 오렌지빛 파라솔 밑에 있었어요. 당신은 생각나지 않을 거예요. 우리는 레몬수를 마셨고, 나는 설탕 속에서 파리의 시체를 발견했어요.」

「그랬던 것 같군…….」

「그 카페에서 당신에게 했던 얘기예요. 어린 시절에 가지고 있던 미슐레의 대판본(大版本)에 대해서 얘기했을 때 말이에요. 지금 여기 있는 것보다 훨씬 더 크고 종이도 버섯 속처럼 푸르스름하고 또 버섯 냄새가 났죠. 아버지가 돌아가시니까 조제프 아저씨가 전부 들고 가버렸어요. 그걸 보고 아저씨더러 돼지라고 했더니 어머니가 매를 들길래 창밖으로 뛰어내렸어요.」

「그래, 맞아. 그『프랑스사』에 대해서 무슨 이야기를 한 것 같아. 당신은 그걸 헛간에서 읽곤 했다지? 봐요, 생각이 나는걸. 아까 나보고 전부 잊었다고 비난한 건 옳지 않아.」

「그만둬요. 어쨌든 당신이 잘 기억하고 있는 것처럼 나는 그 두꺼운 책들을 헛간으로 가져가곤 했어요. 그림은 거의 없었죠. 한 권에 서너 장 있을 정도였어요. 몇 장 안 되는 그림이지만 한 페이지를 전부 차지했고 뒷장은 백지였어요. 다른 페이지에 내용을 많이 넣으려고 2단으로 편집했기 때문에 더 인상적이었어요. 나는 그 사진들이 굉장히 좋았어요. 그래서 전부 기억했기 때문에 미슐레의 책을 읽을 때면 50페이지 전부터 그림들을 기다리곤 했어요. 그림을 보는 게 기적 같았어요. 참 세밀하게 잘 그린 그림이었어요. 하지만 다음 페이지의 내용하고는 관계가 없었고, 그 장면의 사건을 찾으려면 30페이지나 더 넘겨야 했어요.」

「여보, 제발 완전한 순간의 얘기를 해줘.」

「나는 특수한 상황에 대해서 얘기하는 거예요. 그 그림의 내용이 바로 그것이었어요. 그것들에 '특수하다'는 형용사를 붙인 사람은 바로 나예요. 나는 그토록 드문 삽화의 주제가 된 만큼 상당히 중요하다고 생각했어요. 사람은 많은 그림 중에서 그것들을 택했어요. 알겠어요. 조형적인 가치가 더 높은 에피소드도 있었고, 더 역사적인 의미를 가진 것도 있었는데 말이에요. 이를테면 16세기에 대한 그림은 석 장밖에 없었어요. 앙리 2세의 죽음과 기즈 공작의 암살, 그리고 앙리 4세의 파리 입성이었죠. 그래서 나는 이 사건들에는 특수한 성격이 있다고 생각했어요. 삽화들이 내 생각을 뒷받침해 주었죠. 그림이 하도 닳아서 팔이나 다리가 몸에 확실히 붙어 있지 않았지만 위대해 보였어요. 이를테면 기즈 공작이 암살되는 장면을 본 목격자들은 아연실색하여 손바닥을 앞으로 내민 채 고개를 돌리면서 분노를 나타내고 있어요. 그 모습이 너무나 아름다워서 합창을 연상케 할 정도였죠. 그리고 재미있는 일화를 표현하는 세밀한 부분도 소홀히 하지 않았어요. 땅바닥에 넘어진 시동(侍童)들, 도망치는 강아지, 왕좌나 계단에 앉아 있는 광대까지. 이렇듯 세밀한 부분도 아주 위대하게, 또 아주 서툴게 그려 놓아서 다른 부분과 조화를 이루었어요. 나는 그만큼 엄밀한 일관성을 가진 그림은 본 적이 없어요. 그것은 거기서 온 거예요.」

「특수한 상황이?」

「내가 그것에 대해 품은 개념 말이에요. 그것은 아주 드물고, 귀중한 특성을 띠는, 말하자면 스타일을 가진 상태였어요. 내가 여덟 살 때는 이를테면 왕이라는 게 특수한 상대였어요. 죽는다는 것 역시 그랬고요. 웃을지도 모르지만 죽어 갈 때 그려진 사람들이 많아요. 그 순간에 고귀한 말을 남긴 사람들도 많고요. 진심으로 나는…… 하여튼 사람은 임종의 고통이 시작될 때 자기 자신을 초월한다고 생각해요. 게다가 빈소에 들어가는 것으로 충분했어요. 죽음은 특수 상태라 무언가가 쏟아져 나와 임종을 지키는 사람들에게 전달돼요. 웅장함 같은 거예요. 아버지가 돌아가셨을 때였죠. 마지막으로 아버지 얼굴을 보라고 나를 데려갔어요. 계단을 올라가는 동안 참 불행했어요. 그러면서도 종교적인 기쁨에 취했지요. 내가 특수한 상태에 들어갔던 거죠. 나는 벽에 기대서서 의식을 치르려고 했어요. 그런데 숙모랑 어머니가 침대 곁에 엎드려서 우는 바람에 모든 걸 망쳐 버렸어요.」

안니는 아직도 괴로운 기억인 듯 유머를 섞어서 마지막 말을 한다. 그리고 침묵이다. 눈썹만 올린 채 다시 한 번 그 광경을 재현하려고 이 기회를 이용하는 것이다.

「나중에 그것을 확대시켜 보았어요. 거기에다 새로운 상태, 즉 육체적 사랑부터 첨가했어요. 자, 왜 내가 당신의 요구를 받아들이지 않았는지 이해할 수 없었다면 이제 기회가 왔어요. 나에게는 구원해야 할 것이 있었어요. 그리고 다른 특수한 상태까지 다 헤아릴 수 있다고 생각했어요. 마침내는 그것이 무한하다는 걸 인정했어요.」

「그렇지. 그런데 도대체 그게 뭐였어?」

「아니, 이미 말했잖아요?」 안니는 놀라서 말한다. 「벌써 15분이나 설명했어요.」

「결국 사람들이 증오나 사랑에 집착해야만 했다는 것인지, 아니면 사건이 위대해 보여야만 했다는 것인지, 다시 말해서 사람이 볼 수 있는 것이……..」

「둘 다 맞아요. 경우에 따라 다르겠죠.」 안니는 언짢은 목소리로 대답한다.

「그러면 완전한 순간이란 특수한 상태와 어떤 관계지?」

「완전한 순간이란 나중에 와요. 우선 징조를 보인 다음에 특수한 상태가 천천히 엄숙하게 삶 속으로 들어와요. 그때에 우리가 그것을 완전한 순간으로 만들지 말지 알아야 하는 문제가 생겨요.」

「그래.」 내가 다시 정리해서 묻는다. 「알았어. 특수한 상태에서는 해야 할 행위가 있고, 취해야 할 태도가 있고, 해야 할 말이 있다는 거군. 그러면 다른 태도나 다른 말들은 엄격하게 금지되어 있다는 거야?」

「그런 거예요……..」

「결국 상태는 재료겠군. 그것은 처리되기를 기다리고 있다, 그런 말이지?」

「맞았어요.」 안니가 덧붙여 말한다. 「우선 예외적인 그 무엇 속에 빠져들어야 해요. 그리고 거기에 질서를 부여한다고 느끼는 거죠. 이 모든 조건이 실현되면 완전한 순간이 될 거예요.」

「결국 그것은 예술 작품이군.」

「잘 아는군요.」 안니는 답답하다는 듯이 말한다. 「하지만 그런 게 아니에요……. 그것은 하나의…… 의무였어요. 특수한 상태를 완전한 순간으로 변형시켜야만 했어요. 그것은 도덕적인 문제였어요. 그래요, 당신이 웃어도 좋아요. 도덕적인 거예요.」

나는 조금도 웃지 않는다.

「이봐요.」 나는 스스로 인정한다. 「내 잘못은 인정하겠어. 사실 당신을 이해한 적이 없었소. 진심으로 당신을 도울 생각이 없었지. 만약 내가 알았으면…….」

「고마워요, 너무 고마워요.」 안니는 비꼬듯이 말한다. 「당신이 뒤늦게 후회해 봤자 고마워하지 않아요. 그렇다고 원망하고 싶지도 않아요. 내가 분명하게 설명하지 않은 건 사실이에요. 내가 모자란 사람이라 아무한테도, 당신에게조차…… 아니, 당신이었기 때문에 더더욱 말할 수 없었어요. 그때는 미칠 것 같았으니까요. 그러나 내가 할 수 있는 건 다 한다고 생각했어요.」

「뭘 해야만 했던 거지? 무슨 일을?」

「당신은 정말 바보예요. 꼬집어 예를 들 수는 없어요. 경우에 따라 다르니까요.」

「그러지 말고 당신이 하려고 했던 걸 말해 봐요.」

「말하고 싶지 않지만 정 원한다면 학교 다닐 때 아주 감격한 얘기를 할게요. 전쟁에 져서 포로가 된 왕이 있었어요. 왕은 적의 진지 한 모퉁이에 있었어요. 아들딸이 사슬에 묶인 채 지나가는 걸 보았지만 울지 않았어요. 아무 말도 안 했고요. 그런데 결박을 당한 채 끌려가는 신하를 보는 순간 몸부림치며 머리카락을 쥐어뜯기 시작했대요. 당신도 예를 만들어낼 수 있어요. 잘 알겠지만 울어서는 안 될, 또는 비인간이 돼야 하는 경우가 있어요. 하지만 발등을 찍히면 불평을 하든지 울든지 한 발로 깡충깡충 뛰든지 무슨 짓이라도 할 수 있어요. 고통을 무조건 참아내는 건 어리석은 일이에요. 부질없이 기운만 빠질 뿐이에요.」 안니는 어느새 미소를 지으면서 말한다. 「고통을 참는 것보다 '더한 것'이 필요한 때도 있었어요. 물론 당신은 내가 처음으로 키스해 주던 생각이 안 나겠죠?」

「아니, 다 생각나.」 나는 의기양양하게 말한다. 「템즈 강가의 키유 공원이었어.」

「하지만 당신은 내가 쐐기풀 위에 앉아 있는 줄은 몰랐을 거예요. 옷자락이 펄럭거리고 허벅지는 온통 찔린 자국투성이여서 살짝만 움직여도 따가웠어요. 고통을 참는 것만으로는 부족했을 거예요. 당신은 나를 조금도 흥분시키지 않았어요. 나 역시 당신의 입술을 딱히 원했던 건 아니었어요. 내가 당신에게 주려고 했던 그 키스가 가장 중요했죠. 그것은 하나의 계약, 하나의 약속이었거든요. 그러니까 당신도 그 고통은 무례한 거라는 사실을 알 거예요. 그런 순간에 허벅지를 생각한다는 건 있을 수 없는 일이었어요. 내 고통에 신경 쓰지 않는다는 것만으론 부족했어요. 괴로워해서도 안 되는 거였어요.」

안니는 나를 자랑스럽게 본다. 자기가 한 일이 아직도 놀라운 모양이다. 「내가 당신에게 주려고 결심했던 그 키스를 얻으려고 당신이 버티고 있는 동안, 나는 완전히 마비 상태였어요. 형식을 밟아야 했으니까요. 피부가 꽤 민감한데도 말이에요. 나는 우리가 일어설 때까지 '아무것도' 느끼지 않았어요.」

그렇다, 바로 그렇다. 모험이라곤 없다. 완전한 순간이란 없는 법이다. 우리는 똑같은 환상을 잃어버린 것이다. 우리는 같은 길을 걸었던 것이다. 나는 나머지 일을 추측한다. 나는 안니 대신 말할 수 있다. 아니, 안니가 하지 않은 말까지도 할 수 있다.

「그래서 당신은 알았단 말이지? 아무 때고 눈물을 흘리는 노파나, 머리카락이 붉은 사나이, 또는 다른 뭔가가 나타나 당신이 노리는 효과를 망쳐 버린다는 걸.」

「물론이에요.」 안니는 태연하게 대답한다.

「그렇지 않아.」

「이봐요, 난 어쩌면 붉은 머리카락 사나이의 서툰 행동을 이내 단념했을지도 몰라요. 남들이 자기 역할을 하는 데 흥미를 느낄 만큼 순진했으니까요. 아니, 차라리…….」

「특수한 상태가 없단 말이오?」

「그래요, 증오, 사랑, 또는 죽음이 성신강림절의 불꽃처럼 우리들 위에 내려온다고 생각했어요. 증오나 죽음으로 사람이 빛날 수 있다고 생각했어요. 지독한 오산이지요. 그래요, 정말로 '증오'가 존재해서 사람들 위에 자리잡고 있다가 자기 수준 이상으로 높여 준다고 생각했어요. 물론 나 혼자 증오하고 사랑하는데 말이죠. 그런데 나는 항상 같아요. 늘어나기만 하는 밀가루 반죽……. 그것은 서로 닮아서 이름을 붙여 구별할 방법이 없을 정도지요.」

안니는 나처럼 생각한다. 우리는 헤어진 적이 없는 것 같다.

「이봐.」 내가 입을 연다. 「조금 전부터 당신이 인심을 쓰듯 나에게 준 그 이정표 역할보다도 마음에 드는 일을 생각하고 있었어. 그것은 우리들이 같은 때에 같은 방법으로 변했다는 사실이오. 나는 점점 멀어져 가는 당신을 보는 것보다 끊임없이 당신을 떠나 보내야 하는 것보다, 당신의 출발점을 영원히 기록하도록 하는 편이 좋아. 당신이 나에게 말한 일들, 그것을 당신에게 얘기하러 온 거요. 다른 말로 말이오. 우리들은 같은 지점에 도착할 거요. 지금 얼마나 기쁜지 모르겠소.」

「그래요?」 안니는 부드럽지만 고집스럽게 말한다. 「그럼 나는 당신이 변하지 않는 게 더 좋아요. 그것이 더 편리했어요. 나는 당신하고 달라요. 나하고 같은 일을 생각한 사람이 있다는 게 불쾌해요. 어쨌든 당신이 잘못 생각하고 있을 거예요.」

안니에게 모험담을 이야기한다. 존재에 관한 이야기를 한다. 얘기가 너무 길었던 모양이다. 안니는 눈을 크게 뜨고 눈썹을 치켜올린 채 열심히 듣고 있다.

내가 말을 끝내자 안니는 무거운 짐을 내려놓은 것처럼 가뿐한 모양이다. 「그럼 당신 생각은 나하고 전혀 다르군요. 당신은 조금도 노력하지 않으면서 사물이 주변에 꽃다발처럼 놓여 있지 않다는 게 불만스러운 거예요? 나는 절대로 당신처럼 바란 적 없어요. 오히려 행동하고 싶었어요. 당신이 모험을 기다리는 쪽이었다면, 나는 모험을 만드는 쪽이었죠. '나는 행동가예요'라고 말했던 거 기억해요? 어쨌든 지금은 이렇게 생각해요. 행동가가 될 사람은 없다고요.」 내가 알아듣지 못한 줄 아는 모양이다. 안니는 흥분해서 더 강하게 말을 잇는다. 「사실 당신한테 말하지 않은 얘기가 많아요. 당신을 이해시키려면 너무 오래 걸리니까요. 이를테면 무슨 행동을 할 때마다 전부 숙명적인 거라고 생각해야만 했어요. 설명이 잘 안 되는군요…….」

「하지만 그건 아무 소용도 없어.」 나는 적이 현학적으로 말한다. 「그것도 생각은 했지.」

안니는 못 믿겠다는 듯이 쳐다본다. 「당신 말을 믿으면 모든 일을 나랑 같은 방법으로 생각한 셈이군요. 놀라워요.」

나는 안니를 설득할 수 없다. 화를 돋을 뿐이다. 차라리 입을 다문다. 그녀를 껴안고 싶다. 그때 갑자기 의아해하며 나를 쳐다본다.

「당신이 이 모든 걸 생각했다면 어떻게 해야 옳죠?」

나는 고개를 숙인다.

「나는…… 나는 그저 살아 남았을 뿐이에요.」 안니는 우울하게 되풀이한다.

내가 무슨 말을 하겠는가? 난들 생존의 이유를 알겠는가? 그녀처럼 절망에 빠지지는 않았다. 기대도 없으니까. 나는 차라리…… 나에게 주어진, '까닭 없이' 주어진 이 인생 앞에 놀랄 뿐이다. 고개를 들 수가 없다. 안니의 얼굴을 보고 싶지 않다.

「나는 여행을 해요.」 안니의 목소리가 음울하다. 「스웨덴에서 돌아오는 길이에요. 베를린에서는 일주일 머물렀어요. 나를 봐주는 사람이 있어서…….」

그녀를 껴안아서…… 무슨 소용이 있단 말인가? 나는 아무것도 해줄 수가 없다. 그녀는 나처럼 고독하다.

안니는 더 유쾌한 목소리로 묻는다. 「뭐라고 중얼대는 거예요?」

나는 눈을 치켜 뜬다. 그녀의 눈빛이 다정하다. 「별거 아냐. 생각하는 게 있을 뿐이야.」

「참 이상한 사람이군요! 그럼 똑바로 말하든가 가만히 있든가 해요.」

나는 '철도회관' 이야기, 축음기에 틀어 달라고 부탁하는 낡은 랙타임 이야기, 그것이 주는 야릇한 행복감에 대해 얘기한다.

「나는 혹시 그쪽에서 찾을 수 없을까 생각했소…….」

대답이 없다. 내 말에 별 관심이 없는 모양이다. 잠시 후에야 말을 잇는다. 그런데 안니가 자기 생각을 말하는 것인지, 내가 방금 말한 걸 가지고 대답하는 건지 분간할 수가 없다.

「그림이든 동상이든 다 소용 없어요. 나한텐 아무 소용이 없어요. 음악…….」

「그러나 연극에서는…….」

「아니, 뭐라고요? 연극이라고요? 예술이라면 전부 다 늘어놓을 생각이군요?」

「예전에 당신은 무대 위에서는 완전한 순간을 실현시킬 수 있을 거라며 연극을 하고 싶다고 했어!」

「그래요, 나는 그것을 실현시켰어요! 타인을 위해서 말이에요. 먼지 속에서 바람을 맞고 강한 광선을 쬐며 마분지로 만든 무대 장치 사이에 있었어요. 상대는 대개 돈다이크였죠. 카벤트 가든에서 그가 연기하는 걸 봤죠. 그 사람 앞에서 웃음을 터뜨릴까 봐 늘 걱정이었어요.」

「그럼 단 한 번도 당신 역할에 몰두하지 못했단 말이오?」

258

「가끔은요. 그러나 완전히 몰입한 적은 한 번도 없어요. 거기에는 많은 사람이 있지만 보이지는 않아요. 물론 우리는 그들에게 완전한 순간을 보여 주었어요. 하지만 이봐요, 그들은 그 완전한 순간에 살지 않았어요. 그 순간이 그들 앞에서 펼쳐지고 있을 뿐이었어요. 우리 배우들도 그 속에 살고 있었다고 생각하시죠? 결국 그 순간은 무대 위에도 무대 뒤에도, 아무 데도 존재하지 않았어요. 그러나 사람들은 다 그 생각을 하고 있었죠. 이제 알겠어요?」 안니는 조롱하듯 목소리를 길게 뽑으면서 말한다. 「나는 모든 걸 날려보냈어요.」

「나도 그 책을 쓰려고 했지만……」

안니가 내 말을 가로막았다. 「나는 과거에 살고 있어요. 내가 겪은 일들을 돌이켜보며 정리하죠. 이처럼 한참 후에 바라보면 그것은 나쁘지 않아요. 거기에 사로잡혀 버릴 지경이죠. 우리의 사건들도 제법 아름다운 얘기가 돼요. 손가락으로 몇 번 누르면 완전한 순간이 된다고요. 그러면 눈을 감고 내가 아직 그 속에 산다고 상상해요. 다른 사람들도 있어요. 정신을 집중시킬 줄 알아야만 해요. 내가 무슨 책을 읽었는지 모르죠? 로욜라의 『정신적 훈련』이에요. 나에게 제법 유익했어요. 우선 무대 장치를 설치하고 나서 인물을 등장시키는 방법이 있어요. 그러면 '볼' 수 있거든요.」 이번엔 마술사처럼 덧붙인다. 「그것은 나를 조금도 만족시키지 못하는데……」

내가 묻는다. 「내가 그것에 만족한다고 생각하오?」

우리는 잠시 가만히 있다. 저녁때가 되었다. 나는 안니의 얼굴이 창백한 걸 겨우 알아볼 정도다. 안니의 검은 옷이 방안에 기어든 어둠 속에서 녹아 버렸다. 나는 기계적으로 잔을 든다. 아직 남은 차를 입에 댄다. 차는 식었다. 담배를 피우고 싶었지만 감히 그럴 수가 없다. 서로 할말이 없다는 게 괴롭다. 어제만 하더라도 안니에게 물어볼 말이 많았다. 어디에 있었는지, 무엇을 했는지, 누구를 만났는지……. 그러나 안니가 스스로 털어놓아야만 재미있는 일이다.

지금은 아무런 호기심도 없다. 세계 각지, 그녀가 지나쳤던 도시들, 안니를 쫓아다녔던, 그리고 안니가 사랑했을 남자들, 이 모든 것 중에 안니의 마음을 붙드는 건 없다. 안니에게는 무관심한 것들이다. 어둡고 차가운 수면에 비치는 희미한 햇살처럼. 안니는 지금 내 앞에 있다. 우리는 4년 동안 만나지 않았다. 그런데 더 이상 할말이 없다.

「그만 돌아가세요. 난 누굴 기다리는 중이에요.」 갑자기 안니가 잘라 말한다.

「그 사람은……?」

「아니에요, 독일 사람이죠. 화가예요.」

안니는 웃기 시작한다. 웃음소리가 어두운 방에서 이상하게 울린다.

「그럼 우리하곤 다른 자가 있군 그래. 아직은 말이야. 그 사람은 행동하며 정력을 낭비하고 있겠지.」 나는 할 수 없이 일어선다. 「언제 또 만날 수 있을까?」

「몰라요. 내일 저녁에 런던으로 떠나니까.」

「디에프 거쳐서?」

「네. 그 후엔 이집트로 갈 거예요. 겨울쯤 다시 파리에 들를 생각이에요. 편지하겠어요.」

「내일은 하루종일 시간이 나는데…….」 나는 기어 들어가는 소리로 말한다.

「네, 하지만 나도 할 일이 많아요.」 목소리가 쌀쌀하다. 「안 돼요. 만날 수 없어요. 이집트에서 편지할게 주소나 적어 줘요.」

「그럴게.」

어둠침침한 가운데 봉투 끝에다 주소를 적었다. 부빌을 떠날 때 편지를 전해 달라고 프랭타니아 호텔에 말해 둘 생각이다. 안니가 편지하지 않으리라는 걸 나는 안다. 10년 후에나 다시 만날 수 있을 것이다. 이것이 마지막일지도 모른다. 안니와 헤어진다는 사실만으로 풀이 꺾인 건 아니다. 나의 고독을 되찾는다는 사실이 두렵다.

안니는 일어선다. 문턱에서 내게 살짝 키스한다. 「당신의 입술을 기억하고 싶어서예요.」 웃으면서 덧붙인다. 「나의 '정신적 훈련' 을 위해서 나의 추억을 짙어지게 하고 싶어요.」

나는 안니의 팔을 잡아당긴다. 그녀는 굳이 반항하지 않으면서도 고개를 살래살래 흔든다.

「안 돼요. 이젠 관심이 없어요. 다시 시작할 수 없어요……. 더구나 아무하고나 할 수 있는 일이니까, 당신보다는 잘생긴 남자가 낫겠죠.」

「이제부터 어떻게 할 생각이야?」

「말했잖아요, 영국으로 간다고.」

「그게 아니고, 내 말은…….」

「계획이 없어요!」

나는 안니의 팔을 놓지 않은 채 부드럽게 말한다. 「당신하고는 만나

자마자 이별이군.」

이제 안니의 얼굴을 분간할 수 있다. 그녀의 얼굴이 갑자기 더 창백해진다.

아주 무서운 노파의 얼굴이다. 안니가 일부러 꾸며낸 얼굴이 아닌 건 확실하다. 본의 아니게, 그녀도 모르게 그런 얼굴이 거기에 있었다.

「아니에요.」 그녀는 천천히 말한다. 「아니에요, 나를 만난 게 아니라고요.」

안니는 팔을 빼낸다. 문을 여니 복도에 전등이 반짝인다.

안니는 웃기 시작한다. 「가엾어라! 운이 없는 사람이군요. 처음으로 멋진 연기를 보여 주었는데 감사도 받지 못하다니. 자, 가요.」

등뒤에서 문 닫히는 소리가 들린다.

일요일

아침에 기차 시간표를 훑어보았다. 거짓말을 한 게 아니었다면 안니는 5시 38분에 디에프 행 열차로 출발할 것이다. 아니면 그자가 자동차로 데리고 갈지도 모른다! 아침 내내 메닐몽탕 거리를 헤매다가 오후에는 개천가를 거닐었다. 몇 걸음, 몇몇 벽들이 나를 안니와 갈라놓고 있었다. 5시 38분이면 어제의 대화는 추억이 될 것이다. 내 입술을 살짝 건드린 그 뚱뚱한 여자는 메크네스의, 런던의 깡마른 소녀와 과거 속에 묻혀 버릴 것이다. 그러나 아직 아무것도 지나가지 않았다. 안니는 아직 거기에 있었고, 다시 찾아가서 영원히 내 곁에 잡아 둘 수도 있으니 말이다. 나는 아직 고독하지 않다.

안니를 떠올리지 않으려고 했다. 그녀의 몸과 얼굴을 상상하면 신경이 몹시 날카로워졌다. 손이 떨리고 온몸에 차가운 전율이 스쳤다. 헌책방에 들러 외설스러운 책들을 뒤적거리기 시작했다. 내 마음이 그쪽으로 끌렸다.

오르세 역의 시계가 5시를 알릴 때 나는 『회초리를 든 의사』의 삽화를 보고 있었다. 삽화들은 대개 비슷했다. 풍만한 엉덩이에 채찍을 휘두르는 거구의 털보 그림이었다. 5시라는 걸 깨닫고 책을 팽개친 뒤 택시를 잡아탔다. 그리고 생 라자르 역으로 달렸다.

20분 가까이 플랫폼을 서성이다 그들을 보았다. 안니는 모피 코트를 입어서 귀부인처럼 보였다. 조그만 베일까지 걸치고 있었다. 남자는 낙타 코트 차림이었다. 금발 머리에 젊고 훤칠한데다 잘생기기까지 했다. 외국인인 건 분명한데 영국 사람은 아니었다. 이집트 사람일 것이다. 그들은 나를 보지 못한 채 기차에 올라탔다. 서로 말이 없어 보였다. 남자가 다시 내려서 신문을 샀다. 안니는 유리창을 내렸다. 나를 본 것이다. 한참 동안 화도 안 내고 무표정한 눈으로 나를 바라볼 뿐이었다. 남자가 올라타자 기차가 출발했다. 바로 그때 우리가 점심을 먹곤 했던 피카딜리 식당이 눈앞에 나타났다. 똑똑히 보았다. 그리곤 모든 것이 무너져 버렸다. 걸었다. 너무 피곤해서 카페에 들어가 쉬다가 잠이 들었다. 웨이터가 다가와 나를 깨웠다. 나는 지금 비몽사몽간에 쓰고 있다.

내일 12시 기차를 타고 부빌로 돌아갈 참이다. 짐을 꾸리고 은행일을 보는 데 이틀이면 충분할 것이다. 프랭타니아 호텔에서는 미리 말하지 않았다면서 반 달치는 더 받으려 들 것이다. 빌린 책을 돌려주려면 도서관에도 가야 한다. 그래도 주말까지는 파리로 돌아갈 생각이다.

파리로 옮긴다고 뭐가 달라지겠는가? 어디나 마찬가지다. 하나는 강으로 갈라지고, 하나는 바다에 둘러싸였다. 그것만 아니면 두 도시는 비슷하다. 사람들은 헐벗은 황무지를 선택해서 쪼개진 돌덩이를 굴린다. 그 돌 속에는 공기보다 더 무거운 냄새가 갇혀 있다. 사람들은 가끔씩 그것들을 창문으로 던져 거리에 내버린다. 그것들은 바람이 갈기갈기 찢어 놓을 때까지 거기에 남아 있다. 날씨가 맑으면 소음이 도시의 한끝에서 들어왔다가 벽을 뚫고 다른 끝으로 가서 모든 벽을 돌다가 사라진다. 어떤 때는 햇빛에 그을리고 추위에 금이 간 돌 사이로 뱅뱅 돈다.

나는 도시가 두렵다. 하지만 도시를 나갈 수는 없다. 어쩌다가 너무 멀리까지 가면 '식물'의 테두리 안에 부딪친다. '식물'은 도시를 향해서 수 킬로미터를 땅에서 기고 있다. 그것은 기다리고 있다. 도시가 죽을 때 식물은 도시에 침입할 것이고, 돌에 기어 올라가서 조르고, 뒤엎고, 그 기다란 검은 집게로 부술 것이다. 식물은 구멍들을 틀어막을 것이고 곳곳에 초록빛 발을 늘어뜨릴 것이다. 도시가 살아 있는 한 그 속에 머물러야만 한다. 도시의 입구에 있는 그 거창한 머리카락 아래 혼자 침입해서는 안 된다. 아무한테도 들키지 않고 그 머리카락이 물결치도록 놓아두어야 할 것이다. 도시 속에서 적당히 처신할 줄 알고, 짐승들이 배설물 더미 뒤쪽 구덩이 속에서 되새김질을 하며 잠자는 시간을 선택할 줄 안다면, 사람은 존재하는 것들 중에서 가장 무섭지 않은 광석밖에는 만나지 않는다.

나는 부빌로 돌아갈 것이다. '식물'은 부빌을 세 방향에서만 포위하고 있다. 네 번째 면에는 커다란 구멍이 있고 혼자 움직이는 검은 물이 있다. 바람이 집들 사이에서 분다. 냄새가 다른 곳보다 덜하다. 그 냄새는 바람에 밀려 바다 위로 쫓겨가서 엷은 안개처럼 검은 물과 수평으로 달린다. 비가 온다. 사람들은 사방에 울타리를 두르고 식물을 길렀다. 식물은 거세되고 길들여져서 전혀 해롭지 않다. 귀처럼 아래로 늘어진 희끄무레하고 커다란 잎새들은 직접 만져 보면 물렁뼈 같다. 하늘에서 내리는 온갖 수분 덕분에 부빌에서는 모든 것이 기름지고 희다. 나는 부빌로 돌아갈 것이다. 얼마나 무서운 일이냐!

깜짝 놀라서 눈을 뜬다. 자정이다. 안니가 파리를 떠난 지 6시간이 지났다. 배는 떠났다. 안니는 선실에서 자고, 금발의 미남은 갑판에서 담배를 피우고 있다.

화요일 부빌에서

이것이 자유일까?

도시를 향해 마당들이 힘없이 내려가고, 마당마다 집이 서 있다. 나는 바다를 바라본다. 움직이지 않는 무서운 바다. 나는 부빌을 바라본다. 쾌청한 날씨.

나는 자유롭다. 살아야 할 이유도 없다. 그 동안 애써 찾아낸 이유들은 사라지고 다른 이유는 생각할 수가 없다. 아직 젊고 새 출발을 할 만한 힘도 남아 있다. 그러나 무엇을 다시 시작한단 말인가? 안니가 가장 혹독한 공포와 구토들로부터 나를 구해 주리라고 얼마나 간절히 기대했던가. 이제야 깨닫는다. 나의 과거는 죽었다는 걸. 드 롤르봉 씨는 죽었다. 안니는 모든 희망을 빼앗아 갔다.

나는 마당과 마당 사이로 난 하얀 길에서 고독을 느낀다. 고독과 자유. 자유는 왠지 죽음을 떠올린다.

내 생활은 오늘로 끝이다. 내일이면 내 발 밑에 엎드린 이 도시에서 떠나 버릴 것이다. 그렇게도 오래 살았건만. 이 도시는 땅딸막하고, 시민적이고, 아주 프랑스적인 이름에 불과하다. 내 기억 속에서는 피렌체나 바그다드라는 이름이 주는 의미로만 존재할 것이다. 「그런데 부빌에 있는 동안 하루 종일 뭘 하고 지냈을까?」 하고 자문하는 날이 올 것이다. 그리고 이 태양, 이 오후에 대한 추억도 아무것도 남지 않을 것이다.

내 모든 생활은 내 뒤에 있다. 내 생활을 본다. 나를 여기까지 끌고 온 그 형태와 느린 동작을 본다. 할말이 없다. 내 돈을 전부 탕진한 노름이었을 뿐이다. 엄숙한 모습으로 부빌에 발을 디딘 지 3년이다. 첫판부터 졌다. 두 번째 판을 벌였으나 역시 졌다. 노름에서 진 것이다. 사람이 늘 진다는 사실을 깨달았다. 이긴다고 생각하는 건 더러운 놈들 뿐이다. 이제는 안니처럼 하겠다. 살아 남겠다. 먹고 자고, 자고 먹고, 나무들처럼, 웅덩이처럼, 전차의 붉은 의자처럼, 천천히 조용하게 존재하겠다.

'구토'를 일으킨 건 짧은 순간이었다. 그것이 다시 찾아오리라는 걸 안다. 내게는 구토가 정상적인 상태다. 다만 오늘은 그것을 견디기에 너무나 기진맥진하다. 따분하다. 그뿐이다. 눈물이 날 정도로 하품을 해댈 때가 있다. 그것은 아주 깊은 권태이며, 존재의 깊은 마음이며, 나를 만든 재료 그 자체다.

나 자신을 소홀히 하지 않는다. 정반대다. 오늘 아침에도 목욕에 면도까지 했다. 다만 그 꼼꼼한 짓들을 돌이켜보면 어떻게 내가 그럴 수 있었는지 이해가 안 된다. 그만큼 부질없는 일이다. 습관 때문이었을 것이다. 습관은 없어지지 않았다. 조용하면서도 약삭빠르게 제 구실을 하느라 분주하다. 습관은 유모처럼 나를 씻기고 옷을 입힌다. 나를 이 언덕까지 데려온 것도 습관이었을까? 어떻게 여길 왔는지 생각해낼 수가 없다. 틀림없이 도트리 계단으로 왔을 것이다. 정말로 그 110계단을 하나하나 기어 올라왔을까? 더욱 상상하기 어려운 것은 곧 그 계단을 다시 내려가는 일이다. 그러나 나는 안다. 나는 잠시 '코토 베르' 밑에서 걸음을 멈출 것이며, 얼굴을 들어 창문들이 멀리서 반짝이는 걸 볼 것이다. 멀리, 내 머리 위로. 그리고 이 순간, 내가 빠져나올 수 없는 나를 가두고 사방에서 나를 에워싸고 있는 이 순간, 나를 만들고 있는 이 순간은 희미한 꿈에 지나지 않을 것이다.

나는 발 밑에 있는 부빌의 잿빛 광채를 본다. 그것은 햇빛을 받은 조개 껍데기들, 돌멩이나 자갈 더미와 비슷하다. 그 파편 속에 버려진 유리나 운모의 가냘픈 빛이 간헐적으로 가벼운 불꽃을 던진다. 조개 껍데기들 사이를 달리는 도랑, 개천, 가느다란 고랑은 1시간 안에 길이 될 것이며, 나는 벽 사이로 그 길을 걸을 것이다. 불리베 거리에서 볼 수 있는 그 검고 작은 인간들. 나도 1시간 안에 그 중 한 명이 될 것이다.

이 언덕 위에서 내가 그들과 얼마나 멀리 떨어져 있는가를 느낀다. 족속이 다른 것 같다. 그들은 하루 일을 마치고 사무실에서 나온다. 만족한 표정으로 집들과 광장들을 둘러보며 바로 '그들' 의 도시이고 '훌륭한 상업 도시' 라고 생각한다. 두려움을 느끼지도 않는다. 자기 집처럼 편안하다. 그들은 수도꼭지에서 흐르는 물, 스위치를 누르면 전등에서 퍼져 나오는 빛, 바지랑대로 받친 나무들밖에는 보지 못했다. 모든 것은 메커니즘에 의해 존재하고, 세계는 변함없는 부동의 법칙에 순종한다는 증거를 그들은 하루에 백 번도 더 보고 있다.

공중으로 던진 물체는 같은 속도로 떨어진다. 공원은 겨울에는 오후 4시에, 여름에는 오후 6시에 닫는다. 납은 335도에서 녹고, 전차는 막차가 오후 11시 5분에 시청에서 떠난다. 그들은 태연하지만 조금은 우울하다. 그들은 '내일' 을 생각하지만 그건 또 하나의 오늘에 지나지 않는다. 도시에는 아침마다 똑같이 돌아오는 단 하루가 있을 뿐이다. 일요일이면 그 하루를 좀 화사하게 장식하기도 한다. 그들의 두껍고 태연한 얼굴을 다시 본다고 생각하면 속이 뒤집힌다. 그들은 법률을 만들고, 대중 소설을 쓰고, 결혼을 하고, 자식을 낳는 어리석음을 일삼는다.

그들의 도시 속으로 막막한 대자연이 스며들었다. 그 자연은 도처에, 그들의 집 속으로, 사무실 속으로, 그들 자신 속으로 스며들었다. 자연은 움직이지 않는다. 가만히 있고, 그들은 자연 한복판에서 자연을 호흡하면서 정작 자연을 보지는 못한다. 그들은 자연이 그들의 외부에, 그들의 도시에서 20리 밖에 있다고 상상한다. 나는 자연을 '본다.' 그 자연, 그것을 '본다' ……. 그 복종은 게으름이고, 자연에는 법칙이 없다는 것을 나는 안다. 그들은 그것을 항구적이라고 간주하는 것이다. 자연에는 습관만 있고, 자연은 내일이라도 습관을 바꿀 수 있다.

만약 무슨 일이 생긴다면? 갑자기 자연이 꿈틀거리기 시작한다면? 그들은 자연이 거기에 있음을 깨닫고 가슴이 뻐거덕거린다고 생각할 것이다. 그들의 둑, 그들의 성벽, 그들의 발전소, 그들의 용광로, 그들의 전기 방아가 무슨 소용이겠는가? 그것은 언제든지, 당장이라도 일어날 수 있는 일이다. 거기에 징조가 있으니 말이다. 이를테면 산책을 하다가 바람에 날리듯 붉은 걸레 조각이 길을 건너 날아오는 것을 볼 것이다. 그 걸레가 아주 가까이 왔을 때서야 그것이 꿈틀거리면서 다가오는 먼지투성이 고기 조각이라는 걸 알아볼 것이다. 피를 내뿜으면서 개천 속에서 뒹구는 괴로운 고기 덩어리를 발견할 것이다.

그게 아니면 어머니가 자식의 뺨을 물을 것이다. 「그게 뭐냐? 부스럼이냐?」 뺨이 살짝 부어서 찢어지고 벌어지면, 어머니는 그 찢어진 틈으로 제3의 눈, 웃음 짓는 눈이 나타나는 것을 볼 것이다. 그것도 아니면 냇물에서 헤엄치다가 골풀을 만지듯 온몸에 보드라운 마찰을 느낄 것이다. 그리고 옷이 살아 있는 물건이 되었다고 믿을 것이다.

입 속에서 긁적거리는 무언가를 느끼는 사람도 있을 것이다. 그는 거울 가까이 가서 입을 벌린다. 혀는 커다란 지네가 되어 발을 꼬아 가지고 그의 입천장을 긁어 버릴 것이다. 그는 뱉어 버리려고 할 테지만, 지 네는 자기 자신의 일부가 되어서 손으로 그들을 뜯어 버려야만 할 것이 다. 그것 말고도 수많은 것들이 나타날 테니 그때마다 새 이름을 붙여 주어야 할 것이다. 돌의 눈, 뿔이 셋 달린 커다란 팔, 지팡이 모양의 발 가락, 거미 같은 턱…… 따위의 이름을 말이다.

그리고 훈훈한 침대 속에서 잠들어 버린 사나이는 푸르스름한 땅 위 에서, 엉켜 버린 음경의 삼림 속에서 벌거벗고 깨어날 것이다. 죽스트 부빌의 굴뚝처럼 하늘을 향해 뻗은 붉고 흰 그 숲에는 양파처럼 수염이 많고 솜털이 있는, 땅에서 반쯤 나온 커다란 불알이 있을 것이다. 새들 이 음경 주위를 날아다닐 것이다. 주둥이로 쪼아 피를 흘리게 만들기 도 할 것이다. 천천히 피가 섞이고 뿌옇고 미지근한 정액이 거품에 섞 여 흘러나올 것이다. 어쩌면 이 모든 일이 일어나지도 않고, 눈에 띄는 변화도 없을 것이다.

그러나 어느 날 아침 덧문을 여는 순간 사물 위에 무겁게 놓여 있는, 무엇인가 기다리는 것 같은 무서운 의미를 보고 놀랄 것이다. 그것 말 고는 아무것도 아니다. 하지만 그것이 조금이라도 계속된다면 수백 명 은 자살해 버릴 것이다.

그렇다, 그것이 조금이라도 변한다면 나는 그 이상의 것을 요구하지 않는다. 사람들은 갑자기 고독 속에 잠기는 타인들을 볼 것이다. 고독 해진 사람들은 무섭고 기형적인 모습으로, 완전히 고독해진 모습으로 거리를 달리고, 눈을 부릅뜬 채 무거운 발길로 내 앞을 지나갈 것이다. 재앙을 벗어나려고 하지만 헤어나지 못하고, 입 속에는 날갯짓을 하는 벌레의 혀를 가지고서 말이다.

그때 나는 비록 내 몸이 꽃처럼, 오랑캐꽃처럼, 미나리아제비꽃처럼 피어오르는 더럽고 못생긴 딱지에 덮여 있다 할지라도 웃음을 터뜨릴 것이다. 벽에 기대어 지나가는 사람들에게 소리를 지를 것이다.

「너희들이 과학으로 무엇을 했단 말인가? 어디에 생각하는 갈대의 위엄이 있단 말인가?」

나는 공포를 느끼지 않을 것이다. 적어도 지금보다 심한 공포를 느끼지는 않을 것이다. 그것은 여전히 존재 위에 있는 변주곡이 아니겠는가? 얼굴을 천천히 삼켜 버릴 이 모든 눈은 무의미한 것이리라. 그러나 존재나 그 변주곡보다 더 무의미한 것은 아니다. 그렇지 않다. 내가 두려운 것은 존재다.

저녁이다. 첫 전등이 도시를 밝힌다. 제기랄, 도시는 그 기하학적 현상에도 불구하고 얼마나 '자연스럽게' 보일까! 얼마나 어둠에 짓눌린 모습이란 말인가? 여기서 내려다보면 명백하다. 그것을 보는 게 나쁜 일까? 언덕에 서서 자연의 밑바닥에 묻힌 도시를 발 밑으로 바라보는 카산드라는 아무 데도 없단 말인가? 하지만 나하고 무슨 상관이란 말인가? 내가 카산드라에게 무엇을 말하겠는가?

동쪽으로 조용히 돌아서 약간 휘청거리다가 걷기 시작한다.

수요일(부빌의 마지막 날)

독학자를 찾아 온 도시를 헤맸다. 집으로 돌아갔을 리가 없다. 치욕과 공포에 짓눌려서 정처 없이 걷고 있을 것이다. 그 가엾은 휴머니스트를 상대해 주는 사람도 없다. 사건이 터졌을 때 나는 그리 놀라지 않았다. 오래 전부터 겁에 질린 듯한 부드러운 얼굴이 일을 저지를 거라고 느꼈다. 하지만 그는 무죄다. 소년들을 사랑하는 게 정욕이라고 할 수는 없다. 차라리 휴머니즘이다.

어느 날 그는 고독해질 수밖에 없었다. 아실 씨처럼, 그리고 나처럼. 나와 같은 부류이며 선한 존재이다. 지금 그는 고독 속에 잠겨 있다. 영원히 말이다. 교양의 꿈, 사실들과의 타협의 꿈, 모든 것이 한 번에 흘러가 버렸다. 무엇보다 독학자는 그것이 두려울 것이다. 우선 공포, 전율, 잠 못 이루는 밤들이 있을 것이고, 그 다음에는 혼자 내버려진 긴 나날이 있을 것이다. 밤마다 등기소 정원을 서성일 것이다. 멀리서 도서관의 창문이 빛나는 것도 바라볼 것이다. 그리고 길게 진열된 책들, 가죽 장정, 종이 냄새, 그런 것들을 돌이킬 때마다 가슴이 아플 것이다.

독학자를 따라나서지 않은 것이 후회된다. 그가 혼자 가버렸기 때문이다. 혼자 가게 해달라고 간청을 했으니 말이다. 그는 고독을 연습하고 있었다. 나는 지금 카페 마블리에서 쓰고 있다. 나는 이곳에 점잖게 들어왔다. 지배인이나 카운터 여자를 바라보고, 그들을 보는 것도 마지막이라는 걸 강렬하게 느끼고 싶었다. 그러나 머릿속에서 독학자를 떨쳐 버릴 수가 없다. 나는 항상 일그러지고 원망에 찬 그의 얼굴과 피투성이가 된 셔츠 깃을 본다. 그래서 종이를 얻어 그에게 일어난 일들을 적어 놓으려는 것이다.

오후 2시쯤 도서관에 갔다. 이 도서관에 들어가는 것도 마지막이다.

열람실은 휑했다. 다시는 여기에 올 일이 없다는 생각에 둘러보는 게 괴로웠다. 열람실은 증기처럼 가벼운데다 비현실적이고 온통 불그레했다. 석양이 여자용 책상, 문, 책 따위를 물들이고 있었다. 잠깐 동안 황금빛 잎사귀가 빽빽한 숲 속으로 들어가는 황홀한 느낌이었다. 나는 미소를 지었다. 참 오랫동안 웃어 보았다. 코르시카인은 뒷짐을 지고 창 밖을 내다보았다. 무엇을 볼까? 앵페트라즈의 머리일까? '이제 앵페트라즈의 머리도, 실크 모자도, 모닝 코트도 볼 수 없다. 6시간 후엔 부빌을 떠나고 없을 것이다.'

부관장의 책상 위에 지난달에 대출한 책 두 권을 내놓았다. 그는 초록색 카드를 찢어서 내밀었다.

「여기 있습니다, 로캉탱 씨.」

「고맙습니다.」 그리곤 혼잣말처럼 중얼거렸다. 「이제는 그들에게 아무 빚도 없다. 여기 누구에게도 빚이 없다. 이제 '철도회관'의 여주인에게 작별 인사를 하러 가야겠다. 나는 자유다.」

잠시 주저했다. 이 마지막 순간을 부빌 시내를 거닐면서 빅토르 위고 거리나 갈바니, 투르느브리드 거리를 다시 한 번 둘러볼 것인가? 그 숲은 고요하고 맑다. 존재하지 않는 거나 마찬가지여서 '구토'도 그것을 용서해 주는 것 같았다. 난로 곁에 가서 앉았다. 테이블 위에 《부빌 신문》이 놓여 있었다. 손을 뻗어서 집어들었다.

「자기 개에게 구조된 사람. 르미르동의 지주인 뒤보스크 씨는 어저께 노지스에서 자전거를 타고 집으로 돌아오던 중…….」

뚱뚱한 여자가 내 오른쪽에 앉았다. 펠트 모자를 벗고 나니 코가 사과에 박힌 칼처럼 얼굴에 꽂혀 있었다. 코밑의 음탕한 구멍이 거만하게 실룩거렸다. 손가방에서 책을 꺼내더니 테이블에 팔꿈치를 괴고, 통통한 손으로 턱을 받쳤다. 내 맞은편에는 노인이 잠들어 있었다. 안면이 있는 얼굴이다. 극심한 공포를 느끼던 날 저녁에 도서관에 있던 노인이다. 그때는 그도 두려워했던 것 같다. 다 옛날 이야기다. 모든 것이.

4시 30분에 독학자가 들어왔다. 그의 손을 잡고 작별 인사를 하고 싶었다. 그러나 우리들의 지난번 만남이 나쁜 인상을 남겼던 모양이다. 독학자는 냉정하게 인사한 뒤 들고 온 것을 좀 떨어진 곳에 갖다 놓았다. 오늘도 그 보자기 속에는 빵 한 조각과 초콜릿 한 조각이 들어 있을 것이다. 잠시 후 그는 삽화가 든 책을 들고 와서 보자기 곁에 놓았다.

독학자를 보는 것도 마지막이다.

내일 저녁에도 모레 저녁에도 매일 저녁 독학자는 이곳을 찾아 빵과 초콜릿을 먹으면서 책을 읽을 것이다. 쥐가 물건을 갉아먹듯이 꾸준히 노력할 것이고, 나보, 노도, 노디에, 니스의 저작을 읽으면서 수첩을 펼쳐 한두 문장 적기도 할 것이다. 나는 파리에서, 파리의 거리를 걸으며 새 얼굴들을 볼 것이다. 독학자가 여기 있는 동안, 전등이 생각에 잠긴 그 큰 얼굴을 비치는 동안, 나에게는 어떤 일이 생길 것인가? 바로 그때 나는 다시 모험의 환상 속으로 빠지려 하고 있었다. 나는 어깨를 으쓱 올리고 신문을 다시 읽었다.

'부빌과 그 근방

모니스티에

1932년 헌병대의 활약, 모니스티에 헌병대를 지휘하는 가스파르 상사와 네 명의 헌병, 라구트, 니장, 피에르퐁, 그리고 퀼르 등은 1932년 1년 동안 전혀 쉬지 못했다. 사실 이들 헌병들은 7건의 범죄, 82건의 위반, 159건의 경범, 6건의 자살, 15건의 자동차 사고(그 중 3건은 치사)를 검증해야만 했다.'

'죽스트부빌

죽스트부빌 트럼펫 친목회

오늘 총연습 있음. 연례 연주회 입장권 배부.'

'콩포스텔

시장에게 레종 도뇌르 훈장이 수여되다.'

'부빌 여행협회(1924년, 부빌 스카우트 창립)

오늘 저녁 20시 45분, 페르디낭 바이런 가 10번지, A실 협회 사무실에서 월례회 개최(의사 일정. 지난번의 의사록 낭독, 연락 사항), 연차 회의, 1932년 회비, 3월 중 행사 예정, 그 밖의 문제 및 입회자 처리.'

'동물 애호협회(부빌 지부)

내주 목요일 오후 3시부터 5시까지, 부빌, 페르디낭 바이런 가 10번지, C실에서 상임위원회 개최. 연락은 회장 또는 사무실, 갈바로 가 154번지로 할 것.

부빌 방어견 구락부, 부빌 상이군인 협회, 자동차 차주 조합, 고등사범
학우회 부빌 위원회……'

소년 둘이 책가방을 들고 들어왔다. 중학생이다. 그 코르시카인은
중학생을 대단히 좋아한다. 아버지 같은 감시를 할 수 있기 때문이다.
코르시카인은 장난 삼아 학생들이 의자 위에서 떠들거나 잡담을 하게
내버려둘 때가 있다. 그러다가 갑자기 살금살금 학생들 뒤로 다가가서
야단을 친다. 「이것이 다 큰 학생들이 하는 짓이야? 조용히 하지 않으
면 관장님께서 교장 선생님에게 항의서를 제출할 수밖에 없어.」

또는 독서를 지도하기도 한다. 붉은 십자 표시를 해둔 책들은 '금서'
다. 지드, 디드로, 보들레르의 작품들과 의학 서적 등이다. 그 책을 신
청한 학생은 구석으로 끌고 가 심문을 한다. 잠시 후 그의 호통 소리는
열람실을 울린다. 「학생 나이에 맞는 더 재미있는 책들도 많아. 유익한
책들 말이야. 그보다도 학교 숙제는 끝냈어? 몇 학년이야? 2학년? 4시
이후에는 할 일이 없단 말이야? 너희 선생님이 가끔 여기 오셔. 선생님
께 네 이야기를 하겠다.」

두 소년이 난로 곁에 서 있었다. 어려 보이는 소년은 아름다운 갈색
머리카락에 피부도 고왔다. 하지만 장난꾸러기 같은 조그만 입은 아주
거만했다. 소년의 친구는 수염도 나고 허리도 제법 힘있게 생겼는데
팔꿈치로 어린 학생을 쿡쿡 찌르고 몇 마디 수군거렸다. 갈색 머리 소
년은 대답 대신 아주 거만하게 만족스러운 미소를 지었다. 그러다가
둘 다 태연하게 사전 한 권을 골라 가지고 피곤한 눈으로 지켜보는 독

학자에게 다가갔다. 독학자가 있다는 걸 모르는 모양이다. 어린 소년은 독학자 왼쪽에, 뚱뚱하고 허리가 강해 보이는 소년이 어린 소년의 왼쪽에 앉았다. 둘은 곧 사전을 뒤지기 시작했다. 독학자는 열람실을 둘러보고는 다시 독서에 열중했다.

도서관의 열람실이 이렇듯 오붓한 적이 없었다.

뚱뚱한 여자의 짤막한 숨소리 말고는 아무 소리도 나지 않았다. 8절판 책 위에 엎드린 머리들만 보였다. 그때부터 나에게 불쾌한 사건이 생길 것 같은 예감이 들었다. 고개를 숙이고 열중해 있는 모습이 꼭 연극 같았다. 방금 전에 잔악한 입김이 우리 위를 지나간 걸 느꼈다.

신문을 다 읽고도 일어설 결심을 못하고 있었다. 신문을 읽는 체하며 기다렸다. 호기심과 어색함이 더 커진 건 다른 사람들도 나처럼 기다린다는 사실이었다. 내 옆자리 여자는 책장을 더 빨리 넘기는 것 같았다. 잠시 후 소곤거리는 소리를 들렸으므로 조심스럽게 고개를 들었다. 소년들은 사전을 덮어 버렸다. 갈색 머리 소년은 입을 다문 채 존경심과 흥미로 가득 찬 얼굴을 오른쪽으로 돌리고 있었다. 그애의 어깨에 반쯤 가린 금발 소년도 귀를 기울인 채 조용히 웃기만 했다. 그렇다면 누가 말하는 걸까?

독학자였다. 그는 소년에게 몸을 기울이고 눈을 똑바로 들여다보면서 미소지었다. 나는 그의 입술이 움직이는 걸 보았다. 그의 기다란 눈썹이 쫑긋거리고 있었다. 독학자가 이렇듯 청년다운 모습은 본 적이 없었다. 정말 매혹적이었다. 하지만 그는 가끔씩 말을 끊고 불안한 눈초리로 뒤를 돌아보았다. 어린 소년은 독학자의 말을 귀담아듣는 것 같았다. 특별한 게 없는 장면이었다. 다시 신문으로 눈을 돌리려는데 어린 소년이 등뒤로 손을 돌리는 게 보였다. 소년은 독학자의 눈을 피해 책상 가장자리를 따라 손을 움직여 뚱뚱한 금발 소년의 팔을 세게 꼬집었다. 뚱뚱한 소년은 독학자의 말에 너무 열중한 나머지 전혀 알아채지 못하다가 펄쩍 뛰며 입을 헤벌렸다. 갈색 머리 소년은 여전히 존경심과 관심을 보이고 있었다. 그 못된 짓을 했다고는 도저히 생각할 수가 없었다. 저애들이 독학자를 어떻게 해보려는 건 아닌가 싶은 생각까지 들었다.

부끄러운 일이 벌어질 것이다. 나는 알 수 있었다. 또한 나는 그 일이 일어나지 않도록 막을 만한 시간이 있다는 것도 알았다. 그러나 방법을 몰랐다. 순간 독학자의 어깨를 두드리며 말을 걸어야겠단 생각이 났다. 바로 그때 독학자가 놀라운 모습을 보였다. 그가 말을 멈추고 초조한 듯이 입을 딱 오므렸던 것이다. 나는 용기를 잃고 재빨리 시선을 돌려 태연하게 신문을 들여다보았다. 그 사이 뚱뚱한 여자는 책을 밀어놓고 고개를 들었다. 무엇에 홀린 것 같았다. 나는 그녀가 폭발하리라는 걸 느꼈다. 모두들 그녀가 폭발하길 바라고 있었다. 나는 무엇을 할 수 있었던가? 코르시카인을 힐끔 보았다. 그는 이미 창을 등지고 우리 쪽으로 얼굴을 반쯤 향하고 있었다.

15분이 지났다. 독학자는 다시 소곤거리기 시작했다. 나는 감히 더이상 그를 바라볼 수가 없었다. 대신 그의 젊고 정다운 모습과 그가 모르는 사이에 그를 내리누르는 무거운 시선들을 상상했다. 잠깐 그의 웃음소리를 들었다. 맑고 보드라운, 장난기가 섞인 웃음소리였다. 그

웃음소리가 내 가슴을 짓눌렀다. 못된 꼬마들이 고양이를 물에 빠뜨려 죽이려는 소리였다. 갑자기 소곤거리는 소리가 멎었다. 그 침묵은 비극적이었다. 마지막이었다. 죽음이었다.

나는 신문에 머리를 파묻었을 뿐 읽지는 않았다. 눈썹을 치켜올린 뒤 내 바로 앞의 침묵 속에서 일어나는 일을 보려고 될 수 있는 한 눈을 부릅떴다. 고개를 살며시 돌리고 곁눈질했다. 손이 보였다. 조금 전 책상을 따라 갔던 작고 흰 손이었다. 지금은 힘이 빠져서 부드럽게 육감적으로 벌어져 있었다. 해수욕장에서 일광욕을 하는 여자의 나른한 알몸을 연상시키기도 했다. 갈색 털이 솟은 물체가 주저하며 가까이 갔다. 담배에 찌들어 버린 굵은 손가락이었다. 손 곁에서 그 손가락은 남성의 모든 수치를 간직한 듯 보였다. 그 손가락은 연약한 손바닥 위에 꼿꼿하게 서 있었다. 그러다가 갑자기 손바닥을 쓰다듬기 시작했다.

나는 놀라지 않았다. 무엇보다도 독학자에게 화가 났다. 조금도 참을 수 없었단 말인가? 어리석은 녀석. 정말 자기가 직면해 있는 위험을 몰랐단 말인가? 그에게는 기회가 한 번 있었다. 아주 작은 기회. 두 손을 책상에 올려놓고 가만히 있으면 이번에야말로 운명에서 벗어날 수 있을 것이다. 하지만 나는 그가 기회를 잃어버리고 말 거라는 사실을 잘 '알고' 있었다. 손가락은 부드럽고 겸손하게, 핏기가 없는 손바닥을 감히 누르지 못하고 살며시 대기만 했다. 어린애 같은 손가락은 자기의 추악함을 아는 것 같았다.

문득 고개를 들었다. 나는 이미 그 끈질긴 손의 왕복을 견딜 수가 없었다. 나는 독학자의 시선을 찾으며 기침을 했다. 그에게 경고하고 싶었던 것이다. 그는 눈을 감은 채 미소만 지었다. 다른 한 손은 책상 밑으로 사라지고 없었다. 소년들은 더 이상 웃지 않았다. 얼굴이 파랗게 질려 있었다. 어린 갈색 머리 소년은 입술을 뾰족하게 내밀었다. 두려웠던 것이다. 사건을 감당하지 못하는 듯 보였다. 그런데도 여전히 손을 치우지 않았다. 친구는 어처구니가 없고 두렵기도 하여 입을 딱 벌리고 있었다.

코르시카인이 소리치기 시작한 것은 바로 그때였다. 살금살금 다가와서 독학자의 의자 뒤에 서 있었던 것이다. 얼굴이 홍당무처럼 빨개져서 막 웃음을 터뜨리려는 것 같았다. 그러나 눈빛은 반짝였다. 나는 의자에서 일어섰다. 무거운 짐을 내려놓은 기분이었다. 기다린다는 것은 너무나 괴로운 일이었기 때문이다. 나는 그것이 되도록 빨리 끝났으면 싶었다. 모두 원한다면 독학자를 밖으로 끌어내도 좋으리라. 어쨌든 그 일만 끝나면 그만이었다. 두 소년은 백짓장처럼 창백해져서 순식간에 책가방을 들고 사라져 버렸다. 화가 치솟은 코르시카인이 소리쳤다.

「난 봤소. 이번에는 봤소. 거짓말이라고는 못할 거요. 거짓말이라고 할 생각이었죠, 그렇죠? 그래, 거짓말이란 말이오? 그래, 내가 당신이 하는 짓을 보지 않았단 말이오? 여보쇼, 나는 두 눈을 호주머니에 넣고 다니는 사람이 아니오. 두고 보자고 작정하며 기다렸소. 두고 보자고, 붙잡기만 하면 가만두지 않으리라고. 오! 그럼, 가만두지 않고 말고. 당신 이름도 알고 있소. 주소도 알아. 알겠소? 내가 알아봤단 말이오. 당신의 주인도 알지요. 쉴리에 씨죠. 내일 관장의 편지를 받으면 당신의 주인이 놀랄 거요, 안 그렇소? 가만히 있어요.」그는 눈을 부라리며 말한다. 「그리고 그걸로 끝났다고 생각하면 안 되죠. 프랑스에는 당신 같은 사람들을 위해서 법정이라는 것이 있소. 신사 양반은 교양을 쌓고 계셨죠! 신사 양반은 자기의 교양을 완성시키고 계셨죠! 책이 어떻고 무엇이 어떻고 하며 늘 나를 귀찮게 했지요. 하지만 나는 결코 그것에 넘어가지는 않았소, 아시겠소?」

독학자는 놀란 것 같지 않았다. 여러 해 동안 이러한 결말을 예상했음에 틀림없었다. 자기도 모르는 사이에 코르시카인이 살금살금 다가와서 노기에 찬 목소리로 윽박지를 날, 어떤 일이 생길 것인가를 수도 없이 상상했을 것이다. 그런데도 그는 매일 저녁마다 열심히 독서를 계속했고, 가끔은 도둑처럼 소년의 흰 손을, 또는 다리를 애무했다. 독학자의 얼굴에 나타난 것은 차라리 체념이었다.

「무슨 말씀을 하는지 모르겠는데요.」그는 우물거렸다. 「나는 몇 년 전부터 이곳을 이용했어요.」

독학자는 분노와 놀라움을 가장했으나 자신 없어 보였다. 이미 사건은 벌어졌으며 막을 길도 없으니 순간순간을 견뎌야만 한다는 것을 알고 있었다.

「그 사람 말 듣지 마세요. 내가 봤어요. 그러나 말하고 싶지 않았어요. 내 눈을 믿을 수가 없었고, 사람들이 교양을 쌓으러 오는 점잖은 도서관에서 낯붉힐 일이 생긴다는 걸 믿고 싶지 않았어요. 나는 아이가 없어요. 하지만 아이들을 여기에 보내 놓고 조용히 공부할 거라고 믿는 어머니들이 가엾어요. 아무것도 모르는 파렴치한 괴물이 아이들의 숙제를 방해하는 줄도 모르고 말이에요.」

코르시카인은 독학자에게 다가갔다. 「부인이 말씀하시는 걸 들었소?」 그는 얼굴을 들이밀고 소리쳤다. 「연극은 필요 없어. 다 보고 있었단 말이야, 이 더러운 자식아!」

「여보시오, 예의를 지키세요.」 독학자가 위엄 있게 말했다. 그가 맡은 역할의 대사였다. 자백하고 싶고, 도망치고 싶었을 것이다. 그러나 마지막까지 그 역할을 해야만 했다. 그는 코르시카인을 보지 않았다. 눈을 감고 두 팔을 축 늘어뜨렸는데, 얼굴이 무시무시하게 창백했다. 그러다가 갑자기 얼굴에 핏기가 돌았다.

코르시카인은 화가 나서 숨이 막힐 지경이었다. 「예의라고? 더러운 자식! 내가 못 본 줄 아는 모양이군. 당신을 감시하고 있었단 말이야, 알아듣겠어? 수개월 전부터 감시했다고.」

독학자는 어깨를 으쓱하고 다시 독서에 열중하는 체했다. 새빨갛게 달아오른 얼굴로 눈물을 글썽거리며 비잔틴 양식 모자이크의 사진을 흥미롭게 들여다보았다.

「독서를 계속하다니, 뻔뻔스러워라.」 그 여자가 코르시카인을 보면서 말했다.

코르시카인은 어쩔 줄 몰라했다. 그때 겁이 많고 늘 생각에 잠겨 있으면서 코르시카인에게 눌려 지내는 젊은 부관장이 책상에서 천천히 일어나 외쳤다. 「파올리, 무슨 일이오?」

순간적으로 망설이는 게 느껴졌다. 나는 그 정도로 끝나기를 바랐다. 코르시카인은 자기 꼴이 우스워졌다고 느낀 모양이다. 신경을 곤

두세운 채 이 말없는 독학자에게 무슨 말을 해야 할지 몰라 가슴을 내밀고 허공에 주먹을 크게 휘둘렀다. 독학자는 뒤를 돌아다보고 당황했다. 입을 벌린 채 코르시카인을 보았다. 두 눈에 무서운 공포가 서려 있었다.

「나를 때리면 고소하겠어요.」 그는 가까스로 말한다. 「내가 원할 때 나가겠습니다.」

이번에는 내가 일어섰지만 이미 때는 늦었다. 코르시카인은 육감적인 신음 소리를 작게 토하고는 갑자기 독학자의 콧등을 후려쳤다. 그 순간 독학자의 눈, 고통과 수치로 커다래진 눈이 소맷자락과 불그레한 주먹에 가려 보이지 않았다. 독학자는 코피를 쏟기 시작했다. 독학자는 손을 갖다대려고 했으나 코르시카인은 다시 턱을 때렸다. 독학자는 의자에 주저앉았다. 소심하고 약한 눈초리로 정면을 바라보았다. 코피가 옷을 적셨다. 오른손으로 보자기를 찾아 더듬거리면서도 왼손으로는 코피를 닦으려고 애썼다.

「갑니다.」 그는 혼잣말처럼 얘기했다.

내 곁에 있던 여자는 창백한 얼굴로 눈을 반짝였다. 「더러운 놈 같으니. 잘됐지.」

나는 화가 치밀어서 몸이 떨렸다. 책상을 돌아가서 키 작은 코르시카인의 목덜미를 움켜잡았다. 그리고는 팔딱거리는 몸뚱이를 들어올렸다. 그를 책상에 때려눕힐 수도 있었다. 코르시카인은 파랗게 질려서 발버둥치며 나를 할퀴려고 했다. 그러나 팔이 짧아서 내 얼굴까지 닿지 않았다. 나는 한 마디도 하지 않았다. 그의 코를 짓밟아 얼굴을 뭉개 버리고 싶었다. 그도 눈치채고는 얼굴을 감추려고 팔꿈치를 들어올렸다. 그가 무서워하는 걸 보니 흡족했다. 그가 갑자기 목구멍에서 깔딱 깔딱 소리를 내기 시작했다.

「이거 봐, 망할 놈. 너도 호모냐, 너도?」

왜 그놈을 놓아주었는지, 지금도 의아스럽다. 사건이 복잡해질까 봐 두려웠던 걸까? 너무 게을렀던 부빌의 생활이 나를 좀먹었던 걸까? 예전 같으면 이를 분질러 놓지 않는 한 놓아주지 않았을 것이다. 나는 독학자를 보았다. 일어나 있었지만 내 시선을 피했다. 고개를 숙이고 외투를 가지러 가면서도 왼손으로 코를 움켜쥐고 출혈을 막으려고 애썼다. 그러나 여전히 피가 흘렀다. 그가 정신을 차리지 못할까 봐 걱정스러웠다. 그는 아무도 보지 않고 중얼댔다.

「내가 여기 다닌 지 벌써 몇 년째인데……」

그러나 코르시카인은 마룻바닥에 발이 닿자 다시 그 장면의 주인공이 되어 버렸다…….

「나가 버려!」 독학자를 향해 외쳤다. 「다시는 발을 들여놓지 마. 경찰에 신고해서 내쫓아 버릴 테니까.」

나는 계단 밑에서 독학자를 붙들었다. 나는 어색했고 그의 창피스러운 꼴이 부끄러웠다. 뭐라고 말해야 좋을지 몰랐다. 그는 내가 따라온 걸 모르는 모양이었다. 손수건을 꺼내서 뱉어냈다. 코피가 조금씩 멎어 갔다.

「약국에 갑시다.」 내가 어색하게 말을 걸었다.

그는 대답하지 않았다. 열람실에서 커다란 소리가 새어 나왔다. 모든 사람들이 동시에 그 이야기를 시작했나 보다. 여자의 날카로운 웃음소리가 들려 왔다.

「다시는 여기에 올 수 없어요.」 독학자가 기운 없이 말했다.

그는 돌아서서 난처한 모습으로 충계며 열람실의 입구를 바라보았다. 그 바람에 코피가 셔츠 속으로 흘렀다. 입술과 뺨까지 핏물로 얼룩져 있었다.

「갑시다.」 나는 그의 팔을 잡으면서 말했다.

그는 몸을 부르르 떨며 난폭하게 나를 떨쳐냈다. 「놔요!」

「그렇지만 혼자서는 안 돼요. 얼굴을 씻고 치료를 해야지요.」

하지만 그는 되풀이할 뿐이었다. 「선생님, 제발 놓으세요. 내버려두세요.」

그는 신경 발작을 일으킬 지경이었다. 멀리 가는 그를 가만 내버려두었다. 석양이 굽은 등을 잠깐 비춘 후에 그는 사라져 버렸다. 문지방에 별 모양의 핏자국이 남아 있었다.

1시간 후

날씨가 흐리다. 해가 저문다. 2시간 후면 기차가 출발한다. 나는 처음 같은 기분으로 공원을 가로질러 불리베 거리를 산책한다. 그것이 불리베 거리라는 걸 '알고 있다.' 하지만 그 거리를 알아볼 수가 없다. 평소 이 거리에 접어들면 두툼한 지식 속을 가로지르는 기분이었다. 굵직하고 반듯한 불리베 거리는 불쾌함으로 가득 찬 근엄한 모습과 콜

타르를 깔아 놓은 울퉁불퉁한 차도 때문에 국도와 비슷한 느낌을 준다.

나는 불리베 거리를 농부의 거리라고 불렀다. 상업 항구치고는 특이하고 역설적인 거리다. 집들이 여전히 그 자리에 있었지만 오늘은 시골 같은 모습이 아니다. 그것들은 집들에 불과하다. 그뿐이다. 공원에서도 같은 인상을 받았다. 식물도, 잔디밭도, 올리비에 마스크레의 분수도 무표정했기 때문에 고집스러워 보였다. 나는 안다. 그 도시가 먼저 나를 버리는 것이다. 아직 부빌을 떠나지 않았는데 나는 이미 거기에 없다. 부빌은 침묵하고 있다. 나에게 아랑곳하지 않는 도시, 오늘 저녁이나 내일, 새로 오는 사람에게 신선하게 보일 수 있도록 살림을 정돈하고 덮개로 덮는 도시에 아직 2시간이나 더 있어야 한다는 게 이상했다. 평소보다 더 버림받는 느낌이 든다.

몇 걸음 걷다가 멈춘다. 내가 빠져 있는 완전한 망각을 맛본다. 나는 두 도시 사이에 있다. 하나는 내가 모르고, 또 하나는 나를 모른다. 누가 내 생각을 해줄 것인가? 런던에 있을 뚱뚱한 처녀일까? 그녀가 생각하는 게 바로 '나' 일까? 게다가 그 친구, 그 이집트인이 있다. 그는 지금 막 방에 들어와서 그녀를 껴안았을지도 모른다. 나는 질투하지 않는다. 그녀가 살아 남았다는 걸 알기 때문이다. 비록 그녀가 그 사나이를 진심으로 사랑한다고 해도 결국 그것은 죽은 자의 사랑일 것이다. 나는 그녀에게 살아 있는 마지막 사랑을 받았다. 어쨌든 그는 여자에게 줄 것이 있다. 그것은 쾌락이다. 그녀가 가슴을 졸이며 흥분해 있다면, 그녀와 나는 결부된 게 하나도 없다. 그녀는 즐기고, 나는 그녀를 결코 만난 적이 없었던 것보다 한층 더 무의미하다. 순식간에 그녀가 사라져 버렸다. 나는 이상하다. 그러니 내가 존재하고 '내' 가 여기에 있다는 것을 나는 잘 안다.

지금 내가 '나' 라고 말하는 게 공허하다. 이제는 분명하게 나를 느낄 수가 없다. 그만큼 나는 버림받고 있다. 내 안에 남은 현실은 스스로 존재한다고 느끼는 존재인 것이다. 나는 조용히 하품을 한다. 아무도 없다. 아무에게도 앙트완 로캉탱은 존재하지 않는다. 재미있다. 그 앙트완 로캉탱이 도대체 무엇이란 말인가? 그것은 추상이다. 나에 관한 조그맣고 창백한 추억이 내 의식 속에서 흔들린다. 앙트완 로캉탱. 갑자기 그 '나' 가 창백해진다. 창백해져서 이내 꺼져 버린다.

명석하고 요지부동하고 황막한 의식이 벽 사이에 놓여졌다. 의식은 영원하다. 아무도 의식 속에 살지 않는다. 조금 전까지도 어떤 사람이 '나' 라고 말했다. '나' 의 의식이라고 말했다. 누가? 밖에는 표정이 풍부한 낯익은 빛깔과 냄새 나는 거리가 있었다. 지금 남아 있는 것은 익명의 벽들, 익명의 의식이다. 여기에 있는 것은 벽들뿐, 그리고 벽과 벽 사이에 살고 있는 비인칭의 투명뿐이다. 의식은 나무처럼, 풀처럼 존재한다. 의식은 졸며 권태를 느낀다. 덧없는 작은 존재들이 나뭇가지에 모이는 새들처럼 의식을 모아 놓는다. 의식을 모아 놓았다가는 다시 분산시킨다. 벽들 사이에 망각된 의식, 하늘 아래에 버림받은 의식이다. 그리고 의식이란 존재의 의미, 그것은 자기가 '여분' 이라는 의식이다. 의식은 희박해지고, 분산되고, 갈색의 벽에, 또는 저기 저 저녁 연기 속으로 사라지려 애쓰고 있다.

그러나 의식은 '절대로' 자기를 망각하지 않는다. 의식은 자기를 망각하려는 의식이기 때문이다. 이것이 의식의 운명이다. 「기차는 2시간 후에 떠난다」고 말하는 목멘 소리가 들린다. 그 목소리의 의식이 있다. 어떤 얼굴의 의식도 있다. 그 얼굴은 피에 젖어서 눈물을 흘리며 천천히 지나간다. 그것은 벽틈에도 없고 아무 데도 없다. 그 얼굴은 사라진다. 그 얼굴 대신 머리를 피로 물들인 구부정한 몸뚱이가 나타나 느리게 멀어지고, 한 걸음 내디딜 때마다 멎을 듯싶으면서 결코 멎지 않는다. 어두운 거리를 천천히 걷는 육체의 의식이 있다. 그것은 걷지만 멀리 가지는 않는다. 어두운 거리는 끝이 없고, 그것은 허무 속으로 사라진다. 그것은 벽틈에도 없고 아무 데도 없다. 그리고 「독학자는 거리를 방황하고 있다」고 말하는 목멘 소리의 의식이 있다.

같은 도시도 아니고, 무표정한 그 벽틈도 아니고, 그를 잊지 않는 그 잔인한 도시에서 독학자는 걷는다. 그를 생각하는 사람들이 있다. 코르시카인과 그 뚱뚱한 여자다. 도시의 모든 사람들일지도 모른다. 독학자는 자아를 잃지 않으며 잊을 수도 없다. 그 사형 받은 자아, 사람들이 끝까지 해치우지 않은 피 흘리는 자아를 말이다. 입술과 콧구멍이 쑤시자 그는 '나는 아프다'고 생각한다. 걷는다. 걸어야만 한다. 만약 그가 잠시라도 멈춘다면 도서관의 높은 벽들이 갑자기 솟아올라 그를 가두어 버렸을 것이다. 그리고 코르시카인이 솟아나서 그 광경이 다시 시작될 것이다. 똑같은 광경이 또다시 벌어질 것이다. 그리고 그 여자가 비웃을 것이다. 「감옥에 집어넣어야 해요. 더러운 놈 같으니」라고.

그는 걷는다. 집으로 돌아가고 싶지 않다. 코르시카인과 그 여자와

두 소년이 그의 방에서 기다리고 있다. 「아니라고 해야 소용없어. 나는 보았어.」 그리고 그 광경이 다시 시작될 것이다.

그는 생각한다. '아아, 만약 내가 그 짓을 하지 않았더라면, 그 짓을 하지 않을 수 있었더라면, 그것이 사실이 아니라면!'

불안한 얼굴이 의식 앞에서 지나가고, 다시 지나간다. '독학자는 자살할지도 모른다.' 아니다, 쫓기고 있는 그 부드러운 넋은 죽음을 생각할 수가 없다.

의식에 대한 인식이 있다. 의식은 한쪽에서 다른 쪽으로 들여다보인다. 벽 사이에서 그것은 고요하고 텅 비어 있고, 거기에 살고 있었던 사람들에게서 벗어나 있으며, 그것은 사람이 아니므로 괴물 같다.

그 목소리는 말한다. 「짐들은 부쳤고 기차는 2시간 후에 떠난다.」 오른쪽의 또 왼쪽 벽이 미끄러진다. 맥아담식 도로의 의식이 있고 철물상, 병영 총안의 의식도 있다. 그 목소리가 말한다. 「이것이 마지막이다」라고.

안니, 뚱뚱한 안니, 호텔에 묵는 늙은 안니에 대한 의식, 고통에 대한 의식이 있다. 고통은 가버리고 영원히 돌아오지 않을 벽 사이에서 의식된다. 「그럼 이것은 끝나지 않을 것인가?」 벽 사이에서 그 목소리가 재즈곡을 부른다. 〈머지않아서(Some of these days)〉. 그것은 끝나지 않을 것인가? 곡조가 천천히 살그머니 되돌아와서 다시 목소리를 잡는다. 목소리는 멈추지 못하고 노래하며 육체는 걸어가고, 이 모든 것에 대한 의식이 있다. 그리고 아아, 의식에 대한 지각이 있다. 그러나 아무도 괴로워하고, 안타까워하고, 자신을 가엾게 여기지 않는다. 아무도 그런 사람은 없다. 그것은 네거리의 순수한 고통이며 망각된, 그러나 자신을 망각할 수 없는 고통이다. 그 목소리가 말한다. 「철도회관이 여기다」라고. '나' 는 의식 속에서 솟아난다. 그것이 '나' 다: 앙트완 로캉탱이다. 나는 곧 파리로 떠난다. 여주인에게 작별 인사를 하러 온 것이다.

「작별 인사를 하러 왔소.」

「떠나세요, 앙트완 씨?」

「기분 전환도 할 겸 파리에서 살 생각이죠.」

「팔자도 좋은 사람이야.」

내가 어떻게 그 넓적한 얼굴에 입술을 갖다댈 수 있었을까? 그 여자의 몸은 이미 내 것이 아니다. 어제까지도 나는 그 검은 옷 밑에 감춰진 몸을 들여다볼 수 있었던 것이다. 오늘 그 옷은 침입을 허용하지 않는다. 정맥이 말갛게 들여다보이는 하얀 몸, 그것은 하나의 꿈이었던가?

「섭섭해요.」 주인 여자가 말한다. 「뭐라도 좀 들겠어요? 대접하고 싶어요.」

우리는 앉아서 축배를 든다. 그녀는 목소리를 낮춘다.

「당신하고 정이 들었는데…….」 정중하게 애석한 듯이 말한다. 「당신하고는 잘 통했거든요.」

「또 올게요.」

「정말이에요, 앙트완 씨? 부빌을 지나갈 때는 인사라도 하게 잠깐 들러요. '마담 잔을 만나러 가야지. 기뻐할 거야.' 하면서 말이죠. 정말이에요. 남들이 어떻게 됐는지는 누구나 알고 싶은 법이죠. 게다가 이곳으로 돌아오는 사람이 꽤 많아요. 선원들이 있잖아요, 안 그래요? 대서양 기선 회사의 직원들 말이에요. 어떤 때는 2년 동안이나 그들과 만나지 못할 때가 있어요. 느닷없이 브라질이나 뉴욕으로 가버리거나 회사 배를 타고 보르도에서 일하니까요. 그러다가 어느 날 갑자기 그들이 나타나요. '안녕하시오, 마담 잔!' 그러고는 한잔하지요. 거짓말이 아니에요. 그들이 무얼 마시는지도 기억해요. 2년 동안이나 안 만나도 말이죠! 마들렌에게 말하죠. '피에르 씨에겐 달지 않은 베르무트, 레옹 씨에겐 느와이유 생자노를 드려.' 그러면 그들이 말해요. '어떻게 그걸 다 기억해요, 마담?' 물론 난 이렇게 대답하죠. '직업인 걸요.'」

방안에는 얼마 전부터 그녀와 자는 뚱뚱한 남자가 있다.

「여보, 마담.」 그 남자가 부른다.

「용서하세요, 앙트완 씨.」

주인 여자가 일어서자 웨이트리스가 온다.

「그래, 이렇게 떠나 버리세요?」

「파리로 가.」

「저도 파리에서 산 적이 있어요.」 웨이트리스는 자랑스럽게 말한다. 「2년 동안 시메옹이란 카페에서 일했어요. 여긴 고향 생각만 나고 따분해 죽겠어요.」

웨이트리스는 잠깐 머뭇거리다가 할말이 없다는 걸 느낀다. 「그럼 안녕히 가세요, 앙트완 씨.」

앞치마에 닦은 손을 내민다.

「잘 있어, 마들렌.」

웨이트리스도 가버린다. 나는 《부빌 신문》을 잡아당겼다가 도로 밀어 버린다. 아까 도서관에서 첫줄부터 끝까지 읽었으므로.

마담은 돌아오지 않는다. 토실토실한 손을 그 사나이에게 맡기면 사나이는 애욕에 차서 열렬하게 주무를 것이다.

기차는 45분 후에 떠난다. 나는 심심해서 계산을 한다. 매달 1,200프랑, 넉넉하진 않지만 아껴 쓰면 충분할 것이다. 300프랑짜리 방 한 칸, 하루 식비가 15프랑, 450프랑이 남지만 그것은 세탁, 잡비, 영화…… 같은 데 쓸 것이다. 내의나 양복은 한참 동안 안 사도 될 것이다. 옷 두 벌은 팔꿈치가 닳아서 반들거리지만 손질해서 입으면 아직 3,4년은 더 버틸 수 있다.

제기랄! 이 버섯 같은 존재를 이어 가려는 것이 바로 '나'란 말인가? 나는 매일 무엇을 할 것인가? 튈르리 공원을 산책하고 도서관에서 책을 읽을 것이다. 일주일에 한 번은 영화도 보러 갈 것이다. 일요일엔 말을 타러 가든지, 뤽상부르 공원으로 퇴직자들과 크리켓을 하러 갈 것이다. 서른 살인데! 내가 가엾다.

내게 남은 30만 프랑을 1년 동안에 전부 써 버릴까 하는 생각이 들 때가 있다. 그 다음은……. 내게 어떤 일이 생길까? 새 양복? 여자? 여행? 이미 다 경험했고, 모든 게 끝났다. 이제는 그런 욕망이 없다. 남은 것은 그것뿐이다! 나는 1년 후에도 오늘처럼 공허하게 추억도 없이 죽음 앞에서 겁을 먹고 있을 것이다.

서른 살! 그리고 연금 1만 4천 프랑, 매달 받는 이자. 나는 늙은이가 아니다! 무엇이고 할 일이 있었으면 좋겠다. 아니다, 다른 걸 생각하는 편이 낫겠다. 지금 나는 막 연극을 연출하고 있기 때문이다. 나는 아무 것도 하기 싫다는 걸 잘 안다. 무엇을 한다는 건 존재를 창조한다는 것이고, 그러한 존재는 그게 아니라도 얼마든지 있다.

사실은 펜을 놓고 싶지 않다. '구토'를 느낄 것 같다. 글을 씀으로써 그것을 지연시킬 수 있을 것 같다. 그래서 머리에 떠오르는 대로 쓰고 있다.

마들렌은 멀리서 기쁘게 해주려고 레코드판을 보이면서 소리 지른다. 「선생님, 그 곡이에요. 선생님이 좋아하시는 거요. 마지막으로 들으시겠어요?」

「부탁해.」

예의상 대답했을 뿐 재즈곡을 들을 만큼 마음이 편치 못하다. 어쨌든 잘 들어야겠다. 마들렌의 말처럼 마지막으로 듣는 것이니까. 아주 낡은 레코드판이다. 시골에서도 낡은 축에 든다. 그나마 파리에서는 찾을 수도 없을 것이다. 마들렌은 판을 축음기에 건다. 판이 돌아갈 것이다. 가늘게 파인 홈에서 강철 바늘이 뛰며 삐걱거리기에 바쁠 것이다. 바늘이 판의 중심까지 끌려나가면 노래도 끝날 것이다. 〈머지않아서 (Some of these days)〉를 부르는 쉰 목소리는 영원히 입을 다물어 버릴 것이다.

시작이다.

예술에서 위안을 구하는 바보들이 있는 모양이다. 「쇼팽의 〈전주곡〉은 아저씨가 돌아가셨을 때 많은 도움이 됐단다」고 말하는 비즈와 아주머니처럼 말이다. 게다가 연주회는 눈을 감은 채 창백한 얼굴을 수

신안테나로 만들려 애쓰는, 비굴하고 모욕당한 사람들로 가득 찬다. 안테나에 포착된 부드럽고 알찬 높은 소리가 그들의 내부에서 흐르고, 그들의 괴로움은 젊은 베르테르의 괴로움처럼 음악이 된다고 상상한다. 아름다움이 그들을 동정한다고 생각하는 모양이다. 거지같은 자식들.

그들이 이 재즈곡을 동정적이라고 말해 줬으면 좋겠다. 조금 전까지도 행복에 겨워하는 것과는 거리가 멀었다. 표면상으로 기계적인 계산을 했지만 내심에는 그 불쾌한 관념들이 가라앉아 있었다. 그것들은 불확실한 의문, 침묵의 놀라움 같은 형태를 갖추고 밤낮으로 나를 떠나지 않았다. 안니에 대한 생각, 나의 망쳐 버린 인생에 대한 생각들이다. 그 밑에는 먼동처럼 희미한 '구토'가 있었다. 음악은 없었다. 나는 우울하고 냉정했다. 주위의 모든 물체들은 나와 같은 존재, 즉 비참한 고통으로 만들어져 있었다. 나의 외부 세계는 몹시 추했다. 테이블 위의 더러운 컵, 유리의 갈색 반점과 마들렌의 앞치마, 마담 애인의 친절한 태도, 이런 것이 모두 추해 보인다. 세계의 존재 자체가 추하다. 그래서 내 집에 있는 것처럼 포근하고 마음이 편했다.

지금은 색소폰 곡조가 들려 온다. 나는 부끄럽다. 영광스러운 사소한 고통, 일반적인 고통이 막 생겨난 것이다. 색소폰의 4박자. 그 소리가 오간다. 그리고 「우리처럼 해야지. '박자에 맞추어' 괴로워해야지」라고 말하는 것 같다.

그렇다, 좋다! 물론 나는 그렇게 적당히 박자를 맞추어 자기 만족에 빠지는 일도, 자기 연민에 휘말리는 일도 없이 무미건조한 순결성을 가지고 괴로워하고 싶었다. 그러나 맥주가 미지근하거나, 거울에 갈색 홈이 있거나, 내가 의미 없는 존재인 게 내 잘못일까? 나의 고통 속에서 가장 진실한 것, 가장 메마른 것이 흐느적거린다면, 그리고 축축하고 측은한 큰 눈을 가진 바다표범처럼 살찌고 피부가 넓게 퍼진 게 내 잘 못일까?

아니다, 판 위를 뱅뱅 돌면서 나를 놀라게 하는 그 다이아몬드의 조 그마한 고통은 측은하지 않다. 풍자적이지도 않다. 경쾌하게, 자기 자 신에게 몰두하여 돌아가는 것이다. 그것은 낫처럼 이 세상의 멋없는 친밀감을 잘라 버렸다. 지금도 돌고 있다. 우리들은 모두, 마들렌, 뚱뚱 한 사나이, 마담, 나 자신, 그리고 테이블, 의자, 거울, 컵처럼 존재 속에 버림받고 있는 우리들은 모두 우리들끼리며 우리끼리밖에는 아무것도 없기 때문이다. 그 다이아몬드의 작은 고통은 초라한 우리들을, 일상적 으로 아무렇게나 존재하고 있는 우리들을 사로잡았다. 나 자신이, 그것 '앞에' 존재하는 것이 부끄럽다.

'그것은' 존재하지 않는다. 그것은 귀찮기조차 하다. 비록 내가 밑을 받치고 있는 회전판 위에서 그 판을 빼앗아 두 조각으로 깨뜨린다 하더 라도, 나는 그 '괴로움' 까지 다다르지 못했을 것이다. 그것은 저 너머 에, 항상 그 무엇의 저 너머에, 이를테면 목소리나 바이올린 곡조의 저 너머에 있다. 그 두께, 그 존재의 두께를 통해서 그것은 가늘고 힘찬 그 모습을 나타내 보지만, 그것을 붙잡으려고 하면 우리는 존재하는 것들 에게 부딪치며 무의미해진 존재들에게 발이 걸릴 뿐이다. 그 고통은 존재들의 뒤에 있다. 나는 그 고통을 듣지도 못한다. 나는 그것을 드러 내는 마찰음, 곡조의 진동 등을 듣는다. 고통은 존재하지 않는다. 고통에는 여분이 없기 때문이다. 그 밖의 모든 것은 고통이 아닌 여분이기 때문이다. 그것은 그렇게 '있을' 뿐이다.

　그리고 나는 '있기'를 원했다. 그것밖에는 원하지 않았다. 이것이 내 삶의 결론이다. 아무런 연관도 없어 보이던 이 모든 시도의 밑바닥에서 나는 같은 욕망을 발견한다. 나의 외부로 존재를 내쫓는 일, 순간순간에서 지방을 빼내는 일, 순간순간들을 쥐어짜서 그것들을 말리고, 나를 정화시키고, 나를 견고하게 만들고, 그리고 마지막으로는 색소폰 곡조의 맑고 똑똑한 소리를 내게 하는 일이 그것이다. 그것은 한 편의 우화를 만들 수도 있었을 것이다.

　세상을 잘못 선택한 가련한 사나이가 있었다. 그는 다른 사람들처럼 공원, 카페, 그리고 상업 도시 한가운데 존재하면서도 다른 곳에, 이를테면 틴토레토의 집정관들과, 고졸리의 용감한 피렌체 사람들과, 또는 책상 뒤의 파브리스 델 동고와, 쥘리앵 소렐과, 레코드판 뒤에서 재즈의 메마르고 기다란 흐느낌과 더불어 살고 있다고 스스로 믿으려 했다. 그리고 온갖 가지 어리석은 짓을 되풀이한 다음에 깨달았다. 눈을 떴다. 트럼프의 패가 잘못 돌려졌음을 알았다. 지금은 카페에서 미지근한 맥주컵 앞에 서 있다가 의자에 주저앉았다. 자기가 바보라고 생각했다. 바로 그 순간에 존재의 저편에서 멀리 보이면서도 결코 가까이 갈 수 없는 그 다른 세계에서, 가벼운 멜로디가 춤추고 노래하기 시작했다.

　「나처럼 살아야지. 박자에 맞추어 괴로워해야지.」

　목소리가 노래한다.

머지않아서

그대는

내가 없어 외로우리!

Some of these days

You'll miss me, honey.

이상한 잡음이 나는 것을 보니 거기에 금이 간 모양이다. 그런데 가슴을 죄는 무엇이 있다. 이 멜로디가 축음기 바늘이 긁적거리는 소리하고 아무 관계가 없다는 사실이다. 멜로디는 그렇게도 먼 뒤쪽에 있다. 나는 이것도 알고 있다. 즉 판은 금이 가고 닳았으며, 가수는 죽었을 것이다.

나는 가려는 참이다. 기차를 타러. 그러나 과거도 미래도 없이, 하나의 현재에서 다음의 현재로 떨어져 가는 존재하는 것들의 뒤에, 나날이 해체되고 벗겨지고 죽음을 향해서 미끄러져 가는 그 소리들 뒤에, 멜로디는 사정없는 증인처럼 젊고 힘차게 그대로 남는다.

목소리가 죽었다. 음반이 좀 긁히더니 멎었다. 카페는 귀찮은 꿈에서 해방되어 존재하는 기쁨을 되씹고 또 되씹는다. 마담의 얼굴이 빨갛게 상기되어 있다. 새 애인의 희고 통통한 뺨을 손바닥으로 때리지만 그 뺨은 붉어지지 않는다. 죽은 자의 뺨이다. 나는 웅크리고 앉아 꾸벅꾸벅 존다. 15분 후에는 기차 안에 있을 것이다.

나는 그 생각을 하지 않는다. 검고 짙은 눈썹의 말쑥한 미국인이 뉴욕의 아파트 21층에서 더위에 녹초가 되어 버린 모습을 생각한다. 뉴욕 위에서 하늘이 불타고 있다. 커다란 불길이 지붕들을 핥는다. 브룩클린의 꼬마들이 물자동차 밑으로 기어 들어간다. 21층의 어두운 방은 불길에 달구어져 화끈거린다. 그 미국인은 숨을 헐떡거리며 땀을 흘린다. 셔츠 바람으로 피아노 앞에 앉아 있다. 입 속에는 담배 냄새가 남아 있다. 어렴풋이 곡조가 떠오른다. 〈머지않아서(Some of these days)〉. 1시간 후에 톰이 납작한 물병을 차고 오면 가죽 소파에 앉아서 함께 알코올을 마셔댈 것이다. 하늘의 불꽃이 그들의 목을 태울 것이고, 그들은 타는 듯이 끝없는 졸음의 무게를 느낄 것이다. 그러나 우선 이 곡조부터 적어야만 한다. 〈머지않아서〉. 축축한 손이 피아노 위의 연필을 잡는다.

「머지않아서 그대는 내가 없어 외로우리!」

사건의 전말은 조금도 중요하지 않다. 어쨌든 재즈는 이렇게 생겨났다. 그것이 생겨나기 위해서 택한 것이 바로 숯처럼 검은 눈썹을 가진 유대인의 닳고닳은 몸이다. 그는 힘없이 연필을 쥐었고, 땀방울이 반지를 낀 손가락에서 종잇장 위에 떨어졌다. 왜 그것은 내가 아닐까? 어째서 이 기적이 이루어지는 데 더러운 맥주와 알코올로 가득 찬 바보 녀석이 필요했단 말인가?

「마들렌, 판을 걸어 줄 수 있어? 한 번만. 내가 떠나기 전에.」

마들렌은 웃는다. 그녀가 태엽을 감고 나자 이제 다시 시작한다. 그러나 이미 나는 나에 대해서 생각하지 않는다. 나는 7월의 어떤 날, 어두운 방에서 그것을 작곡한 저쪽의 그 사나이 생각한다. 멜로디를 '통해서', 색소폰의 희고 시큼한 소리를 통해서 그를 생각하려고 애쓰고 있다. 그는 이것을 만들었다. 그에게는 여러 가지 걱정거리가 있었다. 모든 것이 생각대로 되지 않았다. 갚아야 할 외상값과 그가 바라는 대로 안 되는 여자가 있을 것이다. 그리고 사람을 미끈미끈한 기름 구덩이로 만드는 무서운 더위가 있었다. 이 모든 것은 영광스럽지도 아름답지도 않다.

그러나 내가 노래를 듣고, 그것을 만든 것이 그 친구라는 것을 생각할 때, 나는 그의 괴로움, 그의 땀이 감동적이라고 생각한다. 그는 운이 좋았다. 그러나 깨닫지 못했을 것이다. 재수가 좀 좋으면 이것으로 50달러를 벌 수 있다고 생각했을 것이다. 그렇다! 한 사나이가 감동적으로 보이는 것은 몇 년 만에 처음이다.

나는 그 친구에 대해서 알고 싶다. 어떤 종류의 권태를 가지고 있었는지, 아내가 있었는지, 독신으로 살았는지, 그것을 알면 재미있을 것 같다. 물론 휴머니즘에서 우러나는 생각은 아니다. 오히려 반대다. 그가 그것을 만들었기 때문이다. 그와 마음을 터놓는 친구가 될 생각은 없다. 지금쯤 그는 죽었을지도 모른다. 다만 그에 대해 좀 알아보고, 가끔씩 이 음악을 들으면서 그에 대해 생각할 수 있으면 된다. 누군가 프랑스의 일곱 번째 도시의 정거장 근처에서 당신 생각을 하는 사나이가 있다고 말해도, 그는 기쁘지도 언짢지도 않을 것이라고 나는 상상한다. 나라면 기쁠 것이다. 그가 부럽다. 이제 출발해야겠다. 일어서다가 잠깐 멈칫거린다. 흑인 여자의 노래가 듣고 싶다. 마지막으로.

그 여자가 노래한다. 그래도 두 사람이 구원받았다. 유대인과 흑인 여자다. 살아난 사람들. 그들은 존재 속에 빠져서 헤어날 수 없다고 생각했을 것이다. 그런데 내가 그들을 다정하게 생각하는 만큼 나를 생각해 주는 사람은 아무도 없다. 아무도, 안니조차도. 그들 작곡가와 가수는 어딘지 죽은 사람 같기도 하고 소설의 주인공 같기도 하다.

그들은 존재한다는 죄악으로부터 몸을 씻었다. 물론 완전한 것은 아니다. 그가 할 수 있는 한 말이다. 이 생각이 갑자기 나를 압도하고 말았다. 그 이상 아무것도 바라지 않았기 때문이다. 나는 소심하게 나를 어루만지는 그 무엇을 느낀다. 그것이 가버릴까 봐 두려워서 감히 움직이지 못한다. 그것은 내가 더 이상 알지 못했던 기쁨이다.

흑인 여자가 노래한다. 그러면 그 여자의 존재를 정당화시킬 수 있단 말인가? 아주 조금이라도? 나는 몹시 겁을 먹은 느낌이다. 내가 바라는 게 많기 때문은 아니다. 나는 눈 속을 걷느라 완전히 얼어붙었다가 갑자기 따뜻한 방으로 들어온 사람 같다. 그 사람은 문지방에서 아직도 얼어붙은 몸으로 움직이지 않는다. 온몸에 느릿느릿 전율 같은 것이 퍼질 것이다.

머지않아서
그대는
내가 없어 외로우리!
Some of these days
you' ll miss me, honey.

내가 무슨 일을 할 수 있을까. 물론 작곡이 문제가 되는 건 아니다.

다른 분야는 없을까? 책이라야 할 것이다. 그것 말고는 아무것도 할 수 없으니 말이다. 역사책은 아니다. 역사는 존재했던 것에 대해서 이야기하기 때문이다. 한 존재는 결코 다른 존재의 존재를 정당화할 수 없다. 나의 잘못은 드 롤르봉 씨를 되살리려 한 것이다. 다른 책, 어떤 것인지는 잘 모르겠다. 그러나 인쇄된 말들 뒤에, 페이지들 뒤에, 존재하지 않는 그 무엇, 존재 위에 있는 그 무엇을 사람들이 알아낼 수 있도록 해야 할 것이다. 예를 들어 어떤 이야기, 생겨날 수 없는 듯이 보이는 어떤 모험, 그것은 강철처럼 아름답고 굳세야만 하며, 사람이 자신의 존재를 부끄러워하도록 해야 할 것이다.

나는 간다. 몽롱하다. 결정할 수가 없다. 내게 재주가 있다는 것이 확실하다면……. 그러나 한 번도 그런 걸 써본 일이 없다. 역사에 관한 논문을 써보지 않았다. 앞으로도 안 쓸 작정이다. 한 권의 책, 한 권의 소설. 그걸 읽고 이렇게 말하는 사람이 있을 것이다.

「저자는 앙트완 로캉탱이다. 빈둥빈둥 카페나 드나들던 머리카락이 붉은 사람이었다.」

그리고 내가 그 흑인 여자를 생각하듯이 내 삶을 생각할 것이다. 귀중하고 신비한 일처럼 말이다. 한 권의 책. 물론 처음에는 지루하고 피곤한 일일 것이다. 존재하는 것도, 또 내가 존재한다고 느끼는 것도 그것 때문에 없어지지는 않을 것이다. 하지만 그 책이 완성되고, 내 뒤에 남을 때가 반드시 올 것이다. 나는 그 책의 조그만 빛이 나의 과거 위에 떨어질 거라고 생각한다. 그때도 그 책을 통해서 나의 생활을 아무 혐오감 없이 회상할 수 있으리라. 그 어느 날, 등을 오그리고 기차 시간을 기다리는 이 시간, 이 음울한 시간을 떠올리면서, 심장 박동이 빨라지는 것을 느끼며 「모든 걸 시작한 건 그날, 그 시간이다」라고 말할 때가 오리라. 그리고 나는 과거로서, 과거로서만 나를 받아들일 것이다.

밤이다. 프랭타니아 호텔 2층의 창문에 불이 켜졌다. 정거장을 공사하느라 쌓아 놓은 축축한 목재 냄새가 코를 찌른다. 내일 부빌에는 비가 내릴 것이다.

작가와 작품 해설

사르트르의 생애와 작품 세계

실존주의 작가로 잘 알려진 사르트르(Jang-Paul Sartre)는 1964년 노벨 문학상 수상 거부로도 유명하다. 파리의 중산층 가정에서 태어나 해군 기술 장교였던 아버지와 사별하고 외조부 C. 슈바이처의 극진한 사랑 속에서 자랐지만 그다지 건강한 편은 아니었다. 아프리카에서 의료 활동을 펼쳐 노벨 평화상을 받은 알베르트 슈바이처는 어머니의 사촌이기도 하다.

명문인 에콜 노르말 쉬페리와르에 다녔는데, 여기서 메를로 퐁티와 아롱, 보부아르 등을 만났다. 학교를 졸업한 뒤에는 보부아르와 함께 유럽과 아프리카 등을 여행하며 견문을 넓히기도 하였다. 『제2의 성』, 『위기의 여자』를 발표한 시몬 드 보부아르는 훗날 평생의 반려자가 되었다. 그는 병역을 마친 후 프랑스 북부의 항구 도시인 르아브르에서 교편을 잡았는데 이곳의 포구가 『구토』의 배경이다.

1933년에는 베를린에서 1년 동안 유학하며 하이데거와 후설에게 철학을 배웠다. 1년 뒤에 철학 논문 「자아의 극복」을 발표하였는데, 이 논문을 통해 현상학에 심취했음을 알 수 있다. 1938년에 소설 『구토』를 발표하면서 세상의 주목을 받기 시작했으며, 비로소 신진 작가의 반열에 올랐다.

1939년 제2차 세계 대전의 발발과 함께 징집되어 참전했다가 프랑스가 독일에 점령되는 바람에 포로가 되고 말았다. 그러나 1941년 수용소를 탈출하는 데 성공하였다.

그 후 파리로 돌아와 저술 활동을 계속했다.

1943년에 무신론적 실존주의의 입장에서 전개한 존재론에 관한 철학 논문 「존재와 무」를 발표했는데, 이는 세계 대전 전후의 사조를 대표하는 빛나는 업적이었다.

1945년~49년에는 장편 소설 『자유의 길』을 발표하였다.

1950년 한국 전쟁 당시에는 좌익과 우익으로 갈라진 프랑스 내에서 좌익 노선을 택했지만, 이후 인도차이나 전쟁과 알제리 내전에서는 공산주의와 다른 노선을 걸었다.

전쟁 전의 허무주의 사상에서 전쟁 후에는 문학자의 사회 참여 사상으로 점철했는데, "실존주의는 휴머니즘이다"라는 말로써 그의 사상을 짐작할 수 있다. 당시 사회와 생존의 현실을 투철하게 인식하고 새로운 바탕 위에서 삶의 의미를 추구했던 프랑스의 작가로는 말로, 생텍

쥐페리, 베르나노스 등이 있다. 그 후에는 보부아르, 카뮈로 이어져 이러한 경향들이 한층 더 심화되었으며 이때부터 실존주의라는 단어가 이들의 활동을 지칭하기에 이르렀다.

사르트르에게 실존은 두 가지 의미를 가진다. 하나는 "실존은 본질에 앞선다"이고, 또 하나는 "실존은 주체성이다"라는 것이다. 세상의 모든 존재는 의식이 있는 존재(인간)와 의식이 없는 존재(사물)로 나뉘는데, 예를 들어 책상이 있다면 책상은 목수의 의도대로 만들어지기 때문에 본질이 실존보다 앞서지만, 인간의 경우는 순간순간 변화하는 행동 때문에 그 본질을 규정할 수 없고, 그래서 인간은 "실존이 본질을 앞선다"는 것이다. 그러므로 사르트르는 인간의 본질을 미리 생각하고 규정해서 만들어낸 존재, 즉 신은 없다고 주장했다. 만약 신이 존재한다면 인간은 신의 의도를 따를 텐데, 자기 자신의 행동을 스스로 창조해 가고 있기 때문이라는 것이다. 이렇게 인간은 자기의 운명을 스스로 책임지며 살아가는데, 이것이 바로 그가 말하는 실존의 주체성이다.

1960년에 발표한 『변증법적 이성 비판』은 그의 사상을 한층 더 발전시킨 것인데, 동맥경화증에 빠져 있는 마르크스주의자들에게 반성을 촉구하고 있다. 그 후 사르트르는 사상의 차이로 인해 친했던 친구들을 떠나 보내며 카뮈하고도 절교하였다. 1964년에 소설 『구토』로 노벨문학상 수상자로 선정되었지만 거부하여 논란을 일으키기도 했다. 그 밖에 보부아르하고의 계약 결혼으로도 유명하다.

작품 줄거리 및 해설

서른 살 나이에 연금 생활을 하는 주인공 로캉탱은 롤르봉 후작이라
는 인물의 역사적 자료를 찾기 위해 도서관에서 18세기 인물을 정리하
고 있다. 후작의 전기를 쓰기 위해서이다. 사는 곳은 부빌이다. 카페를
찾아 마담과 육체 관계를 갖거나 아니면 「머지않아서」라는 노래를 듣
는 것이 고작인 매우 고독하고 무료한 나날을 보낸다.

그러던 어느 날, 물가에서 물수제비 뜨기를 하며 노는 아이들을 흉내
내려고 돌을 집어든 순간 기묘한 생각에 사로잡힌다. 돌을 떨어뜨리고
자신도 알 수 없는 이상한 생각에 빠져드는데, 그것이 지속적으로 일어
나 그를 괴롭힌다. 그것은 바로 사물과 직면할 때마다 불안과 함께 구
토증이 일어나는 것이었다.

그는 구토증의 원인을 밝히기 위해 일기를 쓰기 시작한다. 1932년 1
월말부터 약 1개월 간의 일기가 바로 이 책의 중심 내용이다. 그가 느
낀 구토증은 '인간 존재의 부조리' 였는데, 결국 존재란 그 자체가 우연
이고 부조리이며, 존재 모두가 의미와 필연성을 상실한 것에 대한 직접
적인 체험이라는 것이다.

그는 자기 자신의 과거를 생각한다. 그가 살아온 것은 경험이 아니라
말의 잔해에 지나지 않는 것이다. 따라서 과거와 합일점을 가진다는
것은 불가능했고, 자기 자신은 과거의 그 어느 곳에서도 정착할 수 없
다는 것을 깨닫는다. 결국 한 사람의 전기를 쓸 수 없다고 판단하기에
이른다.

그가 이렇듯 난해한 문제에 부딪혀 있을 때, 헤어진 여인에게서 편지가 온다. 파리에서 만나자는 것이다. 그에게 완벽한 여인이었던 그녀를 만나면 새로운 희망이 생길 거라고 기대하지만, 그러면서도 구토증은 쉴새없이 일어난다. 그의 손이 닿거나 눈길만 주어도 일어나는 이 이상한 감각은 그의 몸을 떠날 줄 모른다.

옛 애인 안니하고의 6년 만의 재회를 앞두고, 공원 벤치에 앉아 있던 그는 마로니에 나무를 응시하다가 직감적으로 확신하기에 이른다. 구토란 인간이나 사물의 언어에 의해 성립되는 의미나 본질을 박탈당하고 괴물처럼 흐물흐물한 무질서 덩어리거나 무섭고 음탕한 벌거숭이 덩어리로밖에는 표현할 수 없는 언어 이전의 체계였고, 세계를 체험한 본질의 것이라는 것을.

그는 이것이 생명의 본질이라는 것을 깨닫는다. 아울러 자기 자신 역시 이러한 생명체인 이상 실존에서 벗어나지 못한다는 사실을 알게 된다.

오랜만에 만난 안니는 뚱뚱해진 몸으로 고독하게 살아가고 있다. 절망한 로캉탱은 롤르봉 후작의 전기 집필을 포기하고 파리로 돌아가겠다고 결심한다. 「머지않아서」라는 노래를 들으며 장차 소설을 쓰는 것이 구원이 되지나 않을까, 그것이 부조리에 대항하는 정당한 방법이 아닐까 하고 희망을 가져 보는 데서 이야기는 끝난다.

카페에서 컵에 담긴 맥주를 보고도 구토증을 느끼고, 남자의 주름진 셔츠만 보아도 구토증을 느끼는 이러한 체험은 후일 실존주의 철학의 금자탑인 『존재와 무』의 근저를 이룬다. 이 소설은 작가이자 철학자인

사르트르의 첫 장편인 동시에 첫 앙티로망(anti-roman, 전통적인 소설의 개념을 부정하고 새로운 기법으로 소설의 가능성을 추구하려는 소설)의 선구로서 매우 높은 평가를 받고 있다.

작가 연보

1905년	6월 21일 프랑스 파리의 중산층에서 출생.
1907년(2세)	해군 기술 장교이던 부친이 죽자 외조부에게 맡겨짐.
1929년(24세)	고등사범학교 졸업. 시몬 드 보부아르와 계약 결혼에 들어감.
1931년(26세)	르아브르 학교에서 철학 교사가 됨.
1933년(28세)	베를린에 유학하며 하이데거와 후설에게 배움.
1934년(29세)	『자아의 극복』, 『상상력』 발표.
1938년(33세)	소설 『구토』 간행.
1939년(34세)	제2차 세계 대전으로 인해 프랑스군에 징집됨.
1940년(35세)	프랑스를 점령한 독일군의 포로가 됨.
1941년(36세)	사시를 이용하여 포로수용소를 탈출함.
1943년(38세)	철학 논문 「존재와 무」 발표.
1944년(39세)	『출구 없음』 발표.
1945년(40세)	제2차 세계 대전 종료 후 《레탕모데른》지 창간. 다채로운 사회 활동을 시작함.
1945년~1949년	장편 소설 『자유의 길』 집필.
1946년(41세)	『무덤 없는 사자』 발표.
1948년(43세)	『더럽혀진 손』 발표.
1951년(46세)	『악마와 신』 발표.

1959년(54세)	『알토나의 유폐자들』 발표.
1964년(59세)	소설 『구토』로 노벨 문학상 수상자로 선정되었으나 거부함.
1980년(75세)	75세를 일기로 삶을 마침.